Treasures for Scholars Worldwide

王鵬運集

①

桂學文庫·廣西歷代文獻集成

潘琦 主編

廣西師範大學出版社
GUANGXI NORMAL UNIVERSITY PRESS
·桂林·

圖書在版編目（CIP）數據

王鵬運集 / (清) 王鵬運著. —桂林：廣西師範大學出版社，2012.12
（桂學文庫. 廣西歷代文獻集成 / 潘琦主編）
ISBN 978-7-5495-2735-9

Ⅰ. 王… Ⅱ. 王… Ⅲ. 詞（文學）－作品集－中國－清代 Ⅳ. I222.849

中國版本圖書館 CIP 數據核字（2012）第 242688 號

廣西師範大學出版社出版發行
（廣西桂林市中華路 22 號　郵政編碼：541001
網址：http://www.bbtpress.com）
出版人：何林夏
全國新華書店經銷
廣西民族印刷包裝集團有限公司印刷
(廣西南寧市高新區高新三路 1 號　郵政編碼：530007)
開本：787 mm ×1 092 mm　1/16
印張：81.25　　字數：1300 千字
2012 年 12 月第 1 版　　2012 年 12 月第 1 次印刷
定價：1200.00 元（全 2 册）

總序

潘琦

21世紀以來，隨著各地社會經濟的快速發展，與之相呼應的地域文化研究蔚然興起，呈現出多種地域文化研究競相迸發、研究成果累累、各種學理學説迭出的生動局面，有力地推動與彰顯著社會主義文化的大繁榮、大發展。廣西桂學研究，即誕生在這一時代大背景下。桂學是廣西最為重要的文化地標之一，它以廣西社會、歷史、文化、思想、藝術、科技、工藝等為研究對象，是具有鮮明廣西地方特色和民族特色的理念和學説的總和。桂學作為『學』，是一種能正確地、合理地呈現廣西客觀社會歷史文化與現實文化的系統知識的學問、學理和學説。

桂學研究無論是在時空上，還是在範圍及内容上，都是一個龐大的、系統的、廣泛的工程。其中，對廣西歷史文化的研究，是桂學研究的首要任務和重要内容。而對歷代形成並留存至今的關涉廣西的文獻遺存進行系統的整理、研究、保護、出版，又是進行歷史文化研究的首要内容，是保證桂學研究能够持續深入推進的學術基礎。爲了全面、系統地整理相關文獻資料，廣西桂學研究會成立後，特在内部設置了古籍整理出版委員會，職司廣西歷代文獻的整理出版與保護工作。《桂學文庫·廣西歷代文獻集成》叢書的策劃與啟動，便是這項工作的重要成果之一。

桂學研究會由何林夏、蔣欽揮兩位副會長牽頭，組織專家學者開展了卓有成效的工作，在廣西壯族自治區圖書館、廣西壯族自治區桂林圖書館及廣西師範大學圖書館、廣西師范大學出版社以及有關單位的大力支持與積極協作下，意在蒐集現存的所有廣西古籍的《桂學文庫·廣西歷代文獻集成》將陸續出版，爲桂學研究提供源源不斷的堅實史料支持。桂學研究會將在一個較長的時間内，集中力量，籌措資金，全面、系統、整體、有序地推進整理出版工作的持續進行，希望藉助於這種長期務實的工作，爲桂學研究向更深、更廣的方向發展，提供翔實、系統、完整、可靠的史料，推進桂學研究各項事業的持續繁榮。

以整理、研究、保護傳統文化為出發點的古籍出版，在一定程度上起著繼承、弘揚地域歷史文化的作用。古籍作為歷史文化的重要載體，其本身即是珍貴的歷史文化遺產，它不僅記載著歷史發展的生動進程，同時也集自然之美與人文之美於一體，書於竹帛的歷史記載、華美辭章是我們瞭解歷史、解讀歷史、研究歷史、承繼民族優秀文化的主要途徑、可靠依據、重要史料。《桂學文庫》的整理出版，更因廣西本身鮮明的地域性、民族性特徵，而具有顯著的多重價值。

一、研究性價值。桂學研究以研究廣西歷史文化為切入點，即首先需要研究廣西文化的產生、源流、特色，探討廣西歷史文化與其他地域或國域歷史文化之間的關係。為此，需要通過廣視角、多層面、全方位的探討，以究明廣西歷史文化發展的脈絡，做到知根知柢。先秦時期，廣西為百越之地，秦統一嶺南後，廣西開始行政建置納入統一國家的版圖，並出現於此後各種史料的文字記載中，經歷代的文化積澱，已經形成了大量的文史文獻資料與考古資料。這些遺存流傳至今，都是廣西地域文化的珍貴財富，更是建立和支撑桂學研究的寶貴財富。我們通過對這些資料進行系統、全面的整理出版，並在此基礎上開展全面的研究與考察工作，將有利於加深對廣西文化的源流、性質、内涵、特徵、地位及影響等的理解，得出符合歷史實際和歷史文化發展規律的結論。同時也能為社會學、民族學、歷史學等領域的研究提供豐富的研究素材，為文化研究的多學科共同繁榮作出積極的貢獻。

二、教育性價值。古籍兼具知識性與情感性學習兩種功能。中華文化歷經千年，其所積澱留存下來的古籍，包羅萬象，博大精深，通過對存世古籍的閱讀，有助於我們加深對古代文化的理解與體驗，掌握古代人文知識、古文知識、古人寫作技巧，領略古文之精彩，增進對地方發展史的瞭解與認識。與此同時，通過對古籍中所記録的重要歷史人物的人生經歷、治學經驗、高尚思想品德和自强不息的成長道路的認知，對於今天提高我們自身的精神境界和文明修養，都會是一種有益的啟迪與教育。

三、開發性價值。古籍作为歷經千年的文化積累，有著豐富、深厚的文化内涵，蘊含著先人的智慧，同時保持著原創性、傳承性、地域性、多樣性的特點。通過對古籍所記載歷史文化等内容的研究，今人可以擷取其精華，作為現代文化藝術創作的藝術源泉與靈感來源、拓展文藝創作題材、開發文化資源、創新文化產業，使先民的文化生命通過古籍的傳遞，重新生發出新的藝術活力與價值。

當然，任何事物都因產生於具體的歷史空間而不可避免地被自身的歷史性所局限，產生於歷史中並留存至今的古籍也是如此。面對種類繁多的古舊典籍，需要我們用批判、借鑒的眼光去加以審視，要本著去粗取精、去偽存真、古為今用的原則，充分發掘其所具有的優秀文化價值。今天，我們重要的任務之一，即是從精神上、思想上接應優良傳統，並通過繼承優良傳統而獲取更多的精神與思想資源。歷史不能複製，它只屬於它具體存在的那個空間和那段時間，但歷史又永遠不會消失，只要人類生命還在繼續，歷史就必然活躍在人們的精神生活裏，並影響著人类文明的繼續向前發展。

我們希望以《桂學文庫·廣西歷代文獻集成》相關整理成果的持續不斷出版，向世人展示廣西優秀的歷史文化資源與人文傳統，能為方興未艾的桂學研究提供充足的資料支持，為桂學研究的向更深更廣推進有所貢獻。希望桂學研究能在繼承吸收廣西優秀的歷史文化遺産的基礎上繼往開來、勇於創新，服務於今天廣西文化的大發展、大繁榮的歷史需要。

出版説明

廣西桂學研究會自2010年成立以來，即將整理出版廣西歷代留存至今的各類文獻列為學會的重要工作内容之一，並成立了專門的出版委員會職司其責，其動議之一，便是協調所有從事及志於研究、整理、保護的單位、個人、專家、學者，共同促成《桂學文庫·廣西歷代文獻集成》的整理出版。

本套叢書的宗旨，是想通過整理出版歷代形成現仍存世的桂人文獻及關涉廣西的文獻遺存，為從事桂學研究的學者提供推進研究所需的翔實、可靠、系統、全面的資料，為桂學能在學者們持續不斷的長期研究中向深廣發展打下堅實的文獻基礎。

面對歷代留存至今種類繁多、卷帙浩繁的廣西文獻，本書在編排上以著者為主綫，通過查考相關資料著録及文獻存藏信息，努力將同一著者存世的全部著作蒐羅浄盡，匯為一書。

在出版形式上，本書採用整理一種、出版一種的方式，以及時向學者提供各类文獻，並希望憑借這種方式聚沙成塔、集腋成裘，最終將關涉廣西的文獻遺存全部展現於桂學研究者面前。

為保持相關文獻的真實性，避免因整理不當而對原文獻造成的誤讀與誤解，本套叢書對納入整理範圍的文獻，採用全文影印的方式出版，旨在為學者的研究提供最本真、最可信的資料形態。與影印存真相應，我們也組織相關領域的專家學者，為所整理的著作，按照統一的格式撰寫了解題，冠於各書首册。解題的主旨：一則簡述著者生平等信息，使用者可據此對撰著者有一直觀的瞭解；二則簡介歷代目録著録情況並著作的主要內容，以明文獻傳承源流與撰著主要價值所在。

我們希望本套叢書的出版，能為桂學研究的發展繁榮提供充足的文獻支持，為桂學研究向深廣推進貢獻一份心力。桂學研究，首先是對廣西傳統文化與歷史的繼承與吸收，其更重要的意義，則在於在繼承基礎上的開拓創新，推進今天廣西文化的繼續發展，如果本叢書的整理出版能夠起到其應有的作用，我們將深感與有榮焉。

解題

《王鵬運集》收録王鵬運著作，依次為：《半塘定稿》二卷、《半塘剩稿》一卷、《味梨集》一卷、《鶩翁集》一卷、《蜩知集》一卷、《校夢龕集》一卷、《庚子秋詞》二卷、《春蟄吟》一卷、稿本《梁苑集》一卷、《和珠玉詞》一卷、《皇朝謚法考》（續撰）五卷，共分編為二册。

王鵬運（1849－1904），字佑遐，一字幼霞，號半塘老人，又號半僧、鶩翁、半塘僧鶩，廣西臨桂人，清代著名詞作家，與況周頤、朱祖謀、鄭文焯合稱『清季詞學四大家』。同治九年（1870）舉鄉試，同治十三年（1874）任内閣中書。光緒十一年（1885）轉内閣侍讀，十九年（1893）改江西道監察御史，後轉禮科給事中。在諫官任上以强直敢言事著稱，卒因不容於在位者而棄官，遠行江南。光緒三十年（1904）客死蘇州。王鵬運為晚清卓有成就的詞作家，同鄉況周頤即深受其影響，二人同為臨桂詞派的開創者。王鵬運雖以詞名家，卻一生以科舉不中甲科引為憾事，故其所定詞集，自『半塘乙稿』始，獨缺『甲稿』，其晚年將一生詞作刪汰為《半塘定稿》二卷，最受研究者重視。錢基博贊：『其詞幼眇而沉郁，義隱而指遠，蓋道源碧山，復歷稼軒、夢窗以上，追東坡之清雄，還清真之渾化。』評價頗高。

《半塘定稿》二卷，察其子目實為七稿九集，收詞作一三九首，光緒三十一年(1905)朱祖謀刻於廣州。卷首冠《半塘填詞定稿敘目》，詳列各集篇數：『卷一：乙稿《袖墨集》令慢七首《蟲秋集》令慢六首、丙稿《味梨集》令慢二十二首、丁稿《鶩翁集》令慢十九首、戊稿《蜩知集》令慢十六首』，『卷二：己稿《校夢龕集》令慢二十四首、庚稿《庚子秋詞》令十七首《春蟄吟》慢十三首、辛稿《南潛集》令慢十五首。』後接朱祖謀、鍾德祥二序，並『半塘僧鶩小像』及鍾德祥撰像贊。光緒二十八年(1902)秋，王鵬運在南遊途中，遇朱祖謀於上海，出詞作九集，謂將刪定《半塘定稿》，與朱約以『吾兩人作，交相校訂』，王鵬運不久謝世，詞集由朱氏校訂刊行。朱祖謀序謂：『半塘填詞嘗刻於京師為丙、丁、戊三集，今刻於廣州者，乃君裒其前後七稿删汰幾半，僅存百許首自定本也，予校讎既竣而序之』，敘該書之成較詳。並稱：『君天性和易，而多憂戚，若别有不堪者。既任京秩，久而得御史，抗疏言事，直聲震内外，然卒以不得志去位。其遇厄窮，其才未盡厥施，故鬱伊不聊之概，一於詞陶寫之。』可從中想見王鵬運為人剛正不阿直言敢諫，卻困於現實難以施展之情狀。所收諸作大體以寫作先後為序，每首詞下並多有題記，略述詞作填成之由或日期等，於研究作者生平及詞作主旨、情感所寄等，頗有參考價值。

《半塘定稿》刻成後，朱祖謀以《半塘定稿》删汰過甚，又於諸稿中補選五十五首，另刻為《半塘賸稿》。集末附朱祖謀光緒丙午跋語，略云：『半塘翁填詞凡七稿，自刻者為丙、丁、戊三稿。既又裒其已刻、未刻諸集，删存百餘闋，付余寫定。翁没後一年，余為刊之廣州，所謂《半塘定稿》也。然刊落泰甚，翁所揮為涕唾、糠粃不屑屑者，世之人率踵汗奔喘，望塵而趨之，若不及者也。端居循省，良不能忍而割捨，輒刺取《袖墨》、《蟲秋》、《校夢龕》、《南潛》四集所薙者，得五十五闋，排録成帙。其已墨版者，不復緟及。』然綜觀《半塘定稿》、《半塘剩稿》，合二書所存詞作不及二百首，與王氏原作數量相距甚遠，未免删汰過甚。

《味梨集》（即『半塘丙稿』）一册，卷首『味梨集目録』下題『半塘填詞丙稿，共令慢九十首，附録九首；續刻三十二首，附録一首。』全集共收詞作一三二首，王鵬運自作者一二二首（其中有聯句詞七首），他人倡和詞等十首。所作起光緒十九年癸巳（1893）七月，迄二十一年乙未（1895）。是集所收諸作，大體作於甲午中日戰爭前後，集後王鵬運自記有云：『當沈頓幽憂之際，不得已而託之倚聲，又無端而付之梓，可謂極無聊之致矣。蒙莊有言：櫨梨橘柚，味各不同而皆適於口。然梨之為味也，外甜而心酸，此則區區名集之意云。』由此可知，是集所收，大多為感時憂世的抑鬱憤懣之作。

《鶩翁集》（即『半塘丁稿』）一册，共收詞作六十二首。無目録，無序跋，作品年代涵蓋光緒二十二年丙申（1896）至二十三年丁酉（1897）。甲午中日戰後，清廷元氣大傷，國勢益衰。作者於本集首篇詞撰小序，有云：『馮正中鵲踏枝十四闋，鬱伊惝怳，交兼比閃，蒙耆誦焉。春日端居，依次屬和，就均成詞，無關寄托，而章句尤為凌襍。憶雲生云「不為無益之事，何以遣有涯之生」。三復前言，我懷如揭矣。』這種自言自語，應當是作者意有別緒的遁詞，而非真正『無所寄托』。

《蜩知集》（即『半塘戊稿』）一册，是集收詞六十二首。亦無目録，無序跋。所收詞作，大略作於光緒二十四年戊戌(1898)，是年戊戌政變爆發，對清廷政局造成極大影響，統治集團内部矛盾更為明顯與激化，應當可以看作是作者前集情感的繼續，而更為沉痛鬱結。

《校夢龕集》（即『半塘己稿』），本書所收為桂林圖書館藏舊抄本，無目録、序跋，抄寫年代未詳，然不晚於民國間。所收詞作為光緒二十五年己亥(1899)間作品。

《庚子秋詞》（即『半塘庚稿』）二卷，為光緒二十六年庚子(1900)王鵬運與朱祖謀等人唱和之作。書前有署『永嘉徐定超』序，云：『光緒庚子之夏，拳匪倡亂，七月既望，各國師集都門，乘輿西狩。士大夫之官京朝者，亦各倉皇戎馬，奔馳星散。半塘老人獨閉户如故，而歸安朱古微學士、臨桂劉伯崇殿撰咸以故居扰於寇，依之以居。余居去半塘最近，晨夕過從，相與慰藉，既出近詞一編示余。則皆兩月來篝鐙倡訓，自寫幽憂之作。』其後為王鵬運自序，略謂：『自八月二十六起至某月某月止，凡閲若干日，得詞若干首，富順宋芸子檢討和作若干首，並依調類，用遯渚唱和例也。芸子以九月下旬附會船南去，故所作不多。每夕詞成，古微以烏絲闌精書之，伯崇題其端曰「庚子秋詞」，蓋紀實云。』本集共收諸人之作六百二十二首。此集作於聯軍困城期間，詞人的家國情感，在詞作中有較多的寄托，該集詞作的『紀實』性，也賦予了作品更多的史料性價值。

《春蟄吟》一册，為接續《庚子秋詞》而撰，『起庚子十二月朔，訖辛丑三月盡，凡閲百十八日，拈調四十六，得詞百二十四，附録三十五，共百五十九首。倡和者漢軍鄭叔問文焯、江夏張瞻園仲炘、揭陽曾剛主習經、儀征劉廔楥恩黻、江都于穗平齊慶、夏賈冷香璜、永定吴琴舫鴻藻、滿洲似園恩溥、山陰楊霞生福璋、滿洲南禪成昌、應山左笏卿紹佐也。』

《梁苑集》一册，上海圖書館藏稿本，鈐『景鄭藏書』印。封面題『梁苑集』，下署『癸未甲申間作，半塘居士訂于都門賃廡之四印齋』。是書詩、詞、文雜列，以各式花箋裝訂黏貼成册，共收詞二十九首、詩三十首、文二篇。是集字跡塗抹删改較多，或當是删改未定之稿。

《和珠玉詞》一册，是集為王鵬運與張祥齡、況周頤聯句之作，書前有署『甲午七夕金壇馮煦』序，其後為王鵬運自序，云：『龍集執徐之歲，夔笙至自吳中，為言客吳時與文君叔問、張君子苾和詞連句之樂，且時時敦促繼作，懶慢未遑也。今年六月暑雨方盛，子苾介夔笙訪余四印齋，出眎近作，則與叔問連句和小山詞也。子苾往復循誦，音節琅琅，與雨聲相斷續，遂約盡和《珠玉詞》。顧子苾行且有日，乃畢力為之，閲五日而卒業，得詞一百三十八首。』是集之成，大略可知。集末附況周頤跋，追述是集之成，可參考。

《皇朝謚法考》五卷續編五卷，清鮑康撰，王鵬運續撰。該書考輯有清一代謚號極為詳盡，於每一謚字下，列得謚之人名、爵位、朝代等，其書據諸家文集及國史擇録考訂而成，具有一定的史料價值，於考證史實、研究清代謚制等，不無助益。

王鵬運一生詞作結集較多，版本情況亦較為複雜，若干早年詞集，今已不知是否尚存，然除本書已收録諸書之外，所知者尚有國家圖書館所藏其早期詞集《四印齋詞卷》、廣西壯族自治區圖書館藏手稿本《王龍唱和詞》等，因未能訪獲底本，故衹得暫付闕如。此外，王鵬運於創作之外，在校刻詞集上用功甚勤，自光緒七年（1881）始，先後歷時二十四年，輯校五代、宋、金、元人詞集及相關著作五十五種，以書齋『四印齋』為名刻為《四印齋所刻詞》二十四種及《彙刻宋元三十一家詞》，因輯校時所據底本多為舊槧善本並加校勘精審，故素為晚清以來詞學研究者所重視，本書因其非個人撰著，故未予收録。另，廣西師範大學圖書館另藏有王鵬運奏摺一册，收摺件凡三十四份，係一九八六年自中國第一歷史檔案館抄出者，各件大略成於王鵬運任職諫官期間，從中頗可見王鵬運剛正不阿、直言敢諫、力抗外侮的政治態度，部分摺件与当时重大历史事件如甲午中日战争等密切相关，可以考見當時主戰與主和兩方面意見的互相辯駁攻難，當不無考史之助。

此外需要説明的是，本書對底本原書中無内容的白頁，統一作了删除，部分底本頁面因保存等的原因造成的模糊、漫漶、破損等，亦盡量作了修補。

魯朝陽

目録

第一册

半塘定稿（二卷）……一
半塘剩稿（一卷）……一一五
味梨集（一卷）……一六三
鶩翁集（一卷）……三〇七
蜩知集（一卷）……三七三
校夢龕集（一卷）……四四一
庚子秋詞（上卷）……五一五

第二册

庚子秋詞（下卷）……一

春蟄吟（一卷）……………………………………二一七
梁苑集（一卷）……………………………………二三九
和珠玉詞（一卷）…………………………………二九三
皇朝謚法考（五卷）………………………………三七一

半塘定稿

半塘定稿
特廿813.28
1073

桂尊先生鑒存

沐勛購贈

半塘定稾

半塘塡詞定稾敘目

卷一

乙稾袌墨集令慢七首蟲秋集令慢六首

丙稾味棃集令慢二十二首

丁稾鶩翁集令慢十九首

戊稾蜩知集令慢十六首

卷二

己稾校夢龕集令慢二十四首

庚稾庚子秋詞令十七首春蟄吟慢十

三首

辛稾南潛集令慢十五首

凡二卷七稾九集一百三十有九首

半塘詞嘗刻於京師爲丙丁戊三集今刻於廣州者乃君裒其前後七稾删汰幾半僅存百許首自定本也予校讎既竣而序之曰同在人海之中相遭而爲友相友而又相知而忽焉以逝者莫不以爲人事之至悲況乎夙以文字相切劘其歷患難及其別離商訂舊業言笑若親而甫接其書遽聞其死者此予

所由摧傷感歎而不能自已也始予在汴梁納交君相得也已而從學爲詞愈益親及庚子之變歐聯隊入京城居人或驚散予與同年劉君伯崇就君以居三人者痛世運之淩夷患氣之非一日致則發憤叫呼相對太息旣不得他往乃約爲詞課拈題刻燭於喁唱酬日爲之無間一藝成賞奇攻瑕不隱不阿談諧間作心神灑然若忘其在顛沛兀鼿中而以爲友朋文字之至樂也比年君客揚州予來粵東蹤迹乖阻書問時月相往還每有

所作必以寄示予謂君詞於回腸蕩氣中仍不掩其獨往獨來之概君乃大以爲知言今年春郵寄小象屬摹卷端謂令人他日得見此老鬢眉其風趣如此方冀易一二歲予解組北去從君襄羊山水閒各出所作相質證此樂正未有艾未幾而君訃至矣悲夫悲夫君天性和易而多憂戚若刖有不堪者既任京秩久而得御史抗疏言事直聲震內外然卒以不得志去位其遇厄窮其才未竟厥施故鬱伊不聊之概一於詞陶寫之君詞導源

碧山復歷稼軒夢窗以還淸眞之渾化與周止庵氏說契若鍼芥其必名於後固無俟予之贅言而零縑遺墨燦然如新逝者不可復作抑將何以爲懷耶他日伯崇見是編其感喟又當何如耶歸安朱祖謀

頃年老僕自謫所歸寓家羊石於是老友古微侍郎督學來此蓋自京師別去且十年不覿矣一昨甫相見侍郎則驟語僕曰給諫王幼霞今客死蘇州幸得其遺詞皆手定將爲之刊印以行僕聞之驚悲與侍郎同心哀之

遂請其集以歸閱焉皆曩昔臺閣餘暇時朋舊文酒宴集搭拍應副若不越乎流連光景之情文其爲僕所親見吮毫伸紙者泰半也今再讀其遺詞幼眇而沈鬱義隱而指遠腷臆而若有不可於名言蓋斯人胸中別有事在而舉然不能行其志也與僕同脫幼霞能稍濡忍事或未可知乃抉然侘傺以去甯流落至死一瞑而不視豈謂非慷慨抗捥獨立不屑之士也歟僕今既老醜閒廢幼霞復彫喪人閒世尙何者堪把玩留戀況浮瀰文字

之閒乎乃吾侍郎獨不閒故舊死生之故爲
幼霞謀遺集之傳而緜邈乎其情僕爲之悵
焉動一念矣侍郎曰日吾且閒離然則非君
序之不可於是乎言之而益增吾悲光緒甲
辰冬十月南甯鍾德祥

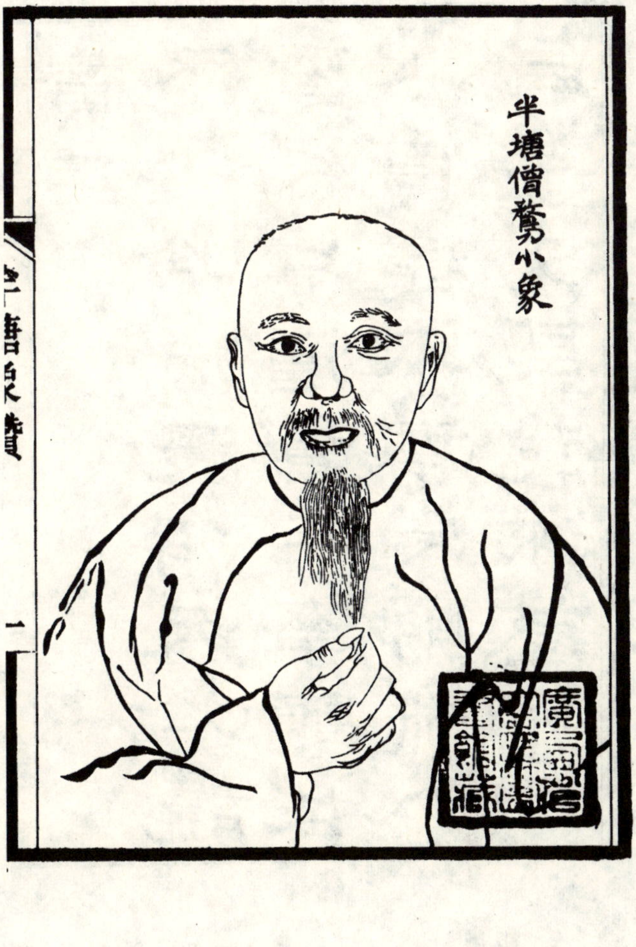
半塘僧鶩小象

贊曰
不死於騎恐得死於讒
慝之口憎鷙何辜歸正
丘首達不得志窮無以
自存又甚哉深落而不

偶於歔唏異其嚴冷之
氣不可傳而筆既又不
欲於自傳勵以生平勗
耆所謂長短句者遙託
諸侍郎之老友大運有

限傳者為壽謂僧鷟好
名侍郎曰吾
乙巳夏南寧鍾德祥識

半塘定稾卷一

臨桂王鵬運佑遐

袖墨集 丙戌至己丑

掃花游 豐臺菊花零落同槐廬粹父泥飲叢祠倚此索和

彎環十八、是丹鳳城西賣花邨路舊游憶否。又蒼煙偷換、穠春歌舞。好約來遲一片秋聲在樹自凝佇歎著意訪秋、秋轉無據、 醽酒重弔古。記往日詞人醉香深塢遠山翠縷。尙依稀認得、那人眉嫵。倦倚西風、誤卻紅牙舊

譜。喚歸去。聽叢祠暮天鐘鼓。毛西河姬人曼殊豐臺張氏女也

摸魚子 瑟軒前輩閲近作拜新月詞有句云釣竿百尺綴珊瑚不羨麒麟閣上圖欲取鼇魚斫作膾問君何處覓屠沽蓋檃括詞中語也倚此奉畣

鎮無聊·一尊相屬、罪言君試聽取。筲城食肉都無相、妄意鳳脩麟脯。君且住。問鯖合侯家勝得齏鹽否。書空自語、歎臣朔常飢、將軍負

腹、奇氣向誰吐。 麟閣上、往事不堪細數。算來圖畫難據、高平博陸皆人傑、屬國爾來何許。休起舞、便燕頷權奇無覓、侯封處、歌予和汝、縱掣得金鼇、皃髦未掃、莫慰此情苦。

滿庭芳 篝鐙夜坐忽聞清歌墜懽悵觸渺兮予懷也

風露高寒、蛩蟄怨抑、夜闌人倚鐙篝。暗塵驚落、何處發清謳、已是潘郎老去、青衫在、鬢減花羞。十年恨、無端悵觸、腸斷舊風流。 風流、彈指處、畫中人遠、夢裏春柔、料記曲當時、紅豆還留、倩取窺簾淡月、悲懽事。一例全句。霜華重、丁丁漏水、銀箭咽潛虬。

秋宵吟 霧雨釀寒、秋光向盡、和鶴公

冷雲低、敗葉委。又到秋光婁尾。東園畔、記醉綠酬紅、餞春曾幾。思纏緜、意旖旎、撩亂愁絲難理。西風悄、又霧雨冥迷、釀寒如此。 賴有黃花、共晚節傲霜未已。故人書斷、海客談空、何物令公喜。安得滄江裏、一葉淩波、深入萬葦。泝空明、弄笛船脣、歌闋明月正在水。

金縷曲 霜露既至、雲物皆秋、獨絃哀歌

用抒予懷詞成以示巢隱曰此
秋聲也爲之擊節

寂寞閒門閉。又天涯歲華如此、旅懷孤寄。姹
燕嬌鶯前日事、依舊空堦絡緯。更著甚管絃
清脆。薜荔叢深猨狖嘯、料靈均應恨歌山鬼。
還禁得、幾憔悴。　海山煙樹蒼茫裏。自成連
刺船歸後、果移情未。白眼看天星與月、但見
樓臺彈指。問高處闌干誰倚。漫遺鈿箏移玉
柱、鑄相思枉費黃金淚。聽嘹亮鴈聲起。

青山濕徧　八月三日讌君生朝也歲月

不居人琴俱往納蘭容若往製此調音節淒惋金梁外史龍壁山人皆擬之傷心人同此懷抱矣

中秋近也、年時悵觸、雙笑行觴。記得木樨香裏、倚靑奩特換明妝。更喁喁吉語祝蘭房。願年年花好人同健、醉花陰不羨鴛鴦。誰信皋橋賃廡、飄零天壤王郎。 任是他生能卜、也難禁得、此際神傷。二十三年斷夢、霜侵鬢誰念無腸。看依然兒女拜成行。只不堪衰草殘陽外、酹棠梨淚血沾裳。明月無端弓勢、宵來空照流黄。

臨江仙 己丑除夕

爆竹聲中催改歲、年年此夕殊鄉。天涯兄弟各相望。幾時歸去、談笑醉春觴。 已是向平昏嫁了、名山願好誰償。休從鏡聽卜行藏。春花秋月、流轉任風光。

蟲秋集 庚寅至癸巳

太常引

畫闌秋氣與雲平。病起怯衣輕。吟思底淒清。

聽依約蛩聲鴈聲。甯馨老子、十圍便腹、空洞儘容卿。靑眼幾時。橫看山色新來瘦生。

卜算子

盼到月輪圓、夜夜期三五。誰信淸光欲滿時、偏被纖雲妒。七十二鴛鴦、交頸花間住。誰信成雙作對飛、賸遣孤鸞舞。

長亭怨慢　寒夜飲水芝支館用壁上龍壁山人詞韻索省葊和

漫商略愁長宵短。滿目風塵、素襟誰浣。歲晚冰霜、中年絲竹意何限。願花長好、爭信我·風懷滅。許事不須知、看月與淸尊俱滿。依黯。認酒痕猶是、早是酒人星散淸寒。畫影漫贏得笑人闌畹儘依依照座銀荷、也羞對年時心眼倩簾幙橫枝、長笛夜寒相伴。

采桑子

闌干彖曲閒凝佇、日影東廊。月影西廊。一霎寒溫值底忙。　小園貯得春多少、花要生香。葉要生香。那禁東風柳絮狂。

水龍吟　平生嗜睡成癖讀天籟集睡詞深有契於予懷者戲用原韻以

誌賞心

舉頭十丈塵飛、人間何許埋愁地。頹然一笑、玉山自倒、春生夢寐。我已相忘、蕉陰覆鹿、槐根封蟻、歎無情世故、倉皇逐熱、問誰識、於中味。漫説朝來拄笏、最宜人西山晴翠。何如一枕、忘機息影、黑甜鄉裏。萬事悠悠、百年鼎鼎、付之酣睡。待黃鸝三請、窺園乘興、倩花扶起。

念奴嬌　登暘臺山絕頂望明陵

登臨縱目、對川原繡錯、如接襟裹。指點十三陵樹影、天壽低迷如阜。一霎滄桑、四山風雨、王氣銷沈久。濤生金粟、老松疑作龍吼。　惟有沙草微茫、白狼終古、滾滾邊牆走。野老也知人世換、尙說山靈呵守。平楚蒼涼、亂雲合沓、欲酹無多酒。出山回望、夕陽猶戀高岫。

味梨集　甲午乙未

滿江紅　送安曉峯侍御謫戍軍臺

荷到長戈、已禦盡九關魑魅。尙記得悲歌請劍、更闌相視。慘淡烽煙邊塞月、蹉跎冰雪孤臣淚。算名成終竟負初心、如何是。　天難問、

憂無已。眞御史奇男子。只我懷抑塞、媿君欲
死。寵辱自關天下計、榮枯休論人間世。願無
忘珍惜百年身、君行矣。

八聲甘州　送伯愚都護之任烏里雅蘇
臺

是男兒萬里慣長征、臨歧漫淒然。只榆關東
去、沙蟲猨鶴、莽莽烽煙。試問今誰健者、慷慨
著先鞭。且衷平戎策、乘傳行邊。　老去驚心
鼙鼓、歎無多憂樂、換了華顛。儘雄虺瑣瑣、呵
壁問蒼天。認參差神京喬木、願鋒車歸及中

興年休回首、算中宵月、猶照居延。

水龍吟 乙未燕九日作

東風不送春來、如何只送邊聲至。斷雲閣雨、簾櫳似夢、冷清清地。鑪火慵溫、唐花欲謝、惱人天氣。更無端清角、乍淒還咽、直爲喚、新愁起。記得年年燕九、鬧銅街、春聲如沸。香車寶馬、靑紅兒女、白雲觀裏。節物驚心、清游誰續、好懷難理。算勝他鐵甲、衝寒墮指、向沙場醉。

金縷曲 二月十六日紀夢

夢境非耶是，是分明、親承色笑，融融洩洩。晴日房櫳周旋久，左右孺人穉子，怳歷歷、少年情味。懊恨晨鐘催夢轉，擁寒衾、往事零星記。賸點點，行行淚。　不堪衰鬢成翁矣。試回頭、卌年彈指，悲懽夢裏。難得宵來團圝樂，情話依依在耳，似遠別、悤悤分袂。若是九原仍骨肉，算此身、此日翻如寄。非耶是，問誰會。

清平樂　次圜八公韻

百年草草，元髮無多了。負手長空看過鳥，青鏡本無塵到。　逍遙我笑南華，華胥夢裏誰家。好是春風浩浩、吹開吹落千花。

虞美人

春衣欲試寒、猶重。愁是東風種。閒抛金彈打流鶯。不道天涯蕩子向關情。屏山可有人行處。禁得愁如許。拚教花落舞山香。誰向曲中念取惜春腸。

念奴嬌星岑爲題戴笠圖殷殷以事功相勖勉倚調賦謝並致媿辭

男兒墮地、看風雲咫尺、幾曾心死。也識荒雞聲不惡、無那鬢星星矣。鉛杵生涯、櫂椎事業、俯仰猶餘恥。篋中鳴劍、夜深休吐光氣。堪歎得失雞蟲、百年未滿、寸寸彎强似。坐對畫圖心語口、蓑笠諒非難事。邱壑因循、塵埃確藏、微尚仍虛寄。媿君良厚、拂衣行釣雲水。

唐多令 四月初九日作

春樹噪昏鴉。春城咽暮笳。正紛紛紅雨迷花。都是東風來往路、憑回首、便天涯。 簾幙幾重遮。深深燕子家。莫思量舊日繁華。紙醉金迷誰會得、已春色一分差。

祝英臺近 次韻道希感春

倦尋芳、慵對鏡、人倚畫闌暮。燕妒鶯猜、相向、甚情緒。落英依舊繽紛、輕陰難乞、枉多事愁風愁雨。　小園路。試問能幾銷凝、流光又輕誤。聯袂留春、春去竟如許。可憐有限芳菲、無邊風月、恁都付等閒花絮。

玉漏遲

望中春草草。殘紅卷盡、舊愁難掃。載酒園林、往日游情倦了。幾點飄零花絮、做弄得陰晴多少。歸夢好、宵來猶記、驂鸞親到。　尾長翼短如何、算愁裏聽歌、也傷懷抱。爛錦年華、誰信春殘。恁早留取。花梢日在、休冷落舊家池沼。吟思悄。此恨鷓鴣能道。

點絳脣　餞春

抛盡榆錢、依然難買春光駐、餞春無語、腸斷春歸路。　春去能來、人去能來否。長亭暮。亂山無數。只有鵑聲苦。

南鄉子

爛醉復奚疑。紅瘦偏憐衆綠肥。聽徧禽言行不得、誰知。坐看春光冉冉歸。　底事有成虧。一曲英皇遠別離。待把長竿浮大澤、依依雲水微茫意轉迷。

鶯啼序　子苾示讀同叔問登北固樓用
夢窗韻聯句之作觸我[illegible]
用原韻奉和

無言畫闌獨凭、黯吟懷似水。絮風悄換到鵑聲、亂紅飄盡殘蘂、聽幾度邊笳自咽、鄉心遠逐南雲墜。悵風塵極目栖栖、總是愁思。　沈醉休辭、浮名過羽、底英雄豎子。儘空外歸鴈聲酸、碧山人遠莫至。恁天涯登臨弔古、也雲裏帝城遙指。算長堤、芳草萋萋、解憐幽意。

新詞讀罷、琴筑蒼涼、想瘖歌獨寐。凊嘯對江
山形勝、坐念當日、名士新亭、暗傾鉛淚。颷輪
電卷、驚濤夜湧、承平簫鼓渾如夢、望神州、那
不傷愁悴。風沙滚滚、因君更觸前游、驚心短
歌聲裏。　長安此日、斗酒重攜、且吟紅寫翠。
漫省念關山飄泊、海水横飛、怕有城烏、喚人
愁起。與君試向、危樓凝睇、綠陰如幙芳事歇、
惜流光誰解新聲。倚從教淚滿青衫、俯仰蒼
茫、恨題鳳紙。

鷓鴣天偶欲爲詞率成五十五字索解

人不得也

喚取花前金叵羅。醉時了了醒時歌。東風去住無憑準、柰爾雜聲馬影何。雲慘淡、雨滂沱。金城楊柳自婆娑。不知生意誰矜惜、銷得先生老著柯。

八聲甘州 芳菲已歇懽事去心獨酒孤吟悽然念遠不識一聲河滿視此何如耳

甚年年花底說春歸、今年倍傷情。倚闌干不語、水分新綠、天襞遙青。點檢奚囊題句、賸得瘞花銘。消受清和意、簾額塵輕。愁裏漫聽鶗鴂、算天涯啼徹都是離聲。悵故人不見、落日自高城。更休逐孤雲南望、但平林·如薺野煙生。家山遠、寫朱絃恨誰弔湘靈。

南鄉子

斜月半朧明。凍雨晴時淚未晴。倦倚香篝溫別語、愁聽。鸚鵡催人說四更。此恨拚今生、紅豆無根種不成。數徧屏山多少路、青青。一片煙蕪是去程。

徵招過觀音院追悼疇丈用草窗九日

懷楊守齋韻

林梢舊灑西州淚、驚隨暗塵飛到。吟思滿蒼煙、恨倚闌人渺殘僧驚客老。問哀樂中年多少。冷落招提、夢痕重省、晚鐘催覺。　翻幸錦鯨游、胡笳怨不入高山琴調。愁影亂蒹葭、儘長歌敧帽、淩雲書勢好與誰證。酒邊孤抱料今夜、月落梁空定斷魂淒照。

驀山谿

流雲試雨、潤逼琴絲緩。池館綠陰濃、炫金英小槐黃綻。營巢燕子、日永哺雛忙、鑪煙定、漏聲遲、涼意生羅扇。懷人斷句、閒劃闌干徧。不是愛言愁、一回吟・一程人遠。試鐙時候、數過楝花風、曾幾日、又新蟬。此恨憑誰遣。

齊天樂　薰風南來褪暑自退星岑以新作見示依調奉酬　時六月五日

鳳樓西北關情地、喁喁酹花私語。聽雨前番、歸雲此夕、已是不禁離緒。荷衣漫與。問雙槳來時、舊逢權處。比翼鶼鶼、爲誰顛倒意如許。

旗亭題句尚在、風流人共說、江上孫處。醉墨空揮、穠春易失、月偃虛堂如霧。淩波路阻。

早負卻搴芳、斷腸尊俎。夢影迷離、曉鐘驚覺否。

一斛珠

雨饕風虐。寒山如睡何曾覺。黃花輕負重陽約。離恨誰知、人遠鴈難託。 當時心力空拋卻。天涯原在紅闌角。愁濃莫戀邨醪薄。入骨相思、禁得幾回錯。

徵招 得夔生白門書卻寄

鴈聲催落空梁月、淒然頓驚離緒。料得據梧吟、鎮沈冥誰語。露荷彫枉渚。更休問、宋香儔侶。賴有西山、向人依舊、數峯清苦。　獨酌不成懽、霜風緊落葉打窗如雨。蕭瑟對江關、憶蘭成詞賦。秣陵秋幾許。定愁滿古臺煙樹。夜堂悄、有夢從君化斷雲千縷。

一叢花　長夜薄病短夢頻囘窗月鄰雞清寒入骨用東坡病起韻

睡鄉安穩夜如年。鐙乳綴花妍。虛堂漏定吟魂悄、枕函靜・思落誰邊。羅幙徘徊紋疏皎潔、應是月輪圓。　薄寒依約上屏山。塵夢淡於煙。老懷不耐雞聲惡、儘長路鞭影爭先。爲報鄰鐘、暫時休打、容我五更眠。

鷺翁集 丙申丁酉

鵲踏枝

馮正中鵲踏枝十四闋鬱伊惝怳義兼比興蒙耆誦焉春日端居依次屬和憶雲生云不爲無益之事何以遣有涯之生三復前言我懷如揭矣

落蘂殘陽紅片片。懊恨比鄰、盡日流鶯轉。似雪楊花吹又散。東風無力將春限。　慵把香羅裁便面。換到輕衫、懽意垂垂淺。襟上淚痕猶隱見。笛聲催按梁州徧。
斜日危闌凝佇久。問訊花枝。可是年時舊。濃睡朝朝如中酒。誰憐夢裏人消瘦。香閣簾櫳煙閣柳。片霎氤氳。不信尋常有。休遺歌筵回舞衷。好懷珍重春三後。
風蕩春雲羅樣薄。難得輕陰。芳事休閒卻。幾日啼鵑花又落。綠牋莫忘深深約。老去吟情渾寂寞。細雨簷花。空憶鐙前酌。隔院玉簫聲乍作。眼前何物供哀樂。
漫說目成心便許。無據楊花。風裏頻來去。悵

望朱樓難寄語。傷春誰念司勳誤。江湖游
絲牽弱縷。幾片閒雲、迷卻相思路、錦帳珠簾
歌舞處。舊懽新恨思量否。
誰遣春韶隨水去。醉倒芳尊、忘卻朝和暮。換
盡大堤芳草路。倡條都是相思樹。　蠟燭有
心燈解語。淚盡脣焦、此恨銷沈否。坐對東風
憐弱絮。萍飄後日知何處。
幾見花飛能上樹。難繫流光、枉費垂楊縷。箏
鴈斜飛排錦柱。只伊不解將春去。　謾許心
情黏地絮。容易飄颺、那不驚風雨、倚徧闌干

誰與語。思量有恨無人處。

卜算子 影照小像倩穎生作圖先之以詞

搆景未須奇、要稱蕭閒我。邱壑中間謝幼輿、此意平生頗。 湍急倩山攔、峯削將雲裹。雲淡山虛水自清、終老斯鄉可。

阮郎歸 擬浣花

雛鶯啼去怨春殘。餘香襟裏斑。朱絃辛苦再三彈。心期深訴難。 金鴨冷、黛蛾攢。依依山上山。將離花好自愁簪。由他紅半闌。

浣谿沙 題丁兵備丈畫馬

苜蓿闌干滿上林。西風殘秣獨沈吟。遺臺何處是黃金。 空闊已無千里志、馳驅枉抱百年心。夕陽山影自蕭森。

鷓鴣天

笑裏重簪金步搖。鸚哥學語儘能嬌。祇愁淡月朦朧影、難驗微波上下潮。 牋十色、燭三條。東風從此得愁苗。靈蕤祕記分明在、囘首神峯萬仞高。

蹋莎行

荷淨波涼、草枯塵細。一年最是秋容易。生憐花鴨儘能言、横塘冷煖眞知未。落寞吟情、刁騷涼吹。耽閒偏識愁滋味。白波浩蕩指鷗天、紅闌邪角秋無際。

減字木蘭花

婆娑醉舞。呵壁無靈天不語。獨上荒臺。秋色蒼然自遠來。古人不見。滿目荆榛文字賤。莫莫休休。日鑿終爲渾沌憂。

金縷曲 辛丑至自汴梁出示所作和稼軒詞數十篇讀之喜不自禁郎

用稼軒韻題此索和辛峯將就
鹽官於淮南以覲事漸留度歲
離合之感雖不能無慨於中而
風雪聯牀歌聲相畣此樂亦平
生得未曾有也

心事從何說。算平生等閒銷盡、酒漿裘葛。回
首麻衣十年恨、淚盡隴山冰雪。暗循徧絲絲
華髮。何物向禽兒女累、負歸雲夢渺瀧岡月。
聽夜雨、共蕭瑟。暫時攜手還輕別。望江湖
風塵澒洞、星萍離合。一度相逢一回老、冷語

淒然砭骨。且莫對寒檠愁絕。四海子由眞健者、慣商歌斫地錚如鐵。霜竹冷、爲君裂。

沁園春 島佛祭詩臚傳千古八百年來未有爲詞修祀事者今年辛峯來京度歲倡酬之樂雅擅一時因於除夕陳詞以祭譜此迎神而以送神之曲屬吾弟焉

詞汝來前、酹汝一杯、汝敬聽之。念百年歌哭、誰知我者、千秋沆瀣、若有人兮。芒角撐腸、淸寒入骨、底事窮人獨坐詩。空中語、問綺情懺否、幾度然疑。玉梅冷綴落枝。似笑我吟魂盪不支。歎春江花月、競傳宮體、楚山雲雨、枉託微詞、畫虎文章、屠龍事業、淒絕商歌入破時。長安陌、聽喧闐簫鼓、良夜何其。

前調代詞答

詞告主人、釂君一觴、吾言滑稽。歎壯夫有志、雕蟲豈屑、小言無用、芻狗同嗤。擣麝塵香、贈蘭服媚、烟月文章格本低。平生意、便俳優帝畜、臣職奚辭。無端驚聽還疑。道詞亦窮人大類詩。笑聲偷花外、何關著作、情移笛裏、聊寄相思。誰遣方心、自成沓舌、翻訝金荃不入時。今而後、倘相從未已、論少卑之。

滿江紅 鄭兒爲予卜生壙於譙君墓次賦此以志他日當偏徵同人和作刻之山中爲半塘增一故實似覘螭背豐碑風味差勝也

笑揖青山、便從此雲歸也得。試認取半塘東畔、峯巒闠闠。陶令未開三益徑、扈君早辦千秋宅。更無煩記莂告山靈、應相識。 碑漫擬、征西勒。家未近、要離側。只隨宜呼取、酒人詞伯。與雷酒人及詩人黃香圃墓皆相距不遠地下竟償偕隱願、區中何日勞生息。和長吟神往白楊風、秋蕭瑟。漢扈君甎文曰持節使者北宮衞令扈君千秋之宅建武二十八年五月丙午工李邑作見蘆浦筆記二

摸魚子以梟刻宋元人詞贈次珊承賦詞報謝即用原調酬之

莽風塵雅音寥落、孤懷鬱鬱誰語。十年鉛槧殷勤抱、絃外獨尋琴趣。堪歎處。恁掐到紅牙心事紛如許。低徊弔古。試一酹前修。有靈詞客、知我斷腸否。　文章事、覆瓿代薪朝暮。新

聲。那辨鐘缶。憐渠抵死耽佳句、語便驚人。何
補。君念取、底斷譜零縑、留得精神住。停辛佇
苦、且醉上金臺、酣歌擊筑、雜遝任風雨。

齊天樂讀金陵詩文徵所錄疇丈遺箸

感賦

一從玉局飛仙去、清琴久塵凄調。落月牽愁、
驚濤撼夢、誰訪茂陵遺稾。虛堂夜悄。倘彷彿
平生、奮髯悲嘯。莫賦招魂、惹他幽恨到華表。
堂堂忠孝大節、叢殘文字裏、誰證孤抱。郭
泰人師、灌夫弟畜、慚負鍼砭多少。元亭夢杳。

歎我亦無端、鬢絲衰早。彈淚西風、[illegible]
渺。

祝英臺近 古微見示新作吟[illegible]云
口依韻成此不足言和也

東藏鉤、花覆局、一一墜懽記。箏鴈塵封、慵覓
箇人字。是誰玉笛飛聲、星辰昨夜、又容易夢
雲吹起。憶前事、爭信冷落琴心、相如倦游
矣。吹絮拈花、愁多懺無計。早知中酒光陰、困
人如此、悔輕到碧油簾底。

蜩知集 戊戌

臨江仙 枕上得家山二語漫譜此調夢
生於想歌也有思不自知其然
而然也

歆哭無端燕月冷、壯懷銷到今年。斷歌淒咽
若爲傳。家山春夢裏、生計酒杯前。 茆屋石
田荒也得、夢歸猶是家山。南雲回首落誰邊。
擬呵湘水壁、一問左徒天。

瑞鶴仙 古徵移居上斜街鄰顧俠君小
秀野草堂即查查浦故居也賦
詞徵和因憶咸同間吾宗龍壁

翁居此時適得王元章墨梅十二巨幀遂榜其西齋曰十二洞天梅花書屋事見龍壁山房庚申集藉廣古徵所未備並以詒後之志東京夢華者俾有考焉

翠深天尺五。認秀野風流、銀灣斜處。閒鷗淡容與。是百年見慣、騷壇旗鼓。春風胥宇。想生香梅花萬樹。正南窗、瀕入橫枝、約略洞天雲古。凝佇。朋儕韻事、拄笏高情、承平簪組。藤交陰嫵。誰共覓舊題句。勸先生莫忘、玉壺觴我、準備新詩賞雨。怕窺檐·一角西山、笑人自苦。

念奴嬌 和仲淵似園小坐用玉田韻

餘寒猶滯、甚槐街喧徧、報晴鐘鼓。芳節三分都過二、闌檻幾家春聚。漁父桃花、王孫芳草、休問年時路。西山今日、高樓心事無數。　那得卻掃如君、不知許事、自適閒中趣。老境閒門思種茶、未要木奴千樹。長劍慵看、酒杯擲下、飛夢滄洲去。化爲兩鳥、忘機共狎鷗鷺。

鷓鴣天 詠燭

百五韶光雨雪頻。輕煙惆悵漢宮春。祇應憔悴西窗底、消受觀書老去身。　花影暗、淚痕新。郢書燕說向誰陳。不知餘蠟堆多少、孤注曾無一擲人。

浣谿沙疊韻答次珊

許事人間未要知。杜鵑聲裏日遲遲。低頭臣甫更無詩。　身世相看原蟣蝨、文章何處不駢枝。楚蘭腸斷獨醒時。

萬里長風萬里沙。晚晴消息散餘霞。百年趆趄是生涯。　短鍤未妨行處荷、戒香不放定中斜。且拈新句酹新花。

西河燕臺懷古用美成金陵懷古韻

游俠地。河山影事還記。蒼茫風色淡幽州、暗塵四起。夢華誰與說興亡、西山濃翠無際。劒歌壯、空自倚西飛白日難繫。參差煙樹隱觚棱、薊門廢壘。斷碑漫酹望諸君、青衫鉛淚如水。　酒酣擊筑訊舊市、是荆高歌哭鄉里。眼底莫論何世、又盧溝冷月、無言愁對。易水蕭蕭悲風裏。

水龍吟分韻賦白芍藥得後字

倚闌獨殿羣芳、肯將顏色隨紅瘦、冰壺凝液、玉槃承露、蝶窺蜂逗、壓架酴醾、吹簾柳絮、影迷堦甃。悵彩鸞信渺、月斜煙淡、知甚處、香來驟。　歌舞揚州最好、正春濃瓊花開後。含顰欲語、將離有恨、粉痕微皺。和露簪餘、嬌分素靨、酥凝纖手。只鬢絲老去、西園寂寞、把韶華負、

綺寮怨　以疇丈鶴公所書聯吟詞卷屬叔問作感舊圖於後卷中同人惟瑟公與予尚無恙而十年久

別萬里相望歎逝傷離不能已

已用美成歰體以寫鳴咽

莫向黃壚回首、斷歌催恨生。聽燕語似惜華年、行吟處蘚徑塵凝。東風吹愁不去、空贏得淚墨懷衷盈。憶舊游望渺孤雲、人天感、歎息還自驚。　想念素襟共傾。闌干萬里、花前惜別同憑。顧影伶俜。賸華髮對山青。江闊故人無恙、試說與若爲情。今宵酒醒、空梁月落處、愁更明。

鷓鴣天讀史偶得率成一闋

卅載龍門世共傾。腐儒何意占狂名。武安私弟方稱壽、臨賀嚴裝促辦行。驚割席、憶橫經。天涯明日是春城。上尊未拜官家賜、頭白江湖號更生。

羣彥英英祖國門。向來宏長屬平津。臨歧獨下蒼生淚、八百孤寒媿此君。傾別酒、促歸輪。壯懷枉自託風雲。劇憐彩鷁乘濤處、親見蓬萊海上塵。

前調續讀史吟補錄端午次日作

屬國歸來重列卿。楊家金穴舊知名。似傳重

訂冰山錄、邢得長謠潁水淸。仙仗入、篋書傾。空令請劍壯朱生。好奇事盡歸方朔、殿角微聞叩首聲。

太常引

綠槐蟬咽午陰趖。殘夢尙婆娑。不是愛婆娑。這幾日風多雨多。迎涼散帶、銷憂擊柱、醉醒一行窩。攬鏡意蹉跎。歎白髮催人幾何。

塞翁吟風雨時至溽熱如炙綠杉見投新詠率賦以當報章昔紫霞翁論擇腔謂此調衰颯戒人毋作

然邪許相勞與輿會聽舉者聲
情自異得失之故顧無終極相
尋於絃外也

萬木酣風處、空際暮色蕭森。暗雨氣、小樓陰。聽高下蟬吟。雷聲忽送千山響、驚破眾竅如暗。看一霎斷雲沉。卷舒本無心。 清琴商歌歇。落痕細數、香徑渺前游。重尋任逐熱長安穠纖、自高臥世覓羲皇。散髮抽簪。濃霧未解、望裏懸知猶鬱疏襟。

醉花陰 姬人抱賢嗜誦宋元人小詞夏

夜鐙火不可親偃臥北窗令回環循誦時復入聽亦迎涼幽致也

臥聽清吟銷篆縷。抵得紅簫否。香挹素馨微。方麴疏簾、不辨涼生處。老嬾心情渾漫與。賸訂花閒譜。學道未應妨、笑問維摩、可是朝華誤。

水龍吟戊戌小除立己亥春夢湘同作

歲寒禁慣冰霜、隔年翻訝春何早。錫旛颭處、玉梅香裏、酹春一笑。春遣儂愁、儂將春負、悶懷丁倒。算重城煙景、花明柳媚、原未覺、繁華少。　大塊文章誰假。占春先翠蛾兒鬧。番風無賴、催完芳信、便催人老。金埒游情、玉壺吟思、莫教閒了。看忘情彩勝、盈盈弄影、向釵梁裊。

半塘定稾卷之一

半塘定稾卷二

臨桂王鵬運佑遐

校夢龕集己亥

東風第一枝己亥人日社集四印齋賦得人日題詩寄草堂

句占花先、春歸鴈後、銷凝歲事如許。絕憐開寶詩人、感時幾縈別緒。多情梅柳、似解惜城南幽旅。憶彩勝·迸淚題殘、頓觸亂愁千縷。醒醉裏·盛年暗度。歌哭外·舊游何處。已拚書劍飄零、老懷倦裁秀句。天閒一我、更媿爾·高

三十五。只小窗慵夢橋西、約略歲朝吟趣、

清平樂十四日晨起意有所會率筆書此以俟賞音

花閒清坐。坐久渾忘我。好句自來還錯過。斷續幽禽如和。　邈然山水虛深、昭文欲鼓無琴。誰信百年泡幻。等閒一刻千金、

驀山谿

塵緣相誤、大錯從何鑄。歸夢碧山遙、水雲空人間難住。落梅如雪、拂面作春寒、登廣武泣新亭、先我傷心許。　雨巾風帽、著酒長安路。

老至厭悲歌、炙銀簧、玉韡寒沍。百年浩蕩、憔悴惜初心、飛鳥外、落霞邊、那是愁來處。

玉漏遲 百穫亭夜宴有贈

淸歌花外裊。卅年綺夢、無端驚覺。影散優曇、那似情塵難掃。悵觸春衫淚點、又雛燕泥人癡小。新恨悄。渭城還唱、何戡淒調。 幾度顧影臨風、問舊日當歌、是何年少。花落花開、詩裏劉郎輕老。愁訴貞元軼事、只我也不禁潦倒。休暗惱。明朝鏡霜添了。

念奴嬌 日望樓春眺有懷仲弓

東風吹面、又等閒春色、三分過二。懽事難期
花易老、莫放闌干閒裏。怨極書空、愁來說夢、
舊曲還慵理。春雲無恙、林鶯休訴憔悴。 遙
指一角飛檐、百年裙屐、盛江家亭子。韋杜風
煙天尺五、銷得流光如水。經醉湖山、笑人魚
鳥、自惜登臨意。小桃紅綻、嫣然知向誰媚。

楊柳枝擬花間

賦裏長楊舊有名。郎看眉樣亦傾城。春風輭
入朝元閣、莫更思量作雨聲。
飛絮空濛鎖畫樓。年年寒食聽離留。爭信龍

池三二月、片風絲雨欲驚秋。

齊天樂 馬神廟海棠百年故物也春事方酣意古微日吟賞其下不能無詞擬此侍和

豔陽初破瓊姬睡、依稀沁園軼事。繡幄圍鴛、簫臺駐鳳、隔斷香紅塵世。緐華夢裏。記別殿承恩綠章催霽。幾番花風、舊時香色底憔悴。承平歌舞漫憶儘燒殘絳燭、密意誰會、海燕移家、仙雲換影、贏得孀娥清淚。殷勤步綺。莫付與鶯鄰、妒春桃李。黃月簾低、倩魂縈倦藥。

鳳凰臺上憶吹簫 社集香草亭賦簫

明月依然玉人何處、畫橋流水參差。記短歌催酒、惜別年時。休問笛家舊譜、寒食近煙柳絲絲。憐消受、分香手汗、浥潤脣脂。孤飛。野雲迹渺、還一舸煙波自和新詞。問歲寒疊鼓、春夢應迷。何事潛蛟夜舞、歌慷慨懷古增悲。頻吟弄、夫君未來、要眇誰思。

三姝媚 四月十日病起偶過咫邨回憶年時吟事甚盛此時好夢難尋

孤游易感不知來者之何如今

也賦寄叔問蘇州叔由蕪湖

東園花下路。記盟香年時、倦賡零句。病起心情、洗芳林厭聽夜來風雨。開到將離、春自老、無人爲主。蝶鬧蜂喧、遮莫紛紛、總過牆去。

杜宇催人休苦。問廢綠迷津、勸歸何處。花影吹笙、做畫簾空憶月明前度。那得流光、將恨與頹波東注。目斷停雲靄靄、淸琴自語。

渡江雲 淸眞集中諸調夢窗多擬作俊茂處能似之言外絕不相襲四

月十有八日意有所觸偶拈是解

流紅春共遠、夢迷紫曲、風迫海雲飛。近來沽酒伴、除指青旗、那處繫斑騅。黃金鑄淚、記弄珠江上八回。懷舊吟笑持明鏡、流影共徘徊。

天涯殷勤別緒、只有何戡、黯愁生清渭、回首憐蓬萊雲氣、都隔紅埃。東風無奈流鶯老、那更禁鶗鴂聲催。休采擷、江南紅豆誰栽。

徵招　夔生自廣陵游鄂賦詞寄懷卻和

幾年落拓揚州夢、樊川倦游情味。一笛落梅

風、又吟篷孤倚。江山仍畫裏。祗無那。舊大夫翳。白帢飄零、紅簫岑寂、暗銷英氣。迢遞楚天長、懷人處扁舟舊時曾繫。黃鶴尙歸來問飛仙醒未。行歌休弔禰。怕塵涴素襟殘淚。斷雲碧、醉拂闌干、正夜空如水。

三姝媚次珊讀唐人息夫人不言賦有感於外結舌而內結腸先箝心而後箝口之語賦詞索和聊復繼聲亦盍各之旨也

蘼蕪春思遠。采芳馨愁貽、黛痕深斂。薄命憐花、倚東風羅裏、淚珠偷泫。瞑入西園、容易又林禽聲變。那得相思付與青蘋、自隨蓬轉、惆悵羅衾捫徧。便夢隔權期、舊恩還戀。芳意迴環認鴛機錦字、斷腸緘怨。縷縷絲絲拚裊盡香心殘篆。漫想歌翻璧月、臨春夜滿。

鷓鴣天 向與一二同志為讀史之約意有所得即以是調紀之取便吟諷久而不忘人事作輟所為無幾今年四五月間久旱酷熱咄咄閉門再事丹鉛漫成此解並

告同志毋忘前約爲之不已亦乙部得失之林也

注籍常通神虎門。書生恩遇本無論。鬼神語祕驚前席、輓輅謀工拾後塵。空折角、笑埋輪。寓言秦鹿底翻新。可憐一鬨成何事、贏得班姬苦乞身。

金縷曲六月十六夜日望樓對月

此夕眞無價。俯危樓、羅雲四卷、玉繠高挂。袢暑人間銷欲盡、凉韻未秋先借。又銀漢沈沈西瀉。凝白闌干塵不到、是天然變酒能詩社。

淩浩渺，最宜夜。乘風敢擬游仙也，檢塵襟卌年緇素，暫時陶寫。玉宇瓊樓歸路迥，高處淸寒猶怕。莫輕放花間三雅。狂態姮娥應見慣，倚商歌、漫惜知音寡。看獨鶴，正來下。

唐多令

掠鬢練花長。筠棚卷夕涼。晚風輕、煖玉生香。記得酒闌新月上，頻倚醉、近釵梁。老去不禁狂。通簾泥舊芳。話青樓、殘夢荒唐。知是溫柔知薄倖，好持似、少年場。

滿江紅辛峰沒於泰州七月三日設奠

成服賦此招魂老懷慘結墨淚

俱枯矣

淚灑椒漿、誰信道望風酹爾。試屈指天涯骨肉、祇今餘幾。一箇那堪今又弱、諸孤藐爾知何似。最傷心愁病念兄衰、書新至。 對牀約、歸耕計。投老待、君料理。甚無端噩夢、驚人至此。地下倘仍親舍伴、固應勝我悽惶耳。賦招魂、如墨海雲昏、魂來未。

臨江仙 擬稼軒

暮北朝南忙底許、多時齒冷樵風。先生疏放

是天慵。醉鄉閒日月、安穩住無功。 注籍黃齏三百甕、腐儒食料原充。思量無地著窮通。忘機秋水觀、得意大槐宮。

減字木蘭花 擬樵歌

人生行樂。老子婆娑歌帶索。蒼鶻參軍。竿木逢場底是眞。 壺公知我。獨醒何人眞計左。夢繞雲屏。一桁山如故國青。

卜算子 擬蕭閒

把酒酹黃花、人盡陶彭澤。三徑無貲也是歸、此意誰能得。 漫誦北風詩、自媿南郭宅。憑仗秋山爲解嘲、明秀森寒碧。

點絳脣　擬秋品

莫更憑高、闌珊草色天涯暮。亂山無數。雲意閒如許。　一葉扁舟、夢到尋詩處。愁延佇。斷鴻聲苦。寂寞龍湫雨。

戀繡衾　擬梅谿

淡蛾山色人畫眞。撲游衫、都是翠痕。寫不盡幽修意、把詩魂分付斷雲。　輭紅眯眼長安市、底相看還似故人。乍憶得、妝臺畔、點吳孃眉黛暈新。

浣谿沙 擬梅屋

漸覺新寒上袷池。曲屏山亞夢雲攲。團團明月影愁窺。 試展眉圖迷眼纈，暗移裙衩惜腰肢。刀圭難已有情癡。

阮郎歸 擬清谿

小窗西日透紋紗。飛塵生影花。似聞將雨報林鴉。啼聲清潤些。 風蕩漾，樹天斜。晴光懵暮霞。臥驚殘溜響檐牙。煗餅新試茶。

庚子秋詞 庚子

踏莎行

彩扇初開、疏砧催斷。雲山北向征人遠。驚塵莫漫怨飄風、岫眉好試新妝面。　夢境迷離、心期千萬。絲絲縷縷愁難翦。不辭舞褏爲君垂，瑣窗雲霧知深淺。

訴衷情　用夢窗韻

水雲如夢阻盟鷗。煙草亂汀洲。寂寥幽意誰會、愁入曲江秋。　空攬鏡、漫登樓。暗吳鉤。青山隱几、烏角尋鄰、臣甫低頭。

謁金門

霜信驟。消得驚秋人瘦。昨日紅蓮今日藕。斷腸君信否。人世悲懽原偶。休怨雨雲翻覆。寶玦珊瑚珍重取。五陵佳氣有。

南鄉子

山色落層城。不爲塵多減舊青。只有看山前度客、愁生。獨倚高樓眼倦橫。 簷角暮雲停。懷遠傷高淚欲傾。昨夢橫汾西去路、聲聲。塞鴈驚寒〻不忍聽。

關河令

邊聲沈沈鴈共語。作一天愁緒。望極關河、寒深雲欲度。 天涯何限舊侶。枉自戀樓臺高處。斷夢都忘，衾塵誰念取。

胡擣練

年年芳事厭唐花，夢想江梅煙蒳。[illegible]冰合。愁對寒雲壓。　老夫無味已多時，凍酒和愁頻呷。寄語寒香休怯。好趁元綏臘，

虞美人　題校夢龕圖

往與漚尹同校夢窗詞成，即擬作圖紀之。今年冬見明王綦畫軸秋林茆屋二人清坐若有所思，笑謂漚尹曰是吾校夢龕圖也，不可無詞，因拈此調圖作於萬歷丁酉

乃能爲三百年後人傳神寫意筆墨通靈
誠未易常情測哉光緒庚子十月記

檀欒金碧樓臺好。誰打霜花槀。半生心賞不相違。難得劫灰紅處畫圖開。　淸愁閒對闌干起。自惜丹鉛意。疏林老屋短檠邊。便是等閒秋色儘堪憐。

遐方怨

槐葉落、露槃空。夢怯催妝、夜闌不聞長樂鐘。玉蟾香齧冷西風。恨隨嗚咽水、御溝東。

鋸解令

駐雲誰按酒邊詞、翠裏冷殘醺未醒。新鶯舊燕自家春、底與較。夢長夢短。隔花淚眼。爛錦年芳盼斷。東皇未必負春人、只蕩得。暗愁一點。

玉樓春

好山不入時人眼。每向人家稀處見。濃青一桁撥雲來、沈恨萬端如霧散。 山靈休笑緣終淺。作計避人今未晚。十年緇盡素衣塵、雪鬢霜髯塵不染。

前調和小山韻

落花風緊紅成陣。睡重不知春遠近。箏絃聲
澀鎮慵調、燕語情多羞借問。 屏山苦隔天
涯信。咫尺關河千萬恨。樓前芳草遠連天、望
眼不隨芳草盡。
閒雲何止催春晚。遮斷望京樓上眼。犀簾有
隙漏香多、斂帕無情盛淚滿。 柔腸已逐鵑
絃斷風外闌干憑不煖。歸來十九醉如泥、禁
得良宵更漏短。
不辭沈醉東風裏。笑解金魚能值幾。四條絃
語輭於煙、一桁簾痕淸似水。 醉調銀甲寒

侵指。只有翠尊知客意。酒雲紅暈襯微渦。解向歌塵凝處起。

定風波 和瞻園韻

愁裏清尊莫放停。笑看伶鍤是歸程。繞樹奇鶬啼不止。曾幾。舊時春色酒邊青。 識字毫端通畫意。審音窮畔得宮聲。活計安排支枕睡。誰醉。生先無夢也無醒。

山花子

天外冥鴻不可招。十年心迹負團瓢。老境蒼寒誰慰藉。月輪高。 嬾到冬山惟耐睡。愁呼濁酒等閒澆。賴有梅梢春信逗、兩三椒。

唐多令　衰草和穗平

離刬是愁根。連天没燒痕。漫萋萋、回首青門。陌上銅駞如解語、定相向、怨王孫。　別恨共誰論。憑高空斷魂。更無煩、臘鼓催春。不見潛行悲杜老、曲江上、幾聲吞。

浪淘沙　自題庚子秋詞後

華髮對山青。客夢零星。歲寒濡呴慰勞生。斷盡愁腸誰會得、哀鴈聲聲。　心事共疏檠。歌斷誰聽。墨痕和淚漬清冰。留得悲秋殘影在、分付旗亭。

春蟄吟 庚子辛丑

尉遲杯 次滬尹寄弟韻

和愁凭。檻曲冷迆邐斜陽影。凄迷一角殘山、心事遙天催暝。飛鴻送響、驚獨客空堂酒初醒。颭清霜幾葉宮槐、亂鴉如墨棲定。誰念舊日神州、看青暗齊煙九點寒凝。清渭東流無消息、哀淚與銀餅水迸。長歌斷悲風自發、正塵黯銅駞泣露梗。問柴桑甚日歸來、就荒空憶三徑。

天香 鹿港香

百和熏薇、千絲裊玉、氤氳小葉初展。翠鏤筠筒、炷添螺甲、約略海南春淺。溫磨半裏、渾不數。牟尼珠串。點檢西谿舊製、悵觸玉臺殘怨。

絕憐麝塵擣徧。怕蠻腥等閒還染。算只翠篝、留得舊情一綫。芳訊依然月底、甚泛入、槎風似天遠。纖縷縈簾、南雲夢繭。香以施氏製者為上其封題曰氤氳奇楠綫

齊天樂 鴉

城南城北雲如墨、紛紛颭空零亂。落日呼羣、

驚風墜翼、極目平林恨滿。蕭條歲晚。是幾度朝昏、玉顏輕換。露泣宮槐、夜寒相與訴幽怨。新巢安否漫省、繞枝棲未定、珍重霜霰。壞堞軍聲、長天月色、誰識歸飛羽倦。江湖夢遠。記噪影檣竿、舵樓風轉、意緒何堪白頭搔更短。

驀山谿 夢中得句與此解起調適合因足成之

和愁帶恨、憑得闌干破。消息問梅魂、料傷春未應偏我。寒灰心死、猶自撥陰何、堪絕倒、子桑琴、裏飯知誰過。催年臘鼓、不聽情猶可。吟裏貯寒多、共西山凍眉深鎖。微茫斗外、愁認帝王州、自醉酒、問東皇眞箇春回麼。

金明池荷花

東華塵土惟四時芳事差可與娛三百年來名流觴詠屢矣今年夏秋以還高臺曲池禾黍彌望追問一花一葉哉春風當來舊游如夢閉門蟄處益復無聊偶憶屐齒常經芳事最盛之處各賦小詞以寄遐想蓋步兵之塗既窮曲江之吟滋戚已嗟乎

慈仁之松廉墅之柳足以堅歲寒而資羨蔭者旣邈不可得即秋碧春紅媚茲幽獨亦復漂搖如此風月有情當亦替人[illegible]也

環佩臨風、樓臺寫影、咫尺璇源路近。秋色共湖光無際、疏香背冷雨暗引。記年年翠陌籠鞭、是幾度、神往菰蘆深隱。算冷眼雲山、忘機鷗鷺、省識吟邊幽恨。忽漫飛塵驚掠鬢。怕木佩風襟、舊情難問。芳時換、哀蟬曲破、花夢短、野鶩睡穩。晨空煙複道垂楊、望太乙仙舟、歸期難準。臏泣露敧槃、飄零鉛淚、悄共銅仙偷搵。

八犯玉交枝 寄園朱藤

門掩青槐、架敧朱珞、曲徑倩痕低亞。惟有玲瓏檐外月、慣見琴尊瀟灑。尋芳攜酒。最憐才魄銷沈、花前吟事憑誰話。長記朵香搴蔓、年年初夏。 惆悵舊日樓臺、翠陰覆處、黯然愁對鴛瓦。問誰信東風裊娜也分占、滄洲殘畫。儘輸與黎雲影謝、腥塵不涴紅闌罅。只夢憶緐枝、天池甚日歸來也。予舊籍山陰徐文長天池書屋青藤聞至

今尚存

夢橫塘 野見潭蘆花

短碕飛雪、別浦流雲、暮天涼意初覺。野色遙連、暗隔斷紅香城郭。刻意尋秋、不堪愁鬢、等閒迷著。憶扁舟舊隱、月落潮生、游情倦、風波惡。　江亭記得春歸、正迷離萬綠、雨潤闌角、短笛聲催、愁更說蹋青前約。最憐是、鷺鷗斷鴈、聚影澄潭怨飄泊。付與霜楓、冷紅獨舞、媚西風簾幙。

淒涼犯 用白石韻

夕陽一抹。風簾靜淸吟不盡蕭索。鈿車寶馬、懽情轉首、恨生淸角。傷春夢惡。斷紅沁殘陽影薄。甚怱怱珠旛彩勝、障眼總塵漠。　休念開元日、尺五城南、蹋歌聲樂。麝塵濺處、顫鸞龍寶釵零落。海樣鶯花、俊游事、鈿驄記著。只疏梅、月底弄影未負約。

花犯用淸眞韻

渭城西、絲絲倦柳、催人試愁味。雪欺霜綴。休更說腰肢、風外纖麗。玳筵舊日淸歌倚。投壺天正喜。尙彷彿雲屛寒淺、添香偎繡被。　黎園至今散如煙、風塵其弔影、驚心彫悴。腸暗斷、凝碧上管絃凄墜。東風颺落花似雪、誰更識龜年愁病裏。算付與龍鍾雙褏潸痕淸瀉水。

念奴嬌二月十二日妙光閣下感賦

沈屯雲亂、倚闌干愁對春山顏色。芳事無情翻有信、依舊小桃紅坼。鳥語關關、簾痕灩灩、容易繇華擲。樓臺無恙、到來多少塵隔。漫憶楚客當年、朋儕花底、秀語分寒碧。吹淚庭槐親酹取、此是滄桑曾歷。落日琴聲、遙天蜃氣、新恨誰銷得。迴腸斷盡、隔籬休送殘笛。

滿江紅 敬書岳忠武王贈吳將軍寶刀行墨蹟後

雷雨空堂、驚展卷龍蛇起陸。瞻拜處、凛然如見、劍光盈軸。灝氣縱橫山欲撼、交情鄭重杯相屬、想夜闌、盾墨灑淋漓、歌還哭。喑嗚氣、悲涼曲。千萬徧、循環讀。歎王刀可假、何堪重辱。悵望千秋人不見、相尋一轍車還覆。問誰歟、雪涕和哀歌、燕臺筑。

倦尋芳 初夏和滙尹

晚花颺蘂、新漲添痕、芳序輕換。寂寞東園、春事去來誰見。點屐長愁苔徑滑、穿林驚又禽聲變。掩簾櫳、試香心宛轉、暗灰殘篆。看檻外沈陰如墨、惻惻生衣、寒意猶戀。漫想薰風、腸斷綠雲天遠、午枕時敧歸夢熟、屏山閒倚吟情倦。話相思、付空梁調雛雙燕。

長亭怨慢 和忍盦春盡書懷之作

更休憶綠陰前度、門巷愔愔、亂愁如據、燕子飛來、舊巢塵涴定淒楚。一襟幽恨吹不斷、閒風雨。忍淚對流紅、看送到春潮何處。無語。

望停雲靄靄，向戀夕陽高樹。江湖夢影暗愁逐春城風絮。訴不盡，似水心情，向鶗鴂聲中分付。漫回首西山，腸斷青青眉嫵。

南潛集 辛丑至甲辰

水調歌頭 初至金陵諸公會飲秦淮酒邊感與索瞻園蕙石積餘和

微風轉城曲，涼意乍先秋。不知今夕煙月，何事爲人留。欲訪齊梁陳迹，但見珠歌翠舞，鐙火夜光浮。孤嘯倚舷立，釃酒酹沙鷗。　興亡事，醒醉裏，恨悠悠。微茫空外雲氣，直北是神州。爲問青谿舴艋、來往撇波雙槳、載得幾多愁。漫灑新亭淚、吟思渺滄洲。

滿江紅 朱仙鎮謁岳鄂王祠敬賦

風帽塵衫重拜倒、朱仙祠下。尙彷彿英靈接處、神游如乍。往事低徊風雨疾、新愁黯淡江河下。更何堪雪涕讀題詩、殘碑打。 黃龍指、金牌亞。旌旆影、滄桑話。對蒼煙落日、似聞叱咤。氣讋蛟鼉瀾欲挽、悲生笳鼓民猶社。撫長松鬱律認南枝、寒濤瀉。道光季年河決開封畢鎭惟岳祠無恙壬午扶護南歸曾夢游祠下

月華清 壬寅中秋

金粟浮香、冰輪碾玉、閒庭風物如畫。弄影婆娑、一笑襟塵都灑。倩西風、丁屬姮娥、休更遣羅雲縈惹。愁話。憶年時斷夢、醒來還怕。　難忘瑤臺清暇。是佳約延秋、朋儕催砑。把琖懷人、自酹孤光遙夜。試說與鏡裏悲懽、儘銷得吟邊陶寫。慵借。問游仙枕畔、彩鸞誰跨。

念奴嬌 疊韻酬漁公

津梁疲矣、且相從一飽、茹檐不托。輸與閒閒雲意嬾、不似客游輕作。殘霸關河、悲秋時節、對酒渾忘酌。綺懷微倦、滿前新句慵索。何必憔悴蘭成、江潭賦就始解傷搖[illegible]垂垂低颭影能値幾絇絲絡。白髮閒[illegible]長往、萬事風鳴鐸。故人書報菊花期東[illegible]

驀山谿 午發桃源明日抵淸河矣

東來十驛、漸報郵籤轂。鷺堠嬾於人、定憐客往還何驟。老懷蕭散、隨分傲霜風、算心事、白鷗知、遲我江湖久。　襟塵歷歷、香凝長安酒。大道直如繩、倚南轅黯然回首。不夷不惠、料理著閒身、笑波闊楚天長、好試扁舟手。

水調歌頭 淮安舟中

唱我遠游曲、喚起大魚聽。百年知幾行樂、莫視酒杯輕。記取明朝重九、訪古文游臺畔、黃菊重尋盟。吟嘯霜風裏、破帽恰多情。　弔王孫淮水曲、酒還傾。叢蘆風過瑟瑟、似作不平鳴。身計正須溫飽、底用登壇開國、一擲徇浮名。試看滄波冷、鷗夢不能驚。

聲聲慢 辛園小憩同旭莊

雜花鋪繡、淺草栽茵、憑闌野色浮空。敗柳枯荷、商聲遞入金風。悤悤載花載酒對閒園纔識秋容。悄相向、借吳波漲綠、與洗塵紅。誰唱白銅鞮曲、趁如雲嬌馬、流水西東。橋下龜魚也應驚到吟筇。風光自延倦客、倚殘曛閒數疏鐘。海天迴、寄愁心煙外斷鴻。

霜葉飛　海上喜晤漚尹用夢窗韻賦贈　時漚尹持節嶺南予適有吳趨之行悤悤聚別離緒黯然矣

酒邊孤緒。游情倦、閒雲自戀江樹。槎風欣送故人來、香汛梅根雨。歎冉冉流光迅羽。殘灰愁憶昆池古。好寄似、南枝嶺上早春回、莫負玉娥幽素。回首秋鬟鷺塵、瓠棱北望、黯然腸斷愁賦。白頭不擬此重逢、喜入鐙脣語。看驛柳煙絲颭縷。吳篷先載閒鷗去。賸夢君滄江上、霓節干雲、使星明處。

鷓鴣天 登元墓還元閣用叔問重泊光福里韻

雲意陰晴覆寺橋。秋聲瑟瑟徑蕭蕭。五湖新約尊前訂、十月輕寒晝裏銷。 憑翠檻數煙橈。一樓人外萬峰高。青山閱盡興亡感、付與松風話市朝。

齊天樂 泊舟光福故友許鶴巢郎中鄉里也感題此解

峭帆乍轉橫塘路、湖山頓驚愁眼。雙崦茶煙、四橋松雨、曾記吟邊深綣。梅林弄晚。訪醉墨題香、紫簫聲斷。喚起秋魂、荒荆何處舊池館。

滄波相對欲絶、亂雲攜酒處、愁繫孤纜。臨頓前盟、東華舊侶、誰識塵衫游倦。斜陽淚滿。聽啼鳥花閒、故情輕換。怨笛難招、虎山孤鶴遠。翁尚書詩曰鶴巢爲虎山一鶴

水龍吟 惠山酌泉

黛眉不點吳娃、凌波獨秀空煙際。疏林霜染、深蹊苔澀、虛堂瀾綺。濺沫跳珠、淸聲瀉玉、石鱗荒翠、自憑闌照影、古人不見、閒愁逐、輕鷗起。一桁竹鑪煙細、臥聽松・箏琶淨洗、孤懷誰識、臨風把琖、低徊問水。斜日游船、古陰秋苑、笙歌催醉。喚銅鉼載取、歸來重試、在山泉味。

洞仙歌 吳江楓老以雜樹間之尤鮮麗可玩舟中讀玉洤詠葉諸詞卽用其調以誌幽賞

疏黃敗綠、愛寒林江步。掩映吳楓冷紅舞、炫
秋容最是徑轉帆迴、鴉背閃、點點夕陽明處。
暮山嵐翠斂、持底明妝、認取籠煙幾行樹。
老去綺情刪、溝水東西、愁更憶題瓊殘句。儘
豔入詩心比春花、歎誰識、鏖霜歲寒良苦。

念奴嬌 逭暑焦山自然庵爲庵主六公題如此江山圖用東坡赤壁韻

雲埋浪打、想髯翁當日、吟邊風物。問訊江山
無恙否、目斷巖巖蒼壁。斷續驚濤、聯翩游屐、
好句留冰雪。焦仙醒未、爲予喚起英傑。　最

是棖觸愁心、禪天梵放、雲外淸笳發、撲地蒼煙飛不起、海氣浮空明滅、秋色西來、中原北望、天遠青如髮。孤光不改、多情祗有圓月、

木蘭花慢 歸德訪西陂故址

緯蕭圖畫裏、記親見、草堂幽。甚浴鴨池荒、棲鶯柳老、春淡成秋。汀洲。釣人居處、有平泉、樹石記中收。賸得殘山一角、冷煙低罥閒愁。悠悠。往事問沙鷗。文采宋黃州、是少日兵戈、承平觴詠、投老菟裘。扁舟。待盟舊隱、悵暮天、無際亂雲流。怕有夷歌夜起、驚心慵聽漁謳。

浣谿沙

老去耽游藉息機，四年三度此停騑。巫山仍隔楚雲西。野驛風高塵漠漠，首春寒重霧霏霏。醉呼濁酒自添衣，

半塘定稾卷之二

半塘剩稿

半塘賸稾

臨桂王鵬運佑遐

袖墨集

翠樓吟同槐廬粹父過聖安寺寺在東湖栁林舊有金世宗章宗畫象古松二株亦數百年物今並不可得見惟明指揮商喜畫壁猶存光怪奪目王阮亭高念東諸先生聖安僧舍聯句即此地也

磬落風圓花飛晝寂東湖試尋初地興亡如

夢過算都付銅仙鉛淚詩心禪味任歷刧枯桑流光飛轡閒僧睡有誰知得古懷今意劇憶仙客當年擁翠牋斑管雅游同記奇觀搜殿壁看龍象森嚴餘幾塵緣清未更覓徑花分捫碑落碎傷憔悴暮濤吹卷碧雲天際

宴清都 四月望日子石招飲花之寺

懽意隨春減闌干外惱人新綠都換番風次第酴醿過了華年難絆依依占地持觴漫惆悵尋春較晚試憑高認取春痕亂紅零落誰管年年對酒傷春蘭成憔悴愁賦應嬾鶯

簾按拍鸞牋覓句舊游煙散休嫌絮影飄零
賴迷卻天涯望眼醉歸來鼓角嚴城輕陰乍
轉

長亭怨慢亭皋木葉下紛紛七見秋光

老薊門多少天涯淪落意未
應秋士獨銷魂此已亟口占
句也容易秋風又逢搖落所
謂樹猶如此良可悲已用石
帚自製腔以寫懷抱

乍吹起秋心千疊寂寞亭皋試寒時節搖落

何堪庾郎離緒黯凄切客懷添否還認取星星鬢人老薊門秋枉盼斷飛鴻天末　愁絕對宮溝幾曲多恐怨紅飄沒尋詩舊徑省前事暮鴉能說是春風萬綠成圍早陌上玉驄嘶熱但極目長空冷翠淡煙明滅

綺羅香和李芋亭舍人雨後見月

雨斷雲流天空翳淨寂寞虛堂延佇望裏嬋娟依約舊時眉嫵任高寒玉宇瓊樓休孤負翠尊金縷算怨娥省識琴心冰絃塵掩向誰譜　流光彈指暗換猶記東塗西抹年時三

五斷夢迷煙贏得淒惶箏語待放將一片空明爲照徹萬家砧杵問婆娑弄影花陰夜闌吟倦否

慶清朝丁亥展重三日疇丈鶴老龍樹寺補禊同拈此解

杏酪初分餳簫乍咽良辰過到清明提壺勸客幽尋小憩池亭漫說湔裙人倦殘寒猶自勒春酲番風悄倩誰祓取芳意忪惺　屈指十年往事只西山共我記得鷗盟依依穉栁嬌眼還向人青莫把暗塵輕拂闌干怕有舊

香凝歸來晚一尊花底聊遣愁醒

金縷曲六月三十日鶴公招同夔笙小

集市樓

落落塵巾岸數年光卅旬又六今宵剛半飽
餓誰憐臣朔死聊共侏儒一粲看眼底風花
淩亂酒釅茶甘銀鐙側料牽人不敵羊頭爛
容易遣隔河漢　杯行到手休辭嬾聽淒淒
蛩螿四壁秋聲偷換人外聊同文字飲藉作
障塵腰扇算蛉贏尊前何限漫道不如公榮
者勝公榮也莫同杯琖歌一曲南山旰

高陽臺十刹海荷花爲都人銷夏勝處

近則畫船歌酒都入南湖喬木

蒼煙非復往時游事矣

翠葉招涼紅衣入槳灣頭銷夏年年栁外長

堤晴絲慣拂游韉王孫去後無簫鼓漫擎霄

喬木依然甚悤悤鶯燕天涯閒賸鷗眠　曉

風吹覺華胥夢記排空金碧帀地珠鈿葉葉

花花是誰深護文鴛煙蘿一角西涯路想侵

堦綠皺落錢只紅樓飛翠參差掩映華天

蟲秋集

玉漏遲 中秋雨中扶病覸姬人抱賢拜月

月和人意嬾風疏雨細助將淒惋小室吟湘靜倚銅荷慵翦一樣良宵輕擲恁偏我賦情難遣愁望遠浮雲知得素娥幽怨 依然瓜果中庭問可似年時月明花粲愁病相看厭說夜深絃管梟盡絲絲篆縷訴不盡深深深願羅衷偃闌干露華淒泣

摸魚子 酬沈鳳樓舍人並柬道希

卷疏簾新涼沁骨砭人都是秋氣蕉心先怯

西風勁經得雨憔煙悴君信未甚眼底空花幻影堪描繪無端暗悔看蜷曲支離城樗社櫟多少向榮意　十年事珍重修鞶飾恍依然驚到尨吠古人欺我眞耶妄此意諒君能會青鏡裏祇徑寸光明磨鍊酬知己長歌漫倚試問訊城西停雲無恙一笑共謀醉

前調寒夜不寐牽意倚聲得摸魚子後半莫知詞之所以然也明日畲泉倚是調見寄且徵和作因足成之同聲之應有如是夫

耐殘更籌鐙覓句寂寥誰是同調故人知我纏緜意鏤玉裁冰相勞君莫笑算一度風花一度傷懷抱長歌浩渺儘望遠低徊衝寒辛苦休爲外人道　憐花瘦知否看花人老明年春信還早輭紅日月銷磨易生怕林嘲壑誚歸也好只畫裏煙巒無地供游釣餐霞自飽便長揖青山爛炊白石夢穩嶺雲表

金縷曲　贈懷堂被酒作

剌促胡爲者正撩人春寒似水箇儂如畫昵影銀屏相並處何許香來蘭麝算風月今宵

無價寄語明朝當病酒尚書期請注尋芳假
渾不管長官罵　塡膺熱血憑誰瀉只依稀
狂奴故態向人非假贏得嬋娟青眼任此外
更何求也任浪蘂閒花開謝笑脫岑牟撾羯
鼓和斜街更點聲聲打拚一醉盡三雅

湘月　壬辰四月粹父監倉招同子美駕
部看花法源寺登陶然亭子美有
詞紀游致感存沒其言危苦回憶
戊子秋粹父約疇丈於此爲延秋
之酌酒邊念往淒然於懷倚調奉

酬所謂於邑難爲聲也

對花無語算今年又負好春如海問訊疏鐘怕喚起塵夢都無聊賴新綠初融遥青洊爽暫遣煩襟灑閒亭語燕似憐春去誰貸何止憔悴春人懷香空賦寂寞搴蘭茝買醉延秋尙記得風雨停尊相待今月仍圓孤雲長往此恨啼鵑解徵茫鄰笛更堪凄咽煙外

摸魚子癸巳熟食雨中

倚疏櫺斜風吹雨庭堦直恁蕭散方春已是情懷惡何況春如人倦春莫怨便添盡春潮

比似愁深淺簾櫳漫卷賸兩衷潸痕十年幽恨無計訴歸燕，壺山路昨夜夢中親見棠棃幾處開徧東風濺慣孤兒淚邗更鴈行中斷（時聞上高兄訃）愁望眼認一抹平蕪冷落雙江岸檐聲弄晚怕淅淅瀟瀟空牀臥聽容易鬢絲換

疏影

秋雲易夕漸漏長人倦敧枕寒惻欲寄相思夢冷蘼蕪王昌孏問消息壓殘金線渾無用枉抛盡十年心力只西園淡月啼烏如伴夜

窗岑寂　猶記小憐初嫁那時正媚嫵紅蕚相憶一樣山眉淺畫輕顰總異春人標格淚痕都是黃金鑄誰量取愛河寬窄怕殷勤訴與菱花換了舊時顏色

校夢龕集

瑤華　水仙

槃虛暈月佩冷搖煙幻楚雲千疊香銷粉印妝鏡裏隱約眉黃新抹淩波步遠鎮凝想微塵羅韈問斷魂幽曲誰招竟夜玉笙吹徹無言獨倚東風算紙帳梅痕堪並孤潔冰心

漫訴春思渺譜入琴絲愁絕峭寒禁慣夢不到西園蜂蝶是幾時淨綠浮湘一棹水天清闊

東風第一枝 元夕雨中用梅谿韻同夢湘作

膏潤銅街煙籠火樹春城輕颸更鼓暗塵愁斂餘香俊約恐乖舊處銀毬飛迸漫吟想雲開星聚要彩光流照天衢散卻半空霏霧風乍過管絃時度寒自忍綺羅倦侶伴入蜜炬分光買春玉壺覓句閒門深閉任芳節陰

晴無據聽笑歸閒話鄰娃月共去年人去

解連環 秋韆

謝孃池閣鬪東風俊賞鳳鸞飄泊弄倩影裙帶牽愁儘著意絆春梆絲嫌弱背立無言記前度庭花驚落算年光爛錦付與隔牆笑語依約 重扃鎖煙漠漠只多情夜月留照紅索悄不慣簾外輕寒、數懽事橋東又總閒卻有限餘香忍一任游蜂狂撲向黃昏繡牀倦倚鬢蟬自掠

水龍吟 梨花

是誰刻意裁冰要爭六出天葩麗華清月冷玉容寂寞啼妝初試淡極成妍空中有色餘花漫比儘千紅萬紫枝頭春鬧自占得青蕪地　悵觸吟邊新恨絮飛時東闌閒倚芳心一點微酸醞釀暗憐幽意夢也闌珊斷橋任說暮雲無際只愁他風雨含情脈脈正重門閉

醜奴兒慢南禪值社徵題其明湖問柳圖按漁洋山人秋柳詩李兆元幾云弔亡明而作趙國華

以爲紀明藩故宫人事見青草堂集詞成示潁生謂曾見舊家精華録秋栁詩題下有送寇白門南歸五字云出漁洋手槀是又一說也

東風栁眼閒閲興亡多少儘揺漾鵲華秋色暮暮朝朝擬託微波暗愁空遡白門潮幾回眠起亭荒北渚夢冷南朝／算只舊時闌干水面親見魂銷更誰訪尊前翠裏畫外銀簫莫話滄桑撩人風絮又倡條長歌欲和玉關

怨曲煙水迢迢

氐州第一 和次珊約古微同作

何事干卿笙鳳喚起當歌對酒情抱舞扇蛩雲邊笳訴月淒絕榮華露草三五年時記舊約房櫳深窈張緒風前秦宮花底負春多少又試新聲鶯燕小話前事亂愁誰掃迷蝶春心聞蟬客思甚夢醒人杳乍開簾驚見處歌塵惹閒情絕倒玉笛從今定愁翻伊涼別調

角招 笏卿招集龍樹寺限調同賦

傍城路登臨歲歲年年酒抱慵訴輭紅彌望處只有晚山眉翠如故推排未去怕眼冷窺人鷗鷺不見題詩舊主是前日杜鵑聲換新來愁緒 休負彩牋按拍烏紗倚醉花外閒尊俎笑桃曾覓句轉首風煙綠陰壇樹吟情痕苦聽梵落禪天鐘鼓莫漫愁生日暮看天際正輕陰涼蟾吐

掃花游曉雨初霽獨游葦灣迎涼弄水容與於荷香柳影閒風景依然俯仰增慨不知境之移我情耶

抑各隨所遇爲欣戚也偶拈美成雙調爲雲水問

柳陰翠合正玉鏡酣妝茜裳嬌舞浦蟬韻午倚紋疏記得曳風前度漫惜孤游儘勝閒牀卧雨淡容與賸一葉遡紅爲載愁去　塵影頻自顧笑葛帔練單又盟鷗鷺舊香換否怕迴飆颭麴錦機輕杼思與雲閒一晌留人小住耿無語望層樓鬧花深處

前調觀荷葦灣載菡萏數枝歸作清供亦逃空谷者之足音也

綺霞散馥正午枕涼同綠窗人悄佩環縹緲映芸籤亂葉倚嬌宜笑漫障青羅倩影臨風更好自吟繞柰白髮暗搔愁被花惱　幽意誰共道訝似水閒門朵雲還到點塵淨掃換籌花醉客舊時懷抱夢入滄浪笛裏歌翻水調畫屏小寫豐容玉蟾低照

極相思伏日銀灣曉望同夢窗韻

悄風低颺煙痕山翠小眉分悠然誰會涼生短葛思渺孤雲　節物春明殘夢裏俯官河愁蕩吟魂蹋波兒女關心尚數笳鼓朝昏

醜奴兒夏日限調詠燕分韻得紅字

鬬春花底呢喃語記占香紅倩影翻空玉樹休誇舞衷工　石巢點拍傳牋處休訴金風消息驚鴻玳瑁梁深睡正濃

黃昏簾幙微微雨可是春融王謝堂中何處聞歌不懊儂　閒情脈脈憑誰訴遮莫怱怱潦倒隨風掠水還應惜老紅

念奴嬌叔問寄贈魏普泰二年法光造象記文曰爲弟劉桃扶北征願平安還時予季新亡讀之惨然

賦此以寄叔問去秋亦有鴒原
之痛也
深龕禮佛乍摩挲斷碣潸然欲涕大願人天
空記取憔悴看雲心事千刼難磨三生誰認
此恨何時已天親無著羨他塵外兄弟還
記客歲分襟秋心黯淡君灑鴒原淚爭信江
湖書尺到我亦飄搖如此佛也無靈天乎難
問散偈西風裏蒲團投老相期同證禪契

醉太平西湖隱山吾鄉巖洞最勝處薇
生侍御貽我韶石高廣不盈尺

六洞宛轉通明幽窩頗與相似
因名曰壺天意隱並系以詞

驚雲勢偏流霞態妍一壺嵐翠蒼然乍家山
眼前湖天洞天南潛北潛山靈招隱年年
觸閒愁萬千南潛北潛二洞名近隱山均在湖上隱山六洞一朝陽二夕陰三南華四北牖五嘉蓮六白雀詳桂海虞衡志

浣谿沙夢得蓬萊七字足成此解

冷落騷詞楚調吟夢痕和淚漬羅衿在箏斜
柱緣塵侵　苦恨垂楊遮望眼閒邀旅燕話
歸心蓬萊清淺客愁深

綠意 蒹葭

涼生藻國正暮雲無際低映叢碧欲寄相思洄遡爲勞商聲似助蕭瑟平生雅識江湖味祇自惜客帆輕擲是幾番弄影迴塘短鬢晚花爭白　風景黽潭最好小篘坐聽雨吹上涼魄斷鴈聲中秋色蒼然沈恨有誰禁得詩人不盡離披感怕水墨圖成愁極乍眼明蓼際疏紅點破半汀清寂

月華清 己亥中秋

夜冷蛩疏天空鴈斷秋懷寂寂如許圓缺驚

心又是良辰輕負問今夕分外光明曾照得
幾家懽聚誰訴倚空尊倦憶廣寒儔侶 漫
說霓裳舊譜歎老去纔知管絃淒楚默數華
年换了幾般幽素甚時遣似水閒愁都化作
半空飛霧凝佇正吟邊桂子暗飄香雨

一斛珠 擬東山

鎖香簾箔酒腸不受牢愁縛舊時記共瓊枝
約拚負華年肯負鈿箏索 夢痕散似風吹
蘀懽情老作春雲薄空將醉眼閒中著褏手
低徊花底看人樂

惜秋華 校夢龕社集詠鴈

萬里長風正高樓送目吟懷酣處斷影自憐愁生楚天殘雨歸心暗落江湖向夢裏忺聽柔艣相將又漁歌弄暝秋橫南浦霜訊鎮如許問驚寒昨夜有人知否怕歲晚盟未穩舊鷗新鷺蒼茫水驛平沙乍恨牽玉關前度誰訴付盧郎月中笛譜

暗香 冬至逢雪問琴閣社集用白石韻

水天一色對玉龍舞處橫吹羌笛點點翠鈿沁到梅心乍忺摘休說寒銷九九應凍澀飄

花吟筆算未若羔酒人家儘意競歌席　鄉國路寂寂記醉蹋晚山冷翠飛積新紘自泣潑水衾寒夢還憶知是東風醒未天淡入無情愁碧料只有河畔梆岸容待得

三姝媚　唐花和閏枝

春酣冰雪裏問誰催梢頭萬千紅紫占盡穌華是年年三九玉梅花底芳訊潛通邪更待番風頻試惆悵宵來簾閣寒添蝶蜂蘇未莫負斜街芳事記冷逼茸裘瘦笻閒倚點檢珍叢黯吟懷愁入冬烘身世一霎繽紛應悟

到枯榮彈指寂寞美人林下月寒照水

南潛集

浣谿沙 泛舟珍珠橋側相傳爲南唐追暑清涼山故道

一徑蒼煙蔓女蘿野塘新漲受風多閒亭無處問紅羅 祇有碧山花外月似聞水殿夜深歌斷雲如夢柰愁何

綠蓋舞風輕 追暑元武湖用草窗韻

招得倦吟魂劫外湖山依然炫紈綺淒入秋心閒鷗應笑客玉笛愁倚不定陰晴斷雲冷

浮空還繫漫低徊舊日風香嬌弄花蘂　波
底自認衰顔點鬢數驚塵襛襪慵洗一葉顰
秋滴羅襟賸有登臨殘淚晉鹽吳香悄回首
興亡如寄黯無言目斷夕佳山氣

角招南來遇乙盦滬上瞻園金陵皆賦
此調見貽依調酬之

漫回首花間一笑相逢且盡醇酎衫輕憐骨
瘦影入秋鐙殘夢非舊危闌佇久訝望裏雲
山如阜寂寞江湖載酒算牢落北征吟省杜
陵儜傺　休負題瓊句就倚樓人健意外還

攜手涼蟾明似晝慣識狂奴放顛時候吳絲
解奏祇莫奏玉關楊柳共浥天涯淚裏怕今
夕玉繩低愁來又

倦尋芳同人社集瓣香樓俯仰今昔慨
然有作樓爲許奉新行河時奏
建祀文正忠襄二曾公

晚霞舊影喬木新祠幽勝如睨懷遠登高自
拂劒鐔吟望半壁東南磐石奠一家兄弟淩
煙上倚青尊話中興陳迹幾回惆悵 看檻
外斜陽煙柳腥染春愁淒抑相向一瓣香熏

目斷岳靈天上荼火風雲名士氣河山涕淚
平戎想悄無言撫危闌亂塵誰障

帝臺春　靡園補種新竹適竹醉日也紀之以詞左麾同作

簾戶一色疏槐颸空碧好事朝來補得花閒
綠天雲隙自劚蒼苔扶淺醉最難是令辰欣
值快安排冰簟閒聽碧玲風激　烟靄冪清
露滴乍硯北興遥集便餐秀從今慰調飢也
那用玉山珠實他日成林恣琴嘯誰識荷鋤
舊時客祇莫遇中郎賞笛材亭側

念奴嬌九月朔日宿徐州作

暮雲無際趁鴈風南下長懷如託戲馬臺荒秋易老重九近來誰作豔想霜花圓窺月魄濁酒慵斟酌故人不見誰知老子蕭索劇憶當日髯翁羽衣吹笛坐對長洪落滿目河山風景異贏得馬頭塵絡辦取明朝自支殘醉臥聽車吟鐸登高何處持螯左手曾約

前調雙溝早發三疊前韻

蕭蕭木葉是郵亭昨夜秋聲憑託瘦馬荒原嘶未巳野興牽人頻作酒冷塵衫夢回土銼

身世何勞酌遥青一髮相從如慰離索 爭信晴野桑麻年時滚滚天外長河落幻影如煙誰復料萬事豆萁瓜絡餐玉方疏還丹術祕歸買牛宮鐸邨醪應熟麴香風外依約

驀山谿九月六日清河舟次作

去年今日路入袁公浦歲月不參差又扁舟栁陰重駐冥鴻蹤迹來去本無心笑期約是誰監有信還如許 舉杯邀月聊復閒情訴秋色滿長淮問明日酒醒何處孤雲落落爲我作輕陰看青送隔江山似欲招人語

一落索　舟夜聽雨

記得日湖新句。無情嘲雨敲篷。今夜不成眠。纔省識清吟苦。　淅淅瀟瀟如訴。欲停難住。鄰舟定有篛鐙人。還似我銷魂否。

中興樂　阻淺高郵道中書悶。行篋未攜譜律。此依玉井詞塡。云用李德潤瓊瑶集體也

彎環帶水淺於溝。艱難上峽輕舟。朝朝暮暮。如望黃牛。高城空指秦郵。爲誰留。西風蕭瑟。檣竿錯雜。水調鈎輈。　半生梗泛笑難收。無

心去任悠悠江湖流浪淹滯誰謀海天何日盟秋任沉浮忘機萬里閒身依舊輸與沙鷗

長亭怨慢　泊灣頭距揚州十里追悼辛峰淒然有作

鎮惆悵霜寒日暮景物驚心亂愁誰訴老去何堪倚風吹淚怨孤旅高城如畫曾是我看雲處寂寞綠楊灣莫更送隔江津鼓　凝佇歎人天咫尺今夜夢魂通否烏啼月落祗倦枕殘更頻數倘鴈影得並江湖早懽入鐙前兒女又繫纜明朝愁問竹西波路

滿江紅　潤州懷古

第一江山稱霸府東南雄據弔陳迹興亡滿目斜陽草樹京口雲連天北極海門地扼濤東注只金焦兩點亂流中青如故　風拍拍江聲怒秋黯黯嚴城暮看縱橫飛舸乘潮掀舞天塹漫誇形勢好浪淘幾輩英雄去倚長歌不盡古今愁和誰訴

漢宮春　滬樓暝坐待叔問不至用夢窗韻寄懷叔問近刻所箸比竹餘音有楊栁枝詞極工因並賦之

愁入西樓正麴塵漲海秋闇明漪花前怕聽怨笛翻譜瓊枝江南舊夢記當年思曼清姿無那是懷人時候吳天冷雨霏霏喚起吟邊殘醉說瀾分煙翠一箭帆移重指劫餘淚眼載酒休辭驛橋弄暝甚維舟今夜偏遲誰遣得重雲如墨棲鴉萬點歸時

法曲獻仙音用夢窗韻

颭麴塵流慵花風追海月檐鐙齊上桃葉歌情楊枝舞節粼粼玉尊翻淚悵一瞥飄鴻遠縈簾翠雲冷淡相向倚西風暗驚閒夢人

不見何處錦箏送響對酒不辭中愁心一點如春蕩舊曲瀟瀟憐吳孃老去羞唱問非花非霧幾許煙迷秋帳

夜游宮夜雨秋鐙旅懷淒異三十年未歷此境矣然清逸之致有足述者譜此索漁公和

點滴空堦夜悄似楚客怨縈淒調酒醒回腸蕩未了問今宵惜秋心誰遣到　閒夢新來少自料檢江湖初稾臥聽鄰雞報霜曉起挑鐙短長吟愁暗繞

木蘭花慢秋登虎邱書寺壁

幾年幽夢裏算今日畫中來看杳靄尊波輕柔桂楫相與瀠洄清齋梵鐘徐引愛入門嵐翠接秋眉自采霜蕢酹水劒花寒沁行杯徘徊短策頻偎殘刻賸幾莓蕕正愁起闌干秋光平攬暮色遥催蒼厓待題翠墨倚長風誰拂亂雲開慵聽閒僧說與刼前歌舞樓臺

古香慢同叔問步登靈巖遂至琴臺絕項用夢窗韻

薛池粉冷蘭徑香留愁滿吳圖暝入疏林一

角淡煙催暮笻外鴈程低笑飛趁輕身過羽瞰滄波萬頃在眼老懷浣盡幽苦　是舊館名娃深處鐘磬僧房殘霸誰主步屧沈沈落葉響廊疑誤古意落蒼茫亂雲鎖盤空嶺路賸巖花自漂墜半谿暗雨

掃花游 常州塗次感賦

峭寒漲落正斷岸平煙片帆風裊蘸波徑小看人家負郭市聲喧早回首吳峰鏡掩螺痕縹緲轉孤棹悵川塗九迴如引愁繞　尊酒誰共倒更嬾問蘭陵鬱金香好雅游換了對

谿雲漾白斷魂親到短笛休吹怕入山陽怨
調倦吟眺倚青篷冷凝茸帽

長亭怨慢 臘月四日偶然作

幾絕倒先生歸計百甕黃齏費人料理落落
雲孤等閒舒卷定何意寒氊青擁還約略兒
時味鷗鷺莫驚猜試認取盟書一紙 愁寄
問家山何處黯黯夕烽西起白頭吟望盡銷
得杜陵憔悴看倦羽已落江湖漫猶憶巢痕
雲倚只催換新聲未慣玉簫月底

御街行 賸驛柳

輕盈不傍朱樓舞古道禁風雨不知留眼爲誰青似爾閱人良苦東西南北馬嘶塵起有恨常分取　天涯今日多歧路莫引游驄誤等閒已慣惹離愁那更飛花飛絮夕陽三尺鷓鴣啼上此際誰憐汝

半塘翁塡詞凡七稾自刻者爲丙丁戊三稾旣又裒其已刻未刻諸集刪存百餘闋付余寫定翁沒後一年余爲刊之廣州所謂半塘定稾也然刊落泰甚翁所揮爲涕唾糠粃不屑屑者世之人率踵汗奔喘望塵而趨之若不及者也端居循省良不能忍而割舍輒刺取褎墨蟲秋校夢龕南潛四集所薙者得五十五闋排錄成帙其已墨版者不復緟及昔黃仲則與洪稚存論詩不合戲要之曰脫不幸先稚存死吾稾經若刪定必乖吾旨趣矣

翁生平旨趣余不敢謂不知今之爲是刻也其果不至於乖與否也則卒不敢自知願以竢之世之知翁詞者丙午八月朱祖謀跋

味梨集

味梨集
一册
特廿813:28
1073

味梨集

半唐塡詞丙稿

乙未秋九顧印愚題

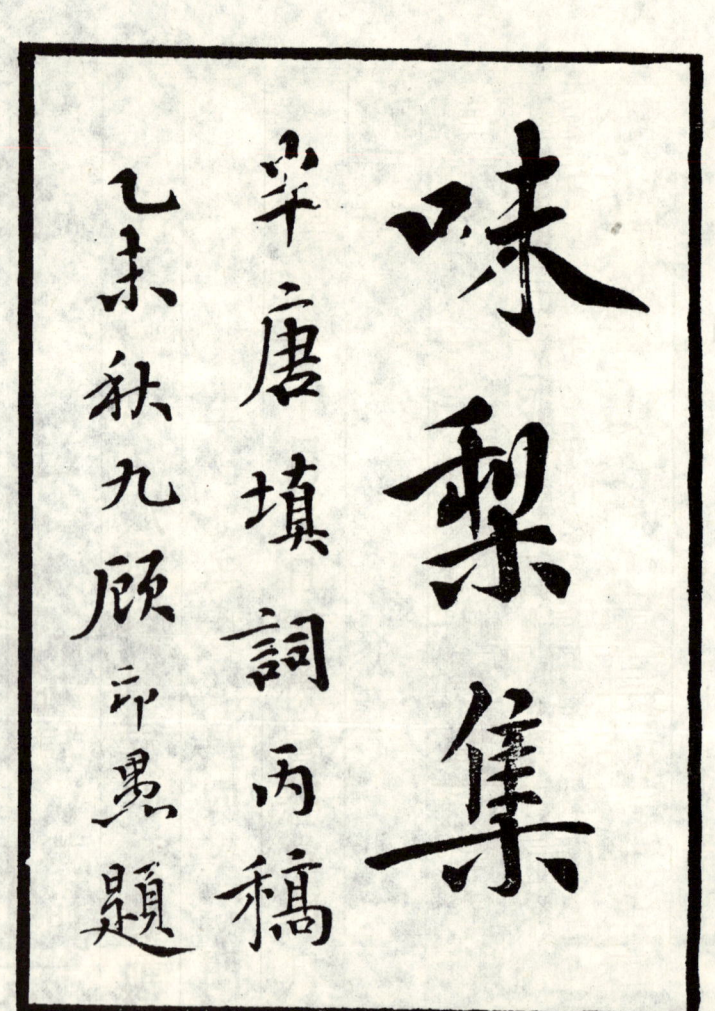

味棃集目錄

半塘塡詞丙稿共令慢九十首附錄九首續刻三十二首附錄一首

鷓鴣天

鵲橋仙

鷓鴣天

沁園春

摸魚子 附元作一首

東風第一枝
鷓鴣天二
點絳唇
青玉案
滿江紅
八聲甘州附同作一首
水龍吟
金縷曲

聲聲慢
清平樂二 附元作一首
南浦二 附和作二首
虞美人
壽樓春
百字令
鷓鴣天
百字令

浣溪沙二
唐多令
思佳客
祝英臺近附元作一首
臺城路
木蘭花慢
玉漏遲
點絳唇

南鄉子
東風第一枝
清平樂
摸魚子
踏莎行
大酺
蘭陵王
東風第一枝附同作一首

八聲甘州
高陽臺
聲聲慢
定風波
摸魚子
三姝媚六 附元作一首
鶯啼序 附元作一首
采綠吟

定風波
金縷曲
踏莎行
望江南
鷓鴣天
鶯啼序二
三姝媚
八聲甘州

南鄉子
驀山溪
徵招二
西子妝慢
摸魚子
水調歌頭
驀山溪
西河

解連環二
洞仙歌
鶯啼序
感皇恩二
夢芙蓉
紫玉簫
卜算子
清平樂

風中柳
側犯二
霜葉飛
一萼紅
臺城路
夢芙蓉
南鄉子以下續刻
霜花腴

齊天樂
沁園春 二
最高樓
一斛珠 附和作一首
點絳脣
徵招
燭影搖紅
望江南 十五

蘭陵王

一萼花

浣溪沙 四

百字令

味棃集

臨桂王鵬運佑遐

鷓鴣天 癸巳七月十三日恭紀

太液秋澄露半銷天風依約響瑯璈漫將弱質輕蒲柳得近宮牆也後凋 移故步認新巢鳳池回首日輪高蔚州郎墨聲華在珍重新恩賜珥貂

鵲橋仙 八月十四日秋分京兆試闈

作

銅鋪雨過瓊樓月上風物望中無限明宵已到十分圓甚今夜秋纔分半 紞如更鼓紛然烏鵲擾擾玉繩低轉風流試院說煎茶怕今月笑人、不免

鷓鴣天

似水閒愁撥不開秋風庭院古苺苔爐烟茗椀渾閑事消得回腸盪氣來 空繾綣

自喪哀鄰家絃管莫相催風花結習憑都
懺奈此昆明刼後灰

沁園春 展重陽日粹甫招同夔笙登
西爽閣

問訊黃華過了重陽秋還許濃正壓檐蒼
翠遥山洊爽平闌烟樹霽色橫空渺渺愁
予茫茫懷古不覺置身圖畫中閑吟處聽
西風鈴橐落日霜鴻 攜筇記得游踪指

依約雲間三數峯，向山靈長揖，諒非生客。
塵埃揮手毋涸，而公醉帽慵扶，唾壺從缺。
管領秋光一笑同，人間世算尊前消得，湖
海元龍。

摸魚子　十月望日雪後會經堂對月
呈駕航年丈，先是同事秋闈，
駕丈賦浣溪沙索和，無以應
也。兹復入監武試，仍徵前作。

賦此報之

倚高寒碧天無際暮雲淨卷空濶瓊田千頃交輝處表裏通明澄澈情脈脈恁前度人來今月渾非昨清尊試溯記細雨欃花秋風桂子好句共斟酌　清詞麗欲和紅牙愁拍眼前有景難說詩成便作徵逋劵比似催租孰虐情約略怕今夜瓊樓莫也思量着燈花暈薄待撤棘人歸鈎簾月上

款款責前諾

附駕航京兆原作

夜雨浪浪耿客愁平分月色上簾鈎驀思明日是中秋　半掩銅鋪涼浸履自然銀燭暈生篝不眠人在小瓊樓

東風第一枝 此壬辰二月夔生伯崇計偕到京夜過四印齋用邵復孺均聯句舊作

偶于篋中檢得之附錄

于此伯崇是年果占東

風第一文字有祥行爲

夔生祝也時癸巳臘月

廿二日雪中

寒重花慵燈疏漏短清吟誰伴孤影半故

人却共春來倦燈暫銷夜冷夔天涯舊夢

又盞曲紅闌催暝伯對玉梅證取心期早

是宿醒輕醒半　棐鳳短茜紗方靜箏雁悄素絃待蹔夔　綵毫怯寫銀箋暗香尙留寶鼎伯　鸞簫鳳籥看次第天風吹并半怕俊游不似年時負了武陵漁艇夔、

鷓鴣天　擬花間

挂壁燈疏暈薄光坐聽宵柝屋圍霜入間好夢知多少直恁鴛衾冷繡牀　愁未已漏方長敗荷殘葦滿橫塘峭風那解相思

苦併作西樓一夜涼

又甲午首春初過碧茗館閱所藏舊院卞栁書畫

燈事頻催暖意回軟紅隨分踏天街誰知寶篆沈烟後又爇香心一寸來　歌宛轉月徘徊鶼鶼鰈鰈此情懷南朝韻事卿休訴消受風情儘費才

點絳唇

侘傺無端，行歌不是傷春句。西山當戶知我閑情緒。　去馬來牛，擾擾渾如許。燕臺暮。荆高何處。倚醉聽金縷。

青玉案　晚興和駕航京兆

亭皋綠遍春來路，又冉冉、春將去。不是吟情渾漫與。天涯回首，落花飛絮，都付流鶯語。　珠簾翠幙無重數，似水空庭鎮延竚。滿地江湖君念否。青山猶是，白雲終古，百

草憂春雨 用山谷語

滿江紅 送安曉峯侍御謫戍軍台

荷到長戈已禦盡九關魑魅尚記得悲歌
請劍叜鬭相視慘淡烽烟邊塞月蹉跎冰
雪孤臣淚算名成終竟負初心如何是
天難問憂無已眞御史奇男子只我懷抑
塞愧君欲死寵辱自關天下計榮枯休論
人間世願無忘珍惜百年身君行矣

八聲甘州 送伯愚都護之任烏里雅蘇臺

是男兒萬里慣長征臨歧漫淒然只榆關東去沙蟲猿鶴莽莽烽烟試問今誰健者慷慨著先鞭且袖平戎策乘傳行邊 老去驚心鼙鼓歎無多憂樂換了華顛儘雄虺瑣瑣呵壁問蒼天認參差神京喬木願鋒車歸及中興年休回首算中宵月猶照

居延

附伯希司成同作

驀橫吹意外玉龍哀烏里雅蘇臺看黄沙氈幕縱橫萬里攬轡初來莫但訪碑荒磧同人屬拓闕特勒碑爾是勒銘才直到烏梁海蕃落重開　六載碧山丹闕幾商量出處披我蒿萊愴從今別後萬卷一身埋約明春自專一壑我夢君千騎雪皚

譬君夢我一枝榔櫪扶上岩苔

水龍吟乙未燕九日作

東風不送春來，如何只送過聲至？斷雲閣雨，簾櫳似水，泠清清地。爐火慵温，唐花欲謝，惱人天氣。耍無端清角，乍淒還咽，直爲喚新愁起。　記得年年燕九，鬧銅街、春聲如沸。香車寶馬，青紅兒女，白雲觀裏。節物驚心，清遊誰續，好懷難理。算勝他鐵甲銜

寒暄指向沙場醉

金縷曲二月十六日紀夢

夢境非耶是是分明親承色笑融融洩洩姓日房櫳周旋久左右孺人稚子恍歷歷少年情味懊恨晨鐘催夢轉擁寒衾往事零星記賸點點行行淚　不堪衰鬢成翁矣試回頭卅年彈指悲歡夢裏難得宵來團圞樂情話依依在耳似遠別匆匆分袂

若是九京仍骨肉算此身此日翻如寄非邪是問誰會

聲聲慢 春雪書懷和駕航京兆韻

雲濃堆墨眼眩生花餘寒尚戀茸裘問訊東皇遲回駕為誰留年時二分春到正柳棉糝逕風柔又爭信是天公玉戲歷亂飈飃 記得咸豐年事幾鯨呿豕突春暗皇州三年癸丑十年庚申一春大雪皆有寇警 風雪今番泥人一

椽春愁憑誰凍雲深處掃欃槍餤落旄頭

二十四數花風聽雨小樓

清平樂夢中得小詞醒而錄存之不知於意云何也

連天沙草南走邯鄲道枕上游仙都未覺

那怪琵琶聲杳　烽煙滿目山河好春多

半蹉跎奇絕代飛燕雁往來不畏雲羅

又次園公韻

百年草草玄髮無多了負手長空看過鳥青鏡本無塵到　逍遥我笑南華華胥夢裏誰家好是春風浩浩吹開吹落千花

附圃公侍御元作

天涯芳草孤負春深了欲託遮姑南嚮鳥爲報白雲知到　此時塵土東華當年筍蕨山家究竟是非誰管牆頭開落風花

南浦春柳用樂笑翁春水韻同李髯作

新綠滿瀛洲薄寒消又是岸容催曉羌管漫吹愁東風颭和雨和烟都掃盈盈顧影疏星一點春痕小牽惹離愁千萬縷何必綠波芳草　絲絲那綰流光幾銷凝寒食清明近了繫馬認閑門年時約春共踏青人到吟情頓渺夕陽休倚危闌悄問訊絮

飛隨水處種出蘋花多少

又 寒食日憶壺山桃花再用春水韻

芳事說壺山近清明正是千林春曉花氣
潤姓嵐溪橋外風過麴塵如掃單衣作試
翩翾蛺蝶迎入小怪底暖風薰欲醉看取
青紅芳草 眼中節物依依便歸來已是
十年遲了寄謝草堂靈新蹊畔知否夢雲
曾到空烟杳渺鳴鳩聲裏山容悄坐憶陰

崖題石處，剩得墨痕多少。五嶺春明看駐馬，三山日暖聽鳴鴣。山外四望樓檻語也

附園公侍御和作

十載別家山，又春歸，怎奈燕晴鶯曉。忽記當年清明日，曾向壺山挂掃。縱橫野飲，天邊卧看歸鴻小。那識長安還有路，只道世無芳草。回頭孤負桃花，這流光都被塵沙送了。雲鎖萬山青，提壺

處不識看花誰到天遥水渺西窗斜日
啼鴉悄管箇青山眞不易莫笑主人來
少

附夔笙舍人和作

春事底匆匆數番風依約簾櫳昏曉風
景說江亭清明近應是山眉都掃斜陽
古寺十年孤負紅英小塵海緐華休重
問淒斷玉驄芳草　壺山山下吾家料

環溪一帶桃花放了花外舊遊蹤松楸路魂夢幾番愁到邊笳怨渺暮寒何況天涯悄無限芳菲無限恨拋擲韶光多少

虞美人

春衣欲試寒猶重愁是東風種閒拋金彈打流鶯不道天涯蕩子向關情　屏山可有人行處禁得愁如許拚教花落舞山香

誰向曲中念取惜春陽

壽樓春

清明次日星岑前輩招同省旃夔生尋春江亭囘憶曩從疇丈鶴老游春秋佳日輒觴咏于此感逝傷今春光如夢西州馬策腹痛不禁矣是日畬詮期而不至賦壽樓春寄懷卽用其調索同游諸君和

嗟春來何遲看覓潭皺碧才漾輕澌只有潭陰新梆向人依依紉蘭茝搴芷蘺望所思低徊天涯儘刻意如儂忘機似佛相對也悽迷　前塵在思年時記黃壚買醉白練題詩回首憑闌人遠夢雲難持啼鴂恨盟鷗知且屬君深杯休辭算消得游情桃花隔籬紅幾枝

百字令星岑爲題戴笠圖殷殷以事

功相聶勉倚調賦謝并致愧

辭

男兒墮地看風雲咫尺幾曾心死也識荒雞聲不惡無那鬢星星矣鉛杵生涯櫂椎事業俯仰猶餘恥篋中鳴劍夜深休吐光氣　堪歎得失雞蟲百年未滿寸寸彎強似坐對畫圖心語口蓑笠諒非難事邱壑因循塵埃褦襶微尚仍虛寄媿君良厚拂

衣行釣雲水

鷓鴣天 近作春柳詞同人屬和盈軸戲題一闋於後

新綠禁寒瘦可憐東風糝逕欲飛緜尋常冷眼看芳草記得低徊十載前 傾翠斝驟香韉小樓依約嫩晴天憑君玉笛催春醒說到靈和意惘然

百字令夔生舍人輯錄薇省詞鈔成

奉題一闋

數才昭代算聲名紅藥英光蔚起競說陽春池上曲猶有高岑風致地迥流清官閑韻勝雅望推中秘王前盧後題名要關新例遥憶儤直從容詔成五色高詠宮槐底文彩百年鸞掖盛金石噌吰猶爾黃蓼徵題潘功甫事紅薇讀畫張溫和事想望承平事簪裾如接後來英彥誰是

浣溪沙和李髯

國色盈盈欲鬭妍好春難得豔陽天怨紅凄碧問誰憐　也識蝶情渾漫浪聊將鶯語致纏綿夕陽花塢意懨懨

記得排雲待上清偶拈筩筦學龍鳴天風吹下是春聲　說與前游成悵惘爲誰凄調獨凌兢絲哀竹怨不勝情

唐多令四月初九日作

春樹噪昏鴉，春城咽暮笳，正紛紛、紅雨迷花。都是東風來往路，恁回首，便天涯。　慵幕幾重遮，深深燕子家。莫思量、舊日繁華。紙醉金迷誰會得，已春色，一分差。

思佳客　嘲樊老

老入溫柔似醉鄉，蹣跚羞說少年場。誰知鮑老郎當袖，也向東風舞欲狂。　飛絮輭，雜花香，甘蕉情緒不尋常。李髯新句還堪

繪壓雪蒼松映海棠髯嘲和末句意

祝英臺近 次韻道希感春

倦尋芳慵對鏡人倚畫闌暮燕妬鶯猜相向甚情緒落英依舊繽紛輕陰難乞枉多事愁風愁雨 小園路試問能幾銷凝流光又輕誤聯袂留春春去竟如許可憐有限芳菲無邊風月恁都付等閒花絮

附道希學士元作

剪鮫綃傳燕語黯黯碧雲暮愁望春歸春到夏無緒園林紅紫千千任教狼籍夏休怨連朝風雨　謝橋路十載重約鈿車驚心舊遊誤玉佩塵生此恨奈何許倚樓極目天涯天涯盡處算祇有濛濛飛絮

臺城路　過甘石橋南園林感賦

蒼雲鬱鬱城西路瑤源倘通入境尺五天

高萬千春好想像承平觴詠匆匆醉醒歎鳳去臺空夕陽紅冷彳亍墻陰舊歡新恨共誰省・當時何限樂意樓臺平地起深駐韶景鶯燕逢迎鼎鐘歌嘯四壁烟霞坐領輕陰弄暝甚刻意經營總成銷凝彌望風塵暗愁生藻井

木蘭花慢送道希學士乞假南還

茫茫塵海裏最神往是歸雲看風雨縱橫

味梨集　十七

江湖澒洞車騎紛紜君門回頭萬里料不應長往戀鱸蒓淒絶江天雲樹驪歌幾度聲吞　輪囷肝膽共誰論此別更消魂歎君去何之天高難問吾舌應捫襟痕斑斑凝淚算牽裾何祇惜離羣煩向北山傳語而今眞愧移文

玉漏遲

望中春草草殘紅卷盡舊愁難掃載酒圜

林往日遊情倦了殘點飄零花絮做弄得陰夝多少歸夢好宵來猶記驂鸞親到尾長與短如何算愁裏聽歌也傷懷抱爛鎔年華誰信春殘恁早留取花梢日在休冷落舊家池沼吟思悄此恨鷓鴣能道

又題蔣鹿潭水雲詞

玉簫沈舊譜鼓鼙聲裏暗愁如訴濁酒孤吟譜盡天涯風露除是楊花燕子更誰解

漂零念汝江上路傷心消得蕪城一賦淒涼蕙些蘭騷歎哀樂無端如相告語烟月陳隋金粉工愁爾許休怨城笳戍角算聽到無聲更苦慵覓句疏燈夜窗紅嫵

點絳唇 餞春

抛盡榆錢依然難買春光駐餞春無語腸斷春歸路 春去能來人去能來否長亭暮亂山無數只有鵑聲苦

南鄉子

爛醉復奚疑紅瘦偏憐衆緑肥聽遍禽言行不得誰知坐看春光冉冉歸　底事有成虧一曲英皇遠别離待把長竿浮大澤依依雲水微茫意轉迷

東風第一枝讀周青原落花詞生氣遠出不落前人窠臼與李髯約各擬一解仍禁

用飄零衰颯語意縮紅
縈綠自愧不如髯也軼
羣定應突過

嫩蕊摶空餘香藉草小庭風意初定雅遊
還憶搴芳客思幾回忍俊惜春心在待訴
與啼鵑未肯儘勝他梛絮輕狂化作滿池
萍冷　新月上漸移舊影微雨過砌成繡
徑倩將芳事句畱綵筆試描畫幀臨流坐

久看水面文章輕靚料箇人裏人鮫綃喚
取蜨魂應醒

清平樂

禿襟窄袖春意微微透好是酒闌人散後
言笑不知眉皺　千金一刻韶光昵人燈
影紅窗惆悵沾泥情絮難隨風蝶飛揚

摸魚子　太常仙蝶來過賦此以志

算年年鶯猜燕妬仙緣知在何許羽衣黃

暈珊珊影畫裏記窺眉嫵閑院宇甚一晌翩然還共行雲住殷勤酹取念萬里家山三春夢影黯黯觸愁緒　長安陌莫漫遶遶栩栩軟紅都是塵土貞元朝士無多在憶否舊時吟侶休浪舞怕望裏樓臺不盡遊仙路蟲天掌故歎甕繭誰收金錢解幻爲爾幾延佇

踏莎行　戲題燕燕集爲李髯作

酒國先聲情天新製綾箋書遍人人字非花非霧說因緣一波一磔傳心事　鳥小呼名貓憨醉紙顛狂栖絮東風裏殷勤越網結千絲綺懷誰似髯夫子

大酺　咏瓶中芍藥用清眞韻同夔笙

聯句

又海棠收荼蘼過芳事難留華屋半唐紅扶燈畔影話豐臺消息舊游棖觸夔笙錦幄香

融玉杵粉暈吟賞消他絲竹半唐邊憐春婪尾倚嬌憨莫負綠醪初熟夔笙記凍徹銅瓶閉門前度咏梅人獨半唐番風過迅速幾回見蜂蝶隨雕轂夔笙未用說清吟洛下影事揚州便一作平枝儘供題目半唐十載東華夢空悵惘豔翻階曲夔笙將離恨黯京國多少鉛淚襟上猩紅如菽半唐歲華暗驚轉燭夔笙

蘭陵王為西蕓端公題照

暮寒薄春老東風漸弱京華路獨立蒼茫極目關山怨飄泊風光未蕭索驚見摩空健鶻低頭拜臣甫杜鵑詩卷長吟動寥濶披圖認約略歎過影能留心事難託櫂椎鬪巢花爲幞聊五斗中聖一經課子如公風趣信不惡笑塵事休莫磅礴且行樂漫望遠低徊書空錯愕清灘只在般山

北待相望兩地自專一壑憑誰圖取向畫裏證舊約

東風第一枝

近與李髯賦落花詞禁用飄零衰颯語夔笙和之復廣其意賦柳絮索和好勇過我出奇無窮倚調奉訓仍索李髯同作

團圞夢影匆匆鎮難忘笑語粧臺舊日簾櫳　蒼茫身世憑誰慰歎孤吟弔影恨滿西風詞筆淒涼多時愁憶眉峯落梅五月方聞笛恁無端秋訊潛通儘消魂此意誰知說與晨鐘

聲聲慢　六生將賦遠遊倚聲留別即次元均送行傷離念遠憂來無端不覺音之沈頓也

腥餘海氣悲咽城笳驚風吹換流年滿目烟塵酒徒空憶幽燕劍歌夜闌激越悄無端淚盡尊前君去也攬江山壯采珍重吟箋我媿津亭楊柳儘陽關唱遍猶滯歸鞍脫鞅東華望來人物疑仙浪浪海山奏雅怕移情別有成連叟甚處覓靈均天外問天

定風波

鶗鴂聲中醉不辭年年怊悵綠陰時爭似
新來情味惡蕭索無因說與杜康知　萬
里驚傳天外信愁聽故人眉宇到今疑誰
遣飛花隨水去空訴暮天風笛起相思

摸魚子　鐵三有海外之行過我言別
並示近作萬柳堂紀游詞倚
調奉答即以贈行

指接天萬株翠柳野雲何處池沼斜陽一

角滄桑影都在斷垣荒草愁渺渺問可是靈和舊植新來少閒鷗看飽儘付與江潭任他搖落多事費憑弔　承平事幕展風流未杳驚心我輩重到故家喬木君休問塵滿長安古道行也好試汗漫騎鯨醉看榑桑曉歸來一笑更載酒攜柑翠陰深處快讀壯游稿

三姝媚　道希南歸途次賦詞見寄倚

調答之郎用元均

懷人心正苦況闌干依然倦紅愁舞淚滴羅襟數心期慵續閑情新句費盡春工成就得半天風絮碧海沈沈只有嫦娥忘去情終古　此際潮生江步正酒醒扁舟羨君歸路風雨禁持料也應念我獨絃謌處已是啼鵑休更說看花如霧知否成連海上新聲換譜

附道希學士元作

鶯啼春思苦看湖山紛紛尙餘歌舞折栁千絲殢酒痕猶沁錦襟題句倚遍危闌淡暮色飄殘香絮似綉圍林一霎鵑聲便成今古　當日花驄連步共游冶春城踏青歸路夜半承明聽漏聲疑在萬花深處可柰東風吹不散濃雰淒霧記取靈和舊恨清商自譜

又　疊均示子苾并柬夢湘夔笙

吟情休泿苦且逍遥期君聽歌看舞題遍江山有雙鬟解唱酒邊奇句落溷飄裀休較量等閒花絮燕市悲凉不見荆高黯然懷古　記否江亭聯步對葭葦蒼茫寄愁無路莫戛銷魂好闌干捻在斷無人處不分西山也難障朝來烟霧珍重棗花簾底清歌共譜

又滿目烟塵欲歸不得三用道希均以寫懷抱猿驚鶴怨思之黯然

天涯情味苦枉低徊江湖片帆風舞似水前盟有閒鷗記得舊題詩句念取萍飄翻忘却客身如絮誰與消憂只有吾家醉鄉千古　卅載風塵愁步負烟雨呼牛短簑村路老去懷鄉似神山風引欲從無處獨秀峩峩盼不到楚江雲霧賸把歸來新操

夜涼自譜

又　江亭聞鳩四用道希均

江亭吟思苦聽鳴鳩淒淒麥風低舞我已無田底快耕快劄喚人千句坐憶家園正喚入三山晴絮三山日暖聽鳴鳩吾鄉四望樓楹語愧爾頻催剩得春犁硯田雲古　回首蹇驢歸步記澤國梅黃楚天郵路呼婦聲中正荷鋤無計客腸摧處料想明朝風雨釀遙天霧

霧㣧帳雁鴻在野𫊣風漫譜

又題紅橋舊遊圖五用道希均

簫聲空外苦說瓊花當年豔陽歌舞塵刼匆匆紀遊情羸得蜀岡題句畫裏春風看鶴背夢痕如絮好是紅橋月影波光戛無今古　猶記雪深瓜步乍短棹衝寒詠梅官路過眼緐華悵雨絲風片玉人何處目斷江城應一片綠楊籠霧賴有千巖商略

揚州舊譜

又李髯夢湘子苾子培未衡夔笙伯崇皆和道希均見貽吟事之盛爲十年來所未有六用前均答之

休辭歌者苦遇知音欣然筆花飛舞不負平生是錦囊收盡尊前名句隔斷纖埃看展卷墨雲堆絮許事慵知一曲清商寄情黄古　癡絕潤巾高步儘彈指花間寬愁

來路人影車塵試與君著眼樓臺高處且
閑閑門烟篆裊一簾香霧底用宮牆擫笛
龜茲暗譜

鶯啼序子苾示讀同叔問孝廉登北
固樓用夢窗荷花均聯句近
作沈鬱悲涼觸我愁思仍用
元均奉答

無言晝欄獨凭黯吟懷似水絮風悄換到

鵑聲亂紅飄盡殘蘂聽幾度邊笳自咽鄉心遠逐南雲墜悵風塵極目栖栖總是愁思　沈醉休辭浮名過羽底英雄豎子儘空外遠雁聲酸碧山人遠莫至憑天涯登臨弔古也雲裏帝城遙指算長隄芳草萋萋解憐幽意　新詞讀罷琴筑蒼涼想寤歌獨寐清嘯對江山形勝坐念當日名士新亭暗傾鉛淚飆輪電捲驚濤夜湧承平

簫鼓渾如夢望神州那不傷愁悴風沙滾

滾因君夏觸前游驚心短歌聲裏　長安

此日斗酒重攜且吟紅寫翠漫省念闗山

漂泊海水橫飛怕有城烏喚人愁起與君

試向危樓凝睇緑陰如幕芳事歇惜流光

誰解新聲倚從教淚滿青衫俯仰蒼茫恨

題鳳紙

附叔問子苾聯句元作

西風又聞鶴唳動秋聲在水海東日照滿津亭浪花飛作雲蕊戍節引樓船暝合荒譙夜火城烏墜歎南遊孤旅滄波久斷遠思叔問　關塞音書數馳急羽感新愁帝子笑仙術空說乘槎采芝人久未至莽中原貔貅萬帳問何日龍旂東指且銜盃狂嗅茱萸解人深意子苾　登臨罷酒北顧倉皇念枕戈不寐霜月悄

幾回起舞到此驚見第一江山費人清淚神京杳杳非烟非霧雞聲殘夢催哀角攪回腸一夜成憔悴冥鴻自遠重攜倦客扁舟泛愁鏡波天裏叔問燐燐野燒逼射甘泉照萬松失翠暫小覓林亭同憩側帽行吟斷岸祠荒亂鴉風起金焦兩點檐牙浮碧空梁歸盡遼海燕繞危闌休向曛黃倚傷心大樹飄零更戀

遺弓恨題滿紙時聞左提督陣亡 子苾

采綠吟綠陰聯句用蘋洲均此調詞律不載拾遺于過片次句絲字斷句注韻幾無文理鄙意脆字仄叶與渡江雲換頭正合因與夔笙賦此以諗知者葉氏天籟軒詞譜前段歇拍寄誰字誤爲誰寄宜叓妄生

枝節也

小苑槐風靜倦聽去 蜀魄林西餘英蘸水紋紗換影涼意生詩（半唐） 夢回香篆裏渾難辨曲屏幾摺琉璃似年時湖山路垂楊烟艇檥誰（夔笙） 清露滴闌干湘絃潤新聲知戛幽脆隔斷軟紅塵認一桁簾衣（半唐） 晝悄悄猶剩春寒莓牆暗備覓舊時題閑凝竚芳樹遠天烟外徑微（夔笙）

定風波 有寄

說到元黃事可哀江山消歇伯王才可是魚龍眞曼衍誰見狂瀾隻手挽能回 斥鷃紛紛君莫計會是鏡奩長對月明開夢裏欃槍揮劍掃一笑驚八海上看橫來

金縷曲 寄伯崇

此恨君知否撫危闌亂紅飛盡峭風驚又點檢春衫愁誰見別淚猶霑襟袖又歷歷

愁痕凝酒盼到蟾圓偏易缺問素娥寡爲何人守歌不得自箝口，昨宵酒醒燈昏後憶前歡畫屏獨倚夢雲僝僽可是歸來芳菲歇眼底韶華難負悵碧海沈沈何有看取向時歌舞伴尙腰肢軟鬬纖纖柳誰望遠一囘首

踏莎行五月十三夜對月偶讀于湖集有是月月色大佳戲作一

調依均賦此光景長新古人
不見未知今夕懷抱視公何
如矣

影淡星河凉生庭院依依光景人誰見風
囘蟲網颭千絲簾垂燕羽閑雙剪　冷落
吳鉤徘徊越扇壯懷消歇成凄怨無因放
得酒腸寬素娥未用深深勸

望江南

前夕醉夢到半塘灣新笋已抽雷後擇小亭猶傍舍南山疏樹夕陽閒　殘醉醒攬鏡惜塵顏逐逐暗憐飛羽倦悠悠長羨嶺雲閒人海甚時還

鷓鴣天　偶欲爲詞卒成五十五字索解人不得也

喚取花前金叵羅醉時了了醒時歌東風去住無憑準柰爾雞聲馬影何　雲慘淡

雨滂沱金城楊柳自婆娑不知生意誰矜惜消得先生老苕柯

鶯啼序 子苾和作凄然有離鸞之感再用前韵奉訓亦同聲之應也

遼天暗驚夜鵲正宵涼似水倚清簟玉漏頻催茜窗燈颭紅蕊省斷夢羅幕怨蝶愀然淚逐歌聲墜悵吟魂凄斷無端頓觸離

思　萬事驚心百年過眼似梅酸在子畫
梁悄飛落輕塵舊時雙燕又至便幺絃鸞
膠漫續問誰識凄音盈指黯驚飆吹冷蘼
蕪自傷幽意　愁蛾未展倦眼長開算報
將一不寐休感歎釵分鏡拆夢影回首老矣
黔婁一不禁淒淚烟鍾古寺雲迷故國高原
馬頷歸無日儘神傷荀倩拚顦顇靈鵜怨
極言愁我亦工愁斷腸子規風裏　攜君

此曲哭向青山蹙萬峯眉翠況說似臨春寫豔顧影花羞詠雪傳牋因風絮起天長地久綿綿幽恨清商欲和絃柱澀任低徊寶瑟同僵倚明朝鬢染吳霜定有秋聲暗生故紙

又江亭感舊用夢窗春晚均

疏鐘漫催暝色送銀蟾到戶畫屏悄人老尊前青山猶是朝暮認簾外陰陰暗綠昔

年種栁成嘉樹夢江風吹散紅綿似憐萍
絮　少日江亭俊侶勝賞綣輕塵軟霧酒
痕凝依約餘香春衣緇盡紈素倚新聲花
嬌月困誰惜取曲中金縷證前遊指似鳧
潭舊眠汀鷺　雲鴻自遠遼鶴誰招燕勞
倘倦旅儘說與溪山無恙廿載回首數到
晨星感深今雨蕭條髩影飄零詞筆驚風
葭葦鳴寒瀨最難忘李郭同舟渡期君盞

醉題詩那用紗籠淡墨漬遍牆土　危闌悶倚離恨無端似抽絲引苧試爲訪荒祠酹酒花事春闌淒塚埋香蝶魂夜舞閒身偷得英遊暫續秦箏低撥尋舊譜奈清商黯黯生絃柱寄聲鄰笛休哀對此茫茫暗愁任否

三姝媚　倒用道希均柬叔衡

清琴休按譜渺天風浪浪海山霏霧繞遍

迴廊歎雙鴛舊迹已無尋處夢影都迷空望斷謝橋歡路蓮漏聲中淒絶年時玉階隨步　莫更徘徊思古聽燕語綿綿泥人如絮怨縷情絲倩迴紋織出斷腸愁句眼底芳菲誰信祇楊枝工舞正是不禁離恨賦情漫苦

八聲甘州　芳菲已歇歡事去心濁酒孤吟悽然念遠不識一聲

河滿覗此何如耳

甚年年花底說春遠今年倍傷情倚闌干不語水分新綠天蹙遙青點檢奚囊題句剩得瘞花銘消受清和意簾額塵輕　愁裏漫聽鵑鴂算天涯啼徹都是離聲悵故人不見落日自高城夏休逐孤雲南望但平林如薺野烟生家山遠寫朱絃恨誰弔湘靈

南鄉子

斜月半朧明涷雨晴時淚未晴倦倚香篝溫別語愁聽鸚鵡催人說四更　此恨判今生紅豆無根種不成數遍屏山多少路青青一片烟蕪是去程

蓦山溪　怡貞下第遊粵作此送之

才逢旋去聲別黯淡津亭柳記得落花時慣消凝阻風中酒我知夫子骨相異癯仙好

珍重少年身莫爲傷春瘦　烟霞痼疾我
輩生來有說到桂林山夢雲飛逐君鷁首
征橈停處猿鶴定相迎煩寄謝草堂靈遠
計安排久

徵招叔衡米市寓齋舊爲許海秋我
園符南樵嘗于此撰錄　熙朝
雅頌集琴尊高致得叔衡爲之
繼林亭不寂寞矣近叔衡隱有

逮志題此以泥其行且爲異日
志西京坊巷之一助

街南老樹藏詩屋花深自然塵少獨鶴意
徘徊賸蒼雲休掃吟聲聽了了算唯許草
玄人到翠葆紅裀似留圖畫待君幽討
坐嘯憶承平看風月依然勝流烟渺琴筑
後來心耿壺天清峭闌干閑處好也分占
燕鶯昏曉軟紅外一壑能專漫瞪懷歸棹

又過觀音院追悼疇丈用草窗九日

懷楊守齋均

林梢舊灑西州淚驚隨暗塵飛到吟思滿蒼烟恨倚闌人杳殘僧驚客老問哀樂中年多少冷落招提夢痕重省晚鐘催覺翻幸錦鯨遊胡笳怨不入高山琴調愁影亂蒹葭儘長歌欹帽凌雲書勢好與誰證酒邊孤抱料今夜月落屋粱定斷魂凄照

西子妝慢　用夢窗均答六笙

簾額曛黃，闌腰潤綠，暝日暗籠紛霧。楊花吹淚訴春心，剩飄零、斷萍河堍。珠塵繾舞。料難絆、歌雲爲（去）佳笑，相看（平）儘愁侵詩鬢，風懷何許。　匆匆誤。巷陌烏衣，舊燕誰家去。酒腸輸與帶圍寬，繫斑騅、倦嘶芳樹。愁邊覓句。青衫恨、不堪重賦。念家山，甚日同聽夜雨。

摸魚子星岑見示酒邊新作依調詶之

甚陰陰綠天清潤簾櫳猶颺花雨琴尊卅載江湖夢風月總輸塵土君莫語問往日憑闌可有愁如許華年漫訴好白練留題紅鹽數拍隨意醉鄉住　元都觀休說劉郎前度櫻桃芳訊輕誤舊人空賸何戡在換了渭城歌譜還信否風雨後斜陽芳草

驚非故青衫泪汙漫回首穠春萬花如海
鶯囀上林樹

水調歌頭 十刹海酒樓題壁和星岑

舉酒爲君壽聽我賦遊仙雲山長此終古何日得身閒十載蠻鄉作郡一笑滄洲散髮鷗鳥總忘言醉語雜清嘯九點小齊烟
歎人生行樂耳想當然百年跼蹐塵鞅寬處略安偃不見淵明雅尚猶睇層邱獨

秀風日戀斜川幽意問誰識漁唱起霞天

驀山溪

流雲試雨潤逼琴絲緩池館綠陰濃炷金英小槐黃綻營巢燕子日永哺雛忙爐烟定漏聲遲涼意生羅扇　懷人斷句閑劃闌干遍不是愛言愁一回吟一程人遠試燈時候數過楝花風會幾日又新蟬此恨憑誰遣

西河　用清眞均送雲階罔卿歸里

分攜地，東門帳飲空記。轡絲指處是天涯，馬頭雲起。瓠棱回首淚應揮，烟埃蒼莽無際。篋中劍，天外倚。玉驄那便長繫。請纓莫漫說榆關，暗迷舊壘。知君去國寂寥心，拂衣不爲雲水。玉簪翡翠水國市。羨巾車來往鄉里。自顧倦游身世。久長歌弔影，黃塵愁對，何日尋君烟波裏。

解連環　用夢窗別石帚均餞叔梅

離腸絲結折垂楊易盡送人無極正怨笛流恨關山漫凝想鳳雲洞天春邑淚沁蘭襟夢香徑暗迷南北算分茶領酒往日俊遊儘消追憶　緐華似憐浪擲向吟邊見我詩鬢輕白黯別情愁入溪藤定難忘茜窗露垂秋碧倦枕明朝與誰聽海門風汐祇依依玉蟾萬里夜光共得

又同人小集西爽閣再用夢窗均

虛檐綺結敞瓊筵高處醉鄉寬極送暮靄鶩外霞明看影瀉青尊隔城山色莫倚危闌空悵望觚棱天北且籌花竚月漫遣勝游後時相憶　閑愁座中暫擲算深杯共把醉眼難白試與君憑眺天涯但芳草暮雲向人浮碧欲待忘憂柰來似朝潮夕汐儘烏烏啞壺擊缺放歌未得

洞仙歌 曉起

林梢初日閃晨光不定一霎牆陰弄疏影聽䌛聲送處犖動方醒誰共領物外蕭閑清境 樧湖思舊隱雲歛晴嵐曉色晞微碧天淨林際荷鋤行獨鳥呼風香冉冉露花幽靚儘廿載閑看薊門山祇昨夢難忘故園烟景

鶯啼序 用夢窗豐樂樓均紀查貞婦

李氏女事爲藝階前輩作

西風漫歌寡鵠引愁生斷綺甚玉樹豔說交柯茜窗好夢無際鳷鵲遠星橋不渡秋期枉盼銀河霽看霜痕染遍貞筠慘綠淒墜　秦簫麗偶綺歲卜鳳幸蒹葭玉倚記門戶七烈生輝問名光映金翠恁瓊枝無端恨折指青案舊盟如水更何心李代桃僵委蛇人世　孤絃調澀古井波澄待續

柏舟美長歎起練裳縞夜淡月隨步一昔
驚魂九京心事危湍獨涉秋墳拜倒隴雲
祠樹增寒色聽錚然匕首聲鏗地枌榆社
散憑教佳話爭傳露牀自憐嫠緯　繐帷
塵冷漆室燈昏儘宵長漏遲任說與綺羅
香澤金粉華年顧影羞雙所天不二光圓
破鏡心堅匪石坤靈織錦成怨牒泣離鸞
淚血殷衣袂異時採入輶軒棹楔高門定

味梨集　四十六

應式里

感皇恩 用放翁均

槐午綠陰圓暗迷芳渚侵曉霞生弄疏雨滿汀烟草腸斷舊尋春處橫塘題句在愁如許 太白青山少陵夔府多少新詩是愁做古人似我一樣韲甕憂無路醉鄉誰種秫休論畝

又再用前均

芳草桂山陰呰洲烟渚記泛扁舟正秋雨黃雲如錦坐聽農歌高處向風傾一盞愁何許。枕上黃粱槐根紫府失計看人夢輕做曉來攬鏡頓憶提壺郵路幾時簑笠底仍南畝

夢芙蓉 數日不出不知夢湘已行送人之苦莫甚于今年而于夢湘尤怏悒不已黯然賦此情

溢于詞

遥空雲浪起對關河繡錯怨紅似洗惜春闌檻會共帕羅倚落梅風笛裏商歌如和淒唳酒醒西園甚鞭絲帽影容易又千里惆悵青綾被底簾閣花深短鬢還驚悴十年吟卷禁涴玉關淚料君今夕醉銀漢夢渺天際寄語江湖傻塵香浣盡憐取舊衣袂

紫玉簫篤老有朝雲之感賦此慰之

團扇歌闌羅裙夢杳泥人槐夏陰清疏簾淡月定幾番棖觸京兆閑情漸秋期近釵鈿約密誓生生新詞就懸知暗愁咽斷簫瓊銀鋪往日題句說人在紅樓倦倚秋晴綺懷猶是想朝雲寫怨錦瑟慵橫對屏山晚歌楚調恨滿遥青掀髯處霜影鏡中禾礙星星

卜算子

涼意透疏襟，月淡星光大。誰識蕭條獨夜心，檐角流螢墮。　花潤露珠圓，燈颭風簾嚲。閑倚闌干斷續吟，付與秋蟲和。

清平樂

馬纓過了，籬豆含葩小。瞥影虛廊驚喑鼻，檐蝠斜飛林杪。　殘蟾抱魄仍圓，夜涼風露娟娟。只有螢聲三兩，秋心催入吟邊。

風中栖用樵庵均

說似心期未要石家金谷一邱壑中間自足風泉絲竹幽人松菊儘徜徉白雲茆屋點塵不到但有萬重濃綠百無憂茶香飯熟關山哀曲荆高悲筑莫相妨抱琴獨作平宿

側犯駕老朝雲之感寫少陵罷琴惆悵月照席句意爲圖用石帚芍

藥均賦詞索和倚調奉題用清

眞集均

畫闌側畔素娥舊識秋容靚烟定記笑倚雙聲泛明鏡哀絃閉玉匣斷夢迷芳逕八靜又缺月纖纖弄眉影　鳳樓愁抱冷怯桃笙瑩休感念彩雲飛幽恨惱江令消得清吟星河夜迥孤桐似洗露零金井按元重斠均方千里楊澤民和作皆改叶迥字兹从之

又畏熱不出經旬閉門盤花旋竹如在空山中再用清眞均賦此亦自適其適也

斷虹弄晚霽光掩映明霞靚風定看翳盡遥空上金鏡紅塵不到處仲蔚蓬蒿逕宵靜試把酒花間酹清影　槐薰竹瘦一碧相鮮瑩消受得箇中心風物儘韶令寂寞閉門暮雲自迴蟲聲咽雨送秋煙井

霜葉飛 用夢窗均題風木庵圖爲丁修甫舍人作庵其尊人竹舟松生兩先生廬墓處也

縞衣染遍皋魚血淒然感深原樹驚飈如訴蓼莪心淚盡明湖雨未用說遼東鶴羽當歸堂上椿雲古（當歸草堂君家舊額）看澤閟香芸慘澹夜燈青脈望爲守緗素　遥念丙舍湘南雲迷宰木逃德詩在愁賦媿君珍惜

到丹青此意悲難語認畫裏風烟萬縷依
依似戀春暉去剩慘綠年時恨松柏離離
暮山蒼處

一萼紅碧山人遠好音忽來舊約空
乖幽憂未已慢聲寫抱亦無
聊之極思也

盼瑤臺正玉蟾宵霽懷抱若爲開蛾綠閑
顰梅黃新恨往事何限低徊久說似湘靈

怨瑟秋江冷，漫遣玉龍哀舊譜，誰尋幺絃獨奏，驚聽還猜。　休道銀灣萬里，算斑騅繫處，那便天涯。暝入南柯，風生北渚，簾影悄隔烟埃。祇可惜、畫屏秋色，恁冷落、付與水雲隈。悵望故人不見，短棹輕回。

臺城路　薰風南來，殘暑自退，星岑前輩適以新作見示，依調奉詶

時乙未六月五日

鳳樓西北闕情地喁喁酹花私語聽雨前番歸雲此夕已是不禁離緒荷衣漫詡問雙槳來時舊逢歡處比翼鶼鶼爲誰顛倒意如許　旗亭題句尚在風流人共說江上孫楚醉墨空揮穠春易失月偃虛堂如霧淩波路阻早負卻搴芳斷腸尊俎夢影迷離曉鐘驚覺否

夢芙蓉 同子苾夔笙葦灣觀荷用夢

窗均

玉奩驚散綺問阿誰解識錦香十里鬧紅一舸吟斷碧雲外亂蟬催客醉凌波花覆鴛被不爲愁多倩東風著力齊挽靚粧起

舊恨尊前眼底片葉親題夢影搖珠佩惹香襟袖容易暗塵洗遠峯低夕翠濠粱似換秋意點檢游情付眠沙鷗鷺得意自烟水

南鄉子

雲意欲藏山一夕西風作曉寒消得季鷹遥思杳湘南籬菊初黄橘柚殷　詞賦倦江關不爲悲秋綺思刪節近重陽風雨易愁看新雁聲中獨倚闌

霜花腴重九日同子苾夢湘伯唐天甯寺登高用夢牕均時子苾將之官榆塞

龍山會渺酧搴尊空懷晉代衣冠黃菊霜
清翠微烟暝秋容繪出應難醉鄉儘寬甚
别情偏繞尊前步荒臺目斷遙天雁程迢
遞萸雲寒　休惜蕭疏塵鬢漸緐華換盡
落葉哀蟬倚扇詞闌龍紗句杳游情怯寫
蠻牋拍浮酒船憶舊時花月娟娟向西風
醉把茱萸再來誰共看

齊天樂乙未九月二十日集四印齋

用張叔夏過鑑曲漁舍會飲均聯句

青鞋踏遍蒼松路，長安故人稀少。（道希）萬里風沙，千條柳色，秋入塞垣幽窈。（子苾）離心似草。問誰共餐英，小圃霜曉。（半塘）且訪東皋，此生宜向醉鄉老。（子蕃）誰家今夕夢好。敞紗牕、銀燭光被遮了。（夢湘）易水東流，醫巫北峙，齊入亂雲孤抱。（道希）新愁舊惱。盡付與江頭

去帆烟鳥子苾後夜懷君屐塵休傻掃半塘

沁園春　用稼軒均集四印齋餞張子苾聯句

横覽九州地棘天荆君去何之道希歎終南山色誰吟秀句灞橋流水我起悲思子苾狂撥秦箏輕挑趙瑟回首京華雲共飛子蕃平生淚拚仰天灑盡化作長霓夢湘　榆關西去崔嵬且漫著心情戀故溪半塘看儒冠雖

誤一囊書劍，窮邊好樹，十丈旌旗。道希縛取
降王，功成上相，畱昇青山頭白遠。子苾書生
志願，憑闌釃酒，橋柱同題。夢湘

又

滿眼關河，一醉依然，天涯故人。夢湘儘長謌
擊筑，聲皆變徵，對花命酒，筆尚如神。半塘入
海藏身，金門習隱，憑仗騷壇張一軍。道希投
鞭去，問漢關何在，秦月應存。子苾今宵細

數悲欣莫孤負尊前别酒温（子蕃）歎銅仙已

老蒼鷙出後夷詞又起白雁來辰（夢湘）五岳

塡胸百年彈指老子婆娑且弄孫（半塘）遠休

好待蓬萊清淺重問莊椿（道希）

最高樓 聯句用司馬昂父均

吹短笛看月破邊愁依舊上心頭（夢湘）遥天

新雁無書尺小庭淒蟀伴燈篝（半塘）篆烟微

琴意悄畫屏幽（道希）寫身絲日下多同調

憶明湖舊雨而今少子蕃問塵世幾英流裏沙有志人何在封侯無命夢都休夢湘學屠龍看射虎總悠悠半塘

一斛珠

雨饕風虐寒山如睡何曾覺黃花輕負重陽約離恨誰知人遠雁難託　當時心力空抛卻天涯原在紅闌角愁濃莫戀邨醪薄入骨相思禁得幾回錯

附李髯先生和作

霜風肆虐，支離瘦骨偏先覺。惟佗愁至如相約。訴盡琴心，絃澀意難託。　君苗筆硯甘焚卻。浮名恥占蝸牛角。客囊休怨閨情薄。未到寒衣，多恐雁程錯。

點絳唇

種豆爲萁，烏烏擊碎南山缶。曉來寒驟。霜逼千林瘦。　荷鍤心情，肯落劉伶後。無何

有閑門頌酒自把寒花齅

徵招得夔生白門書卻寄

雁聲催落屋作平梁月淒然頓驚離緒料得據梧唫鎮沉冥誰語露荷凋柱渚更休問采香儔侶賴有西山向人依舊數峰清苦

獨酌不成懽霜風緊落葉打窗如雨蕭瑟對江關憶蘭成詞賦秣陵秋幾許定愁滿古臺煙樹夜堂悄有夢從君化斷雲千

縷

燭影搖紅

子苾行二日，霜風頓緊，淒然欲寒，命酒襄人，譜此以寄

絲竹何心中年哀樂渾難遣閑雲似惜別離多悄逐南飛雁一夕霜風淒變曉寒深客程方遠漢關縹緲燕月蒼涼此情誰見人海支離年年路鬼揶揄慣可堪搖落

對江山又是芳華晚休憶豔陽詞管黯覓潭蒹葭秋滿舊時燕子甚日重來畫粱愁換

望江南詩家小遊仙昔人擬之九奏中新音八珍中異味詞則不少槪見暇日冥想率成十有五闋東坡所謂想當然者妄言妄聽無事周郎之顧誤也

排雲立飛觀聳神霄雙鶴每邀王母馭六
龍時見玉宸朝阿閣鳳凰巢
山徑轉雲磴鬱盤紆聞道鍊顏仙姥健御
風不用日華車飛佩響瓊琚
雲木杪瑤殿倣山阿天上也思安樂好璇
題新署擬行窩富貴到煙蘿
金闕秘朝暮降眞仙甲乙親排承值日英
皇分侍上清筵來往各翩然

新漲落荇藻碧參差偶駕濟虬淩弱水人
間遙指是𡖅霓金翠接天西
多少事天上異人間電入夜城光不滅月
臨蓬島影長圓雲水共澄鮮
壺中靜揮灑出天眞題榜少霞官閣吏侍
書南岳召夫人清極絕纖塵
烟柳外空翠溼衣裾三塲高低連北鎮六
橋縹緲似西湖圖畫定誰如

屏山曲雲母繞週遭玉座重重遮錦幄琪
花密密護仙茅寒重覺天高
闌干側風景夐誰同千步長廊隨曲水萬
株寒翠間鞓紅迎面碧芙蓉
琉璃壁雲影四周圍不遣輕塵粘舞席愛
移行幰傍歌臺羯鼓報花開
雲水畔奇幻絶人寰泛海靈槎疑化石出
林高閣欲藏山休作化城看

仙路迴天外望青鸞最是雲間雞犬樂因
緣分昇鼎餘丹長日守松壇
驂鸞路行近意都迷柳岸風輕煙絮軟芝
田日暖藥苗肥雲控漫如飛
游仙樂彈指現林邱寶氣遠騰天北極豪
情親過海西流終古不知愁
蘭陵王 小庭蓺菊百盎新霜已過晚
花猶妍約李髯同拈此解以

賞馨逸

小屏側芳事經秋似客重陽過深紫淺黃
顧影西風淡無迹斜陽舊巷陌祗有幽人
伴尋新寒悄把酒酹花一笑相呼快浮白
闌干暮煙碧儘步繞珍叢苔點唫屐天
涯霜信愁無極看涼月如洗冷雲疑夢花
枝憔悴那解惜漫風雨狼籍　悽惻又今
夕歎老圃留香瘦影誰識憑高莫問秋消

息且醉撚殘蕊強簪巾幘白衣人遠望不到五柳宅

一叢花 長夜薄病短夢頻回窗月粼雞清寒入骨用東坡病起均

睡鄉安穩夜如年燈乳綴花妍虛堂漏定吟魂悄枕函靜思落誰邊羅幕褭衰紋疏皎潔應是月輪圓　薄寒依約上屏山塵夢淡於煙老衰不耐雞聲惡儘長路轆影

爭先爲報鄰鐘暫時休打容我五更眠

浣溪沙　擬續小游仙四首

離垢天空萬象清閑雲如笠傍仙肩白榆人共識春星　滄海釣鼇金闕渺閬風縹馬玉珂輕五雲東望接蓬瀛

聞道東風百六時彩雲西駛認咸池緱山笙鶴證前期　偶藉流霞傾別酒漫勞紅葉寄新詩人間天上總相思

亭俯澄漪帶落霞銀灣幾曲隱蒹葭如船新藕自生花　筇杖戲拋通略彴幽泉欲瀉響箏琶霜鈎風蔓任欹斜

水作旋螺樹作龍瀟瀟寒碧有無中脫巾支拂聽松風　亂葉飄空星錯落疏苔點砌玉玲瓏問君何處著塵容

百字令 為艾卿洗馬題照

輕衫小扇稱清標玉立融然高寄水石澄

鮮何處尋聊寫崢嶸胸次蔭託金萱情移
珠柱人在春華裏幼輿巖穴差堪商略風
致　顧我憔悴承明衣塵緇盡面目都非
是卻對畫圖成悵惘萬事輸君如此丹地
流清皋禽韻遠嶽嶽英光起朵雲南望華
鬘如蓋天際

味棃集

鷲翁集

鶩翁集
特卅813.28
1073

鶩翁集

半唐丁稾

劉福姚題

半塘丁稿

臨桂王鵬運佑遐

鶩翁集 丙申丁酉

鵲踏枝

馮正中鵲踏枝十四闋鬱伊惝怳義兼比興蒙耆誦焉春日端居依次屬和就均成詞無關寄託而章句尤爲淩襍憶雲生云不爲無益之事何以遣有涯之

生三復前言我懷如揭矣
時光緒丙申三月二十八
日録十

落蕊殘陽紅片片懊恨比鄰盡日流鸎轉似雪楊花吹又散東風無力將春限慵把香羅裁便面換到輕衫歡意垂垂淺襟上淚痕猶隱見遂聲催按梁州遍

斜日危闌凝竚久問訊花枝可是年時舊濃睡朝朝如中酒誰憐夢裏人消瘦 香

閣簾櫳煙閣柳片雲氤氳不信尋常有休
遣謌筵囘舞袖好裹珍重春三後
譜到陽關聲欲裂亭短亭長楊柳郵堪折
挑菜湔帬春事歇帶羅羞指同心結　千
里孤光同皓月畫角吹殘風外還嗚咽有
限墜歡爭忍說傷生第一生離別
風蕩春雲羅樣薄難得輕陰芳事休閒卻
幾日嘸鵑花又落綠牋莫忘深深約　老
去吟情渾寂寞細雨簷花空憶燈前酌隔

院玉簫聲乍作眼前何物供哀樂
漫説目成心便許無據楊花風裏頻來去
悵望朱樓難寄語傷春誰念司勳誤　枉
把游絲牽弱縷幾片閒雲迷卻相思路錦
帳珠簾歌舞處舊歡新恨思量否
晝日懨懨驚夜短片霎歡娛那惜千金換
燕睍鶯顰春不管敢辭絃索爲君斷　隱
隱輕雷聞隔岸暮雨朝霞咫尺迷銀漢獨
對舞衣思舊伴龍山極目煙塵滿

望遠愁多休縱目步繞珍叢看笋將成竹
曉露暗垂珠冡冡芳林一帶如新浴　簷
外春山森碧玉夢裏驂鸞記過清湘曲自
定新絃移雁足絃聲未抵歸心促
誰遣春韶隨水去醉倒芳尊忘卻朝和暮
換盡大隄芳草路倡條都是相思樹　蠟
燭有心燈解語淚盡脣焦此恨消沈否坐
對東風憐弱絮萍飄後日知何處
對酒肯教歡意盡醉醒懨懨無那忺春困

錦字雙行牋別恨淚珠界破殘妝粉　輕燕受風飛遠近消息誰傳盼斷烏衣信曲几無憀閑自隱鏡奩心事孤鸞髻幾見花飛能上樹難繫流光枉費垂楊縷箏雁斜飛排錦柱只伊不解將春去　漫詡心情黏地絮容易飄颺那不驚風雨倚徧闌干誰與語思量有恨無人處

百字令　榭湖別墅先世小築也其地面山臨湖有臨水看山

樓石天閣竹深留客處蔬香老圖諸勝朱濂甫先生作記見涵通樓師友文鈔中天涯久住頗動故園之思黯然賦此將倩恆齋丁丈作湖樓歸意圖也

樾湖深處有小樓一角面山臨水記得兒時嬉戲慣長日敲鍼垂餌萬里羈游百年老屋目斷遙天翠寄聲三逕舊時松菊存

未　昨夢笠屐婁娑沿緣溪路迴柳陰門閉林壑似聞騰笑劇百計不如歸是繭縛春蠶巢憐越鳥骯髒人間世焉能鬱鬱君看鬢影如此

夜飛鵲　看花崇效寺閱青松紅杏卷題名歎逝傷離感而有作

尋春鳳城曲攜酒年時春恨漸滿芳菲前游細數幾人在重來名字愁題殷勤酹花

處倩鸎簧寫怨譜入參差顛毛換盡甚東風祇裊芳枝　莫到西來閣作平上煙絮近昏黃愁遍天涯爲問司勳老去傷春傷別刻意緣誰落紅糝徑看閒房僧掩斜暉歎無多殘醉鐘魚喚醒徙倚忘歸

卜算子影照小像倩頻生作圖先之以詞

搆景未須奇要稱蕭閑我邱壑中間謝幼輿此意平生頗　湍急倩山攔峯剪將雲

裏雲淡山虛水自清終老斯鄉可

霓裳中序第一 古銅爵釵爲樊老
作

香斑認未滅喚醒昭陽古春色消受螺鬆黛怯幾對舞青鸞籠雲愁滑妝梅點額話唐宮影事如霎凝情久花梢褪粉輸與夢中蝶　愁絕翠銷金蝕郿叟問玉環圓缺沈沈簾底舊月似照雙棲交股重疊清歌敲欲折暗搔遍吟邊短髮東風老二喬深

鎖笑向杜郎說

徵招　德甫改官白下作燕臺贈別金陵攬勝二圖見意瀕行索題爲賦是解

煮茶聲裏官簾靜秋堂記聯吟侶癸巳同事京兆試闈爲識德甫之始風雨幾長歌漫歲華如許送人猶未苦最苦送春隨人去黯黯離情爲君唱徹吳郎愁句　前路好山多鞭絲颺歷歷南徐北固酒醒憶觚稜定情牽燕樹登

臨休弔古試靜夜然犀江渚怒濤捲海氣猶腥隱石城龍虎

疏影

譙君之歿九年所矣遺櫬猶旅寄蕭寺中以諱辰與先夫人同日前期設奠厝室癸巳初夏嘗得嫁得黔婁三語哀甚未能成章偶憶舊句續譜此詞不知涕泗之何從也

流光電駛歎翠尊酹處幽恨同積去嫁得

黔婁身後飄零休問生前百事春光老去
棠棃死算何止蘸憂無地看枝頭鵑血斑
斑似解替人垂淚　寂寞重門深鎖露苔
點徑滑塵碣烟委滿目青山何處歸雲悵
望窣波慵禮明朝風雨皐魚泣是慣見檀
郎愁悴屬苾芻輕打齋鐘漫遣斷魂驚墜

阮郎歸擬浣花

雛鶯唬老怨春殘餘香襟袖殷朱絃辛苦
再三彈心期深訴難　金鴨冷黛蛾攢依

依山上山將離花好自愁簪由他紅半闌

浣溪沙題丁兵備丈畫馬

苜蓿闌干滿上林西風殘秣獨沈吟遺臺何處是黃金　空濶已無千里志馳驅枉抱百年心夕陽山影自蕭森

紅情葦灣觀荷與乙盦分賦紅情

綠意

橫塘煙羃正茜裳玉佩弄香瑤席相對相當不是佳人也傾國休問淩波舊影消瘮

損一棱圓碧祇閑閑鷗鷺忘機雲水任寬窄　脈脈黯悽惻乍亂蟬送秋別愁如積擬乘太乙喚起潛魚聽吹遂漫倚桃根畫槳將迎處翠陰愁夕歎漠漠洲渚遠寄情未得

附乙盦比部同作

豔霞停鏡遺碧筒傳釀蓮臺翻令風約生衣香涴輕紗依舊涉江風景鬢絲已逐哀蟬化夢不到鷺涼鷗靜任無邊水

佩風裳倦眼迷離愁省　艇子踏波去
好昔遊似夢裏山河心影薏苦難甘絲
拗還連不轉妙香根性西來秋色看如
此料前度雨聲催聽付沙禽漫畫紛紛
又近夕陽煙暝右調綠意

高陽臺

羅襪侵塵翠綃封淚星河慵訊秋期十二
巫峯夢闌雲雨霏微猩紅漫説秋棠豔問
年年腸斷誰知算何如花是將離草是相

思　玉纖禁否西風冷想深閨刀尺應怯瓊絲爇遍旃檀多生難懺情癡瑤階玉輭春如水記夜寒吟袖同支看籠煙一抹遙山愁鎖修眉

摸魚子乙盦贈詞有瓊樓玉宇之語依調奉畣并寄仲弢

甚人天風埃蒼莽蓬山知在何許麻姑儘見滄桑慣背蛘幾曾搔取休弔古歎夢也驚心前度修羅雨殷勤月戶問入萬三千

碧流離裏修卻廣寒否　煙霞表珍重故人延佇羅襟清淚空汙家山舊説煙蘿閟愁入娵隅蠻語揮手去衹淨得聞根便結團瓢住瓊樓玉宇擬枕借遊仙蘧蘧栩栩期爾黑甜路

念奴嬌北湖雨泛同叔嶠

支離倦眼早閑門飛夢雲木光中問訊閑漚應見慣十年能幾扶笻露葉傾珠玉蕻摇佩涼意鎮惺忪黛痕低壓吟懷淒斷遥

峯　誰與喚醒頑雲扣舷花底高詠水晶
宮倩影亭亭嬌欲泣撩人秋信匆匆避棹
魚頳掠波燕紫蘋末乍迴風銜泥歸路短
輭愁入塵紅

小重山令訓李髯見和葦灣之作

誰采芙蓉寄所思蒼茫愁獨立澹忘歸碧
天如水乍晴時蒹葭晚花夢故依依　間
弄玉參差聽君歌一曲儘凄迷拗蓮難斷
藕中絲吟望渺空外野漚飛

虞美人

扶頭兀兀長如醉，諳盡愁滋味。不知那處得歡多，依約危樓燈火有笙歌。　十年一覺東風諾，薄倖誰贏卻。春波影事恨迢迢，聞道驚鴻來下便魂銷。

鷓鴣天

笑裏重簪金步搖，鸚哥學語儘能嬌。祇愁淡月朦朧影，難驗微波上下潮。　牋十色，燭三條，東風從此得愁苗。靈棐秘記分明

在囘首神峯萬仞高

齊天樂　伯華惠題拙集依調奉酬并示子蕃

青銅霜訊先秋至吟邊鬢絲愁裊妒月清琴囊詩古錦費卻精神多少孤懷暗惱秪冷雁哀蟬有時同調白眼看天榆枋莽蒼任昏曉　人生憂始識字料君衣帶孔應也移了說鬼忘疲似人亦喜好是冥情物作平表江南賀老問斷盡詞腸柰他愁抱不

見成生逃禪拚醉倒

十拍子同人集天甯寺餞叔衡用泰西法照像是集會者十人照成命日晉寺題襟圖系之以詞

風日琴尊自適，形骸爾汝都忘。眼底誰憐天下士，醉裏無何別有鄉。鬢眉驚老蒼。　漫說空中色相，最難塵外徜徉。領取題襟珍重意，那不江湖引興長。驪歌悲未央。

踏莎行

荷淨波涼，草枯塵細，一年最是秋容易。生憐花鴨儘能言，橫塘冷暝眞知未。　落莫吟情，刁騷涼吹，耽閑偏識愁滋味。白波浩蕩指鷗天，紅闌郙角秋無際。

謁金門

涼恁早，夢冷被池驚覺。瘦影如花羞自照，素娥知不道。　愁問玉關芳草，何日玉關人到。鏡約釵盟言總好，尾生誰是了。

憶舊遊　夔生寄詞問訊依調代柬

儘沈吟攬鏡惆悵憑闌愁裏關河巖桂飄香屑底雁邊秋信儂處偏多夢中認得歸路淨綠渺湘波歎吹咉光陰彈棋心事能幾消磨　嫦娥漫斟酌說清淺蓬萊依樣笙歌浩蕩孤雲外想百年青鬢汝亦輕皤故山猿鶴無恙生計問漁蓑好畱取巉巖題名遲去　我牽薜蘿夔笙以近刻定林題名見寄

附夔笙舍人元作

記衡寒側帽隔雨飄燈同巷相過苦恨催歸去是回闌郁角花影斜趁茂陵不勝清怨彈淚向誰多叜笛裏浮雲尊前流水遺恨銅駝　驪歌甚無謂恁草草分攜如此關河北雁傳消息也安排琴劍一櫂煙波客途未應如我吟事莫蹉跎正匝地蟲聲霜天慘碧愁素娥

減字木蘭花

婆娑醉舞呵壁無靈天不語獨上荒臺秋

色蒼然自遠來　古人不見滿目荊榛文字賤莫莫休休日鑿終爲渾沌憂

八聲甘州九日東夢湘有懷道希子苾

甚風塵纔慰別離心無端又悲秋記年時勝賞疏林古寺落日荒邱回首故人何處襟上酒痕畱自把茱萸看負了盟鷗　莫倚西風破帽怕黃花消瘦戴也應羞衹闌干彔曲不斷似清愁送飛鴻暮天莽蒼便

憑高誰與豁吟眸休延佇望浮雲外西北
高樓

南鄉子 槐廬書來舉似蘷笙近詞
春傻歸休儂定歸何處之
句若不勝其淒咽者譜此
爲二君解嘲

聽唱懊儂歌瘦損東陽值幾何天地無情
人有恨知麽春去春來且任他 取醉莫
蹉跎哀樂縱橫似擲梭來日大難眞早計

呵呵今日騰騰任運那

點絳脣

一夕西風堆簷黃葉知多少亂鴉嗁曉歸夢屏山繞　坐憶[illegible]園三徑應荒了東籬悄斷煙衰草靜夜潛虬嘯

賀新涼辛峯至自汴梁出示所作和稼軒詞數十篇讀之喜不自禁即用稼軒均題此索和辛峯將就鹽官於淮

南以覲事漸留度歲離合
之感雖不能無慨於中而
風雪聯床歌聲相答此樂
亦平生得未曾有也
心事從何說算平生等閒消盡酒漿裘葛
回首麻衣十年恨淚盡隴山氷雪黯循遍
絲絲華髮何物向禽兒女累負歸雲夢杳
瀧岡月聽夜雨共蕭瑟　暫時攜手還輕
別望江湖風塵澒洞星萍離合一度相逢

一回老冷語凄然砭骨且莫對寒檠愁絶
四海子由眞健者慣商歌斫地錚如鐵霜
竹冷爲君裂

附辛峯和作

往事從頭說記年時天涯揮手恨牽蕭
葛萬里橫吹羌遂冷惻惻麻衣衝雪問
誰恤孤兒毫髮滴盡永思堂下淚悵飢
來負卻杉湖月望水木空明瑟　十年
幾度傷離別黯銷魂沙平水遠凍雲皴

合骯髒風塵青鬢改暗裏銷磨俠骨乍
夜雨聯床清絶底事文章矜氣節看錚
錚冷面宜如鐵聽鳳管石天裂

木蘭花慢今年春日頗動故園之
思嘗倩恆齋丁丈繪湖
樓歸意圖幷賦詞寄興
既而歸不可遂而恆齋
出守畫亦不可得頃閲
辛峯詞有用稼軒翠微

樓均題樧湖别墅一闋
林容水態撫繪逼眞益
令人悵觸不已故鄉風
訊咄咄逼人南望清灘
正不獨一邱一壑繫人
懷抱依均屬和辛峯其
知我悲也

童遊牽夢慣刹占斷好湖山記習靜觀魚
偷閑飼鶴少日花間憑闌舊人漸老甚青

紅猶說舊雕闌萬里驚心南望亂峯雲鎖
愁鬢　畫圖空向句中看誰與證清歡恁
蕭颯秋聲漸催霜訊冷逼江關煙巒倩誰
寄語問晨猿夜鶴可相安但遣林亭無恙
梅花儘耐春寒

附辛峯和作

天南指客眼且對酒說家山盼一曲清
灘四圍綵嶂依約雲間秋霜暗驚信早
甚魚龍吹浪幻層闌莫笑雨婚煙嫁望

中誰整螺鬟　江山休更等閒看脈脈
戀清歡乍夜氣浮空愁心千疊夢繞鄉
關山中故人健否漫出門西笑望長安
寂寞嶺梅開處春風珍重餘寒

沁園春，島佛祭詩豔傳千古八百
年來未有爲詞修祀事者
今年辛峯來京度歲倡訓
之樂雅擅一時因於除夕
陳詞以祭譜此迎神而以

送神之曲屬吾弟焉

詞汝來前酹汝一杯汝敬聽之念百年歌哭誰知我者千秋沆瀣若有人兮芒角撑腸清寒入骨底事窮人獨坐詩空中語問綺情懺否幾度然疑　玉梅冷綴苔枝似笑我吟魂盪不支歎春江花月競傳宮體楚山雲雨枉託微詞畫虎文章屠龍事業淒絕商歌入破時長安陌聽喧闐簫鼓良夜何其

附辛峯和作

舉酒送君對此茫茫君去何之歎斜陽煙柳幾人遺此曉風殘月懺爾魂兮望裏關河吟邊心事商略閒愁剩鑄詩會情久乍寒催臘鼓驚聽還疑 春光似透南枝好收拾風襄强自支甚江湖夢醒未消綺語屏山路阻愁織清詞莫向金尊漫敲檀板知否歌喉要入時歡逢處認樓頭花萼風信何其

又代詞畣

詞告主人醻君一觴吾言滑稽歎壯夫有志雕蟲豈屑小言無用芻狗同嗤擣麝塵香贈蘭服媚煙月文章格本低平生意偃俳優帝畜臣職奚辭　無端驚聽還疑道詞亦窮人大類詩笑聲偷花外何關著作情移笛裏聊寄相思誰遣方心自成沓舌翻訝金荃不入時今而後儻相從未已論少卑之

一萼紅　唐花

占春陽恁番風未試紅紫燦戍行冷宦心情斜街煙月殷勤點綴年光試窺取娉婷倩影似嬌慵無力困新妝臘鼓聲中錦旛風裏誰與平章　好是金張門第幾簾深護玉酒暝浮香鶴夢方酣蝶魂猶蟄知佗春爲誰忙煩寄語雪中高士漫百花頭上傲孤芳冷落柳邊青眼待臘舒將

附辛峯和作

倚斜陽正苔痕皺碧濃豔乍成行巧賭銷金香憐炷麝翻成別樣韶光任桃李春城爛漫競紛華一例謾凝妝莫叓關心梅花開落寂寞含章　收拾吟邊冷眼儘暮寒騷屑齅取緜香綺疊樓臺銀鋪燈火也知不爲春忙鎮凝想維摩方丈快天風一霎散芬芳指點畫闌深處珍重凭將

滿庭芳除夕同辛峯守歲作

頌酒椒馨飣盤餳嫩年華爆竹聲中小窗春意花影入燈紅俯仰百年身世飛騰倦爛醉都慵還堪慰天涯兄弟氷雪一尊同歡悰思少日據牀喝雉撥火然松甚繞膝都盧翻惱兒童剩遣吟邊心眼梅柳外省識東風春聲動六街車馬催趁景陽鐘

摸魚子丁酉正月二日立春

倚雕闌玉尊親酹今年春定多許東風悄逐年光轉芳訊未應遲暮春且住耍休把

萬千紅紫輕分付憑高望取儘放盡青青天涯草色没卻燒痕否　憑誰省貼燕黏雞情緒九衢何限簫鼓喧桃染柳尋常事顛倒春城兒女間自數只夢裏尋芳解識山香舞吟情浪苦縱寂寞劉郎惜香心在誰問舊花譜

滿江紅　辛峯生日

二十年來曾幾度壽君巵酒風信轉春融月朗帝城燕九吉語快摹臣去疾好花同

祝人長壽憶向來寂寞看雲心眼清晝金石均塤篪奏春正永杯親侑數歡情儘勝等閒攜手帶水簪山曾有約白鬚紅頰長相守對玉梅珍重說心期花譍否

金縷曲十髮盦横覽圖爲子大通守作

底處容横覽乍披圖光搖銀海濤崩雲幻嘯倚長風歌楚些〻郫管魚龍驚眩似聞道蓬萊清淺不是才人工綺語問壯懷飛動

憑誰遣强半是淚痕泫　卅年瓢笠游情倦黯風塵關河極目寄愁天遠消盡輪蹏多少鐵算只華胥堪戀漫輸與江山題遍老去維摩思面壁任雲煙過眼空禪觀中有語待君轉

長亭怨慢六月二十五日泛舟葦灣有感而作

泛一舸闖紅深處離緒年年斷魂波路明鏡窺妝輕漪送馥暫容與酒人星散誰共

我花間住新恨渺滄洲要蘋末驚飈如訴
凝竚聽哀蟬怨咽似說陰晴無據橫塘
夢影最難忘搴芳前度料今夜玉篴飛聲
定吹墮涼雲如雨怕寂寞闌干閒了江南
愁句

月華清　中秋柬次珊

望遠供愁吟秋似訴迢迢清漏初轉容易
年華又是桂輪光滿看九霄圓缺無心甚
萬里零殅能變璀璨問浮雲捲處可消絃

管　蜃彩迷離休炫試認取高寒瓊樓天半老蚌胎圓枉費鮫人淚點快相期汗漫乘風把衣袂京塵齊澣如願漫等閒負卻酒瓢詩卷

采桑子題鴛老三十歲照

丰姿濯濯靈和柳聞說當年人望如仙思曼風流乍眼前　卅年撰杖從遊晚依約眉山笠屐蒼然顧影知公欲放顛

八聲甘州九日招同理臣次珊古

微登高小集約拈是解

甚無風無雨到重陽騷屑尚關懷向郊原散策蹔隨鐘梵同上崔嵬莫訝東籬岑寂戲馬亦荒臺快縱高樓目秋色佳哉　休問明年誰健祇尊前點撿離緒紛來睠故人天末絲竹寫清哀歎浮漚百年身世算升沈無據且銜杯須拚醉正涼蟾午笑口齊開

祝英臺近 不寐

捲羅帷欹繡枕涼月夜窗到響促金輪鐘
點再三報難忘舊日花間迴燈添酒鎮惆
悵玉繩輕曉　夢雲杳一般醉不成眠風
情異年少顧影徘徊燈蕊弄孤照誰知滿
目風塵華胥宛在看栩栩蝶魂清悄

滿江紅　鄖兒爲余卜生壙於譙君
墓次賦此以志他日當遍
徵同人和作刻之山中爲
半塘增一故實似視螭背

豐碑風味差勝也

笑揖青山便從此雲歸也得試認取半塘東畔峯巒闤闠陶令未開三益逕扈君早辦千秋宅叜無煩記莂告山靈應相識碑漫擬征西勒塚未近要離側祇隨宜呼取酒人詞伯與雷酒人及詩人黃香圃墓皆相距不遠地下竟償偕隱願塵緣何日勞生息和長吟神往白楊風秋蕭瑟漢扈君磚文曰持節使者北宮衛令扈君千秋之宅建武二十八年五月丙午工李邑作見蘆浦筆記二

翠樓吟吳秋農爲作湖樓歸意圖

用石帚自製曲題此蓋有
會於感昔傷今之語也

積翠堆簷輕紅搖浪樓臺現來彈指君從何處得怪毫末清妍如此依依松桂似喚客山靈撩人霞思焚香對天涯回首舊家情味 最是門掩雙榕負五湖鷗約主人知未十年塵土面乍招我尋盟雲水孤吟誰會悵蔣徑蓬蒿吳艭迢遞闌干外參差

疑有夢痕低綴

更漏子

菊初黃，楓乍赤，依舊去年秋色。回翠袖，掩紅冰，鸚慵喚不譍。　眷餘歡，消綺語，惜取尊前金縷。雲葉亂，月華生，歌聲分外清。

摸魚子　以彙刻宋元人詞贈次珊，承賦詞報謝，即用原調詶之

莽風塵、雅音寥落，孤懷鬱鬱誰語。十年鉛

槧殷勤抱絃外獨尋琴趣堪歎處憑拍到
紅牙心事紛如許低徊弔古試一酹前修
有靈詞客知我斷腸否　文章事覆瓿代
薪朝暮新聲郙辨鐘缶憐渠抵死耽佳句
語僂驚人何補君念取底斷譜零縑留得
精神住停辛佇苦且醉上金臺酣歌擊筑
襆還任風雨

念奴嬌　玉佩一事長二寸弱寬半
之盤螭宛轉中刻瑤草二

小篆疑爲馬士英故物紀之以詞吾家又藏士英畫扇儷以周延儒書皆足供好事一粲也

夢華遺恨話南朝影事誰教玉碎漫擬苕華鐫宛轉腹草家瑤云爾製想牙牌臭餘腰玉名字參差是沙蟲江上未隨塵刧輕委　贏得圖畫飄零玉瑛塗抹辱及桃根妓扇底曾窺名印小篆勢殷殷猶記射馬

謠新用牛語謔塵垢難磨洗梅花冠劍只八今光照淮水

金縷曲 謝士修贈菊

獨對黃花笑笑年來花慵似我未收開早費盡東籬催花句才見一枝霜曉訝鶴骨璘璘清峭插鬢自憐雙影瘦底旁觀忽被淵明惱道孤負秋光了 瓦盆分遺長安道似酸寒腐儒叢裏延來二妙敵虎蟹螯如龍酒差稱此花風調問輸與春紅多少

淡到秋心偏爛漫要生機突兀將霜傲拜君惠幾傾倒士修謂花有喜意人皆知之然尤以怒勝蓋謂生氣遠出不可遏抑也其語甚新

鷓鴣天 檢得鶴公遺札皆商榷文字書也愴念今昔感歎成篇

塵海蕭寥說賞音年時翦燭夜堂深陳思敬禮言如在流水高山感不禁 抽斷簡拂香蟫性靈披豁憶題襟夢中割盡邱遲

錦一夕悲秋雪滿簪

高陽臺　十月九日西爽閣展登高同子美筱芸遂父

烏帽欹塵，黃花欵客，良辰醉豈無名。不放秋殘，闌干高處同凭。年來萬事灰人意，只看山雙眼還青。最堪憐多病登臺，杜老心情。　矜嚴一飫君休笑，問幾人解道，願醉愁醒。鬢底霜華，知他關甚零殅。塞鴻莫要驚寒切，箏秋聲今後誰聽。倚天風廣樂如

鶩

聞雲外韶韺

玉樓春　擬鍾隱

蓬山桃熟傳開宴青鳥欲窺珠幕遠導師何幸遇飛瓊下界居然容曼倩　神清紫府分明見蘚壁光輝生玉篆新銘不搨五雲書絳縷絲絲縈恨遍

齊天樂　讀金陵詩文徵所錄疇丈遺箸感賦

一從玉局飛仙去清琴久塵淒調落月牽

愁驚濤撼夢誰訪茂陵遺稿虛堂夜悄尚彷彿平生掀髯悲嘯莫賦招魂惹他幽恨到華表　堂堂忠孝大節叢殘文字裏誰證孤抱郭泰人師灌夫弟畜慚負鍼砭多少玄亭夢杳歎我亦無端鬢絲衰早彈淚西風霜空孤鶴渺

瑞鶴仙影寄酬瑟軒南甯

十年消息南鴻渺天涯禁慣離緒尺書無恙廉泉快酌使君良苦城南聽雨早忘了

花間俊語話前游分牋拜石與疇丈鶴公聯吟舊事鄰笛乍凄楚　誰料分裾後人事音書寂寥如許彜歌數起夢難尋武陵源路怪得新詞也惆悵庭槐獨撫共清光落月挂柳夜向午

祝英臺近古微見示新作吟諷不能去口依均成此不足言和也

東藏鉤花覆局一一墜歡記箏雁塵封慵

覓箇人字是誰玉遂飛聲星辰昨夜又容易夢雲吹起　憶前事爭信冷落琴心相如倦游矣吹絮拈花愁多懺無計早知中酒光陰困人如此悔輕到碧油簾底

附古微太史元作

燭花涼爐穗歇半面隔簾記羅扇恩疏消得錦機字絕憐覓褪春衫窄偎秋被楚雲重夢扶不起　酒邊事因甚一夕離愁潘鬢竟星矣相憶無憑相憐又無

計願將心化圓冰層層摺摺照伊到晝屛山底

又疊均酬仲淵

綠苔侵紅杏鬧新恨有誰記易繡鴛鴦難繡合歡字郙時羅帶圍風扇紈規月已知是彩雲將起　鏡中事依然眉語能通春夢也闌矣金縷花枝醒醉總隨計問他銀押畱香紅腔換拍算何似織綃泉底

浣溪沙會經堂夜雪口占

碎玉玲瓏折葉聲虛堂寒沁夢難成風簾官燭淚縱横成句 破曉暗迷窗紙白酤春空貧地爐青五年吟事玉樓清癸巳十月亦看雪於此

蜩知集

蜩知集

半唐戊稾

朱祖謀題

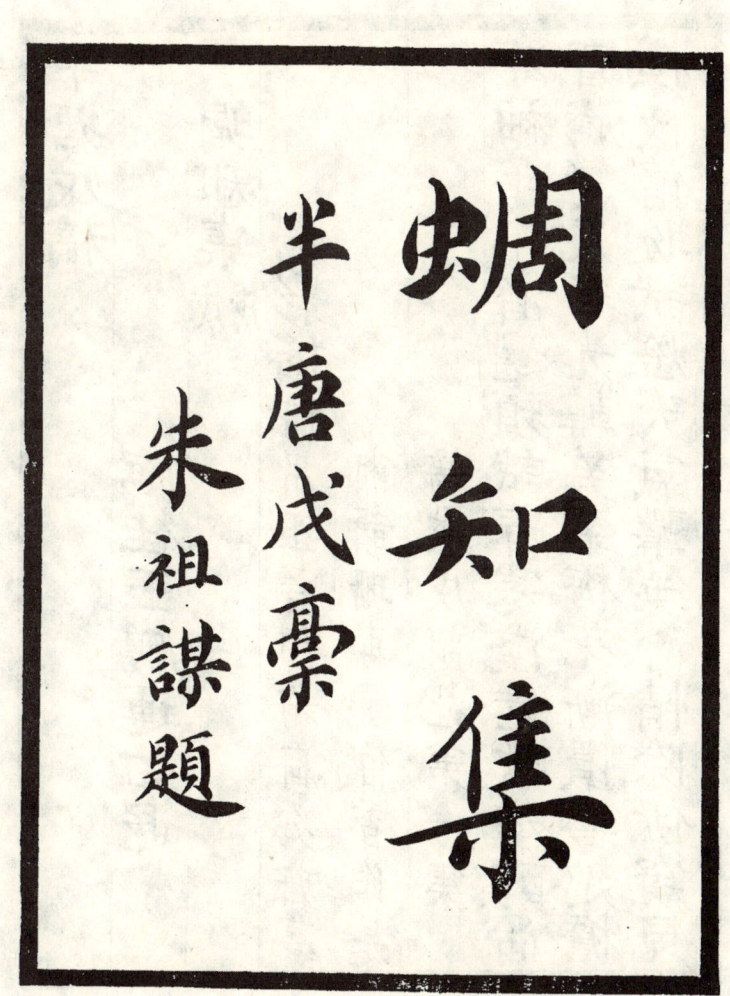

半塘戊稿

臨桂王鵬運佑遐

蜩知集戊戌

燭影搖紅

用王晉卿均同次珊夢湘韻珊再雲伯香作是爲戊戌詞社第一集、

吟袖年年酒邊頻試春寒淺倦歌殘醉尚曹騰驚又年光轉笑索梅花漸慣喜巡檐橫枝倩盼試燈天氣擊筑心情除伊窺見

側帽臨風搔餘霜鬢還愁短新聲催换共誰聽惆悵蓬山遠可是春雲聚散黯關河愁生望眼那堪回首昨夜星辰舊家庭院

好事近　疊韓仲止均

心事阿誰知記把茗華親刻解惜綠窗幽夢有堦前新月　年年花底説留春贏得是追憶聞道今年春閏問番風消息

臨江仙　夢得家山二語漫譜此詞

非同咸陟之占無事太人之卜夢生於想歌也有思皆不知其然而然也

歌哭無端燕月冷壯懷消到今年斷歌凄咽若爲傳家山春夢裏生計酒杯前　茅屋石田荒也得夢歸猶是家山南雲回首落誰邊擬呵湘水壁一問左徒天

醉落魄用薛叔載均

長懷無著離憂調苦還慵作酒腸詩膽都

蕭索棖觸愁心孤雁遠天落 愁來似與
春成約無言相對憐紅萼等閒心事誰評
泊喚得春醒蝶夢總難覺

角招夔笙寄示新刻菱影詞見憶
之作一再不已而與吾弟唱
詶復有見稚霞如見幼霞之
語故人情重不可無以報也
即用竹西雪夜寄懷原調詶
之并寄稚霞

重回首君應不信梅邊風趣非舊黯然驚別久幾度夢牽隋苑煙柳春愁儘有況節物中人如酒待剪西窗夜燭怕今雨不堪聽話巴山時候　僝僽庾郎賦就飄零也說生比垂楊瘦墜歡君記否酒凝游塵依然襟袖新詞入手叉夢草心情輕逗莫負簫聲月後好傳語卬君知杯同酹

新雁過妝樓分調賦贍園所藏雙星渡鵲硯拈均得雙

宇

星彩微茫琳腴嫩開圅秋滿吟窗漫疑片石天外有客攜將消得天孫離別恨玉蟾淚滴儘凄涼任翱翔墨池影亂雁字分行呼童幾回淨滌愛紫雲凝液紋錦舒章算除鳳咮誰耍比翼文房怜他十眉捧處要天上人間影總雙摩挲對畫屏間敞煤麝畱香

眉嫵 新月用碧山均

乍玉匳開匣雲幕垂鉤煙外弄新暝漫訝銀蟾瘦婆娑意依稀叢桂香徑錦衾夢穩數團圞如慰幽恨最憐是畫裏彎環處襪羅步雲冷　人世悲歡休問悵黛蛾愁畫羞對明鏡待續纖纖曲初絃試宵闌誰翫光景漏聲漸永看玉繩相倚斜正算能幾當頭莫負隔花倩影

鸎嗁序辛峯寄示與張丈午橋詶唱近作依調賦寄並呈張

南雲又歸塞雁觸離懷未已掩虛幌聽雨
年年對床成約空寄試東望迢遥汴泗愁
心暗逐春潮尾任吟筒解訴相思怨歌慵
理　滿目風塵冉冉暗老剩孤筇倦倚省
新恨鶗鴂聲中斷紅驚又輕墜便等閒傷
春怨别已消得司勳憔悴歎人生除是忘
情耍無深致　綺懷渾嬾芳事猶遲況風
訊正厲愁耍憶竹西歌吹舊日尊俎賭酒

人非染衣香膩，江天凝望，秋笳側聽。淮海秋笳集，午橋詞社舊刻也。髯仙同向，靈辰祝喜，花間捧遍高賢袂。坡公生日有詞。清愁黯黯，爲君撚斷吟髭，暮雲鏡空如水。　霜天回首，濁酒澆詞，拜玉梅影裏。漫惆悵、清尊檀板，負了華年話到傷心，衹拚沈醉。驚寒語鶴，迷煙幻蜃，江湖極目悲涼洞。怕長鑱、無覓埋憂地，儘教清似冰甌。午橋齋名。試按新聲，也應變徵。

瑞鶴仙　古微移居上斜街，鄰顧俠

君小秀野草堂即查查浦故居也賦詞徵和因憶咸同間吾宗龍壁翁居此時適得王元章墨梅十二巨幀遂榜其西齋曰十二洞天梅花書屋事見龍壁山房庚申集暨茂陵秋雨詞藉廣古徽所未備并以諗後之志東京夢華者俾有

攷焉

翠深天尺五認秀野風流銀灣斜處閑鷗
淡容與是百年見慣騷壇旗鼓春風胥宇
想生香梅花萬樹正南窗暝入橫枝約略
洞天雲古　凝竚朋簪韻事拄笏高情承
平簪組藤交蔭嫵誰共覓舊題句勸先生
莫忘玉壺觴我準備新詩賞雨怕窺檐一
角西山笑人自苦

百字令和仲淵似園小坐用玉田

均

餘寒猶滯甚槐街喧徧報晴鐘鼓芳節三分都過二闌檻幾家春聚漁父桃花王孫芳草休問年時路西山今日高樓心事無數　那得卻掃如君不知許事自適閒中趣老境閑門思種菜未要木奴千樹長劍慵看酒杯擲下飛夢滄洲去化爲兩鳥忘機共狎鷗鷺

附仲淵侍御元作

詩壇退了怕逢人重問當年旗鼓且向
牆東牢閉口容我琴尊歡聚匀石分花
移窗勒月小拓行吟路草堂新暝乳禽
飛下無數　漫擬一葉扁舟如今滄海
都少煙波趣誰道司空生壙窖中有秦
源雲樹鏡裏湖山壺中身世似夢雲來
去狂歌天半幾時喚醒鵷鷺

又上巳前一日大雪戲疊前均

過春社了怪寒聲尚凝叢祠簫鼓誰遣青

春頭傻白笑對千峯螺聚燕剪裁冰鶯梭織玉奇絶湔裙路柳圈誰試飛花渾不知數　爭信狡獪東皇要令紅紫也識清寒趣賦筆華林誇巨麗還是等閒芳樹萬頃瓊田三山瑤草耕欲呼龍去輕澌搖碧影迷煙外翾鷺

鷓鴣天　咏燭

百五韶光雨雪頻輕煙惆悵漢宮春祇應憔悴西窗底消受觀書老去身　花影暗

淚痕新郢書燕說向誰陳不知餘蠟堆多少孤注曾無一擲人

金縷曲送乙盦奉諱南歸即之武昌帥幕

淚灑東門道悵淒淒麻衣去國寒深春悄骯髒記傾燕市酒眼底幾人同調早換盡中年懷抱風雪滄溟天萬里正波翻鼇軸迷蓬島看子去恨多少　南樓風月傳清嘯望東南長城隱隱籌邊人老不見嚴詩

編杜集要遣沙場塵掃莫輕負江山文藻儘有前期休重問暗摩挲銅狄心如擣吟未已雁聲渺

摸魚子和友人春游詞

話春游依稀香影晴絲摇曳芳晝朝雲例伴髯蘇老儘要綺懷消受惆悵久歎我亦卅年參不情禪透迎桃問柳竟輸與棲香蘧蘧夢蝶花底鎮厮勾　相逢處快喚吴姬壓酒我歌君起爲壽芳菲滿眼渾無賴

鶯燕也應僝僽還信否衹説到消魂此恨
人人有花前月後算醉了休醒溫柔鄉裏
一笑蹔開口

浣溪沙　次均夢湘

春淺春深燕子知番風有信未嫌遲只愁
忘了海棠詩　誰與禁持方夜雨等閒攀
折易空枝弄寒天氣惜花時

刻楮難工漫畫沙故人心事寄煙霞西堂
回首任天涯　閒對孤雲商去住坐看飛

鳥笑横斜相期不負一春花

附夢湘太史元作

落拓心情酒不知水沈煙斷卷簾遲石闌閒煞舊題詩　九陌塵香車似水斑騅誰繫綠楊枝夢迴虚憶醉花時

北郭春流漾淺沙西山暎翠麗飛霞去年歸燕隔天涯　閒倚晚風聽畫角屏山脈脈夕陽斜病餘春信到棃花

又疊均酓次珊

許事人間未要知杜鵑聲裏日遲遲低頭臣甫叓無詩　身世相看原蟣蝨文章何處不騈枝楚蘭腸斷獨醒時

萬里長風萬里沙晚晴消息散餘霞百年趑趄是生涯　短鍤未妨行處荷戒香不放定中斜且拈新句酹新花

倦尋芳分調賦閏重三拈韻得二字

絆春婪尾補禊遨頭芳信猶滯曲水濺裙

未用詞誇月二佳約采香迷舊徑歲華紀勝添新麗鳳樓西看如弓月小慣牽吟思歎老去綺懷渾懶數到歡游前事慵理難祓清愁那問好春餘幾又見青旗楊柳外倦吟紅芍東風裏任輸他蝶魂凝夢迷花底王嵎詞曲水濺裙三月二

探春慢春草用白石衰草愁煙均

離恨題江夢吟憶謝萋萋愁滿晴野燒淺痕蘇雪融泥潤何處輕盈換馬三月江南

暮剩幾許閒情陶寫最憐抽盡蔫紅萬千心事如話　休問蘼蕪舊徑重爲采餘香幽怨盈把金谷園荒銅鞮歌冷游事不禁春冶南北東西路付斷雨零煙高下醉不成眠碧雲誰藉遥夜

齊天樂匡山梅社圖爲瞻雲覺公作人琴之感謂楊少文明經也

舊游記識匡君面煙霞幾曾孤往生客慚

余遠公知我不遺歲寒盟爽人天供養正玉照空山冷雲無恙行腳圖成定呼明月荷鋤上　人琴何限感觸草玄遺墨在奇句誰賞文字因緣色香性識參入枯禪都妄攢眉聽講待説到無生萬花齊放猶是風塵披吟懸夢想

附存少文明經題詩

君不見巨靈轉軸秋山高森森古木棲牛毛又不見奇峯插天九十九五老招人日搖手斷崖絶壑生陰風苔衣凍綠春蓬蓬寒山深處少人跡孤鶴昂藏天地空瞻雲開士古行者畫梅絶技工陶

寫來與匡山結歲寒明月當頭鋤自把孤山孤逋仙逋修梅子高名符詠香精舍梅花屋認取廬山眞面目心苗意蕊即菩提澣濯靈根借飛瀑屏山九疊芙蓉青小橋野店勞勞亭人生春夢孰長短數聲鐵笛風泠泠我聞山中多勝跡洞門龍化松千尺白蓮社散遠公歸紅杏林深董仙逸詩書種子丹桂枝六賢手植刊豐碑道人咒鉢有精意香雪晴雲坐擁之噫嘻吁金輪月杯可喚龍湫水園可灌諸天花雨釀生香歡喜因緣結羅漢十方世界本花花長安有樹新萌芽羣芳一笑宿根鈍清癯色相非由他萬本居然鼻功德放翁現化身千百何年入社許投名合向春風問顏色

掃地花用美成均同夢湘叔由作

信風乍歇又萬綠迷煙暮鵑聲楚斷雲颺縷惹游絲暗逐落紅低舞靜掩閑門短夢頻驚夜雨送愁去曲曲畫屏猶是愁處芳意誰要許悵濺淚酬花餞春無路玉尊翠俎問何人省識酒邊情素柳外斜陽倚到危闌最苦漫延佇聽重城鬧晴簫鼓卷中和周之作皆用元刻清眞集與時本間有出入

還京樂用美成均訓叔問

又春去觸撥年時影事羞重理指袖中詩

卷古來一例精神空費看綠霽無際芳非
那逐餘花委問素月因甚滴遍方諸清淚
歎青尊底甚黃塵烏帽消磨不盡狂奴
疏俊氣味相期醉倒西園儘浮沈等閒瓜
李恁風懷消夢繞屏山歌翻井水怨抑誰
家邃聲聲如喚愁悴

附叔問舍人元作

夜吟起把鏡愁看短髮相對理歎好春
逢閏幾回夢裏題香詞費想鳳樓天際

游塵漲地東風委剩柳眼重見故國登臨殘淚　過豐臺底奈無花無酒青春作伴還鄉仍是客味誰憐別後吴皋暗年芳付與行李數前踪空舞絮連天飄燈在水縱有西山石能言還共凋悴

又疊均再訓叔問

話歸去又見扁舟散髮乘興理訪舊鷗西磧定應笑客游情輕費臯醉吟天際三山影落空波委向鏡裡重認舊日飄花殘淚

甚矣篷底欸衣紈釵鈿浮名肯換淺斟低唱雋味君看九陌黃塵枉低徊上林朱李任倘佯還載酒尋香吹簫弄水坐對孤雲渺無心休問榮悴

翠樓吟　賦咫村藤花

壓架塵輕攢枝蕊密流蘇障空如繪虛簷生倒影看天矯龍蛇初蜕垂垂芳意正暝日烘晴融風催霽疏簾外短歌誰按紫雲低綴　勝地重訪平泉看巷深門掩好春

猶麗夢吟佳句少幾辜負花陰沈醉闌干
間倚漫刺眼芳菲驚心榮悴商新味食單
同試漢宮酥膩

木蘭花慢長椿寺

刹那催世換向刼外認滄桑甚影幻人天
金銷木塔杷蝕宮黄興亡倩誰說與剩粥
魚齋鼓響虛廊畫裏慈雲宛在定中法雨
猶香 詞場韻事幾回商懷古引愁長悵
傑閣煙薶勝流星散春老苔荒凄涼石幢

斷影共飛花無語送殘陽山色凭闌不見

暮天吟思蒼茫王漁洋登寺後妙光閣詩不見西山色蒼茫雲外深

又淨業寺

湖光澄淨業話名蹟指西涯看斷刹迷煙閬門映柳曲徑封苔清齋甚時結夏對白蓮齊趁野風開吟思淡縈秋水暗塵輭隔宮槐

經臺塵眼幾回指鷗鷺定應猜認勝國林泉承平壇坫鈴語猶哀徘徊冷煙落照好溪山何事帶愁來鰕菜扁舟未得

古亭休訪雲偎

又憫忠寺

去天才一握看閣亞石壇松問刼換支那能消幾杵煙外疏鐘憫忠舊題翠墨試碑尋貞觀暝雲封分得金仙淚點一齊彈與東風　房櫳禪逕曲還通芳事到鞓紅悵眼底春光吟邊古意弁入愁濃孤筇等閒倦倚算百年殘醉劇匆匆怕惹人天舊恨鶴歸休話遼東

又聖安寺

梵天畱幻影又瑞像禮旃檀看松老鱗荒亭虛鴿怖堆逕蒼煙泠然晚花濛雨算無塵何處不空山吟到軒轅石鼎素雲高擁詞仙　流連陳迹扣禪關苔古蝕碑殘叟誰認前朝影堂龍象原廟衣冠空壇似聞鶴語悵低徊文字底因緣軼事漫徵大定可游聊志長安

又花之寺

鳳城挑菜路記攜酒訪花之正雲見華鬘
香生蜀錦闌檻春遲支離倦游老眼祇年
年不負豔陽時未用疏鐘遠引玉驄自識
招提　攀枝前事問誰知鄰遂莫輕吹歎
幾番開落鬢絲霜點吟袖塵緇天涯暗牽
別恨拂莓牆慵覓舊題詩贏得殘僧目笑
對花長是攢眉

又龍樹寺

晴簷飛絮雪認柳外幾停驂記春雨聽鶯

秋風送雁愁，滿雲嵐澄潭，一灣漲綠。照十年吟鬢竟鬖鬖，賦得蘭成枯樹，半生哀樂深諳。

精藍幽意共誰探，萬葦綠方酣。話選勝年時，尚書朱履，名士青衫。疏簾暗迷舊影，付空梁新燕語呢喃。誰識長懷落落，夕陽黃到樓尖。同治辛未潘文勤宴下第公車四十二人於龍樹寺，皆一時名勝也。說者以擬臨朐相國萬柳堂己未禊飲。

西河　燕臺懷古用美成金陵懷古均

游俠地河山影事還記蒼茫風色淡幽州暗塵四起夢華誰與説興亡西山濃翠無際　劍歌壯空自倚西飛白日難繫參差煙樹隱觚棱薊門廢壘斷碑漫酹望諸君青衫鉛淚如水　酒酣擊筑訪舊市是荆高歌哭鄉里眼底莫論何世又盧溝冷月無言愁對易水蕭蕭悲風裏

水龍吟 分均賦白芍藥得後字

倚闌獨殿羣芳宵將顏色隨紅瘦冰壺凝

液玉柈承露蝶窺蜂逗壓架酴醾吹簾柳絮影迷階甃悵彩鸞信杳月斜煙淡知甚處香來驟　歌舞揚州最好正春濃瓊花開後含顰欲語將離有恨粉痕微皺和露簪餘嬌分素靨酥凝纖手祇鬢絲老去西園寂寞把韶華負

花犯集次珊庽齋用美成均爲叔

問錄別

問將離年年送客相看甚情味暗愁如綴

空冷落豐臺芳訊穠麗知君寂寞闌干倚
有人占鵲喜料此際夢香西崦離懷縈繡
被　高歌眼中要何人天涯看此去凄然
愁悴春漸老輕紅逐暮鵑聲墜金荷底莫
嫌醉倒君不見年芳風雨裏算儘勝暮雲
停處情牽江上水

瑞鶴仙四月十日待漏作

玉階清似水看樹色千門建章初啟雞籌
報花底乍佩聲隱約曉光搖曳文書靜倚

記年時薇開正麗又槐陰坐到宵分回首鳳沚清泚　龍尾百年曾見六合無塵万方送喜觚棱望裏玉繩轉想澄霽祇春衫舊影御溝愁照換了霜絲短悴漫低徊折檻風高壯心漸已

綺寮怨以疇丈鶴公所書聯吟詞卷屬叔問作感舊圖於後卷中同人唯瑟公與余尚無恙而十年久別萬里相

望歎逝傷離不能已已用

美成澀體以寫嗚咽

莫向黄壚回首斷歌催恨生聽燕語似惜華年行吟處蘚徑塵凝東風吹愁不去空贏得淚墨懷袖盈憶舊游望杳孤雲人天感歎息還自驚　想念素襟共傾闌干萬里花前惜别同凭顧影伶俜剩華髮對山青江關故人無恙試説與若爲情今宵酒醒空梁月落處愁叜明

點絳唇 臨桂城東半塘尾之麓吾家先隴在焉余以半塘自號蓋不忘誓墓意也叔問云蘇州去城三四里有半塘彩雲橋是一勝跡宜君居之異日必爲高人嘉踐嘗擬作小詞記之盍先唱歟爲賦是解

水膩雲香吳城分半山塘路小橋西境甚

日從君去　無那浮生只向風塵住歸期誤故山輕負投老知何處

琴調相思引西磧尋香圖爲叔問舍人作

聞說移紅訪范村折梅清唱最消魂笑呼白石簫外認前身　花影暗迷欽底月水香如接夢中雲煙波回首分得五湖春

玲瓏四犯叔由南歸用美成均畱別依均詶之

簾底清歌又按到陽關淒慼頑豔送盡餘芳空憶笑桃春臉無語自酹東風爲底將花零亂算衫痕鬢影輕換羸得落紅羞見翠陰新展湘紋薦記尊前舊題清蒨懷人只有西山識相向長青眼千里共此夜光定不隔關河更點願素心莫似雲意倦輕分散

附叔由孝廉元作

佳日西園甚賦筆吟箋長倚哀豔一自

春深愁上柳眉桃臉誰念庾信生平别意未歸先亂聽渭城舊曲偷換何處故人還見　翠筵親展憑花薦對西山酒波幽蒨高歌寂寞燕雲側千里應回眼斜照向客漸收看送盡冥鴻急點歎古來但有歡會局終須散

眉嫵戲叔問用石帚均連句

正春歸芳榭夢覺銀屏悽絶看花眼古微細雨芹泥颭巢痕冷棲梁還妒新燕叔由

落紅乍歇話綵牋門巷增感半塘鎮贏得點滴東風淚對芳醑慵聽古何限江湖蕭散倚水雲蘆笛空寫柔翰由知否鷗盟在三山北年時曾繫吟纜半去鴻數點算後期攜手人遠古怕重過城南腸斷處驀相見由

繞佛閣送夢湘用清眞均連句

燭華夜歛孤客待發愁動荒館由吟趁宵短漸看曉色稀微上虛幔半玉尊酹滿扶

醉上馬花外人遠古羌笛悽惋渭城罷唱依依綠楊岸由落寞念行色鄭重征衫慈母線半回首故人風花空溼面古定夢繞觚棱銀漏催箭由旅懷誰見怕注目神州絲鬢零亂半待歸來翠牋重展古

蓦山溪感興用美成均

西園花委狠籍疑無路已是綠成陰要驚人鵑聲處處疏簾窣地流影不禁風無一語空延竚春又今年去新絃舊曲贏得

青衫雨歷落古今情儘消磨盲翁村鼓高歌酹月凄斷倚闌心深杯舉孤光注愁入雲千縷

吉了犯 得仲兄書卻寄兄近貽我大方廣圓覺經令一心受持自可宣幽導滯毋爲是鬱鬱也故末章及之用美成均

畫檻倚流光暗移亂愁誰埽顛毛漸縞人

閒世夢迷清窈聯牀舊約聽雨何時虛堂悄只山色孱顏瘦出千林表解餘酲共香醥　京國倦游望裏家山雲深松桂窵去住兩自失幾腸斷齊烟小筭百計逃禪好夢西行趺跏思證道怕對此茫茫佛日還愁照辦蒲團且投老

丹鳳吟四月二十七日夜雨初霽

用清眞均

忽漫驚飇吹雨夢破青綾寒侵朱閣苔深

愁滑芳徑頓迷重幙今朝昨夜寂寥誰訴步影星搖歸情雲薄漫憶新題斷句展偏紅箋吟思凄咽殘角　太息壯心老去祖生漸厭雞唱惡底處延朝爽怕驕陽猶是山翠輕鑠玉梅風笛那僾曲中催落夜色沈沈誰與語賸淚珠成握畫簾影事偏此時記著

十二時 用柳屯田均

正遙天亂雲吹散煩暑盈襟初洗記話雨

深宵離思漸逗虛堂秋氣樹色新宮濤聲故國幾暗愁驚起誰念取杜老憂時付與鏡中白(作平)髮離離垂耳　消醉吟風塵滿目泛泛虛舟不繫托命長鑱隨身短鍤覓遍埋憂地悄倚闌似夢風煙暗淡望裏聽朱樓新聲乍換那解當歌深意拂斗槎靈談瀛詩壯遠夢縈秋被怕種桑海上松雲舊山輕弃

琵琶仙鐵厂爲錄桂林巖洞記用

白石均題後

簪帶尋盟悔輕負舊日親題雲葉佳約空憶驂鸞南音自凄絶看一片江山畫裏惜都付暮天鳴鴂五夜歸心三秋望眼知共誰説　漫贏得猿鶴空山悵煙雨年年誤芳節拋斷故園松桂賸飄零榆莢燈影颭烏絲細展有黛痕隱映殘雪又是殘醉天涯司去勳傷別

鷓鴣天讀史偶得率成二闋

卅載龍門世共傾腐儒何意占狂名武安私第方稱壽臨賀嚴裝促辦行　驚劃席憶橫經天涯明日是春城上尊未拜官家賜頭白江湖號叟生

羣彥英英祖國門向來宏長屬平津臨歧獨下蒼生淚八百孤寒愧此君　傾別酒促歸輪壯懷枉自託風雲劇憐彩鷁乘濤處親見蓬萊海上塵

迷神引戊戌五日以瓣香清泉敬

祀三閭倚樂章譜迎神亦

九歌遺製也

萬古騷心沈湘恨佩影尚迷江渚紉蘭樹蕙夢行吟處聳高冠曳長劍儼相遇簫鼓龍舟發憶荆楚玉軑雲旗遠渺何許桂酒椒漿潔共寒泉注又艾符搖榴花吐獨醒人往卜居意憑誰訴薜蘿深猿狖嘯愁延竚明月東門夜吟正苦空堂馨香薦淚如雨

尉遲杯 用美成均寄懷辛峯並酬

戴君玉生

東華路正黯黯遠目迷煙樹淒皇扇底驚風誰障西塵來處江郎賦後都收拾離情付南浦最無憀數遍飛紅好春零亂將去還是夢裏揚州看楊柳河橋勝賞頻聚暗水吹香雷塘晚渾不管流螢自舞花前共啼鶯換拍悵淒咽瓊簫獨夜語是何時一舸相攜醉吟同訪仙侶

青玉案

夢中得句云是咏簾詩也醒而憶其三語云東風吹愁水痕直小瓊壓涙湘紋碧簾底盈盈吹恨聲以久不作詩戲演其意爲長短句此調向叶去上諧婉可誦偶以入聲譜之音節殊不類恐不免轉折怪異之譏矣

小瓊壓浪湘紋碧顧隻影鴛幃寂吹盡東風愁似昔暗塵不起篆煙將息簾底波痕直　盈盈遠恨輕吹出玉遂聲殘黛螺溼彈斷鮫珠無氣力小屏山路西江水驛欲問誰知得

蕙蘭芳引叔問瀕行用美成秋懷均留別以起調鴛均適符余字也依均寄訓妻澀之音恰與離懷相發

空外翰音叜無翼解騫孤鶩看燕燕鶯鶯酣舞亂紅敗綠舊游漫省想月色還明華屋問照花倩影記否吟邊絲竹　湧鏡晴瀾縈巾秋雪管甚寒燠塵生絃柱休調往時法曲川途牢落定驚換目誰叜憐日暮袖羅幽獨

浪濤沙慢用美成均寄酬雨人梁山

畫闌外雲停柱渚日淡層堞芳事西園又

發新聲蜀道換關乍海燕歸來心似結故人遠萬里離折想聽雨高齋耿遙夜孤吟定愁絶　凄切小屏靜倚寥闊對莽莽河山新亭淚欲語先暗咽嗟酒醒天涯何止傷別舊歡漸竭消綺懷空負梅邊風月入手愁生鸞箋疊年芳晚暮鵑未歇鳳簫冷圓靈終恨缺倚金縷欲寄相思望一白皚皚夢怯娥眉雪

鷓鴣天　續讀史吟補録端午次日

作
屬國歸來重列卿楊家金穴舊知名似傳
重訂冰山錄那得長謠頴水清　仙仗入
匳書傾空令請劒壯朱生好奇事盡歸方
朔殿角徵闌敂首聲

太常引

綠槐蟬咽午陰趖殘夢尚婆娑不是愛婆
娑這幾日風多雨多　迎涼散帶消憂擊
柱醉醒一行窩攬鏡意蹉跎歎白髮催人

幾何

念奴嬌　同理臣古微觀荷葦灣用

白石鬧紅一舸均

涉江舊徑又翩然一棹重携吟侶難得鷗邊盟未改香影紛無重數初日詩心野風花氣涼沁宵來雨紅衣驚墜斷腸愁詠新句　遲暮自惜清歡餘情煙水肓逐輕塵去高樹晚蟬嘶未已聲亂蒹葭汀浦陳跡雲迷好游人老誰挽流光住扁舟歸興綠

榕湖上波路

月華清　雨夜讀枚如詞話所載林侯邨鄧嶰筠沙角眺月詞意有所感依均成此適外檐聲正瀟瀟未已也

螺島浮青，蜃煙消紫，年時光景無際。雨戀風孱，那復淒迷堪此。泛深杯、喝月情豪，倚短策、倦游人醉。前事。是幾回圓缺，頓乖吟思。　誰弄鮫珠夢裏。任碧海塵飛，影搖煙闊

市錦瑟絃空囘首桂輪香細湖銀瀾秋汎初生剩翠被雨聲驚睡澄霽歎謝郎枉賦月明千里

塞翁吟 風雨時至溽熱如炙綠衫見投新詠牽賦以當報章昔紫霞翁論擇腔謂此調衰颯戒人毋作然邪許相勞與興會飈舉者聲情自異得失之故願與綠衫相

尋於絃外也

萬木酣風處空際暮色蕭森暗雨氣小樓陰聽高下蟬吟雷聲忽送千山響驚破眾竅如喑看一霎斷雲沈卷舒本無心　清琴商歌歇苔痕細數香徑杳前游重尋任逐熱長安褦襶自高臥世覓羲皇散髮抽簪濃霧未解望裏懸知猶鬱疏襟

醉花陰　姬人抱賢嗜誦宋元人小詞夏夜燈火不可親偃臥

北窗令同還循誦時復入
聽亦迎涼幽致也
臥聽清吟消篆縷抵得紅簫否香挹素馨微方麯跣簾不辨涼生處　老懶心情渾漫與剩討花間譜學道未應妨笑問維摩可是朝華誤

還京樂用美成均和古微

雨初霽檻外雲羅萬疊誰為理歎賦情蕭瑟空教庾信江關詞費正暗愁無際驚秋

一葉青桐委笄客燕花底濺慣傷時淒淚向銅荷底儘殷勤商略空憐減盡閒雞中夜興味漫漫海上紅桑怕春城笑人桃李甚閒情還碧訝看朱雲誇鍊水鄭重傳宮譜新聲爲起凋悴

八聲甘州　九日十詰簃小集

倚西風天宇乍澄清深杯未須辭把茱萸笑插多情破帽此意應知記否滿城風雨吟思幾禁持漫訝秋容淡香冷東籬　贏

得今年身健歎素心相對莫遣輕違看江湖鴻雁弄影正南飛任低徊牛山凄淚笄酒邊愁抱古今稀秋堂靜話登臨處醉眼猶迷

水龍吟戊戌小除立己亥春夢湘約同作

歲寒禁慣冰霜隔年翻訝春何早錦旛颭處玉梅香裹酹春一笑春遣儂愁儂將春負悶懷丁倒算重城煙景花明柳媚原未

覺蘇華少　大塊文章誰假占春先翠蛾兒鬧番風無賴催完芳信便催人老金埒游情玉壺吟思莫教閒了看忘情彩勝盈盈弄影向釵梁裊

校夢龕集

校夢龕集

一抄本

王鵬運著

半塘己稿

校夢龕集 己亥

東風第一枝

己亥人日杜集四印齋賦得人日題詩寄草堂周次珊韻珊笏

鄉古微夢湘曼仙作

句索春先歸遲雁後驚心節序如許絕憐開寶詩人感時幾牽別

緒依依梅梛似解惜天涯覊旅憶彩牋迸淚幽吟頓觸亂愁千縷

彈指頃歲華暗度擡眼望故人何處已拚書劍飄零悶懷倦題

秀句龍鐘如我更愧爾高三十五祇小牕閒夢橋西約署歲朝吟

趣

瑤華

水仙

槃虛暈月佩冷搖烟幻楚雲千疊香銷粉印粧鏡裡隱約眉黃新抹淩波步遠鎮凝想微塵羅襪問斷魂幽曲誰與招竟夜玉笙吹徹　無言獨倚東風箕紙帳梅痕堪並孤潔氷心漫許春風思渺譜入琴絲愁絕峭寒禁慣夢不到西園蜂蝶是幾時净緣浮湘一棹水天清濶

探春慢

夢湘用梅谿東風第一枝均賦春雪索和次玉田均報之琪樹生花玉田凝碧春淺不教粧淡韻事探梅清詞咏絮記得前番飛霰草際青回處想潤入扉腰一半似憐芳信猶遲天葩先為飄散料理試燈芳苑問彩映彫瓊等閒誰見浮白餘酣踏青留約休遣玉龍吹怨峭向東闌倚任輸與梨雲烘煖風外春聲消寒何處庭院

長亭怨

題王又點詞卷闈卷中歲暮寄別均

更休憶賦愁時節短筑悲涼壯懷如接拍岸崩濤感時淒淚海天闊奈何頻喚那恨與清歌闋斷夢幾心驚看亂疊遙空雲葉淒切望天涯不見黯黯釃寒城闕江湖載酒漫猶是客腸愁結數風信恰到棋邊要吟思參差清發怕變徵聲中依舊鬢絲催雪

南新書社監著

東風第一枝

頃用玉田探春均奉訓夢湘和棋溪春雪之作復書以玉田均律皆視棋溪為易意若未甚慊者再用棋溪均成此耳眷夢湘和玉田也

一白分梅交光待月吟邊茸袖偎煖短檐滴玉聲輕小池點氷暈淺纖綃誰縷似巧鬥春紅香輭定有人閒指桃符錯認彩盤銀燕

闌倦倚纈生醉眼花作撲凍凝酒面去鴻留印芳隄鬧蛾未閒

上苑春愁醒未看繚亂游絲如綫盻弄晴風外秋千甚日隔墻窺

見纖均次珊改云彈餘珠淚又攪入春愁成纖又凍凝本作香凝次珊以不入律改正余性疏慢不能守律過嚴自與次珊往復始一字不敢忽亦一字不容忽倡酬之樂與切劘之雅皆輒紅香土中不輕有也

坿次珊光祿同作

社火烘寒檐花門麗東風無意催暝鳳溝沈水添微翠尊凍醪

注淺和愁都化正夢入紅樓酥軟似去年吹絮光陰只少惱入

鶯燕　銀海眩綺花照眼珠箔靜繡塵隔面探去梅還憶西湖

試茶待烹北苑新詩誰織料費盡丁衣茸綫散滿城歌筦聲聲

莫是郢中曾見

鳳池吟

春冰

薄碾綃雲，愛琉璃滑，掩映麗目輕明。記宵闌酒暍，吟邊細嚼，齒頰香凝。問訊天街幾時，銅碗替春聲。臨池好趁微凹，烘煗晝永牕晴。

心期說與誰識，怕東風難解，徹骨寒清。儘鳳鞋嬉慣，莫教忘了，節近燒燈。影瀉流澌，最憐波底玉山傾。頭綰到、幾忺人，沸試餅

笙

又

再賦春氷

粉凝鮫珠漬紅綃滑豔福定共梅修記黃橙醉擘玉纖脂膩金斗香留殢睡忺寒為伊消渴試輕甌花前笑説聰明如爾才稱温柔

新妝向曉奩啓幾翠鬟呵凍看慣梳頭祇衛家司馬綺懷消得玉樣風流夢憶紗幮素馨親翦尉香篝深深願祝輕澌莫放行舟

宋詞笑擘黃橙酒醒玉壺金斗欲生氷見陽春白雪又史邦卿詞素馨椒萼太寒生多翦春氷

南新書社監製

宴清都

閨怨用鶯洲均

愁沁眉根嬾餘酲醒籖聲花外驚亂囬燈就影偎衾紀夢墜歡餘半襪塵已逐春空怕影入菱花也換幾悵恨十二巫峯朝雲暮雨誰管凝妝記倚高樓歸帆望處天近人遠花前羅酒醆風前羅帶爲誰消減姮娥尙解憐儂試雙照天涯淚眼怕青驄縱有來時好

南京書社監製

春漸晚

清平樂

十四日晨起意有所會率筆書此以俟賞音栩栩然蝶蘧蘧然周必于夢覺間求之滯矣

花間清坐坐久渾忘我好句自來還錯過斷續幽禽如和　邈然

山水虛深貽文欲鼓無琴誰信百年泡幻等閒一刻千金

東風第一枝

元夜雨中用梅溪均同夢湘作

膏潤銅街烟籠火樹春城清颸更鼓暗塵愁斂餘香俊約恐乖舊處銀毬飛迸漫吟想雲開星聚要彩光流照天衢散却半空霏霧

風乍過管絃時度寒自忍綺羅倦侶伴人蜜炬分光買春玉壺覓句閒門深閉任芳節陰晴無據聽咲歸閒話鄰娃月共去年人去

驀山溪

塵緣相誤，大錯從何鑄。歸夢碧山遥，水雲空、人間難住。落梅如雪，拂面作春寒，登廣武，泣新亭，先我傷心許。　雨巾風帽，吹醉長安路。老至厭悲歌，炙銀簧、玉靴寒江。百年浩蕩，蕉萃惜初心，飛鳥外，落霞邊，那是愁來處。

玉漏遲

百種亭夜宴有贈

清歌花外裊卅年綺夢無端驚覺影散優曇那似情塵難掃悵觸

春衫淚點又雛燕泥人癡小新恨悄渭城還唱何戡淒調　幾度

顧影臨風問舊日當歌是何年少花（花落）開詩裏劉郎輕老愁許貞元

軼事祇我亦不禁潦倒休暗惱明朝鏡霜添了

御街行

漁洋山人有贈雁詞曹珂雪常和之春霄（宵）風雨歸鴻送聲亦擬

作一解

小牕夜靜寒生處嘹唳征鴻度問誰憐爾苦隨陽珍重雲羅前路

春波蒲稗鷺翹鳧没面首應輸與　鷺寒往事休重訴空付琴邊

語此行定自雁峰回消息嶺雲安否江湖滿地得歸儘好無處無

風雨解連環

南京書社監本

解連環

秋千

謝娘池閣誇東風俊賞鳳鸞飄泊美倩影裙帶牽愁儘著（作平）意絆春柳絲嫌弱背立無言記前度庭花驚落笑年光爛錦付與隔墻語咲依約

重扃鏁烟漠漠祇多情夜月留照紅索悄不慣簾外輕寒數懽事橋東又總閒却有限餘香忍一任游蜂狂撲向黃昏繡床困倚鬢蟬自掠

風入松

杜集王湖趺館題金冬心畫梅

嫩寒籬落憶山村，水月寫春痕。茜裳翠袖相逢處，是逋仙、曾裊吟魂。疎影橫斜清淺，暗香浮動黃昏。　畫師著意與傳神，鬢鬟見真真。黛眉清潤唇脂膩，付春風、詞筆溫存。自笑老懷癡絕，珮環日盼昭君。口脂眉黛，冬心自題語。蔣伯生跋贈墨龕，以遣嫁明妃為喻，故戲及之。

念奴嬌

日望樓春眺有懷仲弓

東風吹面，又等閒、春色三分過二。懽事難期花易老，莫放闌干閒裏。怨極書空，愁來說夢，舊曲還慵理。春雲無恙，林鶯休許憔悴。遙指一角飛檐，百年屝屐，盛江家亭子。韋杜風烟天尺五，消得流光如水。經醉山笑，人魚鳥自惜，登臨意。小桃紅綻，嫣然知向誰媚。

花心動

花朝用夢窗體

無賴東風底匆匆催到酴花時候錦樣韶華水樣輕寒春意困人如酒月圓難得花生日芳心事姮娥知否好珍重鳳鞋舊約俊游休負　春社前番散後還忺雨忺晴較量難就刀尺深閨待試輕衫腰衩可憐消瘦庭陰撲蝶年年慣誰惜取粉香紅溜燕來也間

情為伊暗逗

楊柳枝

擬花間

賦裏長楊舊有名即看眉樣亦傾城朝元閣上春風輭莫更思量

作雨聲

飛絮空濛鏁畫樓年年寒食聽驪留爭信龍池三二月片風絲雨

欲鶯秋

齊天樂

馬神廟海棠百年故物也春事方酣意古徵日吟賞其下不能無詞擬此待和

艷陽初破瓊姬睡依稀沁園軼事綉幄圍鶯簾臺駐鳳隔斷香紅壓世繁華夢裏記別殿承恩綠章催曆幾番花風舊時香色底憔悴　承平歌舞漫憶儘燒殘絳燭凶意誰會海燕移家仙雲換影

贏得嫠蟾清淚般勤箴綺莫付與鶯鄰妬春桃李黃月簾低倩魂

縈倦懸

鳳凰臺上憶吹簫

杜集香草亭賦簫

明月依然玉人何處畫橋流水參差記短歌催酒惜別年時休問

笛家舊譜寒食近烟柳絲絲憐消受分香手汗浥潤唇脂　孤飛

野雲跡渺還一舸烟為波自和新詞問歲寒、疊鼓春夢應何逑事

潛蛟夜舞歌慷慨懷古增悲勞吟望夫君未來要眇誰思

玉草亭

香草亭賦蝶

莫問南園風景可憐幽草知為誰芳作意翩翻春恨不到花房夢

初回粉痕微褪粧作試眉樣偷長細評量等閒圖畫休説滕王

向郎佳人撲處翠衫羅扇慣擲流光唾碧闌干笑來不負是眠香

絮花晚任迷望眼絲絲軟那繫柔腸占春陽玉奴身世未礙輕狂

水龍吟

梨花

是誰刻意裁冰要爭六出天葩麗華清浴罷玉容寂寞啼妝初試

淡極成妍空中有色餘花怎比（僅）千紅萬紫枝頭春鬧自占立青蕪

地　棖觸吟邊新恨絮飛時東闌閑倚花心一點微酸醞釀暗憐幽意夢也闌珊斷橋任說暮雲無際祇憂愁風雨含情脈脈正重門閑（夢不到梨花路斷橋長無限暮雲夢窓詞也）

石州慢

補題春明秋餞圖寄耕夫同年鄂中

滿目關河霏雨換晴離思空軫前歡共認襟痕暮色乍催霜信一

樽相屬起舞更為君歌蒼茫底用前期問圖畫料難傳黯秋心一寸愁損半簾華月萬里鯨波百年塵夢安遠樓高籌筆金猊閒隱功名鏡裏自笑老去悲秋吟邊心事消磨盡堤柳又青青遲天涯芳訊

醜奴兒慢

南禪值杜即題其明湖問柳圖按漁洋山人秋柳詩李兆元箋謂

予亡明而作趙國華云紀明藩故宮人事李𡖖載天壤閣叢書
趙說見青草堂集詞成示頳生云曾見舊家精華録秋柳詩題
下有送冠白門南歸五字云出漁洋手稿是又一說也
東風柳眼開閲興七多少儘搖漾鵲華秋色暮暮朝朝擬托微波
暗愁空遡白門潮幾回眠起亭荒北渚夢冷南朝　笑秖舊時闌瀾
千木面親見魂消更誰訪尊前翠裏滾畫外銀簫莫話滄桑撩人風

南新書社監製

絮又倡條長歌欲和玉關怨曲烟水迢迢

氐州第一

和次珊

何事千鄉笙鳳喚起當歌對酒情抱舞扇留雲邊笳訴月淒絕繁華露草三五年時記舊約房櫳深窈張緒風前秦宮花底負春多少又試新聲鶯燕小語前事亂愁誰掃迷蝭春心聞蟬客思甚

夢醒人杳乍開簾驚見處謌塵惹閑情絶倒玉遂從今定愁翻伊
涼別調

坿次珊光祿元作

銀燭光圓笙鳳勸酒濃姿寶鏡重展舊約簾邊新妝扇底淒絶
年來望眼春鎖桃紅幾伴取天台仙眷小袖調鸚橫茵睡蝭艷
懷非淺客路車塵催夢短素襟涴淚香愁浣倚笛羌城磨刀隴

水咽枕屏清怨又爭知今夜裏花狂舞霓裳叠遍莫問他生寸
情絲西風早剪

坿古微學士和作

輕薄箏塵零亂鈿粉當筵恨壓眉小岔緒連環清吭掩扇淒隔
秦天縹緲蕃馬屏風有暗月闌人偷到玉杵深盟金錢淺擲頻
催懽老八九驚烏依樹少定輸與羇雌鳴繞氈帳恩新珠田夢

遠驀併歸酥抱惹花前間淚落停杯處相看一笑誰打鴛鴦綉

簾迴孤眠到曉用清真均

三株媚

四月十日病起偶過咫村回憶年時吟事甚盛此時好夢難尋孤游易感不知來者之何如賦寄叔問長洲叔由蕪湖

東園花下路記盟香年時倦屐零句病起心情洗若林猷聽夜來

風雨到將離春自老無人為主蝶鬧蜂喧遮莫紛紛揔過墻去
杜宇催人休苦問廢綠迷津勸歸何處花影吹笙散畫簾空憶月
明前度那得流光將恨與積波東注目斷停雲靄靄清琴自語

滿庭芳

蜀葵

清蔭分蕉孤標疑竹當堦生意嫣然盤欹影側珠顆寫勻圓應費

畫江點染看花葉層疊翩翻涼生處斜陽艷錦微斂晚風前　堪

憐重五近榴花艾綠相映争妍底詩人評泊多處翻嫌花外闌干

幾尺遮不住倩影珊珊鄉園好新苗乍茁風味憶春盤

渡江雲

渚[清]真集中各調夢總多擬之穠摯不減美成面目則絕不相襲

四月十有八日意有所觸偶枯是解真耶恐質之解人無一是

處

流紅春共遠夢迷紫曲風迫海雲飛近來沽酒伴除指青旗那處

繫斑騅黃金鑄淚記弄珠江上人回懷舊吟笑持明鏡流影共徘

徊 天涯殷勤別緒只有何戡黯愁生清渭回首憐蓬萊雲氣都

隔烟埃東風無奈流鶯老那更禁鶗鴂聲催休結擷江南紅豆誰

栽

徵招

夔生自廣陵遊鄂賦詞寄懷倚調以和

幾年落拓揚州夢樊川倦遊情味一遂落梅風又吟蓬孤倚江山仍畫裏秪無那暮天愁鬢翳白恰蕭騷綠陰岑寂暗消英氣　迢遞楚天長懷人處扁舟舊時曾繫黃鶴倘歸來問飛仙醒未行歌休弔禰怕壓涴素襟殘淚斷雲碧醉拂闌干正夜空如水

祝英臺近

拚荆扉，疏酒琖，獨自甚情緒。記送春歸，羅帊斷題句。新陰欺月迷烟，悶懷難託，祇憑仗、流鶯低訴。　畫中路。舊遊擕伴盟香，沿綠肯回顧。夢枕驚餘，哽咽淚如雨。杜郎刻意年年，為誰傷別，鎮腸斷、一簾風絮。

角招

笏鄉招同人杜集日望樓限調同賦按白石此詞前拍緲字是借叶換頭裏字非均往與叔問論律如是夢湘舊譜黄鐘清角調即用此說次珊韻珊皆嚴于持律一字不輕下者並以質之

傍城路登臨戢戢年年酒抱慵許軟紅瀰望處只有晚山眉翠如故推排未去怕冷眼窺人鷗鷺不見題詩舊主是日前杜鵑聲換新來愁緒　休負綵牋按拍爲紗倚醉花外閒尊俎咲桃曾覓句

轉首風烟綠會（侌）壇樹吟情浪苦聽梵落禪天鐘鼓莫漫愁生日暮

看天際正輕侌涼蟾吐

三株媚

次珊讀虜人息夫人不言賦有感於外結舌而內結腸先箝心

而後箝口之語賦詞索和聊復繼聲亦盍各之旨也

蘼蕪春思遠采芳馨愁貽黛痕深斂薄命憐花倚東風羅袖淚珠

偷泫睍入西園容易又林禽聲變耶得相思付與青蘋自隨逢轉
惆悵羅衾捫遍便夢隔憧期舊恩還戀芳意迴環認鴛機錦字
斷腸緘怨縷縷絲絲拚蕙盡香心殘篆漫想歌翻壁月臨春夜滿

鷓鴣天

向與二三同志為讀史之約意有所得即以鷓鴣天紀之取便
吟諷久而不忘也人事作輟所為無幾今年四五月間久旱酷

熱咄咄閒門再事丹鉛漫成此解并告同志毋忘前約為之不
已亦乙部得失之林也嗣是所得仍名曰讀史吟云

注籍常通神虎門書生恩遇本無倫鬼神語祕驚前輩〔席〕輅謀工拾
後塵　空折角笑埋輪寓言秦鹿底翻新可憐一鬨成何事贏得
班姬苦乞身
掃地花

曉雨初霽猷遊葦灣迎涼弄水容與於荷香柳影間風景依然俯仰增慨不知境之移我情耶抑各隨所遇為欣戚也偶拈美成雙調為雲水間

柳陰翠合正玉鏡酣妝茜裳嬌舞浦蟬韻午倚紋疏記得曳風前度漫惜孤遊儘勝閑床臥雨澹容與一葉遡紅為載愁去　壓影頻自顧笑葛帔練單又盟鷺（鷗）舊香換否怕迴飈颺麴錦機輕汙恩

與雲間一晌留人小住耿無語望層樓閘花深處

又

觀荷葦灣載菡萏數枝歸作清供亦逃空谷者之足音也寵之

以詞仍用美成霍調 調

綺霞散馥正午枕涼回綠總人悄珮環縹緲映芸籤亂葉倚嬌宜

咲漫障青羅倩影臨風更好自吟繞白髮暗搔愁被花惱 幽意

誰共道訝似水閑門朶雲還到點塵淨掃換籌花醉客舊時懷抱
夢入滄浪篴裏謌翻水調畫屏小寫豐容玉蟾低照
極相思

伏日銀灣曉望用夢牕均

悄風低颺烟痕山翠小眉分悠然誰會涼生短葛思渺孤雲　節
物春明殘夢裏俯官河愁蕩吟魂踏波兒女關心尚數笳鼓朝昏

金縷歌

六月十六夜日望樓對月

此夕真無價俯危樓羅雲四捲玉盤高掛袢暑人間消欲盡涼韻未秋先借又銀漢沈沈西瀉凝白闌干塵不到是天然愛酒能詩杜淩浩渺最宜夜　乘風敢擬遊仙也撿塵襟卅年緇素覺時陶寫玉宇瓊樓歸路迴高處清寒猶怕莫輕放花間三雅狂態姮娥

應見慣倚商歌漫惜知音寡看獻猩正來下

南樓令

掠鬢練花長篘棚卷夕涼晚風輕軟玉生香記得酒闌新月上頻倚醉近釵梁　老去不禁狂通籠泥舊芳話青樓殘夢荒唐知是温柔知薄倖好持似　少年場

醜奴兒

王鵬運著

校夢龕集

夏日限調詠燕分均得紅字二首

門春花底呢喃語記占香紅倩影翻空玉樹羞誇舞裹工　石巢

點柏傳牋處休訴金風消息鷩鴻玳瑁梁深睡正濃

黃昏簾幕微微雨可是春融王謝堂中何處聞歌不懊儂　閒情

脈脈憑誰訴遮莫匆匆潦到隨風掠水還應惜老紅

滿江紅

辛峯殁於泰州七月三日設奠成服賦此招魂老懷慘結墨淚俱枯矣

淚灑椒漿誰信道望風酹爾試屈指天涯骨肉秖今餘幾一個那堪今又弱諸孤藐爾知何似最傷心愁病念家[兄寂]書新至　對床約歸耕訂投老待君料理甚無端噩夢驚人至此此去倘仍　先子側固應勝我悽惶耳賦招魂如墨海雲昏魂來未

百字令

叔問寄贈魏普泰二年法光造像記文曰為弟劉桃扶北征願平安還時余妻新亡讀之慘然賦此以寄叔問去秋亦有鴒原之痛也

深龕禮佛乍塵抄斷碣潸然欲涕大願人天空記取顯額看雲心事千劫難磨三生誰認此恨何時已天親無着羨他塵外兄弟

還記客歲分襟黯澹君洒餞原淚爭信江湖書尺到我亦飄搖如此佛也無靈天乎難問散倡西風裏蒲團投相期同証禪契

醉太平

西湖隱山吾鄉岩洞最勝處薇生侍御貽我韶石高廣不盈尺六洞宛轉通明幽窅頗與相似因名曰壺天意隱并系以詞

鷟雲勢偏流霞態妍一壺嵐翠蒼然作家山眼前　湖天洞天南

潛北潛山靈招隱年年觸閑愁萬千南潛北潛二洞名近隱山坳在湖上隱山六洞一朝陽二夕陽三南華四北牖五嘉蓮六白雀詳桂海虞衡志

浣溪紗

夢得蓬萊七字足成此解

冷落騷詞楚調吟夢痕和淚漬羅襟玉箏斜桂綠塵侵 苦恨垂楊遮望眼閒邀旅燕話歸心 蓬萊清淺客愁深

綠意

蒹葭

涼生藻國正暮雲無際低映蘢碧欲寄相思洄溯為勞商聲似助蕭瑟平生雅識江湖味秖自惜客帆輕擲是幾番弄影迴塘短鬢晚花爭白

風景邑潭最好小簃坐聽雨驚上新月斷雁聲中秋色蒼然沈恨有誰禁得詩人不盡離披感怕水墨圖成愁絕作眼

明蓼際疏紅點破半汀清寂

月華清

己亥中秋

夜冷螢踈星稀雁斷秋懷寂寂如許圓缺驚心又是良辰輕負問今夕分外光明曾照得幾家懽聚誰許倚空樽倦憶廣寒儔侶

漫說霓裳舊譜歎老去纔知管絃淒楚黙數華年換到幾般情

懷甚時還似水閑愁都化作半空飛霧凝竚正吟邊桂子暗香飄

雨

坿笏卿郎中和作

玉碾天輪珠融海鏡吳剛舊事何許今夕樓臺若箇清樽無算

銀浦剗盡流雲應不少踏歌人聚休訴看嫦娥管領上霄仙侶

水調誰家自譜甚望極高寒寄聲酸楚析點風傳故故擾人

幽懷倚虛幌無奈秋心怕淚溼翠鬟香霧吟窗正斜飛露腳暗

蟲如雨

臨江仙

擬稼軒

暮北朝忙底許多時齒冷樵風先生疎放是天慵醉鄉閒日月安

穩住無功

注籍黃齏三百甕腐儒食料原慷恩量無地著窮

南新書衣聚

通忘機秋水觀得意大槐宮

朝中措

擬玉田

亂蛩聲咽雨蕭蕭誰與惜秋宵燈暗豆花愁落夜寒棋子慵敲安排清課閒眠淺醉明朝不是巴江春水等閒休擲吟瓢

減蘭

擬樵歌

人生行樂老子婆娑謌帶索蒼鶻參軍竿木逢場底是眞 壺公知我歟醒何人眞計左夢繞雲屏一桁山如故國青

點絳脣

擬秋思

莫便憑高闌珊草色天涯暮亂山無數雲意閑如許 一葉扁舟

夢到尋詩處愁延竚斷鴻聲苦寂寞龍湫雨

卜算子

擬蕭閒

把酒酹黃花人盡陶彭澤三徑無資也是睐此意誰能得　漫誦北風詩自媿南村宅憑仗秋山為解嘲明秀森寒碧

一斛珠

擬東山

鎖香簾箔酒腸不受牢愁縛舊時記共瓊枝約拚負華年肯負鈿
箏索　夢痕散似風吹籜懽情老作春雲薄空將醉眼閑中著袖
手低徊花底看人樂

戀繡衾

擬梅溪

澹蛾山色入畫真撲遊衫都是翠痕寫不盡幽修意把詩魂分付斷雲軟紅眛眼長安市底相看還似故人作憶得妝臺畔黙吳娘眉黛暈新

浣谿沙

擬梅屋

漸覺新寒上被池曲屏山亞夢雲欹團團明月影愁窺 試展眉

圖迷眼纈暗移冪衩惜腰支刀圭難已有情癡

醉花陰

擬幽棲

自斷閒愁拋棄久難斷杯中酒薄醉倚闌干顧影憐花花是困誰

瘦寂寥庭院人睞後半臂寒添驟不為愛悲秋月皎風清好景都

如舊

阮郎歸

擬清溪

小牕西日透紋紗。飛塵生影花。似聞將雨報林鴉。啼聲清潤些。

風蕩漾，樹夭斜。晴光憎暮霞。卧鶯殘溜響檐牙。煐餅新試茶。

八聲甘州

九日同古微登翠微山宿靈光天遊閣下

記年時載酒說題糕登臨獻塵紅作翠微高望川原澄霽一拓心胸淨洗菊萸香色唫思渺西風雁冷慵飛處嵐翠秋空　看取乾坤澒洞想杜陵老眼醉裏應同儘長歌悽淡清響答疎鐘好收拾悲秋懷抱對山青雲白倚闌中流連久又西池月影落虬松

水龍吟

筱珊自山中入都賦詞寫懷倚調以和

夢中觸撥閒雲青鞵偶踏長安道舊歡新恨天涯回首牽情多少古井波瀾五陵裘馬相看一笑儘緇塵易化故人知否襟上祇烟霞繞　顧我年來毷氉說區扁甚時真到烟簑雨笠望君如在玉壺瓊島萬里孤遊扁舟乘興超然物表怕清吟擁鼻徘徊未許便東山老

坿筱珊太史原作

扁舟歸去江南鱸魚蒓菜為家事青鞵布襪何人識我蘭臺舊史京洛重遊軟紅塵裏依然朝市慨山邱華屋西州門外灑清淚慟知己順德師

久矣掛冠神武問長安再來何意堪譏少室王侯著眼浮名猶繫我本無心衰顏凋雪舊懽如水有青山招隱樵謌相答向蒼葭涘

惜秋華

校夢龕社集詠雁

萬里長風正高樓送目唫懷酣處斷影自憐愁生楚天殘雨歸心暗落江湖向夢裏忺聽柔艣相將又漁謌弄暝秋橫南浦　霜訊鎮如許問驚寒昨夜有人知否怕戕晚盟未穩舊鷗新鷺蒼茫水驛平沙乍恨牽玉關前度誰訴付盧郎月中遂譜暗香

冬至逢雪用白石詠楳均問琴閣社集同賦

暗回春色對玉龍舞處橫吹羌笛點點酥鈿沁到梅心乍忺摘休說寒銷九九應凍雲飄花吟筆算未若羔酒人家懽意競歌席鄉國正寂寂記醉踏晚山冷翠飛積新弦自泣潑水衾寒夢還憶知是東風醒未淡入無情愁碧想祇有河畔柳岸容待得三株媚

[illegible]

唐花

春酣冰雪裏，問誰催梢頭萬千紅紫。占盡繁華，是年年三九玉梅花底。芳訊潛通，那更待番風頻試。惆悵宵來簾閣寒添，蜨蜂甦未。莫負斜街芳事。記冷逼茸裘，瘦筇閒倚。點檢珍[illegible]，黯吟懷愁入冬烘身世。一霎繽紛，應笑倒枯禪彈指。寂寞美人林下，月寒照水。

鎖牕寒

殘雪

粉逕樓臺塵凝巷陌淡烟初裊山眉乍展霽色遙明林表點蒼苔屐痕漸晞故人昨夜尋詩到問王孫知否天涯偷換舊時芳草吟繞空淒悄又瘦入梅梢一痕春小瓊琚共賞徹骨誰憐寒峭泛扁舟興闌未歸舊遊暗淡飛鴻爪賸飄花點鬢成絲待遺東風掃

庚子秋詞

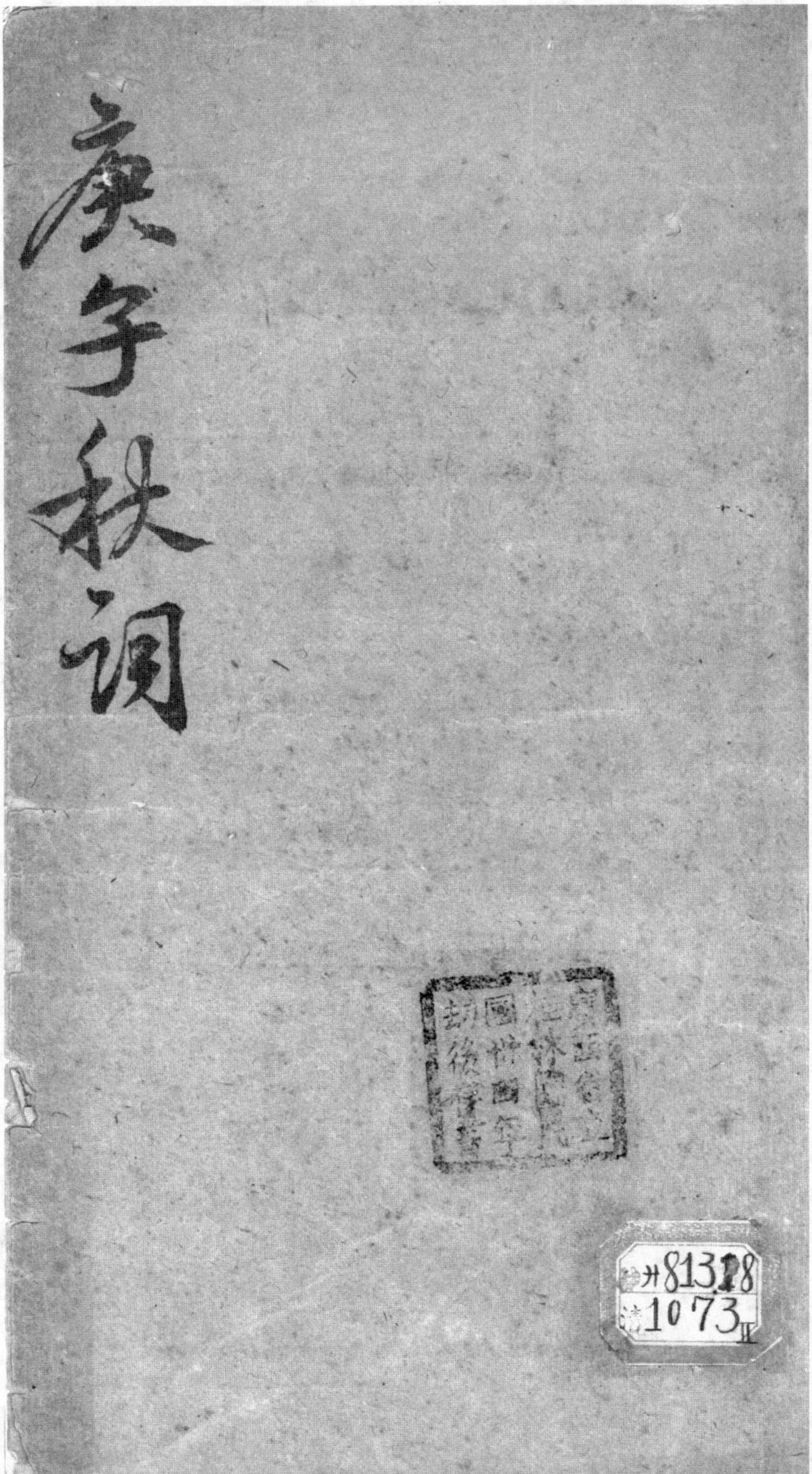
庚子秋词

庚子秋詞

二卷

春蟄吟坿

敘

光緒庚子之夏拳匪倡亂七月旣望各國師集都門乘輿西狩士大夫之官京朝者亦各倉皇戎馬奔馳星散半塘老人獨閉戶如故而歸安朱古微學士臨桂劉伯崇殿撰咸以故居擾於寇依之以居余居去半塘最近晨夕過從相與慰藉旣出近詞一編示余則皆兩月來篝鐙倡詶自寫幽憂之作以余同處患難而屬弁言於余余謂言爲心聲心之所動自不能不發之於言古之作者處此有爲麥秀黍離之歌者矣如庾信之哀江南杜甫之悲陳陶皆所謂古之傷

心人別有懷抱者彼其時其事之躬自閱歷所以怵魄而愴神者豈無他人共之哉惟他人不能言而此獨言之使讀之者悲憤交集皆怦怦戚戚而若有以先得其心之所同然故足以鳴當時而信後世今三子者同處危城生逢厄運非族逼處同類晨星滄海瀾頽長安日遠從之不得去之不能忠義憂憤之氣纏綿悱惻之忱有動於中而不能以自己以視蘭成去國杜老憂時其懷抱爲何如也余雖不知詞然三子者之言皆余所欲言而不得者則亦不能自己於言也於是乎書永嘉徐定超

光緒庚子七月二十一日

大駕西幸獨身陷危城中於時歸安朱古微學士同縣劉伯崇脩撰先後移榻就余四印齋古今之變既極生死之路皆窮偶於架上得叢殘詩牌二百許葉猶是亡弟辛峰自淮南製贈者葉顛倒書平側聲字各一系以韻目約五百許言秋夜漸長哀蛩四泣深巷犬聲如豹獰惡駴人商音怒號砭心刺骨淚涔涔下矣乃約夕拈一二調以爲程課選調以六十字爲限選字選韻以牌所有字爲限雖不逮詩牌舊例之嚴庶以束縛其心思不致縱筆所之靡有紀極然久

之亦不能無所假借十月後作尤氾濫不可收拾蓋興之所至亦勢有必然也自八月二十六日起至某月某日止凡閱若干日得詞若干首富順宋芸子檢討和作若干首并依調類列用遯渚唱和例也芸子以九月下旬附會船南去故所作不多每夕詞成古微以鳥絲闌精書之伯崇題其端曰庚子秋詞葢紀實云半塘僧鶩記

題辭

張亨嘉

海客說瀛禆麻家推章蔀如何赤縣小乃復遘陽九後庚星一周神臯再遭蹂外釁肇蘇韓內訌劇季郈不鑒郭京輙翻效莫敖狃玄黃慘龍戰噴薄駭鯨吼頹堙鳥亂呼馳道獸交瓜君子竟爲猨徒御或駕牡北行怯入囊南望思正首頗聞元從臣落落未具耦微官忝近密羈紲盜辭負職爲典祏畱情難絕裾走至尊憐其誠

詔詞一何厚同時三子者危城共淹久鷙翁豪俠士

文章抉漢手大呼排九閽抗疏慭擊掊瀝尹吾故人
曉事世無偶造辟陳至計勿恃邊將赳忍僉負夙慧
灑落眞吾友獨立天人儔窮蒐圖籍極吁嗟三子者
行止故不苟人言玆陷賊君謂實否否金甌幸無缺
失計鑒宜曰非者
詔書下拔賢耍任考旦日李西平清禁迎
文母區區戀闕心固以徯我
后吾意亦云然於世乃何有同居城南隅踡跼宮一
畝高歌旁無人羣酋不敢糾長安本似弈皇綱況解
紐家居亦已撞再壞耍何取私朝有宋慧紓難乏楚

敎網竟漏玉津寃仍沈獨栖戰骨孰悲陶穹冠甚囚
牖市有召平瓜門過叚霄莠夕烽起建章佳氣黯天
壽刼已燼紅羊局終幻蒼狗所遇多可傷衷懷訴誰
某感事涕泗滂棠塵面目黝閑對新亭人飢號同谷
窔移居畱山薑念舊翦雨韭憶弟跗連移思家縈牽
蕅花時杜曲行歲晚漢臘守淩寒步江亭眺遠對薊
阜季鷹苦思歸士龍猶畱後一一寓於詞讀之沫流
口變雅有哀傷國風極佼懰音得樂府遺法從天水
受氣或邁稼軒派惟宗石帚旖旎近屯田禪悅託无
咎固知忠愛心況有才八斗而我枉過從無文媿怩

忸材甘穀粱廢學比曾生鯫辱命不知報何以結李玖再拜前致詞吾文例覆瓿若以弁君集見之君當歐感君纏緜意作歌貢其醜悲哉秋爲氣招搖歘指酉是時北盟成鄰媼喜酌醱居人望翠華頌禱說枸杻豈知臥榻旁隱患逼在肘艮維防背寒江介危豆剖民散由道失固易餅漿誘貧賤逢亂離引鏡詫衰朽解憂惟杜康日日當飲酒

宋育仁

大笑蒼蠅蚓竅聞聯吟石鼎調翻新欲言不敢思公子私泣何嫌近婦人隱語題碑生石闕嘯聲碧火唱

秋墳二豪侍側何須問鏡裏頻看卻憶君

清平樂 集夢窗句　劉恩黻

紫簫天渺雨外蛩聲小今夜西池明月到空指游仙路杳　微吟怕有詩聲豆花寒落愁鐙又作故人清淚幽堦一夜苔生秋詞梓成時鶩翁忍盦先後出都故末語及之益傷時兼惜別也

庚子秋詞目錄

上卷

卜算子五　朝中措四
點絳脣四　相見歡五
醜奴兒四　人月圓四
清平樂四　菩薩蠻三
鷓鴣天四　踏莎行四
眼兒媚五　小重山四
一落索四　秋蘂香四
太常引六　燕歸梁四

目錄

夜游宮 四　虞美人影 三
月中行 四　霜天曉角 七
極相思 四　戀繡衾 四
好事近 七　夜行船 三
訴衷情 七　謁金門 四
醉落魄 三　隔溪梅令 五
浣溪沙 六　海棠春令 四
醉桃源 三　柳梢青 四
鳳來朝 五　杏花天 五
少年游 八　畫堂春 四

河瀆神五　更漏子四
武陵春四　愁倚闌令六
蝶戀花四　賀聖朝五
滿宮花九　鸎聲繞紅樓三
南鄉子五　迎春樂三
喜團圓三　上行杯六
醉花陰三　憶秦娥三
紅羅襖四　燭影搖紅四
巫山一段雲三　品令三
歸去來三　滴滴金三

惜春郎四　醉鄉春六
惜分飛四　關河令三
減字木蘭花六　天門謠三
憶悶令三　畱春令三
鶴沖天三　萬里春三
河傳五　思帝鄉五
蕃女怨四　燕瑤池七
紅窗迥三

起八月二十六日訖九月盡凡閱六十五日
拈調七十一得詞二百六十八附和作三十

九共三百又七首

下卷

西溪子 八
四字令 五
芳草渡 三
十二時 三
怨春風 三
西江月 六
憶王孫 六
雨中花 六
漁歌子 三
醉吟商小品 七
醉花間 五
慶春時 六
胡擣練 七
鳳孤飛 六
甘草子 七
臨江仙 七

思遠人 三　虞美人 三
酒泉子 八　金鳳鉤 四
思越人 十三　遐方怨 十三
梁州令 七　玉團兒 六
三字令 七　南歌子 七
應天長 五　鋸解令 六
琴調相思引 三　傾杯令 五
望江南 三　玉樓春 三十
菊花新 三　睿恩新 三
憶漢月 三　紅窗聽 三

思歸樂 五　　鳳銜杯 七
相思兒令 四　　撼庭秋 三
秋夜雨 三　　珍珠令 三
西地錦 四　　定風波 四
一翦梅 三　　夜厭厭 三
七娘子 三　　錦帳春 四
調笑轉蹋 三　　山花子 三
玉樹後庭花 六　　八寶裝 三
鬥雞回 四　　摘紅英 三
慶金枝 四　　花上月令 三

茶缾兒四　　唐多令五
江月晃重山三　　醉垂鞭三
浪淘沙三

起十月朔訖十一月盡凡閲五十九日拈調六十一得詞三百十三附原作二共三百十五首

庚子秋詞上卷

卜算子

鶩翁

夢裏半塘秋，斷壁迷煙柳。詩意空明指似誰，漚外涼蟾透。　愁向酒邊新，拙是年來舊。話到江湖白髮心，猨雀驚人瘦。

漚尹

霜華拂鬢稀，吹笛關山遠。如此湘天一字無，催盡南飛雁。　映夕燭光微，飄霧花陰轉。莫爲殘鐘故故驚，睡味將愁限。

忍盦

芳草閉閑門寂寞寒蛩語不聽秋聲也是愁那叓風兼雨　花事已闌珊燕子憑來去無賴心情藉酒澆莫放金尊住

和作　　　　　　　　　　　　　　復葊

燕去故人稀蛩語殘叓轉夕向涼蟾話到明愁爲鐘聲限　秋栭鬢新霜夢瘦江湖遠笛裏關山一雁無字叓風吹斷

涼月上初叓又到愁時候掩鏡生防見淚痕難掩鐙前瘦　門外散歌塵深院蒼苔舊不怨羅衣舞後單此瘦年來久

朝中措　鶩翁

西山顔色到今朝眉翠不禁消畫外閑情誰會愁邊斷句慵敲　幾時歸去晴鐘野寺雨屐溪橋萬里驚塵望斷舊家煙水迢迢

漚尹

粉雲横界斷霞收人坐碧溪頭初蓼淡揺風蝶衰荷紅背沙漚　江南何處青山畫扇黃葉歸舟自是客心揺落不關長笛高樓

忍盦

碧波雙槳暗通潮人立小紅橋雲外不逢青鳥酒邊

誰按瑤簫　年華如夢舊時月色愁對今宵料得畫
樓吟望天涯一樣魂消
復葊

照槐青火夕陽痕人桸似當門眠起隔花漏斷綠
窗守盡黃昏　夜闌鐙威香消篆冷心字猶溫依
舊開簾見月不知何事消魂

點絳脣　用夢窗韻
鶩翁

倦對秋光亂紅認得愁來路燕簾鬬樹空憶尋春處
酒醒西樓恨逐新鴻去游情貯斷雲如縷吹淚驚
風絮

漚尹

酒醒東風馬蹄重到殘紅路亂鸎深樹不是春歸處
還下重簾曉夢將愁去餘寒貯水沈飄縷語燕空
梁絮

忍盦

葉葉西風秋聲搖落章臺路綠陰生樹舊是調鸎處
倦眼青青又送雕鞍去征塵貯夕陽千縷愁絕風
中絮

復葊

圖上江蘋微波先認秋來路春天雲樹記是題詩

處　雁送秋聲沒入蒼煙去琴絃貯一行如縷罥
上風簾絮

相見歡　　鶩翁

夜涼哀角聲聲斷疏戛愁對南飛孤雁帶參橫　人
不見征塵遠夢難成又是絮蛩飄雨落秋鐙

枕函殘夢初驚欲三戛愁聽星鴻霜角下重城　人
何處塵迷路恨難平還是淚痕和酒不分明

漚尹

水窗低度疏螢堷飄鐙惟有尊前前夜月朧明　風
又雨梧桐樹早涼生不信枝枝葉葉總秋聲

忍盦

夜闌私數歸程滴殘更愁聽和風和雨一聲聲 故鄉遠幽夢短酒初醒明日高樓莫放遠山青

復葊

井桐一葉初聲夜鴻驚正是下弦無月已三更 哀笳亂譙鼓斷少人行依舊五更過了又天明

醜奴兒

鶩翁

沙漚笑客頭如雪瘦倚西風衰鬢憐儂老色還應門酒紅 年年酣醉東華路不似霜楓掩映秋容得意寒山夕照中

漚尹

年年歸燕花邊路眞色屏空亂葉哀紅淡入宮眉一兩峰　闗河萬里傷高淚斷送西風錦字愁通莫上高樓數過滂

忍盦

晴霞五色花如海費盡春工無賴西風吹冷南園爛漫紅　悲秋莫上高樓去木落天空夢繞疏鐘知否江湖有斷蓬

復葊

門前走馬長安陌日下西峰塵鎖春櫳只隔屏山

已萬重　如今要望長安遠不見歸鴻彈淚西風

莫誤銅仙憶斷虹

人月圓　　鶩翁

煙塵滿目蘭成賦休唱憶江南昏昏海日金臺重上

淚點青衫　西山一角向人如笑寥落何堪不如歸

去生涯白水家世黃甘

漚尹

夢雲細遶紅蘭里花氣正通簾夜涼時節銀屏淚燭

金縷春衫　相逢一笑心知不是舊日江南無端說

起虹橋弟四弓月初三

忍盦

水雲空闊愁千疊天際望征帆西風吹我碧蓮峰頂一夢沈酣　平生意氣酒人燕市詞客江南而今漸老相看白髮休怨青衫

復葊

塡詞漫漏傷春語鷃鴂喚低簾蛤蜊且食離騷熟讀痛飲須酣　金貂典去荷衣著上便解朝衫煙波歸路青山隱隱黃葉江南

清平樂

鶩翁

釣竿別後塵染春衫透帶眼朝朝憐漸瘦知否輕蓑

如舊　幾時歸埽蒼苔樵青相伴行杯還我門前五栁笑他堂上三槐

漚尹

亂雲拂袖百感新疏酒愁外西山如客瘦一角修眉還鬥　無言獨立青苔高城畫角聲催指與斷鴉歸路夕陽依舊宮槐

忍盦

簾櫳依舊燕子新來瘦寂寂金徽消永晝空有淚珠盈袖　東風回首天涯青禽何事重來望斷碧雲深處秋陰一院蒼苔

復葊

暮雲隱岫月戀棲鴉柿不信飢來還病酒只道龐眉勝瘦　憑闌青羽飛回隔簾語燕驚猜西去玉關無信誰尋雁路歸來

菩薩蠻　鶩翁

紅塵不上荷衣冷天涯望斷飛鴻影歸夢碧湘西溪山有舊題　旅愁誰得似不飲常如醉何處度疏鐘亂雲千萬重

漚尹

移家新住長干里鈿車日夜如流水消息桂堂東春

衫不肯紅　背花勻寶鏡妝閣金鋪冷鳳紙換新題箇人知未知

忍盦

霜華滿地燕支冷秋堦瘦盡梧桐影寂寞畫簾低慵將錦字題　篆煙燒不起枕簟涼如水小立怨西風斜陽一角紅

鷓鴣天

鶩翁

無計消愁獨醉眠倦看星斗鳳城邊舊時勝賞迷游鹿入夜秋聲雜斷猨　空暗淡漫流連眼中不分此山川何堪歌酒東華路淚盡西風理斷絃

漚尹

吟鬢飄蕭淚袖乾沈蓬江海得歸難卻從九陌游輪路細憶雙溪短柱船　田水外野香邊行杯一笑發蒼顏亂鴉飛盡柴門閉守著斜陽尚滿山

忍盦

耿耿星河欲曙天玉鑪香燼不成眠暗傳心事拋紅豆卻埽眉痕壓翠鈿　書錦字寄吟牋一春情緒落花前南樓月色西窗雨細數歸期又一年

復葊

空局悠然照淚乾今宵纔是夜如年明河直戶如

鉛水洗面單酉對鏡看　防膽怯照心難貍奴深坐對長歎夢驚自爲羅衾薄蛩絮鐙昏誤雨寒

踏莎行　鶩翁

綵扇初閑疏碪催斷雲山北向征人遠驚塵莫漫怨飄風岫眉好試新妝面　夢境迷離心期千萬縣縣縷縷愁難翦不辭舞袖爲君垂瑣窗雲霧知深淺

漚尹

照水單衫飄香小扇晚涼愁倚闌干徧冷漚三兩不歸來鏡心一夕紅衣變　經醉湖山傷高心眼秋來畫取蕪城怨謝堂倦客總魂消無人淚溼西飛燕

忍盦

寶鼎濃熏湘簾乍卷綠窗潑乳茶初倦夕陽那便識春愁落紅滿地無人管　淺畫雙眉慵妝半面芳時孤負看花眼欲憑錦字寄相思玉簫聲在誰家院

復葊

心字雲衣眉妝月扇夕陽畫境催簾卷晚涼掠地落花風一時離袖君心變　寶鏡妝慵玉簫聲怨舞衣照水紅深淺青天碧海夜無人牽牛偏向西堂見

眼兒媚

鶱翁

青衫淚雨不曾晴哀鬢叜星星蒼茫對此百端交集恨滿新亭　雁聲遥帶邊聲落萬感入秋鐙風沙如夢愁揮緑綺醉拂青萍

漚尹

楚皋相遇笑盈盈眉底暮寒生春寬夢窄密圍留客綫酒消叜　明朝事與孤煙冷徽外斷腸聲魂消正在輭紅南陌細雨西城

冷浮虹氣海波明騎雀過瑤京西園有分十香搵袖千豔傾城　闌干獨倚天涯客華髮柰山青歸鴻心事輕漚素約一水盈盈右二首集夢窗句

忍盦

秋光如洗暮潮平寒沁夢難成半林月落五湖霜滿
一葉舟輕　煙波如此不歸去孤負越山青十年消
盡酒痕歌扇鏡影簫聲

復葊

遙天一雁下秋晴露曉帶殘星邊聲四起寒鐙吹
角日淡蕪城　亂愁白髮如青草宿處剗還生苑
螢飛處宮鴉歸路都在邊營

小重山　鶩翁

一角晴嵐翠拂衣憑闌看鬢影覺秋肥亂雲深處瘦

筇支題餻約會說菊花時　吟嘯憶東籬年年沽酒處鳳城西山靈休訝客情非平蕪冷心事斷鴻知

漚尹

雨洗秋姿倚翠微淡蛾新埽出晚依依西風破屐幾人詩天邊雁零亂不須題　不是斷相思楚蘭搖落後故人稀溪山如此未成歸沙漚笑客鬢已如絲

忍盦

淨洗螺鬟淺畫眉秋光團暝色隔前溪丹楓零落鷓鴣啼鄉關夢空逐塞鴻飛　鎮日繡簾垂傷心愁望遠對斜暉阮郎憔悴不成歸西風冷吹淚到天涯

復葊

菊瘦如人畫不支西風吹鬢影亂如絲雁聲搖暝
落天涯平沙遠風斷故依依　望遠倚笻非晴蕪
雲斷處是斜暉淡山寒翠拂人衣漚邊夢憑說畫
闌知

一落索　鶩翁

屏曲秋山橫紫曉妝如洗幾年詩裏負青鞵嬾耍憶
雲門寺　冷落琴邊幽意側商生指斷雲似識客心
孤又疊疊奇峰起

漚尹

斜日孤城深閉四山荒翠斷鴻聲外不堪聞是嗚咽桑乾水　高閣清尊微倚促愁成醉綵雲端不負歸期卻還怕黃昏易

忍盦

密密湘簾垂地晚涼天氣愁聽雲海雁聲孤澌喚起紅窗睡　目斷平蕪千里箇人歸未夢魂飛不到遼西費幾許傷秋淚

復葊

一曲琴心千里萬重雲水愁聲幽咽下桑乾喚夜夜哀鴻起　屏洗斷山横翠疊愁成淚海雲目斷

是平蕪又落日孤城閉

秋蘂香　　鶩翁

寂寞香紅泣露酒醒綺窗秋暮倚闌淚溼調鸚處換得聲聲杜宇　高樓西北應如故隱煙霧塞鴻不爲帶愁去夜夜風風雨雨

漚尹

杜曲人家在否淒絕雕鞍歸路柳絲撩亂萬千縷誰綰閑愁寄取　似聞露蕚開無主亂紅舞不知暗殿幾風雨腸斷秋鐙夜語

忍盦

昨日畫樓人去門掩黃昏風雨看花已是無情緒禁得殘紅如許　鈿車錦瑟知何處佳期誤天涯芳草迷征路腸斷啼鵑聲苦

復莽

誰倚高樓聽雨寄與塞鴻知處斷腸人在翳鐙語苦是愁無夢做　柳絲不綰離輪路亂愁緒秋池紅萼怨無主鉛水盤傾泣露

太常引　鶩翁

蕭疏短髮不禁搔歸夢楚天遥飲酒讀離騷問名士何時價高　可堪搖落閑身如葉風色滿亭皋魂斷

倩誰招記醉蹋楊花謝橋
愁懷得酒湧如潮心事付蓬飄月落雁羣高亂峽影
星河動搖　商聲夜起斷雲北望梁燕乍離巢魂已
不禁消休要說消魂灞橋

滬尹

夜深溪館起微飆天末故人遙叢桂幾時招夢不到
苕南畫橈　相逢小泊菊花艭背風味話持螯斷港
乍通潮有三兩秋鐙緯蕭〻
畫簾蘭燭細花飄眉月可憐宵風外葉蕭蕭料蕙草
江南未彫　半垂羅帳嫩寒如水心字夜香燒微病

洗春嬌渾不記星辰昨宵

忍盦

奇峰疊疊亂雲高寒重酒初消鴉點正飄搖更愁見垂楊萬條　相逢一笑幅巾藜杖徑過小紅橋花外舊停橈漫卷起西風怒濤

復葊

回風搖蕙怨江皋風月落南朝愁重倩春消笑叢桂小山未招　帳羅畫出燭花夢見春水半蘭橈眉月過花梢聽雁落秋鐙夜潮

鶩翁

燕歸梁

一院秋陰覆古槐冷翠護莓苔西山晴色照行杯記
年年雁初回　好音遠帶闕雲落塵夢笑醒纔猶憐
懷抱未全開斷腸聲在金徽

漚尹

凝碧沈沈覆石苔塘外殷輕雷芙蓉迴影好池臺又
驚寒雁聲來　憑高處處消魂極殘日下宮槐海天
東望小如杯打空城夜潮回

忍盦

醉裏看山眼倦開落日上金臺不堪殘夢又驚回聽
秋聲斷鴻哀　年年塵土東華路華髮怕霜催南園

幽賞莫相逢喚天風灩深杯

復葊

秋色消魂一院苔塵冷斷金徽愁腸深護不輕迴
願隨風入君懷　雷塘喚醒宮槐夢翠約負花開
天風東海打潮囘引浮雲使西來

夜游宮

鶩翁

蛩外秋聲送雨乍將恨和愁都訴曾是紅簾醉吟處
倚芳尊暗消魂舊題句　粱燕拋人去空夢繞龍池
千樹目斷風鴉陣飛舞掩房櫳對秋鐙幾凝竚

漚尹

門掩黃昏細雨乍傳出當筵金縷休唱江南斷腸句
小銀箏十三絃新換柱　花外殘蛩絮暗咽斷碧紗
煙語愁結行雲夢中路起挑鐙疊紅牋封淚與

忍盦

涼沁秋光滿樹倚殘醉蒼茫無語簾底纖纖見眉嫵
是當時照離人斷腸處　倦鵲西飛去聽雲外哀鴻
音苦如畫江天漫凝竚怕霜風暗彫零翠微路

復葊

簾卷花蛩絮雨暗凝咽殘鐙人語苦對芳尊訴絃
柱縷金消碧紗涼聽漸楚　燕去梁塵暮恨疊疊

翠微江路夢繞行雲結愁去日光回照離腸知斷處

虞美人影　　鶩翁

紅綃浥淚情誰見憔悴鏡臺妝面消息玉關應轉歡動眉間雁　銀牋讀罷重開卷愁結冰絲難翦纖月光迴一線獨背殘陽看

漚尹

玉妃喚月蓬萊淺鉛水銀河一月夢裏憑闌人換恩盡宮羅扇　妝樓殘照西風滿的的看花心眼香在紅衣南岸天近微波遠

忍盦

夢雲輕逐歌塵散寂寞傷秋庭院雨外蛩聲淒亂攙入琴絲怨　西風吹弄黃花晚輸了秋光一半空說畫梁春暝無計留歸燕

月中行　鶩翁

溪山猶是暗愁侵煙雨望中深舊盟漚鳥漫重尋啼鴂弄秋陰　蘭成搖落江潭恨憑誰爲寄語青禽霜鐘寒約斷煙沈獨客莫登臨

初寒簾幕舊游心愁極酒須斟昏鴉如墨下平林暝色赴煙深　懷人野水閑漚外停雲感自寫清琴青

衫白髮已難禁憔悴況而今

漚尹

檐花細雨滴秋陰香炷博山沈涼鐙颭壁照孤衾和淚酒慵斟　金莖誰問文園渴還淒斷座上琴心織成錦字待歸吟愁病與秋深

忍盦

細風吹雨試新陰寒重酒初斟黃花不爲綰離心衰鬢嬾重簪　夜闌一覺鄉關夢還依舊斷續寒砧銀河西轉影沈沈秋淺客愁深

霜天曉角　蘉翁

吟窠碎竹分得漚波綠長記江鄉秋老寒香映幾叢菊　徑曲森似玉夢中吟嘯熟孤負天寒羅袖流泉已下山濁

清霜送馥江上橙初熟千點金丸如畫輕帆卸洞庭曲　斫玉螯勝肉齏酸鍪正綠明日西風吹醒誰知在輭紅宿

漚尹

愁殢灌木中有詩人屋一匊塵香不到閒門見亂雲宿　背燭羇緒觸枕邊鄉夢續昨夜新鴻啼後千帆外故山綠

忍盦

栽花種竹小小三間屋琴筑階前天籟紅泉落瀉寒玉　逐逐蕉下鹿歲華驚轉燭高臥白雲堆裏天風冷醉殘菊

愁堆萬斛嬾畫雙眉綠淒斷秋耍廿五涼月共繡衾宿　翦燭香篆促夢回幽恨續約略年時別處人依舊瘦如菊

復葊

蕉陰補屋一窗西峰綠化隺歸來城郭聽鐘處戀雲宿　轉轂愁蘺足天寒泉水濁日暮秋鐙胡語

愁散入漢宮燭
篝鐙讀曲淒斷秋眉綠一夢西風錦水聽雨處結
荷宿 轉燭年箭促綺書緘又讀訴與南枝翠羽
無人見倚修竹

極相思 鶩翁

碧天愁訊秋娥消息盼銀河憑誰識得機邊錦字擬
託微波 心影襟痕殘淚在到秋期風露應多幾時
眞箇羅雲四卷玉鏡重磨

漚尹

麴瀾澄鏡秋磨飛棹紺霞過雙鴛睡足菱絲宛轉不

信風波　一夕行雲無處所舊宮黃淒損纖蛾已涼
天氣龍鬟方錦漸漸寒多

忍盦

卷簾涼沁秋河閑聽雁聲過碧天西望無塵玉宇一
鏡新磨　知否憑闌心事在怕來宵風雨偏多廣寒
高絕桂花消息擬問姮娥

前調　紀夢　　鶩翁

芙蓉殘夢驚回禪意冷湖猜誰分秀句嶺雲特髻花
雨雙鞵　一語當前誰轉得話清涼塵境休迷分明
指點水雲面目絣盎歸來

夢游蘭若若有長老問侍者名侍者誦芙蓉湖上三疊面句並指門外云此水前爲熱湖後爲冷湖祇隔一隄而芳意冷湖獨盛長老意似未慊且曰冷熱一境世界盡然誰隔也然夢中僅見二侍者長老則聲影並未相接不知何以得其言意纔復得嶺雲八字與前夢在若斷若續閒是一是二不復能識矣庚子閏八月十二日半塘僧鶩夢醒記

戀繡衾　鶩翁

博山平爇瑞腦芳小簾垂寒沁茜窗驚夢到長楸畔暝隄空煙鎖暮楊　鈿車羅幕前游認馬蹄輕塵換

舊香攙點點青衫淚倚吟鞭西日恨長

漚尹

哀蟬簾戶半夕陽漲麴瀾一鏡萬妝甚風起干卿事讓淩波羅韈步涼　繡塵盤馬青門道背西風能理斷狂莫忘了鈿車約夜深月猶過女牆

忍盦

水精簾卷生夜涼換羅衫慵試靚妝千萬恨憑誰訴倚熏籠寒漏漸長　天涯芳草知何處要消愁除是睡鄉憑夢到江南去怕醒來依舊斷腸

復葊

蟬羅卷幕沁暗涼倚繡韉盤馬試妝車過處長楊暗鎖千門猶認夕陽　鏡瀾寒約淩波韈鈿生塵蟾爇斷香換江水消寒漏月平西猶夢夜長

好事近　鷺翁

高柹曲池陰記臥白雲秋夕橫笛衆山皆響正月生蒼壁　接天烽火隔名藍游事負雙屐昨夜山靈相語賸荒煙浮碧

何處暮笳聲吹動碧天秋色閑數寒林鴉點倚西風愁立　傷心莫漫賦蕪城花暗夢中筆撩亂冷楓紅舞倘牽人吟憶

漚尹

簾雨破寒初鐙外絮蛩聲溼夢醒吳煙吳水放新愁吹入　似聞驚雁落西樓歸興淡山色明日春波寬處與閑漚分席

小小木蘭舟桃葉桃根雙楫平白一江春水柰石城風急　六朝山色故青青金粉舊游歷吹落梅花多少是誰家玉笛

忍盦

酒醒夢初回繞砌亂蛩聲急又是黃昏疏雨怕鄰家吹笛　秋來海燕尙西飛消息玉關隔休遣天涯霜

信亟催人頭白

復莽

吹水落秋陰亂葉響林聲逕笳暮雁驚寒雨憶燕簾風入　玉關橫栖怕飛霜笛暗倚樓月何處木蘭烽火記冷楓人立

蛩雨落鐙昏簾逕月黃風急夢入蒼煙人語動梅根消息　平蕪立處是天涯愁賸一江碧鴉外青青數點似樓蘭山色

夜行船　　鶩翁

倦枕驚秋雙淚費無人喚玉妃梳洗寶鏡生塵蕢花

點鬢贏得近來愁悴　悶對羅屏書一紙空腸斷酒邊何世翠被西亭餘香猶凝那惜夜涼如水

漚尹

獵獵涼薰飄晚桂黃昏近酒悲情理露腳斜飛紅紗香溼疑是故宮鉛淚　半壁滄洲殘畫裏西風咽笛聲不起恨水離煙仙槎何處卻趁撇波魚尾

忍盦

樓上看山新雨霽西風冷又吹愁碎怕近黃昏秋心萬點驚逐亂雲飛起　似水年華拚一醉空惆悵錦書來未無恙亭臺舞葱歌蒨恰在斷鴻聲裏

訴衷情 用夢窗韻 鶩翁

水雲如夢阻盟漚煙草亂汀洲寂寥幽意誰會愁入曲江秋 空攬鏡漫登樓暗吳鉤青山隱几烏角尋鄰臣甫低頭

漚尹

支筇客意倦於漚飛夢落蘋洲涼風吹墮南雁怨入水葓秋 無意緒問西樓舊簾鉤管絃何處落葉空宮凝碧池頭

忍盦

往來消息問盟漚風冷白蘋洲綺窗殘夢驚起長笛

一聲秋　思往事獨登樓月如鉤萬般幽恨一晌含
情鸚鵡前頭

復䒹

蒼茫煙海點浮漚鄉夢墮西洲黃昏低訴殘角絃
入漢宮秋　風過雁水明樓隱簾鉤數聲涼月一
夜蕢花夢白鳥頭

前調　鶩翁

無邊光景只供愁衰鬢不禁秋關山今夜明月誰唱
大刀頭　征雁遠野煙浮倚層樓荊高何處冷落金
臺日淡幽州

漚尹

瓦盆酒薄不澆愁有分是悲秋雁聲將夢和淚飛過海西頭　邊日淡陣雲浮莫登樓故鄉何處賸水殘山卻望并州

忍盦

菰蒲風起雁聲愁涼動玉關秋黃昏幽恨誰訴哀角又城頭　西北望亂雲浮幾高樓不堪回首海色蒼茫煙點齊州

調金門　騖翁

霜信驟消得驚秋人瘦昨日紅蓮今日蔫斷腸君信

否　人世悲歡原偶休怨雨雲翻覆寶玦珊瑚珍重
取五陵佳氣有

漚尹

人去後絲管花房春瘦木客啾啾歌拍手奉觴千萬
壽　城挂離離星斗風咽沈沈街漏明威漆鐙紅似
豆打門霜滿袖

忍盦

春去後簾外落花風驟無賴心情慵刺繡畫眉新樣
門　一曲紅牙依舊誰見月中人瘦勸酒般勤憐翠
袖夢回腸斷否

復葊

春斷漏夢咽風鐙如豆不見斷腸單見瘦怨紅君見否　誰信畫眉新門翻怨春慵人舊一樣落花人去後見蓮休見蕅

醉落魄　題復葊歸隱圖

鶩翁

關山難越經時夢斷江頭楫畫圖聊慰相如渴顧影徘徊月是故溪月　先生歸計吾知決天寒芳草愁消歇筇枝健步郫筒滑不聽啼鵑底事聽鳴鴂

漚尹

青山一髮雁聲無際雲重疊扁舟未是歸時節萬里

麻鞵愁向杜陵說　幾年不泛苕溪月故園空負梅花發天涯一樣愁啼鴂夢裏閑漚分占素波闊

忍盦

舊游一瞥海天飛渡身如葉杜鵑啼起鄉心切濯錦江邊歸夢水雲闊　燕臺落日金明威玉簫聲斷芳尊歇西風瘦馬應愁絕別後相思千里共明月

鬲溪梅令

鶩翁

五年闊卻繡工夫舊情疏又是花枝鸞鏡巧相扶翠鈿還記無　巫雲明威夢回初小踟躕珍重河魚天雁數行書紅綃千淚珠

漚尹

別來歡事太稀疏嬾妝梳水遠山長無路問魚書報君雙淚珠　相逢翻恨鏡鸞孤且斯須收拾零香殘粉似當初斷腸君念無

故山昨夢短筇扶枳籬疏畱得冷香殘蘂兩三株伴人雙玉壺　朝來有客報雙魚勸歸歟莫待笛聲嗚咽滿江湖舊情和夢孤

忍盦

碧油歸夢內家車有誰如惆悵鳳城消息又雙魚病蘇愁未蘇　驚鴻洛浦下徐徐底躊躇點檢淚痕茸

唾末模糊畫堂攜手初

復葊

別腸堪斷憶來初見時疏記得數行雲雁報雙魚
鸞綃當鏡梳　花枝閑繡夢雲孤遠山扶無分報
君分鈿重還珠咽聲和淚無

浣溪沙　鶩翁

日落西亭酒醒時忘機漚鳥近人飛愁生翠被玉溪
詩　冰繭閑看書細字玉猧爭肯拂殘棊倚闌無語
獨歸遲

漚尹

零落秋香生桂枝小庭風急畫簾垂淺吟殘醉總淒迷　塡海斷無精衞恨傷秋還有子規啼行雲何日是歸期

忍盦

樓上看山睡起時弄晴微雨細絲絲一川煙草尙淒迷　拾翠人來春去早落紅風定燕歸遲畫闌長日費相思

前調又一體　蕢翁

蝴蝶成團高下舞亂紅有意將春去煙暝平臺千萬樹　南園影事還堪數淚眼倚樓頻獨語催花莫待

黃昏雨

漚尹

五里東風三里霧。小屏山上桄榔路。夢裏送君騎象去。歸來細訴雙鸚鵡。密約鸞釵還記否。淚盡蘭堂攜手處。

忍盦

半晌花前無一語。倚闌目送征鴻去。一片秋聲千萬樹。天涯倦羽愁風露。啼盡相思無著處。碧雲冉冉秋將暮。

海棠春令

鶩翁

翠陰濃合閑庭院露紅靜春寬夢遠繡幕儘低垂已被流鸎見　錦城芳事笙歌斷要攜酒開簾待燕無賴是楊花不把閑愁限

漚尹

雪消蕙草春寒淺畫橋外晴絲細卷漸有蹋青期料理閑鍼線　去鬬來燕誰家院倚闌憶回波舊怨兩袖落梅風春比江南遠

忍盦

舞衫零落歌塵散篆煙燼重簾不卷欲起畫蛾眉無柰心情倦　畫樓幾處閑鸎燕又飛傍紅香翠輭惆

悵落花時春在誰家院

復葊

翠闌迴合愁春遠舞衫在香消繡斷幕燕幾時來待夢重簾見　楊花細落流鶯怨傍春草歌塵又散絲卷待成蛾欲起春情倦

醉桃源 用夢窗韻

鶩翁

驚塵飛雨度年華邊聲咽暮霞酒懷不逐亂愁加憑高雙眼花　空掩淚底回車飄零四海家有人歸夢祝檣鴉雲帆遼海斜

漚尹

常時妝靨怯鉛華睡殘消酒霞尊前遮莫舊愁加銀釭今夜花　紅錦字碧油車春深小謝家可憐綵鳳已隨鵶翻嫌箏雁斜

忍盦

酒瓢詩錦誤年華秋心付落霞多情無柰病愁加撩人隄畔花　鸞擲果笑停車春深弟幾家東風牆外兩三鵶生憎日影斜

栁梢青　　鶩翁

曉色參橫短棚秋靜支枕殘夢雲外鐙昏日邊人到消息閑聽　栁絲綰恨津亭問酒醒今宵未曾十日

清游平原約在愁上眉棱

漚尹

倦酒移叜畱連淺醉驀喚雲行誰與商量嬌春白袷啼夜紅冰　當時綵伴娉婷夢隔斷瑤臺幾層難道東風消愁不盡依舊籠鬢

忍盦

一醉瞢騰吟牋賦筆都付山僧安樂窩中霎時消受風月三叜　孤邨煙水冥冥恨雲外飛鴻數聲放隺亭邊呼僮記取莫負詩盟

復葊

倦醉都醒斷雲一夢殘月三更鐙外鴻冥吟邊雀瘦聲在層雲　清游孤負春盟綰煙柳東風又青約恨瑤牋支愁山枕消盡紅冰

鳳來朝　鶩翁

熱淚向風墮壓城頭壞雲磊砢正黃頭市飲歌相和歎冋面有人過　目斷西征烽火動哀吟杜陵飯顆自戚燭深宵坐又點點亂燐大

漚尹

老屋卷風破笑龍鍾苦吟飯顆傴歌哀絃獨無人和不辭向恨中過　客路衰蘭淒朵暗消磨酒腸磊砢

問底事披衣坐枕畔落雁聲大
鏡裏翠鬟嚲悔一春看花計左又匆匆節候櫻桃過
要料理鬧紅舸　不記玉釵聲墮點餘花粉香半涴
約射覆分曹坐莫負了夜鐙課

忍盦

睡起鬢雲嚲倚殘叜玉鑪撥火倩鸞牋密密心情裏
點點是淚痕涴　屈指歸期偏左記紅樓幾回夢過
自別後愁無那寶鏡掩黛眉鎖

復葊

回笑破櫻顆掩眉顰翠雲半嚲叜撥絃記節花深

坐釵和淚倚聲墮　夢裏一春閑過理雲牋雁期又左暗粉枕指痕涴悔鏡約負蘭舸

杏花天　鶩翁

青桐翠竹驚涼吹誤多少相思睡味夢闌不分人憔悴腸斷熏香被底　空憐取北征客至叓休倚東方堉貴簫臺鳳去春雲脆還惜題紅舊字

遙天白雁參差起袖寒重玉樓倦倚孤吟淚溼西風字心事清霜鏡底　空回首長門價貴叓誰識文園病悴行雲不解將愁寄惆悵琴心夢裏

漚尹

風埃半掩長蛾翠袖香涴鬟熏不洗尋芳誤入千紅地誰許淩波步起　歸期說同文錦字叓休問空梁燕子不成眞負春帆意腸斷啼鵑萬里

忍盦

西風不爲消殘醉苦吟望江湖滿地青衫多少悲秋意都被啼鵑攪碎　憑誰寄天邊雁字但畫取殘山賸水高樓西北浮雲起腸斷斜陽影裏

復葊

西樓涼雁浮清吹望雲起回風掩淚題紅霜滿都無字吟斷秋風錦水　怨空鏡長蛾洗翠悵殘夢

鑾熏涴被玉闌解識斜陽意影畫迴腸萬里

少年游　鶩翁

年時簪菊翠微巔秋色滿羣山雁路攜壺漚鄉散策都作等閑看　而今風雨重陽近病骨怯新寒如夢如醒無花無酒獨自倚闌干

拏雲心事記當年天路許追攀玉帶金魚美人名馬文字重藏山　而今憔悴干戈裏老子已癡頑霜後秋菘雨前春茗一覺足千歡

漚尹

年時花底酒杯寬一笑墮欹冠噀雨芳枝驕風玉勒

高閣卷簾看　而今舊賞池臺換哀雁落歌前清渭東流似聞嗚咽流恨武功天

忍盦

鬟雲新貼翠花鈿纖指弄春絃欲語佯羞傳情微笑風韻記當年　而今雲雨巫山冷無路寄銀牋眼底新愁眉尖舊恨和夢到君邊

復葊

花前綠酒借芳顏簾卷看秋山雀醒霜高雁涼月墮江海各飛還　重陽又近關山冷愁字寄人看絃語西風書沈渭水十指幾聲寒

前調又一體　　鶩翁

孤光憐月衰顏借酒杯底覺天寬黃葉堆檐青山繞屋禁得帶愁看。休嗟白髮離離垂耳流淚幾時還風雀驚心江湖滿地歸夢也闌珊

漚尹

昨宵酒半離聲傳恨纖指十三絃今日花前酒痕猶在獨對月華圓　淚消不盡就窗研墨心事付紅牋天雁河魚寄書容易惟有寄情難

忍盦

孤懷千里天高秋淨風急雁聲寒綠酒多情黃花如

笑偏向此時看　淒涼一片西樓月色依舊向人圓
鼓角聲沈關河夢醒休叓倚闌干

畫堂春　　　　　　　　　　　　　　　　鶩翁

清歌都作斷腸聲小園斜月朧明海棠濃睡近三叓
誰喚春醒　自是楊花輕薄等閑易逐浮萍墜歡如
夢隔銀屏慵訴心情

　　　　　　　　　　　　　　　　　　　漚尹

春殘時節亂鬭聲綠窗好夢頻驚手挼花片下堦行
雙袖寒生　點額羞紅初褪斂眉愁黛微橫薄妝猶
得傍雲屏莫道無情

忍盦

一枝穠豔舊傾城香車綺陌烘晴惜春珍重護花鈴天與多情　驚起鬢邊好夢天涯芳事飄零廣陵淒絕斷腸聲哀怨誰聽

復葊

海棠薄睡護春晴隔花香綺雲輕綠窗斜月一聲鬢歡夢頻驚　喚起妝傾銀燭來時羞傍雲屏多愁天與是多情愁伴花醒一作知爲誰生

鶩翁

河瀆神

雲壓雁風低寒沁瑤窗夢迷漏長愁聽汝南雞故關

客未成歸　聞道南枝消息轉驛使殷勤千萬攀折休辭人遠等閑魂斷羌管

漚尹

燭樹蠟煙微花袍白馬來時天吳移海綠塵飛日夕靈風滿旗　涇霧冥冥斑竹院野鴉如陣迴旋帝子不歸秋晚單衾空夢銅輦

忍盦

香冷夢回時綵牋慵訴相思蕭娘端不恨來遲替人閑畫雙眉　朱嬌翠靚春無限忙殺故園鸎燕一任落花千月東風簾外吹卷

東望海塵飛青山萬騎來時霧花零落綵鸞啼紅牆十里煙迷　八琅靈曲宮商換沈醉瑤池宵宴開徧宮牙小倩芙蓉城畔誰見

復葊

平地海塵吹一篙春水來時竹斑千點溼花啼霧下雲翻畫旗　秋迫漏天囘雁斷靈風千萬吹轉不怨綵鸞歸晚漏長海水清淺

更漏子　鶩翁

繡簾低煙穗直寂寞畫屏秋夕榆塞遠雁書囘始終情費猜　酒邊吟鐙下課閑夢新來慵作弓樣月兩

頭纖歸期九月三　　漚尹

玉搔頭金夾膝長記凭肩蘭夕歌未闋蠟成灰一雙箏雁飛　去程賒歸信左鞶得兩蛾深坐尋昨夢斂春纖當花一面簾　　忍盦

棰煙輕花霧密春去覓無消息香半冷夢初回海棠何處開　黃昏過黛眉鎖惆悵燕鴻偏左多少恨寄江南錦牋和淚緘　　復葊

一角是斜陽

蜨戀花　　鶩翁

海色雲光搖不定愁裏天涯畫裏屏山影下九似聞消息近游仙斷夢回孤枕　難洗啼妝慵對鏡眉黛脣脂都是相思印數徧落紅春未醒流鶯啼老垂楊徑

漚尹

歌豆拋殘紅不定續續春絃隔住低鬟影消息雲屏知遠近淚珠一夕淹芳枕　自寫相思還背鏡封入羅牋都是啼痕印殘酒天涯何日醒無言卻步飛紅

徑

忍盦

狼藉落花風不定翠袖單寒獨立斜陽影夢裏似聞歡事近起來淚溼鴛鴦枕　憔悴花枝還照鏡強理殘妝點點愁紅印葉底嬌鸎慵未醒采香休到蘼蕪徑

復葊

花隱櫳明霎乍定月下簾旌先畫秋千影漸展花枝行漸近娟娟扶上屏山枕　轉向窗心移入鏡燭暗西帷前後花交印滿眼離愁窺夢醒綠塵一

夜苔生徑

賀聖朝　鶩翁

紅綃私語傳新燕話心期誰見桃陰香徑又成蹊隔笑春人面　落英隨水輕塵漾麴比閒愁深淺手持環玦問東風漫後期還綣

花前苦語情如見話嬌春雙燕東風夢斷謝堂深任巫雲天遠　喁喁如和盈盈似笑漫微波猶綣玳梁明月照雙棲是誰家庭院

漚尹

翠雲黃雀高樓畔倚玉梯人倦短綃封淚寄天涯訴

春機新怨　江蘺搖落何曾采擷入吳郎詞卷尊前
枉自諱相思柰東風情淺

忍盦

芙蓉寂寞山屏展帳玉關人遠落紅也解識春愁比
年時深淺　淒涼芳事空教杜宇向天涯魂斷可憐
嬌燕尙雙棲又西風催晚

復葊

微波傳語人誰見怨夢長春短枉教紅淚訴春機
逕西飛雙燕　玳粱月照解如人語柰隔花人遠
相思自有夢成時只堂深天遠

滿宮花　鶩翁

樹參差雲懵懂塵暗道山銀甕野烏啼上女牀枝鴛瓦夜寒霜重　大旗翻征鼓動壘外樓臺如夢金仙分得素娥愁淚結敧盤清汞此詞懵懂壘汞四字皆詩牌所無以借用過多罰令再作復成一闋漚忍二公皆從而和之獨未見跋共得九闋爲向來所未有天下事顧不利用罰哉九月初三夜記

賦閑情思昨夢顛倒鈿蟬釵鳳早知紅豆賺人多多事當堦親種　舊絃移鄰笛送雲壓梁塵不動渭城歌斷酒闌時明日扶頭愁重

漚尹

卷金泥收玉鞚纔識相思親種返魂香燼已多時還宿花房孤鳳　理新愁牽舊寵斟酌鈿釵輕重紅梔枉祝結同心淒斷並禽秋夢

嶽蓮開羌笛弄寶馬香韉微控繡紋羅地點塵無不許行雲相送　細香消殘酒中愁掩畫屏雙鳳枕函敲斷玉釵頭早晚飛瓊同夢

忍盦

偃青旗迴紫鞚不待驪歌催送無情海燕只西飛玉笛誰家吹弄　亂雲堆愁緒湧又續南塘殘夢舊時顏色負東風記取天寒霜重

酒痕消寒意重寂寞繡衾孤擁愁來檐鐵一聲聲和雨和風相送　舞衫輕歌扇弄棖觸舊歡如夢多情應悔種相思今夜相思誰共

前調戲作　鶩翁

桺車焚嘉果供珍重五窮親送咄哉斗米不能神結束蕭仙安用　嘯塵梁窺鮓甕媿爾揶揄情重妄言妄聽老東坡今日也應色動

漚尹

雨冥冥聲隱隱新故迷離難認終南進士爾何人贏得黎邱一哂　載車來求食溷瞰盡高明休恨君如

解唱鮑家詩焚卻阮贍高論

忍盦

嘯楓林披薜荔夜半吹鐙風起雷門一過解聽琴淒絕啾啾聲裏　畫靈官稱錄事驅爾陰山無計聳頭兔骨逐塵來也向人間游戲

舅聲繞紅樓

聱翁

消息青禽問有無纏緜意帬帶親書是誰垂淚解還珠愁入合歡襦　花影迷鸞鏡秋風冷夢遠平蕪金蓮隨步底須扶暗塵上氍毹

漚尹

一夜風彫翠井梧夢回見蟾冷流蘇海山回首淚模糊還說鈿釵無　愁結雙條脫驚魂戀八九棲烏碧陰零落鳳巢孤顏色柰羅敷

忍盦

零落花鈿病起初銀屏側嬌倩人扶年時鍼線總生疏閑卻繡羅襦　情向天涯寄斷腸處小字親書花前欲語又躊躇還矜玉顏無

南鄉子

贇翁

山色落層城不爲塵多減舊青只有看山前度客愁生獨倚高樓眼倦橫　檐角暮雲停懷遠傷高淚欲

傾昨夢橫汾西去路聲聲塞雁驚寒不忍聽殘雨滴疏㪅秋在涼雲弟幾層此際素娥方耐冷淒清敲折瑤釵調不成　綃帕淚痕凝倦酒無多帶夢醒提起謚簫捐扇事盈盈似水清愁一夜生

漚尹

酒醒雁南征烕燭空堂欲二㪅消與愁人多少淚聽莫是西樓昨夜聲　涼重雨難成雨外煙蕪有斷程記得十洲殘夢影秋清水殿風香月正明

忍盦

金粉舊林亭惆悵花時幾度經葉葉西風吹不斷秋

聲虧得文園帶醉聽　煙冷月朧明夢醒淒涼百感
生不道紅樓春易暝傷情一角殘山分外青
秋信怨飄零寒重香消夢不成細說歸期歸也未無
憑不信雲山有萬層　莫放酒杯停愁到深時酒易
醒一晌花前渾不語含情目斷飛鴻數去程

迎春樂 用淸眞韻　　鶩翁

行歌醉哭狂蹤迹嗟垂老杜陵客又西風冷逼銅駝
陌愁暗結霜蕪側　不信屋烏頭解白只無計勞生
容息落日滿城塵驚望眼迷南北

漚尹

何時剗盡飛揚迹賸緣作酒壚客傻吹簫醉倒閑坊陌埋我向陶家側　撲地霜花來雁白問清渭東流消息樓上望神州愁渺渺闌干北

忍盦

梅邊舊事渾無迹空憔悴五陵客好春光不到垂楊陌歸夢繞湖山側　一夜扁舟涼月白水雲冷蘆花風息看徧六朝山青不斷江南北

喜團圓　鶩翁

牢愁欲畔長貧有約短夢無痕驚看鏡裏頭顱在且料理閑身　艱難一飽書成乞米秋到思蓴輸他輭

嚼牛心行炙人乳蒸豚

漚尹

歡期暗逗青鸞遣信紅蟻深尊秋妝催得黃花雨洗羅韈輕塵　鐙花一笑屏山依舊月暝香温惱人只有侵堦草色上枕梨雲

忍盦

櫻桃落盡重簾不卷微雨初塵一春長爲花枝瘦無計畱春　東風狠藉何曾管汝墮溷飄茵年年啼斷鸎邊綺夢月底香魂

上行杯

鶩翁

侵堦落葉秋陰重鄰笛驚隨清梵送門巷依然賭酒盟詩憶往年　迴腸斷盡身猶在翻羨騎鯨人大快鶴響天高華表魂傷莫漫招　悼徐仲文侍御

游塵亂拂嵐雲動駿馬名姬花底鞚夾徑瑱玕舉扇悤悤欲障難　酸風如箭催人快象齒熏殘春夢改又是今宵月落蒼山雁影高

漚尹

玉人無力東風重沙路馱歸樺燭送不繡雙鸞奪得銀篦理睡鬟　亭亭荷柱金塘外零亂鴛鴦空娖隊一尺江潮啼露紅妝傍鏡消

兩蛾愁黛行煙重黃月半窺簾影動併背闌干僥倖花前一拜難　西風禁斷殘香在不見繫春雙鳳帶又是今宵簾外清霜上柳條

忍盦

城頭哀角聲聲動風急天高秋雁送短夢驚殘落日金臺眼倦看　悲歌擊筑渾無賴老去狂奴猶故態瘦馬西郊黃菊招人過野橋

流蘇半掩春寒重寂寞香衾誰與共幽恨綿綿殘酒醒時聞杜鵑　釵鈿密約分明在不見音書回雁塞夢也無聊夢裏關山路更遙

醉花陰　九日擬易安　鶩翁

愁似秋山常滿檻酒味還輸釅佳節又重陽小院低窗一例沈沈掩　黃花也似吟情減自倚風依黯禁得幾消魂丁屬姮娥莫遣修眉斂

漚尹

怕酒慵歌門自掩百事忘拘檢佳節又重陽釵朵安排只是黃花欠　閑愁似水誰濃淡有鏡霜新染休去倚闌干歸雁行邊一樣山眉減

忍盦

樓上看山青幾點霜葉紅於染佳節又重陽持底澆

愁酒入愁腸淡　冷煙疏雨秋容暗共小屏深掩憔悴惜花心花也憐儂一例風情減

憶秦娥

蘉翁

邊雲裂憑誰鑄得腸如鐵腸如鐵烏頭馬角潮生潮烕　淚珠彈向西風熱天長夢繞關山月關山月秋笳聲斷暮鵑聲咽

漚尹

霜花裂秋杯倦潑愁重疊愁重疊西風吹旋一城黃葉　衰蘭送客咸陽月金仙有淚和誰說和誰說昭陽宮殿斷鴻明烕

忍盦

風流歇悲歌倦倚南樓月南樓月一聲腸斷玉簫吹裂　青山萬樹啼鵑血酒杯不解愁千結愁千結鄉關何處亂雲黃葉

紅羅襖　　聱翁

豔冷霜花淡寒重雁聲高歎鐙外秋風幾回吹換黃簾綠幕夢雨蕭蕭　暮雲遠思渺江皋何來六翮扶搖楚些斷魂招對落月定識鬢華彫

漚尹

細竹鐙窗瞤啼夢溼紅潮記前度微波嬌春羅韈舊

家明月流怨璚簫　問春去誰拾蘭茗愁披短札吳皋錦瑟不須調話舊約翠翼也魂消

忍盦

桃李無顏色風雨妒花朝怪簾底鷽啼纔蘇曉夢𢈔邊燕語卻戀香條　爲春瘦微損春嬌盈盈淚雨休拋莫耍鬥纖腰說往事禁得幾魂消

復葊

對鏡春魂遠夢見隔花招悵再到劉郎自修簫譜私竊卓女可有琴挑　記簾外小袖鸚調人前學語輕教屏麝畫長消憶往事再莫說前朝

燭影搖紅　鶩翁

別夢西園，輕鸚啼破金籠小。瑤簪撥火炙銀篝，香篆檀心焫。　惆悵歌雲暗繞。早忘卻、相思舊調。鬢毛拂處，鏡霜應媿，宮花壓帽。

漚尹

淚盡金仙，攜盤卻出橫門道。涼雲籠雁雁啼秋，露泣香蘭笑。　孤鳳行煙傍曉。帶殘夢、紅牆縹緲。石鱗荒水，西風不管，低螢自照。

忍盦

倦對西風，杜鵑啼斷湖山曉。飄零從古怨青衫，不是

秋偏早　何處咸陽古道但千里黃雲白草酒醒人
遠渭城休唱何戡漸老

復菴

霜月欺鐙竹聲篩淚搖窗曉衰蘭送客怨荒涼莫
指咸陽道　落葉堆愁不埽似人走空堂雨嘯語
疏欲斷夢來何處鐘聲尙早

巫山一段雲　鶩翁

秋色吳生畫溪聲賀若琴點塵不到碧山深詩意淡
相尋　興往休懷古愁多莫論今閉門寒月照疏襟
身世老書淫

漚尹

珠帳消春繡金鑪起夕沈禁花零落幾猨吟容易是秋陰　遠黛窺眉小微波抵淚深九疑山色上屏心惟有夢來尋

忍盦

蕭瑟江關賦淒涼澤畔吟湖山佳處漫登臨愁思與秋深　徑醉非關酒無絃卻解琴花開花落兩無心彈指去來今

品令　　　　鶩翁

晚風低颺正簾外月波愁漾仙夢暗逐春絃宕翠池

佩影花隱鴛鴦淚　拍手歌呼鐙火上耍斟情碧釀千嬌凝睇迷珠網待將花樣圖入新屏障

漚尹

翠籠鬢放玉笙喚行雲來往心事一葉宮溝漾舊香舊色長是妝臺傍　阿濫新催花底唱又窺人眉樣月斜鐙蘂迴秋帳累儂惆悵隔巷箏絃響

忍盦

碧天秋爽酒波釃和愁都釀攬鏡白髮悲千丈虎頭燕頷空說封侯相　萬里長鯨吹海浪怕憑闌西望湖山歌舞渾無恙酒人安往日暮邊聲壯

歸去來用屯田韻　鶩翁

過了黃花雨風林淨亂山無數流光難綰垂楊縷甚牽愁偏易住　昏昏八表雲停處攬江草黯然離緒琵琶訴盡關山苦情難寄塞鴻去

漚尹

幾陣黃昏雨屏山底恨無重數不辭檀板翻金縷一聲聲風咽住　斷橋煙水消魂處怪攜手凭肩無緒行雲未解鶩鶩苦安排定背花去

忍盦

一夜春江雨沙漚外估帆無數垂楊做弄愁千縷甚

風情畱客住　天涯抦是消魂處傻醒醉總無情緒
最憐花外啼鵑苦年年送好春去

滴滴金　　　　　　　　　鶩翁

風花回首驚飄泊畫堂深幾春酌舊雨晨星夢無著
歎人天蕭索　盤移淚共金仙落甚淒涼斷雲薄滿
眼滄桑舊城郭漫怨吟遼隺

　　　　　　　　　　　　漚尹

香車自在流蘇絡夜寒生鳳衾角不記金環甚時約
拚紅臒燒卻　羅衣舊倚腰肢削燕輕盈柳纖弱試
問風情爲誰薄只小眉顰著

忍盦

零香賸粉都抛御暗塵封舊妝閣花外重譜錦牋約伴春人離索　斜陽一線紅闌角畫屏深舞衫薄只怕霜寒雁聲落把睡情驚覺

惜春郎　　鶩翁

靈椿坊裏閒風日話影事愁極清香燕坐娵隅學語猳烏分席　晚節黃花香未得賸老眼能白幾向風喚取撐犁慘入暮天寒碧

漚尹

暮天吹角青蕪國賸淚眼長滴烏啼廢隴雁迷殘陣

空外霜白　夢裏雲山惟嚮北又壞道湍激問幾時萬里麻鞵魂爲杜陵招得

小牋封淚桃花色待付與青翼蘭房夜暝膽娘猶怯箏雁消息　心似春絲牽不得枉玉虎攜汲料翠眉不隔巫峰自是楚雲無力

忍盦

海棠偷展春消息趁舞扇歌席東風醉倚夕陽紅透風韻猶昔　錦字零星誰省得有斷夢相憶費夜來染盡燕支憔悴舊時顏色

醉鄉春　鶩翁

星斗離離高挂雲外槍旗如畫石獸咽塞鴻飛和我槌牀悲咤　莫向長城飲馬花豹明駝相亞動霜管起邊愁思量越石何人也

昨夜雨疏風亞紅紫一番嬌姹恰又是蹋青時愁入越羅裙衩　香性擣塵研麝樂事翻圖打馬漫容易說琴心相如病渴文君寡

漚尹

秋盡漁陽城下城上老烏啼啞自酹酒問荆高誰實解憐卿者　滿目雨悲雲咤望極中條太華幾時有塞鴻來風前說與滄桑話

絮點綠塵凝樹愁見臥枝花亞記錦瑟與人長占斷真珠簾下　更點畫譙初打不是年時月夜便相見也尋常一春長是湘絃卻

忍盦

冷落舞臺歌榭蛛網暗塵低亞萬籟寂百憂來空有淚珠盈把　霜重月明遥夜一派秋光如瀉倚殘醉問西風畫闌幾度花開謝

露冷月明鴛瓦孤枕夢回遥夜倩錦字寫相思依約去年情話　背鏡黛眉慵畫暗祝歸期近也曲廊悄怯人行塞湧幾陣驚霜下

惜分飛　　鶩翁

挑盡鐙花無好意寒沁茸裘似水一晌危闌倚斷雲和恨參差起　隱隱關河殘月裏除是方諸有淚廿五秋叜碎睡濃那惜霜天悴

漚尹

草草衡皋分手地凝望高樓獨倚歸去須沈醉燭花休替人垂淚　腸斷蕭娘書一紙誰識行間密意不作迴帆計眼看落日春潮起

忍盦

小院春陰寒似水寂寞殘紅滿地密密金鈴繫畫簾

不卷東風醉　日日花前空費淚舊夢驚回也未啚
戀春無計亂鷃聲在殘陽裏
結客五陵今倦矣咄咄書空甚事邪是埋憂地秋來
但有憑高淚　大好湖山容我醉雲外沈沈戰氣幾
處夷歌起萬峰日落煙光紫

闗河令　鶩翁

邊聲沈沈雁共語作一天愁緒望極闗河寒深雲欲
度　天涯何限舊侶枉自戀樓臺高處斷夢都忘衾
塵誰念取

滬尹

挑鐙無眠淚似雨涴越羅金縷已自忘歸紅綃還寄與　飛花知墮甚處又檢得劉郎遺譜試問啼鵑留春春許否

忍盦

琵琶聲聲接舊譜放繡簾低護一炷香消憐伊紅袖舞　高樓吟望正苦但立盡沈沈風露酒醒愁同長門休覓賦

減字木蘭花　鶩翁

笑斟北斗萬象在旁誰與友休惜沈酣世味酸鹹已飽諳　側身孤詠鸞雀天高難入聽豚柵雞棲漫放

雄心太華齊

董龍雞狗休道今無惟古有轉語誰參淒絕人天祕密禪　霜高天迥雁訊催寒秋欲暝莫問歸期淚盡楊朱路已歧

漚尹

亂鸎時候刻意傷春春已瘦貪卷珠簾那管楊花撲繡匳　花醒未醒闌角但偎殘照影莫問西池不要微波寄一辭

談天有口指點銀餅惟索酒把臂周那我是嵇康七不堪　昏鐙照定罔兩何須頻問影誰是誰非放著

青山自不歸

忍盦

鐙花依舊已是無聊翻病酒夜夜愁添那得移家向黑甜　簾櫳寂靜落葉聲多風不定獨起搴帷雲漢沈沈一雁飛

青山似繡一笑相逢憐客瘦睡起懨懨不爲看山不卷簾　碧空秋冷望斷斜陽無雁影殘酒休辭待得愁醒兩鬢絲

天門謠

鶩翁

沈醉長安道酹殘酒望諸空弔秋又老換年時懷抱

看似錦霜紅風葉埽側聽青鸞音耎渺丸月小問瘦卻姮娥多少

漚尹

交徑新陰小試吟袖賸寒猶峭人意好爲當樓殘照柰芳事輕隨春去早滿路香塵酥雨少隨處到恨羅韈不如芳草

忍盦

秋夢湖山繞晻塵換鬢霜催老猴雀笑甚歸來不早問雨笠煙蓑何處好萬里風波愁渺渺頻醉倒怕醉裏乾坤都小

憶悶令　　鶩翁

倚竹愁生珠未賣算天寒同耐當時悔嫁王昌空怨吟誰會　密意傳羅帶望飛鴻天外等閑便喚得春醒應淚痕長在

漚尹

昨夜蘭舟誰共解有淩波人在傷秋錯對菱花長恨凝蛾黛　何事丁寍再理合歡雙帶不成怕比翼連枝將鈿釵盟改

忍盦

惹得春愁深似海怨東風無賴可憐歷亂鶯聲依畫

簾長在　夢斷紅闌外怕歡期重改有多少倚鏡心
情描舊時眉黛

畱春令　蘉翁

碧空鴻信遠音如答虛廊葉走比似年年惜秋心只
熱淚多於舊　安得中山千日酒任魂傷詩瘦不信
楓林夜來霜倘不是愁時候

漚尹

晚春池館水沈煙歇山圍屏皺略記初逢謝娘時在
梔子花前後　金縷歌殘人去久滿羅襟非酒未必
行雲沒相逢只煙月消魂彀

忍盦

小庭花落晚風寒峭一池吹皺早把春愁付啼鵑要何苦因春瘦　紅縷金鍼還似舊只屏山難繡欲卷珠簾又遲回肯低放銀蟾透

雀沖天　鶩翁

風蕭蕭雨淒淒芳訊冷西池碧梧零落鳳皇枝池上野鶩飛　舊情牽新句贈屐迹畫廊猶賸此時下馬桂堂東消盡氣如虹

漚尹

含笑淺弄妝遲芳事去心時繡鞍驄馬已空歸還約

燕來期　鏡屏移花漏永悵望女牀鸞影自家簾幕
夢中逢翻道宋牆東

忍盦

秋盡後雁來時霜冷鳳皇棲五雲樓閣是耶非鴛瓦
望中迷　錦書來天路迴棖觸十洲風景玉虛重到
與誰同彈淚向西風

鶩翁

萬里春
春寒爾許那是惜花情緒倚危闌卍字迴旋怕難藏
春住　鬬燕空傳語漫猶是倚簾吹絮優玉門解隔
春風有笛聲偷度

漚尹

紅朝翠暮輕送年華如羽誤秋娘淺約宮黃傍金波開戶　有約西湖去又相對落梅如雨夜寒深都是思量問蒼波無語集夢窗句

忍盦

酸風苦雨釀作淒涼情緒似而今天也多愁待將愁誰訴　沈醉東華路算贏得滿襟塵土向天涯無限低徊在斜陽宮樹

河傳　鶩翁

春改愁在倚危闌閑憶吟邊去年隔花有時聞杜鵑

淒然夢迷蜀國絃　不信天涯人不老悲遠道目極
王孫草斷雲飛歸未歸休催幾時流水西
螺黛多態晚鬥天愁裏依然管絃夢醒翠禽啼未闌
無端野田黃雀翻　記否流蘇明月照春未悄情爲
誰顚倒畫堂西花影移倦歸斷腸雙袖攜

漚尹

簾外寒在雨珊珊紅柱秋千半閑畫梁晚春雙燕還
經年兩蛾愁黛攢　封淚羅牋方勝小春漸老誰把
芳心告玉關西殘照迷那時杜鵑和夢啼
無賴眉黛淺深難沈恨今年萬千故臺落花銅雀寒

箏前兩行閑淚酸　濯錦江頭塵暗埽鸎燕笑還說
街南好柹腰肢柔不支除非教花扶著伊

忍盦

眉黛情在晚妝殘獨倚闌干夜寒玉蟾半斜人未眠
遙天數聲孤雁還　銀漢沈沈愁不曉霜信早鸚語
簾櫳悄翦征衣客未歸夢回玉關音信稀

思帝鄉　鶩翁

叇叇湛然秋氣清愁問素娥今夜若為情多少翠筵
歌席舞殘樺燭明換盡廣寒風水不成聲
卿卿鏡中雙笑生寥落卅年襟袖又鑾腥不信嗣宗

雙眼向人還解青郴得子虛烏有說生平 漚尹

亭亭手搓裙帶行迴睇海棠斜日下簾旌行坐燕雙鬭耦別愁容易生拚與一春憔悴莫多情 忍盦

聲聲打窗寒葉鳴偏是夜深人在小樓聽樓外晚風吹起遠山相向青誰道落花飛絮是飄零盈盈酒痕和淚傾天遠近來書信也無憑長是夢中相見杜鵑催又醒愁擁翠衾一角峭寒生 鶩翁

蕃女怨

冷雲橫抹秋冉冉風過塵糝驛邊沙沙外樹蒼然平
楚晾鷹調馬向時情可憐生

漚尹

謝堂愁絮千萬點吹薄妝靨翠鸞翹金鳳縷望春春
去繞花行近亂鶯聲不能聽

幕南空磧霜黯淡沙草如染鼓三通鐙萬炬燕支奪
取海風吹起月朧明漢家營

忍盦

半垂羅幕紅燭暗眉黛長斂枕邊書絃上語無聊情
緒塞門今夜幾秋聲帶愁聽

燕瑤池　彊翁

酣歌擊缶空延竚栩栩白雲哀雁同度關河暮秋聲滿樹危闌拊　戍笳催山無重數城陰路煙蕪亂愁誰賦傳心愫絕無人處哀楊語

聽風聽雨簾櫳暮故入懷輕燕雙語傷春素行雲似縷消香炷　弄明珠年年洛浦鉛波注愁生瑣窗雲霧紅牙譜周郎不顧誰知誤

漚尹

殘香飄霧青楊路處處押簾花底朱戶無人住年時幾許消春素　小槽香貟珠紅注摘紘柱箜篌自作

人語公無渡西風分付潮囘去
句陳玄武相望處暮暮酒闌肝膽畢露流螢路何人
畫取蕪城賦　怕重說安西都護青驄去秋燐自明
殘戍風吹雨城頭爾汝昏鴉語

忍盦

春雲一縷因風度處處月明低按歌舞驚囘顧紅牙
舊譜翻新句　倚殘妝淩波微步流鸎妒碧桃樹下
偷覷多情誤相思枉付鑾牋署
香車小住西泠路樹樹綠楊吹卷風絮湖光暮流鸎
細語催春去　算佳期今春偏誤丁寧訴鈿釵舊盟

休負渾無據含情自注鶩鶩譜
瑤池夜醻仙官聚樹樹碧桃花落如雨觴王母青虯擊鼓黃鶩舞　望星河沈沈不曙霓裳譜依稀廣寒高處銀沙路驂鸞此去愁風露

紅窗迥　　鶩翁

絳蠟殘春酌悄小屏倚閑數亂山暗愁爭埽隨剗旋生如草　望緜緜遠道嫖約難憑玉笛翻處生怕換卻舊日啼珠情抱宮漏催臏春多少且酩花醉倒

漚尹

點屐工迴袖好別來久羅薦倦情但愁遠道零落舊

家池沼　有東風雁到怨唾歡痕都入箏柱淒咽喚起縠縠文粱塵繞依舊催好春殘了悔相逢又早

忍盦

玉笛催霜信早舊游處深鎖綺窗悄無人到一片暮鴉衰草　怕黃昏近了樹樹秋聲重疊吹起偏向旅客攪碎愁腸多少休再歌羽衣殘調有開元父老

王鵬運集

②

桂學文庫·廣西歷代文獻集成

潘琦 主編

廣西師范大學出版社
GUANGXI NORMAL UNIVERSITY PRESS
·桂林·

庚子秋詞下卷

西溪子　鶩翁

夢醒淚痕猶在釵約鏡盟空待聽檐聲靈鵲賺芳期换愁絶渭川清淺不怨木蘭舟怨東流

吟望鳳樓煙靄城闕五雲天外記年時仙仗畔春將換捧出天書璀璨風景又殘秋殿西頭

漚尹

鬢嚲綠窗日在山枕睡消翠黛好春殘人叓遠空腸斷低語鳳篦金顫攏馬寶釵樓不回頭

歸信雁門秋改愁撚合歡羅帶淚珠連腸寸斷空相

喚撥斷銀彄不管迴睇問歌頭換伊州
燕趙悲歌人在劇孟舊家傾蓋急呼觴筵未半箏絃
斷酒醒驚沙撲面將恨上高樓望幽州

忍盦

花底夕陽紅在花外杜鵑無賴夢初回關塞遠西風
晚玉笛一聲吹斷紅袖最高樓幾人愁
春色二分猶在依舊晚妝多態隔花招諸女伴嬌無
限稱體越羅新換斜日下簾鉤不知愁
簾底翦刀風快眠起繡衾寒在小屏山天樣遠愁腸
轉一日思君千徧河上幾歸舟怕凝眸

四字令　　　　　　　　　　　　　　　　　鶩翁

牀琴罷彈。蘭膏自煎。長風孤雁聲酸。替靈均問天。霜嚴歲寒。星稀夜闌。舊時吹笛誰邊。算梅花可憐。

妝螺態妍。題帬意牽。似嫌名字冰寒。著猩紅幾斑。鬟簾自搴。鑾韡笑看。淒涼香茗華年。倚牆花放顛。

漚尹

綠窗簸錢。紅闌翦旛。臨風遙𨳡嬋娟。各春心一般。帬拕帶寬。綃凝淚乾。閑愁守定眉山。過西樓夜寒。

篝鐙穗寒。牀書帙殘。打窗一葉琤然。逗閑愁萬千。溪山責言。蘅蘭厚顏。夢中羞渡桑乾。有秋前淚酸。

忍盦

風疏夜寒香消漏殘夢迴無限關山望征人未還墨和淚研書將恨傳不辭言語千般怕新來倦看芳草渡

鶩翁

醒殘酒試啼妝量錦瑟抵愁長羅襟自浣別時香巫山斷夢未改楚雲狂　歸未得怨春鷽[?]簾影畔幾斜陽朝朝羞翠理銀簧還知否尋舊曲不成商

漚尹

秦雲渺楚魂傷中夜起獨思量紅牋小字漫書將雙心叩叩肘後有香囊　拋玉尺炙銀簧誰與坐合歡

牀舊花新葉定相當陽臺路新並得兩鴛鴦

忍盦

滄桑恨幾斜陽拚一醉百憂忘湖山何處不淒涼青衫淚盡贏得是疏狂　秋盡也漏聲長雲雁影半微茫小紅亭外月如霜城南路渾不是他鄉

十二時　鶩翁

百年闌檻百年孤抱百年喬木神州乍回首渺孤雲天北　莽莽烽煙驚遠目倚長風幾番歌哭狂來向燕市覓荊高殘筑

漚尹

煙塵長望無情清渭東流不復淒涼杜陵叟自悲歌同谷　月苦霜繁車轂觫忍淹畱柹新蒲綠呼風鳥何處望一堆金粟

忍盦

淒涼情緒一番暗憶一番悵觸妝臺怕重到賸殘膏猶馥　空說三生緣再續佩環歸更憐幽獨分明夢中見怨寒更淒促

怨春風

鶱翁

大隄官柹依依愁接天涯清渭秋殘夢不知斷雲遣誰訊前期　臨風咽徧參差濺淚雨驚魂強支對寂

寂羅幃淒然獨憶那是相思

漚尹

玉京煙柳絲絲難綰相思夢裏啼痕只袖知恨情薄不抵羅衣　空堂殘酒醒遲問何苦將春判伊早萬點花飛東風休再搖蕩空枝

忍盦

採春偏趁春歸一掠斜暉行過西廊步步遲忍重檢斷粉零絲　流鶯幾處爭飛望點點殘紅路迷怕卷地風吹金衣零落卻付伊誰

西江月

鶩翁

夢逐歌雲暗繞心隨眉黛深攢隔簾新燕似長歎春在落花風畔　袖底餘香偷買槐陰悄影憐潘千金笑靨買誰拚明月三分占斷

酒醒渾忘春在夢輕欲共雲閑多時琴上不安絃不爲知音人遠　落落尊前風月悠悠笛裏關山流光已是等閑拚底用楊絲深綰

漚尹

待闕鴛鴦社散移家燕子巢寒傷春人在醉醒間酒冷花飛人遠　山枕一春無夢水堂兩處憑闌軸簾來與理琴絃心翦東風俱亂

尋刼朝翻玉局偷聲夜譜銀牋些兒閑事送華年信道風情眞嬾　衫袖麝薰微歇簾櫳鸚語相關自家冷落翠雙鈿翻惱隔牆釵釧

忍盦

春餅龍團試罷夜香鵲尾燒殘南園芳事嬾重看風冷梨花秋苑　夢裏沈沈歌舞客中草草杯盤月明休怨北庭寒海燕雙棲正暝

日暮誰憐袖薄情多不怨春寒花前碎語尙含酸鸚鵡隔簾偷見　巧樣新翻蜀錦薄妝乍卸吳緜鷫鸘夜擁漏聲殘比似君心長暝

憶王孫　鶩翁

巫山夢雨幾時晴調笑聲中雜醉醒欲解羅襦不自勝意惺惺翠帶雙搓遠恨生

雲山重疊短長亭灞上衰楊是別聲尊酒何須怨渭城帶愁聽鈴語郎當夢裏程

漚尹

畫橈占岸酒初醒獨倚闌干雨又成愁共春潮日夜生幾時平不信鬢鬢不淚零

煙中玉笛暗飛聲艇子撐開一道萍屬玉鵁鶄相向明倦逢迎惟有沙漚不世情

忍盦

纖腰舞罷尙娉婷，拚向花前醉一生。鸎語催人弟幾聲，醉還醒，笑倩旁人埽落英。

墜歡如夢夢難成，愁裏笙歌醉裏聽。獨眷紅簾月半橫，夜悵悵，滴盡寒叜不肯明。

雨中花　鶩翁

鰕菜歸心秋夢裏，正望遠、愁生一葦。檣燕窺人，籠鸎待客，別有相憐意。　問費盡、羅襟多少淚，甚依舊、香醞酒滯。桃葉誰迎，楊絲暗綰，恨逐東流水。

側耳鵑聲愁似水，那叜識、晴檐鵲喜。碧沼蓮清，玉闌

秋近幾許憑高意　底不向黃綢消午睡夢雲重屏山慣倚萬里歸艎十千沽酒辦取花前醉

漚尹

歸夢十洲雲水裏做弄出春寒特地橫路菱絲吹波桃葉打槳成何計　道薄倖旗亭連夕醉有誰會千金密意一寸橫波何曾花底錯管殘春事

錦瑟旁邊新醉起又詔許金錢曲會入幕圍花監州得蠏消盡熏天事　漫笑客生平無好計狹路在淩波舊地野雀飛低官蛙聲怒刻意相迴避

忍盦

倦鵲南飛知我意水天遠危闌怕倚醉裏傷秋愁中忘曉去住渾無計　望渺渺中原何處是但目斷寒山晚翠擊筑風悲吹笳月冷多少英雄淚

六曲闌干和恨倚怕簾外新寒驟起漏點頻催琴心暗譜別有消愁計　憶往事淒涼如夢裏悔未識釵鈿密意鸞鏡花枝依然長好獨下西風淚

漁歌子　　鶩翁

禁花摧清漏歇愁生輦道秋明滅冷燕支沈碧血春恨景陽羞說　翠桐飄青鳳折銀牀影斷宮羅韈漲迴瀾暉映月午夜幽香爭發

漚尹

刼灰飛宮漏歇銅仙清淚如鉛潑望中原山一髮稍度雁行明滅　草如霜沙似雪棱棱石戴來時轍隴頭吟聲漸咽一片中天明月

忍盦

小桃枝紅一捻芳情已逐東風發步閑堦鸎語滑羞澀淩波羅韤　帶愁書和淚疊紅牋心事分明說乍相逢偏易別何事恩情斷絕

醉吟商小品　鶩翁

又正是南山獻壽綵雲西見舊恩新怨夢想瑤池宴

冷落宮槐疏點愁生帳殿
數不盡閑愁萬縷栁絲遮斷晚花撲面池上輕萍滿
訴與東風不管依依夢遠

漚尹

尙記否鈞天夢裏曼桃催獻隔年歡怨鳳筑西風宴
換入邊愁千點芙蓉舊苑
是舊日低飛燕子繞花千轉謝堂春暝傻鬥新妝面
寄語東風不管鈿塵恨滿

忍盦

望十二瓊樓路迴碧桃開徧羽衣驚換沈醉瑤池宴

回首梨雲吹散宮鴉數點
盼不到江天一字雁飛人遠翠翹金扇不分今生斷
睡起一聲長歎斜陽又晚
暗屈指春歸近也嶺梅開偏甚時重見鏡裏朱顏換
寄語天孫休怨銀河水淺

醉花間　鶩翁

風急雁繩天外直夢回霜月白舊約岸綀巾新恨分
瑤席　含情難默默謔語憐頭責短簫新譜得自家
情緒自家知怕知音無處覓

漚尹

闌角春陰天似墨東風無氣力雙燕掠明漪偷放閑愁入　淚添金琖窄醉眼花痕藉繡簾容易隔謝娘心事最分明錦牋書誰辨得

斜日屏山愁暗隔滄波殘畫色箏雁不飛回紘上西風泣　郎居金雁驛一紙經年得相從無兩翼夢中新識路依稀又移軍關塞黑

忍盦

一霎西風催夢急斷蛩秋暗泣睡起不知寒嬌語渾無力　背花人獨立花霧當窗密天涯愁咫尺錦牋空自寄相思箇中情渾未識

一抹涼雲隨雁急月沈鐘又寂庭院峭寒多人影亭亭立　欲行渾不得夢裏關山黑酒醒仍作客愁來莫要怨秋聲未經秋頭已白

慶春時　用小山韻　鶩翁

東風有約年年步障長共花移春人淚盡春花自好啼鴂漫催歸　玉龍吹處心事依舊深期靈旗晝下鸞書遠寄香影異當時

安排籥局評量酒價著意消寒楊絲萬縷婆娑善舞不負倚闌干　同文織就眉黛應展宮彎青娥二八香盟宛在羞與薄情看

漚尹

晚春門掩衣香結習步屧羞移調雛燕子銜泥甚處長是日斜歸　東風狠藉端的不是歡期香添翠被名藏鳳紙消遺落花時

黃昏過後心頭眼底一味清寒前歡記否衣香絮點春影小長干　吳歈聽斷催拍誰點弓彎雕櫳近底娟娟涷月還當翠眉看

忍盦

一天風露危樓獨倚珠斗頻移年年望遠輸他雁字秋到便成歸　音塵如夢回首空負歡期相思訴盡

殷勤寄與還約蹋青時

晩來風急飄零翠袖不慣禁寒銀牋乍寫璚簫暗譜和恨倚闌干　淒涼心緒愁黛還鬥雙彎尊前笑靨花閒淚雨休被阮郎看

胡擣練　鵞翁

夕簾風外颭春星隔斷花南塵榻誰辨春郊壺榼傻許游情洽　平生醒醉總隨緣一笑長攜伶鍤心事冷雲殘衲寄語能言鴨

年年芳事厭唐花夢想江梅煙蕊誰信銅缾冰合愁對寒雲壓　老夫無味已多時成句凍酒和愁頻呷寄

語寒香休怯好趁元綏臘

漚尹

雙雙鳳子慣輕盈知道瑤京春雜風裏狂香一霎占斷花南槅　玉臺塵涴半規寒斜日金鋪深閟漂蕩薄情書札還寫紅牋答

珠娘生不識春愁狼藉鈿花銀衩打槳桄榔風合亂笛參差壓　白漚天付與蕭閑夢裏煙波長狎冷暝心情知怯娩爾春江鴨

故山千畝在胸中夢繞淙淙清霅蔬筍年來盟狎老圃愁羊蹋　微聞公膳隻雞無把酒花前慵呷乞我

盧家烝鴨成就無無法戲答于穗平卅穗平原詩自失翰音後家廚突已寒舊盟徵息壤遠夢逐長安設醴誠逾分烹鮮或佐餐索逋君勿哂我自累豬肝

忍盦

秋來閑卻繡工夫料理綵牋吟篋花外流鶯恰恰款語如相答　東風棖觸舊心情狠藉殘紅休蹴那是翠衾寒壓生小腰肢怯

落花時節燕爭泥雨外呢喃聲雜飛盡東風榆莢自揀花枝蹴　南園春色報三分開戶餘寒猶怯孤負蕭娘書札那有心情答

鳳孤飛用小山韻　鶩翁

直北暮雲無際別酒醒來綫帳望天涯淚滿只凭得闌干暝　月蕩漪瀾雙槳短愁難遣柳塘花館聽到啼鵑歸未晚甚留人絃管

記得洗花深酌繞座歌塵綫玉笛聲中月滿酒氣漾輕雲暝　破曉嬌鬢花夢短愁依舊謝娘池館芳事飄零春易晚付遺鈿誰管

漚尹

眉意眼情誰會玉指移絃綫笑暈鸞臺鏡滿只撩亂鈿塵暝　自怯香桃花命短安排翠樓紅館占得朱顏春又晚被流鶯偷管

惜別謝娘情緒夢裏歸輪緩料峭羅襟淚滿賸寶鴨香心暝　說甚尾長還翼短消凝慣雨窗月館多事嬌鸎啼早晚費傷春牋管

忍盦

樓上望春人老底事春歸緩一夜鴛鴦水滿做弄得春波暝　簌簌花飛驚夢短飄零盡舞臺歌館燕子不來簾押晚問東風不管

學得淺顰輕笑蓮步隨風緩暈薄休辭酒滿看隔座偎人暝　好夢方長春事短消愁處幾家亭館一線斜陽紅到晚勸啼鸎休管

甘草子 用楊无咎韻　　薋翁

愁暮折竹聲中雪色明簾戶冷落歲寒心悵望城南路　回望五雲寒多處問法曲玉龍誰數銀海沈沈淚淘去賸淚零如雨

年暮永夕相思夢冷寒蟲戶料得五噫吟恨滿吳皐路　風雪夜堂聯吟處認淚墨襟情如數昨夜尋君過江去有接天寒雨

寄懷夔笙　　漚尹

秋暮夢醒殘蛩絮語沈香戶黯墨不成書天遣吹笙路　今夜漏迴鐙昏處問倦客歸程誰數無限秋心

雁將去付楚天涼雨

天暮過盡殘鴉暝色圍窗戶漲起一城塵月黑呼鷹路　燕趙舊家相逢處甚眼底梟盧堪數孤劍牀頭化龍去響半天風雨

忍盦

雲暮卷地風寒陣陣侵窗戶獨倚玉闌干凍合關山路　孤枕夢回無尋處有幾點寒鴉堪數莫耍尋詩灞橋去怕落梅如雨

春暮燕子多情來往低窺戶十里綠楊灣那是愁來路　長記畫闌分攜處賸點點紅香休數不把芳尊

送春去柰杏花微雨
薄暮一角蒼山睡起還當戶指點白雲深此是終南
路　敧杖自尋磨厓處有幾輩游蹤堪數猨隺含悽
送君去聽夜來風雨

臨江仙　　鶩翁

酒聖詩豪今已矣晚風吹鬢傲傲此情惟有野梅知
收香滋艾蒳待臘茁橫枝　誰道情天長不老曉來
白徧山眉釃寒城闕瘦筇支天低雲意凍風勁雁聲
遲
卅載夢雲吹不轉今朝欲醒猶疑西風贏得鬢成絲

身如春繭縛心似凍蠅癡　城郭人民嗟滿眼何須丁令來歸河山邈若酒人非黃壚多少事欲說不勝悲

漚尹

秋去一身無著處淺吟閑醉禁持溪山誰道舊游非攔街沙筍賤出網黃魚肥　自斷此生天不問春帆治任將歸祇應羊侶是吾師避人盤馬稍隨分置蛾眉

花底相思無處說香殘燭燼依依春寒分付與單棲比愁量錦瑟拚恨理羅衣　誰信謝娘香閣畔天涯

錦字淒迷梛花風起亂鬭啼莫將孤枕淚尋夢月西時

忍盦

幻出玉樓璚殿影輭紅回首依依冷吟忘卻在天涯客愁隨雁盡鄉夢逐雲飛　呼酒玉梅同一醉冰霜那是寒時夜深人在碧琉璃畫簾秋去早高樹月來遲

莫向邯鄲尋舊夢到來事事都非五陵豪俊記當時鬭花春試馬風雨夜聞雞　俠骨柔腸消已盡促成愁鬢絲絲閑漚過處漸忘機酒懷明月共詩意白雲

知

湅酒不澆愁意思醒來依舊天涯蕭疏短髮任風欺
文章英氣滅蹤迹故人稀　最感西山顏色好晚雲
殘照依依梅花還似去年時風懷同月冷消息怪春
遲、

思遠人　　　　　鶩翁

潦倒蓬蒿三徑晚身世共蟲蟄撐腸廣廈低頭江岸
吟嘯意誰識　茂陵老盡秋風客郉叜一錢值笑大
戶今朝醉鄉深處紅牋爲生色

漚尹

殘壁滄波生色畫塵滿舊簾額天長夢短離巢孤燕猶是謝堂客　倚醺還弄閑箏笛宛轉趁殘拍怕花外玉簫好春吹斷依前袖羅溼

忍盦

花底私傳靈鵲語心事暗相憶仙槎遠泛支機誰贈銀漢望中隔　酒酣袖底星辰摘擲向素娥覓怕倚偏碧桃佩環吹冷風高雁聲逼

虞美人　題校夢龕圖　蕢翁

往與漚尹同校夢窗詞成即擬作圖以紀今年冬見明王綦畫軸秋林茅屋二人清坐若有所思笑

謂漚尹曰是吾梭夢龕圖也不可無詞因拈此調圖作於萬歷丁酉乃能爲三百年後人傳神寫意筆墨通靈誠未易常情測哉光緒庚子十月記

檀欒金碧樓臺好誰打霜花稿半生心賞不相違難得刼灰紅處畫圖開　清愁閑對闌干起自惜丹鉛意疏林老屋短檠邊便是等閑秋色儘堪憐

漚尹

江蘺搖落知多少　一卷傷心稿霜紅埽盡見樓臺羸得百年縑素爲君開　賺人詞賦哀時淚迸入迴腸碎墨塵已共刼灰寒小几秋鐙依舊對長安

忍盦

樓臺七寶窮天巧絕境誰能到廬山眞面待君開難得小窗風雨故人來　披圖莫問滄桑事也自傷憔悴夜鐙風雨尙依然不道有人先向畫中傳

酒泉子　鶩翁

水帶山簪好是驂鸞歸路嶺雲深蕉雨暮話湘南昨宵幽夢逐春帆徑轉桄榔猶熟鷓鴣啼芳草綠客情悏

一笑軒髯休問雲歸何處塞鴻迷檐鵲語暗愁添驚塵如墨點征衫寒咽晚風哀筑隴頭吟曲江哭我

何堪
珍重雲藍寫徧相思新句綠塵飛金縷譜紫泥函
當時春恨上眉尖郍問等閑筌局甚而今還覘北憶
花南
紋語夜酣箇人眉約如訴畫春愁飄篆縷韓瑤簪
窺妝瞋燕自開簾嬌倚粉簽脂盞最宜人屏曲六月
分三 夢中作
漚尹
歸燕蹋簾花暗卓香車路斷腸時攜手處又窺簽
一春緘淚與江南撩亂謝娘心曲玉璫回銀沫感是

空函
蟲網吹簾隔斷閑愁來路柹花飛無定處滿江潭
采香約在斷橋南橫岸游絲誰撲雁書新漚夢熟理
春帆

忍盦

細馬輕衫秋色送人歸去水禽啼斜日暮望湘南
可憐辛苦似春蠶塵夢幾番蕉鹿草堂深春酒熟睡
情酣
巧畫雙纖花底自翻新譜曼聲歌長袖舞隔重簾
喚回春夢尚沈酣誰識謝娘心曲倚銀屏嬌未足暗

香添

金鳳鉤　　鶩翁

孤山昨夢游眺憶招隺倦歌淒調斷雲殘照幾聲清嘯惆悵畫籠鸎老　好風吹徧青門道記望遠贈君芳草玉娥名噪錦牋書報空惹醉腸愁繞

漚尹

高鴻又喚秋老有官梔犯霜黃早弄波輕棹采菱新調一夜亂愁多少　碧籠金鎖花房小甚火急鬧蛾妝埽錦機書到怨絲紅繞孤負繡屏開了

橫波舊日風調定情句酒邊偷告鳳紘重抱翠牋重

草祇待玉璫書到　瑣窗熏像沈香小弟一要薄情
知道靨花紅笑淚蛾碧埽沈恨報他青鳥

忍盦

萋萋陌上芳草碧痕化杜鵑啼早落花風埽墜樓人
渺贏得淚珠多少　盈盈簾外歌雲婿早忘卻斷腸
淒調綵鸞書報乳鷽聲小祇有滿園春好

思越人　用陽春韻　鶩翁

夢冷游情惡尋舊迹繡鴛疑削屏山掩卻斷霞愁落
乍鳳尾傳牋題恨薄翠管親呵和淚閣無處著甚
靈琙花前還約

聽慣鵑聲惡雲意冷暮山青削芳時負卻舊游零落正倚竹寒生憐袖薄甚處濃春藏綺閣誰念著怕歡事和愁成約

老去風懷惡吟袖倚瘦肩山削前游誤卻故園荒落看對檻閑雲如水薄倦憶憑春花外閣愁問著弟一是盟漚新約

嬾賦秋聲惡芳事換舊歡都削何時罷卻暮笳聲落歎紙帳鐙昏披絮薄夢裏潸痕醒尙閣愁叜著滅衣帶腰圍憐約

漚尹

剗地東風惡塵影涴韈羅痕削油壁送卻大隄花落
怕酒重香寒雙袖薄斷續春愁和夢閣無地著隔
簾怯橫波來約

傍夜離心惡簾影漾玉鉤雙削春色瘦卻絮花還落
早拚斷閑愁如酒薄細雨鐙花飄小閣偏夢著玉
闌北年時歡約

漫道橫江惡分付與素書親削春愁寄卻晚潮纔落
儘舊日風情雲絮薄不到紅泥天半閣還記著覓
桃葉桃根前約

畫裏霜風惡看幾點晚峰煙削濃青換卻一林黃落

嬾耍呷冬醪如水薄坐倚油窗新暝闇梅蘂著爲
花課添修僮約
布被心情惡寒夜聳作詩肩削青琴碎卻大招零落
笑抗疏功名輸紙薄萬感幽單長淚闇微睡著有
莊舄吟聲依約

忍盦

夢醒西風惡愁痠損黛眉纖削殘妝卸卻玉釵聲落
又盼斷花梢紅日薄點點香塵凝暗閣長記著背
花處琴心偷約
病起心情惡涼雨過晚風如削羅衣換卻杏花紅落

悔向日恩情秋絮薄欲寫相思斑管闇休憶著枕
函畔鈿釵深約
苦厭催租惡吟興冷小詩芟削黃菊瘦卻晚風籬落
且痛飲不須嫌酒薄料理琴尊來小閣還盼著歲
寒共梅花修約
不慣風波惡望雲外數峰巉削塵緣謝卻碧桃開落
恨天與名山偏福薄畫意詩情愁裏闇吟屐著莫
忘了棲霞盟約

遐方怨　鶩翁

黃葉雨白蘋風夢落江湖舊家煙蘿秋帳空十年衫

袖浣塵紅故人吟嘯處與誰同

瓜步月竹樓風舊日歡期感君靈犀心暗通卻愁花影下簾櫳翠尊新約在莫悤悤

新月白雜花紅綵索秋千隔牆偷覘無路通不教鸚鵡傍房櫳鏡籢脂粉滿爲誰容

霜沁柝月窺櫳巷陌人家夜深鐙花相映紅白題歌舞眼朦朧醉來朱戶底嘯呼風

槐葉落露盤空夢怯催妝夜闌不聞長樂鐘玉蟾香齧冷西風恨隨嗚咽水御溝東

調石黛理絲桐難得蕭郎近來花前眉語通玉鉤簾

卷錦堂東眼迷丹頂雀舞隨風

漚尹

消粉盝減香筒屈膝銅鋪爲君提攜團扇風泣香殘
露井邊桐一秋辭輦意袖羅紅
官栁綠水蘗紅淚睫聽鸎謝娘春來歸思慵不如梔
子兩心同夜涼雙鳳語蜀絃中
秋水落石蓮空步入淩波舊羅籠花帬襉紅隔江臨
晚起東風爲誰開艇子采芙蓉
歡事冷玉臺空怨入湘天夢回撇波魚尾紅麴瀾吹
卷澫綵風綵雲無數起錦塘東

忍盦

新恨惹舊歡濃夢斷三秋路迷蓬山千萬重隔簾風
起埽殘紅夜深憐女伴繡芙蓉
芳信晚畫樓空半晌春陰夢回依依殘照中落花新
減幾分紅不隨流水去戀東風
吟賞處與誰同燕子來時去年桃花人面紅一簾微
雨夢惺忪探春人意嬾負東風

梁州令　鶩翁

夜久忘寒沁隔座沈煙同品狂來莫笑柘枝顛情多
耍覓璚漿飲　橋西月色清流衽執手般勤甚歸來

獨倚山枕夢塵暗逐歌圍錦

夜雨淒涼甚點滴空堦寒浸清歌掩扇自思量何人解擲纏頭錦　篝鐙珠淚空交衽惆悵年光荏金蕉誰伴孤飲腰圍瘦過東陽沈

兀兀長如飲坐久寒欺重衽姮娥畢竟世情稀清光夜夜疏窗浸　休將篆刻誇曹沈文字誰題品參軍蠻語方稔誤人應識儒冠甚

漚尹

月地金波浸座隔圍窺宮錦分明溝水各西東花前攜手亡何飲　白題狂舞郎當甚燭藥交羅衽同心

結就誰禁紅牋淚墨翻成讖
莫怨藍橋飲醉翣珊瑚難枕翡屏夢隔蜀山青誰家
啼溼江頭錦　金蟾齧鎖知誰禁溝葉殘紅浸青娥
揮淚因甚西風瘦卻東陽沈

忍盦

老屋疏槐蔭倦對西風寒沁秋光還似去年時傷秋
耍比年時甚　山中猨雀窺人稔伴我花前飲人間
萬事一枕醉看霜葉紅於錦
風起千卿甚一夜微涼先浸休嫌夢斷玉關書新來
語燕雕梁稔　東風不把閒愁禁自索銀缾飲鴛鴦

繡出雙枕何人爲織天孫錦

玉團兒　　　　鶩翁

西風掠鬢鉛華薄夜烏斷延秋夢覺錦帳珠簾牙香誰炷沈恨依約　玉瑲簡札悤悤索寶篆澀葳蕤乍鑰露掌移莖官眉蹙黛愁黯簾閣

朔風吹雪茸裘薄暮笳咽啼烏正惡北斗秦城西山燕月一例無著　聱牙身世春蠶縛膹醉眼憑高錯愕子夜清歌新亭殘淚來伴深酌

漚尹

鴻邊錦字年時約甚不應紅鐙夜蔿兩點春山相思

都被明鏡窺著 行雲可是相逢錯斷夢冷哀絃又託未到君前一聲河滿雙淚先落

忍盦

嫣紅姹紫都拋卻幾望斷淩波路鑰分付蕭郎尋春何處佳會還約 看花不道風情惡怕含笑花前一握半晌嬌羞開簾偏被鶯燕偷覺

東風不管心情惡蹋青去餘酲未覺燕舞鶯歌春入休道花事零落 夜深共把金尊酌怕一晌春情負卻醉拍闌干鐙花紅處愁聽宵柝

蕭娘心緒誰先覺悵倚偏紅闌一角宿酒慵醒沈香

濃薰春夢無著　桃花幾陣隨風落那便是春光負卻妒煞蛾眉臨風微笑翻道情薄

三字令　鶩翁

春去遠雁來遲恨參差金屋冷綠塵飛玉關遙羌笛怨盡情吹　從別後數歸期幾然疑紅燼暗玉繩低枕邊書襟上淚斷腸時

風南北水東西路多歧人共物是耶非試憑高日遠近問誰知　燕市上酒人稀舞僛僛天已醉客何爲弔田橫招正則是吾師　漚尹

鸎語早酒醒遲百花時星曆小鬟雲垂背犀梳移鳳枕耦新知　江草綠送人歸見無期紅燭背翠屏攲畫羅襦金鏤殘苦尋思用歐陽舍人韻

鸞對影燕雙飛早妝時山兩點畫愁眉咽湘絃投漢佩路東西　千萬恨繞天涯雁書遲憑繡檻語花枝爲思君山枕溼沒人知右二首集花間句

江上約帶書遲雁來時殘酒醒小簾垂被西風閑素箑又爭知　吳社水帶花歸隔年期紅袖揞紺雲攲夜闌干春枕被漫相思用歐陽舍人韻

花蝶夢繡鵷泥舊游嬉人散後那天涯解明璫連寶

鏡又尋思　空麝散濯妝池放簾垂誰要與妒蛾眉
正西窗團扇月未圓時右二首集夢窗句

忍盦

愁望遠又斜暉掩香閨羅袖薄黛眉低酒邊心絃上
意幾人知　腸欲斷淚空垂鎮相思銀燭暗錦書遲
嬾添香慵刺繡百花時

南歌子

鶩翁

骯髒吟情倦微茫戰氣高山川殘霸酒愁澆贏得學
書學劍總無聊　林壑應騰笑文章漫解嘲斷魂無
著不須招老向空山和淚讀離騷

夜氣沈殘月秋聲激怒濤短歌寒噤不堪豪坐看旄頭餘燄拂雲高　怒馬誰施勒飢鷹已下絛墨書斜上語偏驕數到義熙年月恨迢迢

翠袖香羅窄鈿車繡帶飄初三夜月第三橋記得千金難買可憐宵　舊恨缾沈水新愁燕換巢西風消減沈郎腰僥倖徽容扇影別時描

漚尹

舊恨金訶斷新歡寶瑟調朦朧心事可憐宵難得春羅書字又相邀　碧玉知名久紅牋帶淚描縱然微病損春嬌難道當筵輸與楚宮腰

忍盦

遣意觀秋水愁心看斗杓黃花笑我鬢先彫未到傷秋時候已無聊　腰腳隨年健詩歌任客嘲求田問舍幾人豪料得元龍湖海氣潛消

寄恨雲千疊供愁柳萬條等閑春色也魂消那更年年風雨送輕舠　密語緘金盒柔腸斷玉簫向人寒月又今宵不信青天碧海路迢迢

秋氣森亭障軍聲靜斗刁邊愁都向酒中消一夜霜花如雪撲征袍　落月朝盤馬平沙夜射雕幕南何日走天驕回首祁連山色陣雲高

應天長　　贅翁

綠螺臨鏡憐妝褪鬥草輸多添酒暈月一鉤香半寸
今夜花前消息準　倚紋枰敧紺鬢心怯小蘭釭燼
省釋沈香殘恨謝娘羞借問
踼絃移柱愁難準別鳳離鸞歌未忍粉痕消香篆印
睡起無聊推酒困　月窺簾花掩鬢屏上關山難認
雁足不傳幽恨藥紅和淚盡

漚尹

曲屏遮夜蘭更盡一半啼妝消墜粉夢難成鐙又燼
簾外落梅風陣陣　檢紅牋輪玉筍心識春潮期近

數過千帆無分不如潮有信

忍盦

綠窗寒沁羅衣褪嬌臉暈霞殘酒印夢初回香半燼雙淚盡時愁不盡　說歡期無定準蹤迹近來羞問還似去年秋恨怕聞征雁近

別時言語渾難信燕又不來春又盡暈鬟攲殘粉印不惜爲君憔悴損　倩誰傳千萬恨背鏡啼痕偷搵夜夜枕邊尋問夢魂無遠近

鋸解令

聱翁

記歌桃葉渡江初費幾許團團紈扇淩波雙楫漫無

情慰紫燕隔花望眼　畫闌淚濺淒絕風聲颺晚年
年裁得嫁衣裳卻不解替誰壓線
駐雲誰按酒邊詞翠袖冷殘醺未喚新鸎舊燕自家
春底與較夢長夢短　隔花淚眼爛錦年芳盼斷東
皇未必負春人只蕩得暗愁一點

漚尹

醉和雙燕別西樓醒不記當杯淚滿花前空解唱迴
波盪一片舊愁不轉　亂絃輥偏那是歌頭嬾換離
筵索性送殘春拚得是墜紅見慣
翠樓簾卷不畱香惹齧鎖金蟾恨淺蜀絃秦柱費安

排總負卻聽歌淚眼　絮花邊晚依約東風夢短迴腸翻怕好春回爲輸與謝堂舊燕

忍盦

謝娘風韻記當初暗鎖住春愁一院夜涼消受落花風問幾許别腸寸斷　似曾識面分付窺簾語燕相逢莫道是無情要料理綵牋畫扇隔花無處說相思倩綵縷同環繫徧幾曾憔悴到花枝枉費卻一春淚眼　杜鵑聽慣密護簾寒不管無情爭忍送斜暉便錦帳也愁夢短

琴調相思引　鶩翁

夢裏留春不是春殘花中酒病餘身亂紅飛處輕作
出山雲　休道醉鄉歸路近酒腸拚醉不辭頻任教
風雨愁損坐花人

漚尹

吹夢東風嬾似雲占人懷抱是歌顰雁聲飛去零亂
一箏塵　獨自意行僵寶瑟兩邊閑淚閣羅巾小簾
朱戶依舊去年人

忍盦

老屋疏檠一欠伸亂愁多似夢中雲鎮無聊處寒月
一痕新　垂老儒冠能傲客久居山鬼喜窺人世情

消盡翻讀送窮文

傾杯令　　鶩翁

入戶鴻驚窺檐鵲喜乍展舊愁眉印風裏飄花成陣雜佩淩波誰問　淒涼淚粉殘紅搵甚愁人年光偏閒屏山幾許心事玉篆摩挲暗忖

雀警霜嚴城空月黑節物不知春近悵觸靈均幽憤呵壁蒼茫難問　闌干星斗寒光印望瑤京驚呿驕蜃司香夜降黃帊夢裏鐘聲隱隱

漚尹

刼避圍棋歡生鬥草消遣楚雲沈恨行坐眠疑無準

盤馬樓前風緊　重簾密護茸衣穩玉纖長春寒微損無人料理眉樣背燭還調臙粉

忍盦

淚眼傷高愁腸殢酒惆悵夜寒秋盡一月銀河光隱不洗年年沈恨　青鸞似說蓬萊近望神山船回風引驚塵一夜吹起月黑城烏睡穩

芻狗文章鷁鶂身世蕉鹿夢中誰認儒墨是非休問材不材間充隱　彭殤一例何須恨泛虛舟機心消盡雞蟲得失俄頃不値蒙莊一哂

望江南

贅翁

朝睡起佳節不勝悲愁裏光陰傻晷短刼餘身世怯灰飛生意幾時回　吟望處頭白苦低垂應有卿雲輝紫閣似聞芳訊報南枝歌罷意淒迷

漚尹

鐙下坐鐙外月平西陪伴閒愁巢幕燕護持薄睡鎮帷犀纔得夢來時　鬢喚起花絮晚春迷枕雨有痕潮半袖鏡瀾無力熨雙眉不是為單棲

忍盦

春欲盡記得別君時強理心情愁對鏡無多言語暗牽衣含淚問歸期　關塞遠消息近來稀團扇不應

嗟薄倖迴文難得寄相思惟有夢魂知

玉樓春　　鶩翁

南樓莫怨吹羌管便不催春春也晚釀成梅子帶酸心付與花奴含淚眼　啼鵑那識人腸斷新綠漸濃腰帶緩當時流水送飛花流水依然花去遠

春風簾底窺人慣和月入懷人不見驚飛金雁一筝塵惹起紅蕤雙枕怨　照花前後憐嬌眄酒冷香殘襟淚滿離歌那是斷腸聲猶有斷腸人對面

好山不入時人眼每向人家稀處見濃青一桁撥雲來沈恨萬端如霧散　山靈休笑緣終淺作計避人

今未晚十年緇盡素衣塵雪鬢霜髯塵不染

漚尹

銀屏夢比游絲短蟬黛拂梳鸞鏡瞑兩蛾貪學遠山長多少春愁盛得滿　書來不是歡期晚縈繫愁腸千萬徧相思字字盡無憑此後南樓休過雁

分明錦瑟妝臺畔夢醒江南天樣遠換成潘鬢鏡能知瘦盡楚腰帬不管　情多莫恨相逢晚手撚紅香珍重看明朝剗地有東風百箋千觴無處勸

金翹峩髻侵晨綰沈水玉罍嫌緩短染絲火急上春機不待洗多紅色淺　擲梭光景催春晚北斗挂城

聞漏板挑鸞作綬寄桃根好與君心同冷㬉

忍盦

尋春舊約朝朝嬾鬥草心情輸女伴柳絲飛盡尚寒
多鸎語驚回渾聽慣　東風何苦催春晚萬恨千愁
吹不轉花前莫怪淚痕酸不是多情誰解怨
豐肌秀靨嬌無限記得眞珠簾下見綠窗睡醒嬾梳
頭紅燭光回羞掩面　溼雲如夢輕塵散金縷歌殘
腸欲斷舊時明月舊妝樓煙水茫茫愁一片
新妝依約眉痕淺記得畫堂西畔見不辭美酒醉千
鍾來聽嬌鸎歌百囀　楊絲無力東風輭愁向天涯

尋夢徧青衫空有淚痕多難寫琵琶江上怨

前調 分和小山韻二十一首 忍盦

平疇雨洗春光暮雨點遙山青入戶忘機閑狎水中漚倚醉笑看風裏絮　津亭送別人何處苦向邯鄲尋夢去征車來往幾時停指點夕陽山下路

漚尹

目成已是斜陽暮誰分合歡花下住心知明月有圓時身似斷雲無去路　當時不合多情遇風卷紅英隨水去莫敧單枕故相尋夢裏已無攜手處

妾心宛轉機中素郎意參差箏上柱機花無蔕斷能

連箏雁有情飛不去　春風不許花開住小語牽衣還絮絮歸期早晚問君心羞揀鬢邊雙朵覷

鶩翁

落花風緊紅成陣睡重不知春遠近箏絃聲澀鎮慵調燕語情多羞借問　屏山苦隔天涯信咫尺關河千萬恨樓前芳草遠連天望眼不隨芳草盡

忍盦

去年花底開春宴花好不知春有怨今年春在病中過夢裏繞花千萬徧　酒懷還似年時健爭柰酒闌人易散消愁直到醉鄉深莫待聲聲啼鳥勸

漚尹

雲屏咫尺笙歌靜不許愁人愁裏聽燕歸花底語言工酒到月圓時候醒　盈盈恨曆還窺鏡未信恨多消鬢影五更簾外又東風明日南園花落定

忍盦

南園無限春光好酒醒傷春人去早重簾不放日光迴曲檻尙愁風力小　天涯那處多芳草聽到啼鴂花事少拚將殘淚爲花傾人笑儂癡花莫笑

鶩翁

閑雲何止催春晚遮斷望京樓上眼犀簾有隙漏香

多鮫帕無情盛淚滿　柔腸已逐鵾絃斷風外闌干
憑不暝歸來十九醉如泥禁得艮宵耍漏短

忍盦

啼鴂那解留春住煙草淒淒春去路莫將殘酒酹飛
花愁見細風吹落絮　人生盡說多情誤情到深時
天忍負君看花月滿春江都是淚痕無盡處

鶩翁

不辭沈醉東風裏笑解金魚能值幾四條絃語輭於
煙一桁簾痕清似水　醉調銀甲寒侵指只有翠尊
知客意酒雲紅暈襯微渦解向歌塵凝處起

漚尹

懨懨別酒黃昏醒步繞西池波似鏡弄青梅子雨添酸辭蔕櫻桃風刬淨　月華還照深深徑惱亂歸期歸未定夢迴雙蘂蠟鐙紅寒重半牀羅被膩

觴聲鴉軋吳音似不寄吳娘機上字只憑樓下去來潮將取尊前新舊淚　浴蘭攜手年年事消盡笙歌沈醉意花時不是不傷春說與春愁真解未

鶩翁

郎情似絮留難住栁絮飛時愁滿路絮飛隨水有萍留郎去如風無覓處　流鶯花底休輕妒不爲眠香

朝掩戶關山月黑夢難通侵曉好尋郎馬去
春愁漠漠慵窺鏡一朵綠雲攲壓鬢瘖思楚夢雨無
蹤催放園花風有信　蜂黃蝶粉消難盡心事無多
羞重問向來學舞鬥腰肢那解當歌還有恨

漚尹

少年不作消春計孤負酒旗歌板地好天良夜杜鵑
啼今日逢春須著意　斜陽煙柳迴腸事小雨闌花
千點淚等閑尋到眼前來欲避春愁除是醉

鶩翁

杖藜省識青帘近郵路杏花前度問客心久共斷雲

閑華髮羞從流水認　塞鴻休送遥天信老去難禁
惟別恨落英藉處惜餘春莫向尊前推酒盡

漚尹

大隄油壁車塵輭雙袖越羅春水染蘭叢啼眼幾時
晴桂葉妝眉前度淺　丁丁夜漏侵璚管微醉歸來
熏麝晚小蟾如鏡莫窺眠曲曲屏山親手展

忍盦

好風良月應無價金錢深深消永夜驪歌一曲醉中
聽螺黛雙彎愁裏畫　今宵酒醒紅窗下明日西風
吹瘦馬雁邊莫盼寄書頻除卻相思無別話

春駒作隊嬌鬢舞錦樣年華愁裏度一宵寒雨夢微
醒幾陣飛花春欲去　玉驄莫繫垂楊路那見多情
覊客住年年垂眼望征人到此翻成腸斷處
簾櫳似水秋光娛手撚花枝羞插鬢試寒時節喚添
衣漸嬾心情愁對鏡　征鴻過盡渾無信蹤迹近來
何處問枕邊待要不思量落葉殘蛩都是恨

鵞翁

春風消息南枝綻膩粉香雲吹不散誰驚花片落尊
前懊恨十三絃上雁　酬花休惜傾千琖狂態問花
應見慣一春消得幾扶頭莫怪春光來有限

菊花新　　鶩翁

不斷寒聲空外響長鋏欲歌悲骫髀屠狗賣漿人來共我晾麞臺上　風塵滿眼愁千丈夢驂鸞故山無恙何日水雲身容散髮扁舟長往

漚尹

粲夜缸花明古巷驄馬連錢驕錦障一笑試春衫翻舊繡天吳花樣　十年身世牽塵網夢初衣故山凝望黃蘗染絲無須料理畫羅秋桁

忍盦

燕悄鶪沈春蕩漾酒醒璚臺愁叆上芳意鎮遲回靈

鵲語幾番凝望　雲屏攜手嬌相向笑回波面塵休
障茸唾舊痕消裁翦出鬤新花樣

睿恩新　　　　　　　贊翁

東風消息雨中聽簾影暗盟釵香冷悄無言悶對銀
殘賸六六畫屏閑凭　料理傷春新病翠袖薄晚寒
愁勁僾花閒杜宇歸飛怕箇裏春人未醒

漚尹

歸鴻心事比雲冷殘淚與逝波俱凝儘霜楓強弄春
紅一葉葉暗彫心影　夢裏若耶如鏡秋水淬劒花
霜瑩待明朝歸事猨公耍手種菱絲萬頃

忍盦

芙蓉不隔畫屏影青鳳語蘭窗閑聽繫相思一線靈犀繡幕底淚珠偷迸　怕說黃姑新聘風露悄素娥秋冷甚飛花不傍瑤臺羅袖薄淒涼玉鏡

憶漢月　　鶩翁

榆莢繞堦風簸欲買春光無那等閑不是爲春愁底事月斜深坐　年年湖上路春好處玉闌花妥醉醒鬢老不成聲清淚帕羅紅涴

漚尹

輸了綠窗錢簸花外鈿箏催破別春滋味不成啼歸

對玉簽羞坐　金墉梔子夜風翦翦一釵淒朵管絃新學唱伊州休道側商聲錯

忍盦

纔學趁時梳裹釵重雲鬟低𨍏繡襦親與繫明珠記埽綠陰同坐　相思何處問眉黛恨鬱金深鎖夢中青身不飛同心計昔時負左

紅窗聽

鶩翁

睡覺花飛春似水雲意遠畫屏愁倚子規那識人心苦儘催歸不已　指點羣峰空外紫襟痕暗依稀認得臨分痛淚舊情回首掩銅華羞對

漚尹

盼得東風回袖底浮動起嫽梢春意舞衣催上華茵慣甚愁鸞慵理　後日蘭堂攜手地憑誰按伊涼舊譜偷聲減字不如推酒索尊前迴避

忍盦

笑倚珠簾調燕子歌宛轉解隨人意嫽涼偷把羅衣換看淩波塵起　占斷紅樓歌舞地憑誰管心情堷許尊前袖底海棠開了問春光能幾

思歸樂　鶩翁

簾幕寒輕芳訊透消息近梅開時候玉萼有情應也

庚下　七

瘦惹淚溼惜春衫袖　冷語問花花信否歎月底暗
香誰齅對花往往愛中酒自憐好懷非舊
刻意消愁愁似舊歌未已鬢生蛾岫把琖酹春釵欲
灑顧影惜暗隨春瘦　瑞腦香消閑永晝引恨似絮
颺風栖畫闌幾日又下九怕花替人僝僽
行樂烏烏歌擊缶愁一似雲排山走曉起惡寒閉袖
手看變戚白衣蒼狗　老去傭耕誰與耦攬鏡愧雪
霜盈首竟須弔飲醉至酉閉門不知誰某
漚尹
春入雙波和粉灑煙隔斷朱闌眉栖幾點絮花風定

後暗裏覺書長人瘦　寫怨鸞牋書去久滿眼恨不歸依舊謝堂酒醒尚記否燕來定巢時候

忍盦

易水悲歌燕市酒容幾輩椎埋屠狗攬鏡自傷憔悴久莫要說健兒身手　落葉驚風吹隴首暮色起兩三亭堠雁門李廣尚在否只今月明依舊

鶩翁

鳳銜杯

青琴消歇餐霞願心事託、素波深淺聽到笛聲三弄腸千轉拚敲折瑤釵短　露囊攜淚珠滿塵凝處碧花淒泫可惜雙飛錦雁遙天畔不見幺絃斷

狂花舞徹金篦顫誰耍唱一聲河滿惆悵定場時節
絃偏慢愁輕逐歌喉斷　晚寒侵鬢蟬亂空自障扇
羅羞面底事含凄猶說相思淺知否玉堦怨
漚尹

深情只有雙燕尋夢到謝娘庭館難得池頭新合
吹簫伴都解惜斜陽晚　越山長楚天遠應拚得怨
紅啼斷今日把君細字香牋展纔媿相思淺
忍盦

鸞牋幅幅春愁滿腸百結淚珠千點莫唱陽關三疊
無人管空妒絲瑤臺伴　錦屏深玉釭淺絃上語素

琴淒斷贏得花前杜宇年年喚忍把迴文看

前調又一體　贅翁

津亭殘笛咽疏煙話相思容易經年倚檻南山晴翠
落尊前多少恨滿離絃　嘶騎晚占春偏勸斜暉休
促歌筵難道燕迎鬟笑一番番傻算客愁刪

漚尹

斡難河北陣雲寒咽西風鄰笛淒然說著舊恩新怨
總無端誰與問九重泉　悲顧景悔投牋斷魂招哀
迸朱絃料得有人收骨夜江邊鸚鵡賦誰憐哀王黼臣郎中

忍盦

南圃芳事已闌珊甚多情閧語相關目斷柳綿飛盡不飛還回巧笑倩人憐　嬌夢短晚妝殘傍銀屏眉黛愁攢莫怪試花風信一番番禁慣是春寒

相思兒令　　鶩翁

輕放燕雛雙入花絮亂風檐多少定巢深意簾底苦呢喃　影事暗逗眉尖話游情愁病相兼可憐拋盡紅羅鷓鴣誰唱江南

漚尹

誰約篏錢簾戶來聽燕呢喃還把等閑螺黛擡舉上眉尖　鳳杼特地重拈病心情還似眠蠶風前一捻

腰肢如何擔得春衫
忍盦
花底一番風信花外亂愁添依舊蝶飛蜂舞偷傍小
紅簾　睡起鎮日懨懨好春光一例沈酣不知幾許
芳心聽他雙燕呢喃
眉月巧窺新樣臨鏡畫雙纖誰與晚寒低護僥倖一
重簾　錦字一一親緘倩東風吹到江南庶須諱說
相思酒邊愁味曾諳

撼庭秋　　鶩翁

窺人弦月如夢乍短簫淒送嗚嗚咽咽高高下下響

沈寒重　秋桐影暗哀蛩聲斷此情誰共惹青衫殘
恨還隨塞角幾聲催動

漚尹

笛聲淒黯誰弄伴冷衾孤擁舊家煙月新亭涕淚亂
愁都湧　衰鐙絡緯高樓鴻雁夜寒霜重總不如歸
覓煙波瞑處月時漚夢

忍盦

玉闕涼信催送怕暮笳吹動危樓休倚遙天雁斷四
山雲凍　吟牋賦筆一般憔悴歲寒猶共向城南回
首婆娑弄月舊游如夢

秋夜雨　　鶩翁

晴雷萬丈驚冬蟄重城雲氣如墨誰家春事換有夢裏屠蘇消得　月華幾日當頭近想素娥流照淒寂旗影風外織定怕問人間今夕

漚尹

角聲四起黃雲冪人間休問何夕東風輕薄意惱亂到飄花詞筆　玉龍怨曲吹香遠甚處探梅蘂消息酒罷清淚滴背燭檢漢家新厤

忍盦

重城夜點聲聲急西樓歌舞猶昔年年攜手處記一

笑瑤簪分席　淒涼怕說春期近有暗愁和淚頻滴
月下誰弄笛賸數點梅花無色

珍珠令　鶩翁

花間艇子來何暮迷煙霧問桃葉春江誰渡彈淚憶
歌塵賸清愁一縷　鬥草湔帬游事阻夢不到舊逢
歡處愁訴正寂寞春城花飛人去

漚尹

春魂繞徧天涯路無重數鶯遮斷屏山香縷彈淚問
飛花柰飛花不語　漏盡黃昏扃繡戶怪檐底鵲聲
無據無據甚昨夜蘭釭玉蟲雙吐

忍盦

危闌倚徧閑風露無人語但雲外山無重數彈淚怨飛鴻甚將愁不去　眼底風光能幾許　對明月金尊休住休住拚醉裏消磨一春情緒

西地錦　鶩翁

寂寂玉屏寒沍悵斷魂誰訴閉門我亦忘飢藁臥底袁公千古　料得千巖一素正殘鱗飛舞冷浮虹氣雲迷鼇背問寒消何許

漚尹

寒到惜春簾戸又半天風絮梅邊信息三花兩蘂是

閑愁來處　只有西山眉嫵卻推排不去常時偃蹇
白頭坐對問何曾塵土
花落南園人去冷過雲簫鼓狨裝寶勒誰教勝賞付
閑風閑雨　不是東風相妒把鳳鉤輕汙生防凍澀
啼痕萬點斷淩波來路

忍盦

吹起一天風絮怯峭寒侵戶江山笑客幾人載酒賭
旗亭新句　目斷璚樓高處問暗塵消否孤山梅萼
灞橋栁色是春風歸路

定風波　用瞻園韻

鶩翁

愁裏清尊莫放停笑看伶鍤是歸程繞樹奇鶻啼不止曾幾舊時春色酒邊青　識字毫端通畫意審音箭咋得宮聲活計安排支枕睡誰醉先生無夢也無醒

滬尹

畫外春帆肯暫停背飛勞燕詫初程華表漫邀孤隺止餘幾夢華城郭野煙青　隴水分流難寄淚越吟翻調未成聲休與梅花同不睡須醉醉鄉風味勝於醒

忍盦

瘦馬嘶風不肯停郎當鈴語送征程頭白老身何處止餘幾定巢還傍柹邊青　流水不傳羇客恨衰楊解作斷腸聲難得一宵愁裏睡沈醉曉風殘月又須醒

原作天門道中阻風雨　瞻園

晴便開船雨便停行行不記許多程休怪打頭風不止能幾推篷閑對晚山青　碧海千重沈舊憤黃流一半帶秋聲不道癡龍眞箇睡從醉只愁無酒未須醒

一翦梅　贅翁

碎蹋璚瑤步有聲難得看山雪後塵清隨身笠屐識吟情不爲看山眼爲誰青　萬疊晴嵐繞郭明舊日看山歡若生平橐駝風過雜塵腥今日看山只合瞢騰

漚尹

西北高樓眼倦橫路斷淩波誰喚飛瓊翠禽啼瞑小山屏步玉人歸一鏡塵生　惟有梅花不世情夢別江南淚接春程犯寒玉笛爲飛聲訴與東風因甚飄零

忍盦

倒影殘霞一月明畫裏風光愁裏心情飛花還卷暗
塵生野水荒灣回首孤城　莫倚西樓弄晚晴倦酒
無多也自愁醒好山不似舊娉婷掩盡長蛾嬾向人
青

夜厭厭　鶩翁

潑螘綠雲堆盎嫋迴腸氣隨春邊開門明月正當頭
耍南枝犯寒先放　詩膽大來天不讓只低頭小鬟
清唱對花憂樂管誰先儘消磨四條絃上

漚尹

著酒芳心春漾舊消魂影娥池上乍調絃索輭於雲

隔花翻蹋搖新唱　不爲來遲羞蕩槳近闌干扇羅
重障玉人無力舞迴風鬥輕盈枉承纖掌

忍盦

入戸金波微漾好樓臺幾番吟望夜涼誰與戀孤光
只姮娥伴人無恙　問訊南枝還未放一分花一分
寒釀東風消息早安排底年年爲花惆悵

七娘子

蘋翁

眉間綵雁驚飛後理修蛾著意春山鬥粉蝶香輕玉
蟲花瘦肯將新恨牽羅袖　花間影事休回首甚香
囊還似年時扣壓線從今憑君記取天吳舊樣殷勤

繡

漚尹

年芳消歇收鐙後唱渭城還挽纖纖柿誰識江南曲中春瘦秋娥拚與行雲守　紅樓隔雨黃昏又甚消除百感偏疏酒訴與心期東風知否聽歌終有愁時候

忍盦

落紅滿地驚風驟問薄妝消得春寒否玉樹聽歌金尊催酒安排醉過愁時候　看花舊約休回首怕花枝還比春人瘦一寸眉顰流鬢猜透錦牋不寫相思

久

錦帳春　　鶩翁

中酒光陰傷春懷抱亂紅促啼鶗聲老雨飄花風卷絮賸閑情多少篆香猶嫋　挂壁新紘題襟別調算舊日蹁搖聲好綠塵飛瑲札報惹暗愁淒愴倚闌西笑

冷月鳴笳朔風吹草歎轉首夢華多少倚殘枰吹短笛自憑闌舒嘯不如歸好　斗外城懸眼中人老酒醒處厭聞啼鳥鍤埋伶詩祭梟算此時情抱問渠知道

漚尹

山字屏圍水沈煙嫋理舊恨都無分曉柳三眠花一笑趁簪紅攲帽蝶沈蜂悄　潘鬢秋多楚腰春少總無那芳時懷抱酒波深香夢老拚醉花千繞要花知道

忍盦

雲外塵多眼中人少海天遠憑闌舒嘯北征吟招隱賦寫傷秋懷抱碧山同調　拄杖看山避人芟草萬事足軒髯一笑算人間酣睡好莫酒尊閑了玉梅春早　壽鶱翁

調笑轉踏 巴黎馬克格尼爾

鶩翁

妾家高樓官道旁山茶紅白分容光願作鴛鴦爲情死託身不願邯鄲倡浮雲栁絮無根蔕情絲宛轉終難繫漫道郎情似海深不抵巴尼半江水江水恨無已淚盡題璚書一紙紅香踠地塵難洗淒絕名花輕委臉紅斷盡銅華底日夕明霞還起

漚尹

茶花小女顏如花結束高樓臨狹邪邀郎宛轉背花去雙宿雙飛新作家堂堂白日繩難繫長宵亂絲爲君理肝腸寸寸君不知匏子坪前月如水

如水妾心事結定湘皋雙玉佩曼陀花外東風起洗面燕支無淚願郎莫惜花憔悴憔悴花心不悔

忍盦

雪膚花貌望若仙陌上相逢最少年柔絲宛轉爲郎繫摧花一夜東風顛珍重斷腸書一紙鈿車忍過恩談里山茶開徧郎不知嬌魂夜夜隨風起風起月如水照見當年攜手地春宵苦短休辭醉金屋畱春無計花前多少傷心淚訴與箇儂知未

山花子　聱翁

天外冥鴻不可招十年心迹負團瓢老境蒼寒誰慰

藉月輪高　嬾到冬山惟耐睡愁呼濁酒等閑澆賴有梅梢春信逗兩三椒

漚尹

獨步雲堦卷翠綃不須歌舞鬥新嬌訴與春鬟紅上意一條條　靨粉黄消簾際月臉霞紅上鏡心潮可惜銀屏攜手地近春宵

忍盦

一醉何曾塊磊消坐聽風葉響寒濤偏是愁長偏夢短又今宵　花月有情憐客瘦笙歌無賴殢人嬌情味近來渾不似少年豪

玉樹後庭花　用安陸韻　鶩翁

歌雲著意香紅門繡簾晴晝誰教送客留髡傻醉腸論斗　屏山影換人非舊惜春中酒韈羅隨步塵生早愁牽別後

十年薄倖何曾覺夢迷清曉枕邊一曲山香訝清歌入妙　紅巾花外銜飛鳥暗憐春好屧廊偷認雙鴛羨玉堦芳草

漚尹

鏡臺春重新妝鬥燕昏陽晝隨花野步歸來驀繫船香斗　鈿塵催落東風舊蕩春殘酒換巢鸞鳳心情

爲鄰簫聽後
歌雲如夢羞輕覺綺筵臨曉紅牙拍碎年年妒玉簫
聲妙　春窗花底窺朱身淡妝逾好畫成生色羅幃
甚輸他芳草

忍盦

離亭樹樹秋聲鬥月明如晝淒涼萬幕如沙漸寒生
刁斗　悲歌還似年時舊晚風吹酒玉驄一夜驕嘶
斬樓蘭歸後
涼宵雨夢誰驚覺玉龍催曉一番桂底婆娑鬥舞腰
纖妙　蓬山影事傳青鳥酒邊春好要看璧月圓時

種盈堦瑤草

八寶裝　　鶩翁

錦屏山曲親展處新寒重殷勤護正暝冋紅袖玉蟲影暗麝薰添炷　淺吟簾底風催度還容易詩聲誤是漏侵璚管不關素月背花偷覷

滬尹

長星杯酒誰勸汝三山外塵來去正氍毹月上祇須浿飲底歌都護　黃金不買青春駐飛絲送博勞語問麴車逢處何人解酹伯倫墳土

忍盦

淺顰輕笑嬌欲語偏不分今宵遇向繡幃攜手分明
記得舊時眉嫵　月華空照人歸路蒼苔冷淩波步
甚驚鴻一霎雲蹤雨迹已無尋處

鬥雞囘　　鶩翁

年年花底長恐酬春淺竹杖攜提壺喚布韈青鞵笑
呼山作伴　吟邊漫憶清歡空對暮山蔥蒨怯凭闌
人不見玉笛聲聲那消愁一半

漚尹

梅邊尊俎長記橫枝翦驛路遙愁漪淺望極黃昏犯
寒人不見　蒼鬟粉靨依然何事翠禽聲換月上遲

苔生徧夢覓疏香夜深羌笛亂
驚飆吹幕推枕璚瑰滿玉鏡窺雙蛾淺諱說相思帶
羅寬一半　江郎恨極天涯重見怕逢春晚尺素書
香羅薦解得連環半牀絃索亂

忍盦

秋光催暝雲外征鴻斷玉燕釵金泥扇竟夕相思畫
梁明月見　誰憐袖薄天寒憔悴近來應慣掠鬢低
添香嬾寸結愁腸爲君千百轉

摘紅英　鶩翁

春消息枝南北醉吟幾費何郎筆寒雲釀吳波澀擬

託輕漚問花無恙　關山隔愁橫笛隴頭人去春無色青羅帳橫枝樣片時清夢黃昏月上

漚尹

關雲黑邊沙白金仙一去無消息誰家唱箏絃響勅勒聲聲月斜氈帳　狂蹤迹無人識行歌帶索長安陌高樓上憑闌望皁雕没處飛狐上黨

忍盦

春陰冪人獨立落紅減盡燕支色珠簾障輕寒釀檻外誰添一分花網　鶗聲急催行客玉驄莫繫垂楊陌河橋上遥相望蹋青歸去吳歌緩唱

慶金枝　　鶩翁

花殘月缺時倚閑醉覓新題斷雲巫峽影參差愁黛浸明漪　海棠開後春紅薄香蝶夢醒猶迷明朝花底玉驄嘶應是帶愁歸

香紅和夢飛問誰解是相思短枰畱得半殘棋消受酒醒時　丙丁帖子悤悤畫怕晴雨尙難知籠鸚玉鎖隔花迷春恨覺來遲

漚尹

曰歸休問期問何處不天涯子規只解盡情啼風物是耶非　東風眼底香紅發無夢傍白雲飛心期猨

雀未應知休榜北山移

忍盦

吳蠶千萬絲織鴛錦兩心知玉娥休怨弄妝遲纔畫遠山眉　南園一夜東風轉消息問海棠時憑闌立盡幾斜暉誰繫玉驄歸

花上月令　鶯翁

屏山如夢凍雲流解遮斷幾分愁等閑吟嘯誰知得有輕漚人海裏泛虛舟　得失未須詢季主慵畫虎任呼牛南樓風月知多少歎淹留都付與少年游

漚尹

夕陽無語燕歸愁又鐙暈小簾鉤傍懷半卷金鑪燼
夜香留天正遠月含羞　擬喚阿嬌來小隱十載事
夢中休憑誰指與歌眉淺半痕秋爲春瘦怕登樓集夢窗句

忍盦

薄羅衫子玉搔頭黛眉鎖一春愁行雲不結巫山夢
恨悠悠隨雁字過妝樓　莫負東風簾底意情宛轉
爲花留相思擬託微波送半含羞任紅葉滿宮溝

茶瓶兒　鶩翁

夢入江南天大逗花風玉梅香妥娛寒籬落偎雲臥

被翠羽一聲啼破　滿目緇塵愁坐話行藏磨驢還我江湖不是無煙舸歎作計向來眞左凍碧連雲愁鎖曝晴檐襄頭深坐曉來鴻雁南樓過問露比霜寒知麼　夢殘不忺重作倚危絃自歌誰和斷襟認取漕痕涴記挼徹念家山破

漚尹

十載輕衫塵涴逗鄉心玉梅疏朵花魂誰與招清些僂料理五湖單舸　雪窗月明愁臥夢東風灞橋春鎖熏籠偎夜培殘火尚賸得數椒紅破

忍盦

一院春愁深鎖理年時繡衫茸唾瑤籤錦瑟安排妥怕舊恨杜鵑啼破　好夢昨宵曾作盼遙天綵雲飛墮紅樓驕馬聯翩過問幾度蹋青相左

唐多令　衰草和穗平　贅翁

難剗是愁根連天沒燒痕漫萋萋回首青門陌上銅駝如解語定相向怨王孫　別恨共誰論憑高空斷魂要無煩臘鼓催春不見潛行悲杜老曲江上幾聲吞

漚尹

埽斷馬蹄痕消凝油壁塵翦紅心霜訊催頻一道玉

鈎斜畔路已無意比羅幬　濃綠鎮迷人蘭茗淒古春換年年冷戍荒屯淚噀西風原上火怕猶有未招魂

忍盦

南浦舊消魂花飛陌上塵甚萋萋斷送殘春寂寞野煙疏雨裏休耍問蹋青人　樓外又黃昏霜寒何處郵黯平蕪猶戀斜曛憑仗東風吹綠意好輕趁馬蹄痕

寂寞閉閑門荒煙冪石根舊池塘難覓香魂撥盡寒灰心未死有微月伴黃昏・　羅韈已成陳冰綃有淚

新倩西風埽斷愁痕莫被一番春色誤又消受落花塵

原作　　穗平

野火宿空屯人煙淡遠邨一條條都是啼痕恁道夕陽無限好能禁得幾黃昏　蓬斷晚辭根苔荒晝掩門倩東風說與王孫知到隔年吹綠處有多少別離魂

江月晃重山　　聱翁

舞態筵前鴝鵒歌聲塞上琵琶帝城雲樹亂昏鴉低徊處如掌雪飛花　詩裏飄零淚墨醉鄉慘淡風沙

酒腸芒角自槎枒無人會空壁埽秋虵

漚尹

選夢斜鋪楚簟試泉閑鬥闘茶平沙蕃馬短屏遮橫波底羞殺小菱花　賤管回文往復闌干亞字橫斜新聲重與訴琵琶提攜意不爲莫愁家

忍盦

水闊煙迷遠樹林疏風卷殘鴉雲山何苦萬重遮雕鞍去門外是天涯　笑靨愁窺鏡影歡期暗卜釭花綠窗人老不歸家尋昨夢生怕日西斜醉垂鞭

鶩翁

抱膝漫長吟高閣上憑闌望寒碧暮山深依依傷客心　梅花應念我香初破碧溪潯誰與證疏襟無絃壁上琴

漚尹

酒醒冷香侵西池上花三兩小萼漸宜簪一雙驕翠禽　落梅風漸大恩恩過又春陰祇有惜春心比春無淺深

忍盦

雲外又秋陰煙塵障愁相望一月別離音霜寒何處砧　番番花事過雙蛾鎖到而今紅淚滿羅襟抵君

一寸心

浪淘沙 自題庚子秋詞後　　鶩翁

華髮對山青客夢零星歲寒濡呴慰勞生斷盡愁腸誰會得哀雁聲聲　心事共疏檠歌斷誰聽墨痕和淚漬清冰醞得悲秋殘影在分付旗亭

漚尹

何止為飄零相伴秋鐙念家山破一聲聲消盡湘纍多少淚不要人聽　蛩駏若為情哀樂縱橫十洲殘夢未分明休向恨牋愁墨裏畫取蕪城

忍盦

幽憤幾時平對酒愁生短歌莫怪淚縱橫記得西窗同翦燭聽慣秋聲　身世醉兼醒顧影伶俜哀時誰念庾蘭成詞賦江關成底事一例飄零

春蟄吟

春蟄吟
H813.2
1073

春蟄吟目錄

燕山亭 四　八聲甘州 三
尉遲杯 三　綺寮怨 三
醜奴兒慢 三　天香 五
水龍吟 七　摸魚子 六
齊天樂 七　桂枝香 五
驀山溪 三　西窗燭 三
絳都春 五　瑞鶴仙 三
東風第一枝 四　金明池 五
大聖樂 五　帝臺春 五

目錄 一

八犯玉交枝 四　夢橫塘 五
夜飛鵲 四　鷓鴣天 六
六州歌頭 一　慶春澤 三
玲瓏四犯 三　石州慢 四
淒涼犯 三　花犯 四
望梅 三　玉京秋 四
賀新郎 三　月下笛 三
喜遷鶯 二　尾犯 二
陌上花 二　祝英臺近 一
念奴嬌 三　滿江紅 一

青玉案一　感皇恩一
燭影摇紅四　御街行三
惜秋華一　埽花游一
倦尋芳四　長亭怨慢四
起庚子十二月朔訖辛丑三月盡凡閱百十八日拈調四十六得詞百二十四附錄三十五共百五十九首倡和者漢軍鄭叔問文焯江夏張瞻園仲炘揭陽曾剛主習經儀徵劉麐桵恩黻江都于穗平齊慶夏賈洽香璜永定吳琴舫鴻藻滿洲似園恩溥山陰楊霞生

編璋滿洲南禪成昌廳山左笏卿紹佐也

春蟄吟

春非蟄時蟄無吟理蟄於春不容已於蟄也蟄而吟不容已於吟也漆室之歎曾嫠且然曲江之悲杜姿先我盍自庚子秋詞斷手又兩合朔且改歲矣春雷之啓其有日乎和聲以鳴敬竢大雅君子吾儕詹詹有餘幸焉光緒辛丑元日記

燕山亭

寄題叔問薊門秋柳圖　鶩翁

清角無端吹起暗愁一霎闌干催暮回首舊游漫想薰風披拂萬千絲縷似此彫零甚猶信夕陽紅嫵人

去又笛裏關山舊情輕訴　誰道容易春歸怕芳事難憑岸容淒楚輕煙巷陌瞑絮簾櫳嬌春玉驄何處付與蘭成寫恨滿漢南愁句知否殘夢裏纖腰還舞

漚尹

消盡毵毵斜照淡黃一夜驚鴉無數移恨漢南舊日闌干衹有亂塵隨步眠起無端便忘了龍池煙雨何苦又按徹伊涼換他金縷　身世愁寄孤根是禁慣清霜伴人羈旅西風笛裏滿眼關山絲絲繫春不住自怯宮腰幾曾爲倚纖人妒歸去還夢繞一天風絮

忍盦

多少樓臺羌笛數聲換盡絲絲金縷臨水弄妝幾處
斜陽猶畫舊時眉嫵一晌傷春儘望斷河橋千樹何
苦更滿地霜華頓成淒楚　凝望衰草荒煙怕遮斷
年年玉驄歸路韶華似夢故國如塵靈和暗愁誰訴
莫怨飄零風雨裏倘留人住休去看那是雲山青處

叔問

一夜秋心搖落薊門到地垂楊堪數雙燕未歸夢
後樓臺重覓夕陽無主折盡西風更愁鎖嚴城鐘
鼓知否正滿目關山笛中人去　還憶花淚龍池
引金縷歌來麴塵隨步而今莫問解舞腰肢淒涼

故宮誰妒優喚春回忍再見倚簾吹絮殘雨腸斷也一絲絲苦

八聲甘州

寄酬瞻園　　　　鶩翁

撫危闌彈淚寄飛鴻飄零不成行甚遙天書尺空山風雨一例魂傷休問酒邊日月醉醒總殊鄉偪仄風塵裏慙媿庚桑　回首臯潭歡事認短襟賸墨何限思量只西山斜日依舊到簾黃倚長風幾回歌哭歎酒徒無處覓高陽別來意算銅華底霜信催忙

漚尹

斷西風破屐故山心驚寒雁無行正分攜吟筆金城柹老玉露楓傷漫問京華倦客酒醒是何鄉秋滿人間世一例滄桑　消盡輕漚心事甚倚樓看鏡猶費商量件江湖殘淚叢菊爲誰黃且臨花危闌高處有長繩還是繫斜陽休輸與坐高齋夜雯箭催忙

瞻園

孄河橋細柹展新顰金釵綴成行柰珠簾搖夢銀鐙停恨紅淚偷傷忍聽甘州笛譜縹緲隔見鄉彈指人間事羞數紅桑　桃葉桃根何在對江南瘦碧長費評量怕殘妝人惱鸞鏡掩宮黃看尋常人

家飛燕叓幾囘爭壘蹴斜陽還愁是小屏風畔花
信悤忙
尉遲杯
次漚尹寄弟韻　　　　　蘉翁
和愁凭檻曲冷迆邐斜陽影淒迷一角殘山心事遙
天催暝飛鴻送響驚獨客空堂酒初醒颭清霜幾葉
宮槐亂鴉如墨棲定　誰念舊日神州看青暗齊煙
九點寒凝清渭東流無消息哀淚與銀缾水迸長歌
斷悲風自發正塵黯銅駝泣露棲問柴桑甚日歸來
就荒空憶三徑

今年烽火中促舍弟重叔南歸倚聲爲别慘不成章天寒歲晏稍得消息偶憶斷句足成此詞頗濆對牀之思杜陵書到之痛重叔讀之當亦汍瀾之横集也　漚尹

危闌凭看一點南去飄鴻影秋聲萬葉霜乾天角陰雲籠暝孤衾夜擁殘燭颭參差客愁醒又爭知痛哭蒼煙野風獨樹吹定　應念北斗京華空腸斷妖星戰氣猶凝心死寒灰都無著殘淚與哀笳亂迸何時送雲帆海角耍偎傍天涯一斷梗問何如杜曲吞聲紫荆吹老山徑

次滬尹韻　　忍盦

危樓凭望隔水一縷垂楊影依依亂拂蒼煙攙入遥天秋暝愁心萬點偏說與昏鴉不曾醒甚畱人夢裏關山斷雲來去無定　憔悴倦客孤吟還相對梅花紙帳寒凝冷落瑤臺休輕折聊慰藉傷高淚迸斜陽黯霜蕪似織怕歸雁行邊客路樓背西風閉了閑門暗塵愁鎖芳徑

綺寮怨

忍盦爲題春明感舊圖依調約滬尹重作於時瑟軒下世亦已數年舊時吟侶盡矣黃公壚下往事

消魂況益以新亭涕淚耶　鶩翁

瞥眼秋雲何在倚風心暗驚叜短角訴盡邊愁平蕪
渺淚接孤城當時花前俊約空囘首夜笛飛恨聲感
夢華影事依依紅牙按舊曲誰共聽　對鏡自傷瘦
生叀歌數起翻憐醉魄騎鯨暮色零星賸山意向人
青淒涼袖中詩卷倘偎影共疏鐙愁懷倦醒闌干舊
凭處塵正凝

題春明感舊圖　漚尹

笛裏呼杯人盡凍醪和淚凝對冷月臥仰空梁楓林
黑斷夢無憑年時黃壚聚別傷高眼倦客相向青怪

瘴花悴折朱紘瑟軒集名怱怱去夜壑尋墜盟　最是故人茂陵摩挲翠墨情懷似醉還醒細說飄零有哀雁兩三聲天邊喚回遼隺教認取舊春城詩魂定驚花陰甚處是塵暗生

忍盦

卄載歡游如夢倚風殘淚傾記綺陌貰酒尋詩飛花句唱徧春城黃塵年年笑蹋新霜換倦客哀鬢驚認翠牋淡墨依然凝塵埽暗觸秋恨生　怕問歲寒舊盟西樓甚處空餘落照新亭怨笛聲聲故人在也愁聽傷心庾郎詞賦叟伴我訴飄零闌干倦憑知音朧

幾輩同醉醒

醜奴兒慢

龍樹寺西樓對雪　鶩翁

無情淡碧天外晴嵐驚換漫回首春城飛絮新綠闌干側帽枯吟孤懷如夢鎖愁煙微茫林表誰將暮色分付殘山　梅萼笑人筇枝屐齒不似當年對一白漫漫雲海鴻印愁看莫要憑高玉樓浮動蜃光寒臨風吹淚愁心暗寄歸鳥行邊

漚尹

低鴉數羽飛破溼煙零亂暗愁引年涯消與凝白闌

干瘦倚筇枝夢華城闕有無閒璚樓陰重玉妃倦舞還戀清寒　不見灞橋酥融流水玉照歸鞍賸林表黃昏山色怨入秦鬟笛裏天涯縞衣將夢莫輕還琅玕斜處梅塵未洗難理孤歡

忍盦

西山謝客一夜濃妝催換問誰在危亭敧醉側帽禁寒淨洗風埃片紅飛不到人閒孤筇吟倚輸他獨釣天淡雲閑　回首故園空明一色殘照荒煙料多少紅悽綠怨天也愁看冷避冬心萬花消息待春還乘風歸去商量舊約月下梅邊

天香

鹿港香　　　　尊翁

百和熏薇千緜嫋玉氤氳小葉初展翠鏤筠筒炷添螺甲約略海南春淺溫馨半袖渾不數牟尼珠串點檢西溪舊製棖觸玉臺殘怨　絕憐麝塵擣徧怕鑾腥等閑還染算只翠籌畱得舊情一線芳訊依然月底甚泛入槎風似天遠纖縷縈簾南雲夢翦香以施氏製者爲上其封題曰氤氳奇柟線

漚尹

碧鷓收斑玉龍翦唾如雲細屑誰碾小炷沈馨雙煙

同氣蕩暝淺春一線花風送處疑悄度漳藹新畹著
指細翻銀葉入懷尙溫珠串　鸞薰暗愁涴偏料西
家翠歛春換縷縷海東雲氣半迷殘篆俊味衣篝宛
在怕難喚蓬山倩魂返待寄相思蘅蕪夢遠

忍盦

心字燒殘同文篆就仙山舊夢初斷露沁紅薇煙浮
銀葉畱得繡幃春暝西溪路杳誰與寄相思一線珍
重湘簾密護絲絲怕隨風散　十洲暗塵乍捲泛仙
槎采芳人遠欲問辟寒消息玉臺驚換衫袖愁痕在
否莫要倚璚篝訴幽怨惜取餘薰芳心漸短

剛主

麝粉成塵龍荒墜夢餘薰夜爇孤館荀袖分溫賈簾窺俊記得暗聞清遠人間別久空冷落秋魂一線只恐游絲不定還愁夜風吹斷　幾回故情送暝撥殘灰寸心先亂叜恨鬱金消盡舊家池苑芳思年來頓減優羅薦宵寒有誰管寂寞南沈春鐙獨翦

麈梭

碧唾探驪珠塵擣麝龍湖玉璲輕碾束素身纖鏤絲心細没骨笑同花顫蘭鐙靜灶看掐斷檀痕深

淺微度屏山篆曲氤氳水雲初展　靈巖翠槎來返禮觀音指蔥親撚海嶠舊盟句引斷魂重斷玄鳳人間去遠賸一寸心灰瘦如線暗憶南天璚鉤慢卷

水龍吟

唐花　鶩翁

好春私到倡條算來未出天公意幾回顛倒移花接木僵桃代李蒻綵深宮移春曲檻漫誇新麗算饒他凍蝶無端驚覺翩翾到羅幬底　問訊嬌藏金屋外邊寒簾櫳知未花開頃刻等閒還託神仙游戲醉醒

忽忽可憐狼藉萬千紅紫歎惜香只有春人淚點灑霜風裏

漚尹

夢華不醒愁春探芳別有千紅地是空是色瑤姬酒重維摩病起羯鼓聲中紅旛影外東風凝睇笑繁華占否閙蜂浪蝶空撩亂冰霜裏　聞道唐宮翦綵好簾櫳盡情妝綴輸他爛漫香雲一窖先春花事火速年芳冬烘心性優曇身世問高樓怨笛黃昏叫裂著梅花未

忍盦

幾曾禁慣冰霜一番點綴嬌無比重帷密護靚妝新鬥東風羞避顛倒春工玉顏未老芳心先死訝雲霞萬色繁華一瞬偏熏得游人醉　回首年時佳麗點香塵驚風吹起樓臺似舊何曾頃刻催開紅紫莫問春歸開簾忍見鬭嬌燕媚賸封枝殘雪明朝點點化相思淚

剛主

是他生長溫柔年年三九忺梳洗繡幃不卷熏篝餘潤騰騰春思宮燭催妝麝煤索暝逡巡濃睡悵嫣然欲語故山歲晚要誰把江梅寄　別有南唐

嬌稚漏春光豔情初試羅屏眞色銅盤膩蠟餘花怎比舊事商量歲朝畫本冬郎詞筆恨年華暗換東風夢遠有相思淚

麐桜

花宮不耐深寒羣仙偷嫁紅塵裏春愁未醒悊空數到番風廿四噀雨痕輕釀雲香潤內家標致笑貴人金屋藏嬌買豔渾不解溫存意 過了試鐙天氣玉簾空主恩捐棄當初底事千熏萬沐催教梳洗我亦會經鳳城西畔略窺芳思歎龜年老去淒涼羯鼓說開元事

穗平

是誰偷嫁東風滿城壓倒閑桃李移根换葉平空幻出璚英珠蘂密坐溫存入時妝褢十分嬌媚算宮紈萬色曇雲一朵全埋沒眞眞意　猶記斜街花市一年年年頭臘尾蒸雲噀雨品環論燕香車似水别後相思鬧蛾鐙下移春檻裏甚悤悤一度新歡舊寵等閑抛棄

賦唐花不類漚尹忍盦以爲得玉田生清空之致恕而存之　鷺翁

馬塍休問東西冷節怯對珍叢倚催花瞑律殷勤誰

向曲中喚起怨綺愁羅東風不管黯然如此只麻茶老眼牽情香斗自吟望冰霜裏　猶記偷春三九正紛紛鬧紅如醉篝籠催送茜帷密護年涯流水贏得芳華怨消魂到六街春事問笛邊舊月新來弄影到梅花末

摸魚子

冬筍　　鶩翁

記雲帆頭番春到筠籃如錦供御江皋俊味春盤飣不數冰天酪乳惆悵處話餽歲風情鄉夢生秋節清饞慰否笑輭嚼年年老饕胸次約略儘于畝　春明

晚回首夢華非故園蔬霜老慵覷禪心玉版誰參得塵暗連山風雨愁幾許甚消息驚雷還戀閑尊俎殷勤呪取要燕子來時龍孫競長歸把釣竿去

記湘南往時歸棹秋風吹老江步推篷香送連山竹浣盡客腸塵土難忘處是慰到鄉心愛聽連牀雨江空日暮話別緒年年冰霜共嚼風味足清苦　飄零恨除是燕來誰訴翠尊愁憶前度松筠舊約分明在著上春衫先誤還念否怕風雨漂搖根節都非故山靈聽取昨夢劚香泥相扶淺醉歸興滿煙塢

漚尹

怪尊前食單寥落蔬香誰侑秋筋青籠緘恨槎風遠愁說大官宣取消息誤怕江國頭番春已無尋處相思慰否任凍圃泥香煙林雨足望斷燕來路　鄉園夢咀嚼冰霜幾度櫻廚風味輸與蟠胸千畝輪囷甚根節歲寒休負茗岸路問那得明朝便脫春衫去天涯寄語待冰蘚親鋤玉纖細擘還配鯗魚煮

忍盦

薦金盤圜官傳送香綳初解風露年年笑共寒梅嚼消得輭紅塵士吟嘯處有冷淡心情留我春衫住相思正苦怪燕子來遲頭番已過芳信渺無據　歸期

晚夢斷蔬香老圃江皋佳約輕負驚心一夜春雷起
殘萚縱横當路愁歲暮甚籬角偎煙一晌殷勤護苔
痕細數待劚盡孤根煨餘活火風味最憐汝

剛主

怪霜林夜來遺蜕雛龍潛蟄幽戸寒鋤劚玉殷勤
寄又見歲華尊俎君記否甚歸夢年年卻把秋蓴
負蔬香暗數正玉版參禪泥鑪索火鄉思向誰語
情何許爲問嬌雷未度春纖曾是相誤何年竹
上斑斑淚欲補白華詩譜休叜妒看臘酒新嘗饞
守胸千畝明年杜宇記一半櫻桃新詞句好猛憶

飣盤處

麐梭

破霜泥一彎寒玉新黃緅錦雲護層層剝到蕉心裹猶帶故山塵土閑記取算惟有梅花凍雪堪共語秋圃細數趁菊釀香餘蓴羹熟後一捻翠鹽煮江鄉路又聽聲聲臘鼓西湖歸計還誤但教玉版容參謁何惜歲華遲暮歸縱許怕空賸連山好竹聽夜雨癡心呪汝願密裹清芬春雷蟄處頭角漫輕露

齊天樂

鴉　鶩翁

城南城北雲如墨紛紛颭空零亂落日呼羣驚風墜翼極目平林恨滿蕭條歲晚是幾度朝昏玉顏輕換露泣宮槐夜寒相與訴幽怨　新巢安否漫省繞枝棲未定珍重霜霰壞堞軍聲長天月色誰識歸飛羽倦江湖夢遠記噪影檣竿舵樓風轉意緒何堪白頭搔更短

漚尹

半天寒色黃昏後平林漸添愁點倦影偎煙酸聲噤月城北城南塵滿長安歲晏又啼入延秋故家啄徧

問幾斜陽玉顏淒訴舊團扇　南飛處羨越鳥亂烽
明似炬空外驚散壞陣秋盤虛舟暝集何處垂楊堪
戀江關夢短怕頭白年年舊巢輕換獨雀歸無後棲
休恨晚

忍盦

垂楊終古傷心地淒淒幾多幽怨亂逐驚飆低翻墜
葉一夕長安秋徧微茫倦眼訝煙鎖叢祠暗塵一片
幾處軍笳陣雲悽共雁行斷　江郵殘照漸暝舊巢
何處認寒信催換繞樹風悲穿林月黑寥落宮槐千
點歸飛恨晚問頭白江湖苦吟誰伴漫趁危檣楚天

涼夢遠　剛主

綠楊彫盡隋隄路思量舊棲荒苑野水彎環斜陽身世誰信曾題宮怨孤煙弄晚正林葉低飛陣雲空斷畫角城頭數聲催向客愁滿　當時無限舊事記荆江暝宿覊旅看慣古木移柯叢祠接翅消得吟魂悽惋星星鬢換念金雀雙鬟玉顏私願過羽西風歲華愁一箭

麐棱

曾經蘇小門前柳絲絲做成秋怨窅背翻紅雛鬟

翦綠深住藏嬌庭院西風漸晚頓月冷霜淒故巢
空戀綵鳳漂搖近來身世鶩雞賤　芻尼曉檐訊
遠有人頻叩齒清睡都嬾古社靈旗荒城畫角越
是黃昏悽惋蒼煙數點要休問昭陽舊時團扇唱
入江南夜寒吹翠管

穗平

延秋門上西風緊阜阜角聲吹散逐隊盤雲橫空
噪晚濃墨模糊一片庭柯繞徧獨私愛區區丈人
池館說甚高飛暮天寒色半淒黯　綠楊城郭盡
處故枝依戀久聽慣簫管茂苑新吟昭陽舊恨心

事教人零亂秋期叵遠待呼取芻尼共塡銀漢怕
是星星又催青鬢換

冷香

數聲啼破繁華夢翛然碧梧金井流水郵邊夕陽
原上莫是驚寒雁陣西風正勁甚回旋遙空欲棲
不定接翅南飛舊巢蕭瑟恐難認上林如許好
樹一枝爭借取託地偏近銜尾翩翩呼羣啞啞無
柰黃昏將近宮鸞倚恨看猶帶依稀昭陽日影欲
卜心期聞聲愁暗省

桂枝香

銀魚　鶩翁

丁沽夢繞話膾玉晚秋霜味嘗飽約略江魚入饌杜家詩好長安風雪吾能說配齏酸絕憐春小蠏青蚶赤加餐喜共故人書到　歎對案清歡乍渺憶割素心情消減多少休問冰鱗江路一般愁抱驚濤咫尺迷飛雪怕撇波纖尾頳了玉盤香縷梅邊甚日叵羅重倒

漚尹

丁沽汎曉正水市販鮮烏板船到戢戢銀刀慾躍乍拋煙罩長安近局消寒夜問尊前玉涎多少鈒盤催

飣詩饞慰否漫吟白小　記鄉味羹調宋嫂幾停筯
思量應是歸好客話娵隅聽徧正悽懷抱冰鮮夢斷
天廚賜檢食單零亂慵草御牋沫冷清愁好託玉鱗
緘報

忍盦

濠粱夢渺弄萬頃玉波乘月初到錯認明珠躍浦夜
深光照詩人惜取天然白儘浮沈海漚應笑漫吞芳
餌輕教點點墨痕污了　怕越網千絲密罩正水市
聲喧霜信催早那得澄江如練趁潮歸好潛鱗莫傍
鮫宮去翦冰綃凝淚多少浦雲流汞殷勤爲盼素書

頻報

津沽雪悄正晴水流澌銀燭驚照清絕霜盤燕喜玉纖烹早戚家綉蟒垂垂佩巔春鐙夜深歡笑舊情錦水秋風鬢社客懷悽惋 叒腸斷鱸鄉歸棹念盈盈河漢素書難到眼底尊前隱約冰肌清峭乘潮或有明璫隊問年年遺舄多少莫教拋棄絲絲餘膾又隨波渺　剛主

麐棱

纖纖素削正涼入網絲丁字潮落白小呼名月下

認來疑錯秋江重訂加恩譜算冰銜差未輸卻自饒清雋何須要試紫蘁紅芍　記曾締西風舊約帶冰花萬點鹽裏青篛尺五層波何事素書難託坡仙休問南屏鯽怕天涯風浪都惡小圓何處清愁寸許自家斟酌

驀山溪

夢中得句與此解起調適合因足成之索漚尹忍盦同作　　鶩翁

和愁帶恨凭得闌干破消息問梅魂料傷春未應偏我寒灰心死猶自撥陰何堪絕倒子桑琴裏飯知誰

過　催年臘鼓不聽情猶可吟袖貯寒多共西山涷眉深鎖微茫斗外愁認帝王州自酹酒問東皇眞箇春囘麽

漚尹

哀絃促拍衮徧伊州破誰換小梅花夢橫枝夜寒香妥年時風雪三九最關情修竹外綺窗前幾許閑功課　如今憔悴花抵人愁麽已辦醉如泥甚尊前猶分蛤嬴江南書到漚鷺倘平安雙蠟屐一漁蓑何日眞還我

忍盦

鑿空險語鬼膽驚應破醒醉總無聊問何意天公生我短衣匹馬記得少年場甚俠氣暗消磨看盡飛鴻過　商量劇飲惟有公榮可攜手上金臺望雲海茫茫愁鎖西風殘照禁得幾興亡聽座上筑聲哀屠狗人來麼

西窗燭

玉井詞人賦寒月於庚申之冬不勝雪路冰河之感歲華容易又四直上章矣長夜不眠寒光侵戶偶讀玉井山館詞依調賦此不知舊時月色視此何如也　鶱翁

城笳乍動暝色遥連亂蕪一片如織僾教萬里雲羅埽怕今夜璚樓霜威正逼看繞枝拍拍驚烏鬧外林深影黑　恨堆積戚燭閑聽如年殘漏疑共方諸怨泣笛邊心事還慵訴恁如此關山吹愁未得只不眠坐對孤光冷逼塵襟咫尺

漚尹

鐙昏敗壁酒醒虚堂一丸飛上孤白月時雲外驂鸞影甚有限清光愁煙夏冪聽角聲吹恨悤悤定憶紅樓那夕　待將息霜霰空庭啼烏不許遮定風簾斷額人間滴盡方諸淚算殘影山河孀娥耐得怕玉龍

怨入今宵凍裂吹梅舊笛

忍盦

千林霧鎖九陌塵稀素娥誰伴孤寂蘂宮也自愁風露耍莫問人間淒涼信息憶舊時幾處簫聲夢冷瑤臺咫尺　恨無極目斷天涯江空歲晚因甚無眠竟夕畫簾還閂嬋娟影怕白徧關山霜寒正急儘苦吟碧漢沈沈不放一痕曙色

絳都春

和南禪同夢窗韻　賫翁

盧家海燕是棲慣玳梁流蘇雙卷曉夢暗驚偷賦游

仙緣終短曲屏芳事瑤臺伴乍山翠眉痕同遠楚雲停處江花照影舊情如見　閑館紅深翠曲礲人處記得瓊瓊迴盼錦雁夜飛愁訴箏心銀河淺盈盈甲蘸清觴面待彈作鮫珠教看算餘闌角蛛塵未隨霧散

漚尹

西飛恨燕正零雨社空吹霜簾卷錦帳換秋蕤枕畱春春偏短花時多少湔帬伴柰客路哀蘭天遠爲誰彈淚湘靈怨瑟曲終人見　孤館沈沈翠燭定迴照舊日雲英嬌盼鏡側睡妝纔識今宵秦鬟淺宮羅羞

障凝酥面怕重檢同文牋看去驄知繫誰家夢雲未散

忍盦

淒涼去燕賸香徑亂紅隨風吹卷著意送春偏向斜陽愁春短蹋青還說鈿車伴柰陌上看花人遠鏡盟釵約紅窗影事幾人偷見月館青鸞乍寂畫闌凭遠送盈盈嬌盼淚溼袖羅一紙相思情深淺殘妝休畫崔徽面怕別後裴郎羞看夢中猶鬥腰肢舞筵未散

前調

用日湖體次韻索南禪和春訊將回殘寒猶洌冷
紅生所謂感音淒異者也　鶩翁

吹梅院落甚麝熏試處依樣留寒午枕睡輕金籠鸚
鎖玉疏閑行雲不隔南山翠斷蘄誰憶宮鸞酒闌空
訴愁春倦栖送客衰蘭　脈脈天涯別緒賸釵蟬夢
影蠟鳳潸痕漫倚繡簾玉臺圓月暗塵昏飛鴻怯遞
琴邊語舊情悽入春鵑斷腸應悔當時袖笛畫闌

漚尹

東風信轉怪罥香袖薄怯試餘寒誤了鏡華非花非
霧舊情閑芙蓉不信傷春淺怨紅淒入雙鸞夢雲回

後慵拈帶繡自剔釭蘭　未料屏山近底尙支愁酒
力浥淚綃痕斷譜細商秦箏斜柱雁塵昏春心一夜
無人託負他明月愁髩桂宮羞數年時露粟半闌

瑞雀仙

似圓饋冰蔬賦謝用梅溪體　鷟翁

天涯驚歲暮問投老心期齏鹽甘否霜蔬擷瑤圃認
玉壺冰潔故人情愫年華爾許飣春盤誰家翠縷待
評量世味鹹酸惆悵爲君停箸　凝竚充腸藜莧上
齒宮商冬心分取清尊娟嫵還領略幾寒趣只大官
往事瘦羊分得夢影低徊正苦且冷吟閑醉消他舊

盟漫負

寄懷悔生長安用清眞體　漚尹

滿春衫淚汙西雁到客枕離魂輕度城南舊韋杜料天涯一樣看花如霧秦箏漫譜怕酒邊塵涴玉柱問麻鞵萬里爭拜杜鵑誰識臣甫月色今宵換盡解憶長安兩家兒女殘年倦旅菰蘆約渺何許上高樓莫望江南春好斜陽時候最苦縱青山無恙誰管斷雲去住

漚尹斜街補屋圖爲丁酉歲移居査浦故宅作也

庚子冬日出圖徵題時以長安烽火同下榻半塘

老人四印齋中承平舊事文字新歡愁極酒醒故
園荒落之感不獨玉田生也用夢窗體
忍盦
銀灣西畔路認蒼藤老屋翠交陰護宣南舊吟侶記百年壇坫豔稱查浦壺天小住儘畱人西山翠嫵訪佳鄰秀野依然忘卻輭紅深處　日暮驚塵咫尺醉裏愁邊漸催春去秋窗聽雨漫回首故園樹料苔荒蘿暗西風門掩夢斷琴尊幾許待歸來補種梅花玉牋共譜

東風弟一枝

十二月十六日立光緒二十七年辛丑春

鶩翁

舊月仍圓新旛乍颺陽和今日回又夢華倦憶辛盤賸寒尚欺客袖商量風信莫只到尋常梅梢要凍雲著意吹開盡展碧山眉皺　牽別恨兩京懷舊應送喜萬方恐後翠尊自酹東皇雁程幾時北首含香簪勝問瘦損春人知否話一年似夢光陰暗觸酒懷僝僽

漚尹

綵樹香生蠟鐙苣淺年年春換時候釅寒猶殢簾衣

黯愁未攸柏酒光陰如夢是戰鼓聲聲催後任翠䏼緌筆依然嬾對雪窗呵手　情緒亂夜闌香斗消息斷歲寒宮袖舊家生𦶜空吟兩京凍梅暗瘦東風辛苦問喚醒簪旛人否怕幾番花信催來翦斷灞橋煙柳

忍盦

砌雪消痕旛風弄影悤悤催過三九凍雲遠岫猶凝暗香野梅乍逗蝶慵蜂悄早一綫陽和先透算隔年容易催歸忍見倚簾人瘦　閑覓句翠盤侑酒慵翦緌瑣窗呵手冷吟獨抱冬心夢華又驚歲首商量花

事怕陌上薄寒依舊待瞑風次弟吹開休把豔陽輕負

琴舫

野燒猶驚城寒如殢春歸知在何處最憐絲鬢簪旛忍聽臘聲催鼓番風暗數算只有東皇爲主要玉纖催轉年華珍重翠盤紅縷　晴乍放柳絲恨吐泥漸瞑莫心愁去怕遲上苑芳盟爲傳隔年新語何郎詞筆訴不盡雪霜淒楚莫漫笑穠李夭桃又惹蝶蜂狂舞

金明池

東華塵土惟四時芳事差可與娛三百年來名流觴詠屢矣今年夏秋以還高臺曲池禾黍彌望遑問一花一葉哉春風當來舊游如夢閉門蟄處益復無聊偶憶屐齒常經芳事最盛之處各賦小詞以寄遐想盍步兵之途既窮曲江之吟滋戚已嗟乎慈仁之松廉墅之柿足以堅歲寒而資美蔭者既邈不可得即秋碧春紅媚茲幽獨亦復漂搖如此風月有情當亦替人於邑也賦扇子湖荷花弟一

蘉翁

環佩臨風樓臺寫影咫尺璇源路近秋色共湖光無

際疏香背冷雨暗引記年年翠陌籠鞭是幾度神往菰蘆深隱算冷眼雲山忘機漚鷺省識吟邊幽恨忽漫飛塵驚掠鬢怕水佩風襟舊情難問芳時換哀蟬曲破花夢短野鷖睡穩嫋空煙複道垂楊望太乙仙舟歸期難準賸泣露敧盤飄零鉛淚悄共銅仙偷搵

漚尹

裂帛通波褰裳喚侶望極瑤池路近塵不到冰簌半展露微泫粉靨未褪是何年錦幄牽絲占畫裏三十六陂芳訊看倚蓋亭亭鷖鶩無數未許淩波人問

拗折西風絲寸寸漫覓醉仙漿碧筩深引霓裳舞今宵疊徧盤淚影明朝吹盡儘相思太液秋容但墜粉空房石鱗沈恨怕玉井峰頭月昏煙淡翠被餘香愁損

忍盦

玉井移根銀塘寫照十里香風暗引游屐斷幽芳自賞輭紅外炎歊洗盡望煙波不隔蓬瀛幾曾許冷鷺閑漚偷近甚密葉聲多曲房心苦暗結絲絲沈恨

咫尺仙源何處認怕落日西風暮寒成陣銀蟾瘦明璫卸卻霓裳換舞衣羞問傍瑤臺漫惜娉婷共水色

山光一般愁損悵承露盤空淩波人去冷落液池秋信

瞻園

愁裏朱顏啼餘粉靨照徹清漪寶鏡淩波路青鸞去渺空煙雨秋橫孤艇甚吳娘釧玉聲消記傍岸攜酒菱歌曾聽怕蔫老牽絲房空擘淚負了追涼清景　往日樓臺誰爲整只一月湖山名花權領芳筵散碧筒空折香車斷紅塵都靜戛何人比得鴛鴦任露密雲稀酣眠無醒算小暑纔過餘香須護恐是西風還勁

麐梭

波暝融霞隄彎偃月唾碧裁紅滿鏡西山好朝雲暮雨窺妝孏窈窕弄影賭新腔競學吳歌未肯讓西子西湖風景傍壺嶠涼雲摩訶香露不辨仙源凡境　小刼昆明灰未冷過一度秋風一番消凝香塵暗青絲調苦微波遠紅霜愁損甚行人豔說乘船怕太華宵寒還應吹醒待頭白鴛鴦歸來時候指與芳洲教認

大聖樂

法源寺牡丹弟二　鶩翁

國色朝酣佛香風定雨花深院倘記得簾卷輕陰困倚畫闌人隔碧桃初見恁識綵旛天一握乍回首華鬘春共遣消凝久憶亭北舊情清平愁按　東風等閑又轉怕蝴蝶飛歸魂欲斷算舊香彈指樓臺都付空花禪觀偎折露華瑤堦側只消受春人雙淚眼留題在莫輕拂碧紗籠看

漚尹

酣酒妝穠摸碑廊靜梵天春晚記舊游側帽闌邊自翦露痕不負看花雙眼瞑玉倚雲嬌無力著人處天香吹袖滿忘歸去對油幕半開日斜經院　鬟花正

愁夢短柰一例華鬘催刼換傍石幢涼雨殘僧還說沈香新怨淚溼洛陽東風譜怕銜盡蔫紅成鹿苑傾城恨也惆悵避風臺淺

忍盦

花雨霏香曇雲罶影梵鐘催晚記酒酣初試新妝閣瞑弄晴忙煞隔簾鬬燕九十日春還餘幾柰沈醉東風都不管行吟處對蕭寺日斜芳盟猶戀　殘碑漫尋廢院悵開寶繁華如霧散是幾番開謝光陰彈指樓臺驚換往事問花花無語也腸斷華鬘春夢短飄零恨耍休問洛陽吹徧

贍圃

紅玉生香紺珠迷曉灩陽初綻算幾番風雨經過燕語未闌消得蜀絃金錢任說有情終傾國況殘醉難扶春夏嬾羞回首聽霽杵斷鐘華年輕換荒碑尙縈翠蘚弔千古征魂空淚滿叉彗旗光動鸎愁蝶恨花宮誰管浩刧待尋胡僧話甚羅薦無人香自暵應難解漾沈恨春風無限

麐椶

香國紅禪梵天珠孕露濃煙泫最可憐妃子新妝邨酒未蘇爭倚入時勻染記蹋錦塵翻新調正熏

醉曇雲芳氣暝拈來笑似朱帔翠瓔莊嚴初展
燕支舊人畫卷悵書寄朝雲天樣遠自漢宮春盡
銜花鹿去金牌誰管是色是空春人夢費枝上迎
陵千萬轉東風醒耍休問朱門璚苑

帝臺春

豐臺芍藥弟三　鬵翁

郇場十八尋芳趁蜂蝶誰種玉田日暝生煙紅綃初
結記約鈿車拾翠處麴塵颺洞天春別㝡畱人薾粟
梢頭香融時節　歌乍闋芳事歇膩皎潔玉盤月耍
莫訴飄零解將離恨只有暮鵑能說風日從來媚桃

李香色自憐譜花葉證婪尾心情黯緜緜吟髮

漚尹

方罫曲折花農舊生活穀雨半晴繡檻爭移宮衣微脫插帽傳牋一笑處儘消遣謝郎吟篋甚而今廢綠平煙祇聞鶗鴂　塵影瞥迷眼纈淚點疊漬鵑血怕婪尾年芳近斜陽候不是等閑離別何況東風往來路都換鈿轅舊時轍賸一片璚田渺春人羅屧

忍盦

芳信一霎東風正吹徹著意探春十里香迷驕驄蹀躞記得豐宜門外路絢花事鳳城雲熱甚悤悤詠到

將離吟情消歇　愁萬疊誰共說醉眼纈花時節算閱盡繁華濺春人淚點點玉盤凝結仙館空尋舊歌舞香徑漫招倦蜂蝶怕婪尾春殘又啼鵑淒切

瞻圃

芳景一擲逡巡又寒食金帶暈消亂點猩紅不成春色憶得飛車停鞚處豔名滿太平京國甚而今繭栗梢頭蕭條吟筆　斜照匿香霧密醉態格尙如昔待坐倚璚筵怕尋思起到手酒杯嫌窄鵑鴂無聲恨都了蝴蝶有緣夢猶覓叓持贈伊誰問離人天北

磨棱

婪尾惜別風光戀啼鴂方郅繡塍每到斜陽春雲

香熱怯日羞煙越樣媚似人在苧蘿時節倩東風

解脫宮衣吹開愁纈　花上血裙衩摺鬢上雪帽

檐折待贈與文無強招來也早換棻畦蜂蝶今日

將離尚如此明日悶懷向誰說算除是揚州賸些

些風月

八犯玉交枝

寄園朱藤弟四　鶩翁

門掩青槐架攲朱珞曲徑倩痕低亞帷有玲瓏檐外

月慣見琴尊瀟灑尋芳攜酒最憐才魄消沈花前吟事懸誰話長記朶香搴蔓年年初夏　惆悵舊日樓臺翠陰覆處黯然愁對鴛瓦問誰信東風嫋娜也分占滄洲殘畫儘輸與棃雲影謝腥塵不涴紅闌罅只夢憶繁枝天池甚日歸來也余舊籍山陰徐文長天池書屋青藤聞至今尚存

漚尹

塵糝荒闌凍蘇香纈又簇淡陰雙架簾卷交枝紅在眼舊恨滄桑飄惹年年春晚爲花料理琴尊題襟還喜依鄉社葉底翠禽聽慣茶香情話　誰信步屧東

風絲雲黯損蝶蜂重到應詑俊游占誰家芳事浣不盡鑾薰凝榭料花外白題舞罷牽蘿人泣孀娥夜況酒醒秦郎玉牋淚溼愁難寫

忍盦

槐市春深輭紅不到一簇暗香盈架苔壁玲瓏殘句在豔說題璚佳話流連芳事幾囘輕換陰晴憑闌共惜斜陽下重結洞天幽隱絲雲如畫　休問簪組風流百年此地好花曾幾開謝料閱盡鶯吟燕笑也憔悴秋風庭榭驀當面龍蛇影化淋浪翠墨從誰寫牘夢冷棃雲月華自照深深夜

麐棪

風嫋珊柯月籠珠絡坐隱綠天幽雅名士須兼清
豔福正值承平休暇朝衫初卸翠影低壓烏巾涼
雲香雪彌塵鎛歌到轉喉聲斷庭花齊謝　揭來
寄語寄公百年寄也滄桑祇似圖畫記前度新詩
題罷道今夜龍蛇應化怎牆角佉盧徧寫一　春慵
說傷心話待燕子歸來教他補屋斜陽下

夢橫塘

野鳧潭蘆花弟五　　鶩翁

短碕飛雪別浦流雲暮天涼意初覺野色遙連晻隔

斷紅香城郭刻意尋秋不堪愁鬢等閑迷著憶扁舟
舊隱月落潮生游情倦風波惡　江亭記得春歸正
迷離萬綠雨潤闌角短笛聲催愁戛說蹋青前約最
憐是驚漚斷雁聚影澄潭怨飄泊付與霜楓冷紅獨
舞媚西風簾幕

漚尹

釣絲秋雪履迹斜曛野塘涼意初著影沒鳧翁換蒲
稗春波緜邈低艇誰移短簑孤坐鬢霜驚覺又迷茫
萬點做弄新愁還飄到閑池閣　微波自不通潮甚
驚塵亂颭冷絮迴薄卷葉西風輕和入數聲哀角戛

休問江湖雁影眼底秋心仗誰託夢裏滄洲一般清淺也紅桑花落

忍盦

浪浮雲淨霽卷秋空幾番涼信蕭索萬綠平川映夕照西山一角無限煙波鷺鷺漚冷儘堪棲託甚一番做弄葉葉寒潮淺波路空迷卻年年貰酒尋芳記菰蒲小隱吟嘯依約莫倚江亭新恨滿野煙城郭怕雲外江湖望斷淺水扁舟夢無著旅雁聲聲最愁聽處共邊笳吹落

瞻園

淡痕吹雨瘦影搖秋暮天無際空闊水國霜多渾不管愁心重疊孤雁關山冷漚亭館晚涼時節正寒衣未絮細管頻吹人何處空淒絕　清詞繞澤微吟曾褰裳步影眼亂成纈野闊疏鐙閑伴我滿巾華髮笑漂蕩而今略似一舸江南泛秋月倦背東風栁花何事舞春雲偏熱

麐棱

蕩波成海做雨將秋輭紅遮斷城郭萬綠溟濛映夕照微黃樓閣涼浸魚天暗分漚界了無人覺看移車就影乍定還搖疑天際歸舟泊　年年恨雪

愁風偏白頭未老早賦衰落小刧華鬘怎也到雨
蓑煙箬破今夜城南好夢月管吹寒弄清角悵望
菰蒲箇中人在只西風尋著

夜飛鵲

花之寺海棠第六　　蘉翁

芳菲舊盟在擕酒年年愁憶選勝花天疏鐘邀客鳳
城畔曇雲如錦初圓娉婷倚闌處正不禁嬌困蝶鬧
蜂喧詩人妙句僾蠻牋十樣難傳　休問藥珠軼事
珍重記移根春滿平泉回首承平觴詠東風無賴吹
不成妍是空是色懺繁華欲禮枯禪歎輕陰誰護惟

應睡去樺燭休然

漚尹

東風背人去邀步嬋媛芳靨淺照禪天花宮擕試小鑾榼潮紅輕鬥酡顏傾城鎮無語似凝酥妝薄擁髻啼慳緣章待乞背斜陽還護珠旛　何事萬姝嬌困無路問行雲十二巫鬟說甚平泉如夢人天一例刼換華鬘錦城舊恨付碧雞坊底詩顛賸深宵孤照銅盤燭淚淒伴金仙

忍盦

嬌姿豔凝露碧玉華年金屋恰稱嬋娟新妝長被燕

鬪妒輕陰誰護雕闌梅花舊吟伴記三生曾締月下因緣華鬘幻影向瑤臺休話神仙　知否卷簾人去春睡乍醒時愁聽啼鵑憔悴東風顏色何曾著意開到春殘斷腸淚雨一絲絲灑徧風前傍禪關淒冷從今解脫莫住情天

麐棱

華清睡醒後重證紅禪金屋小貯嬋娟春陰著意展嬌態無香還動人憐花宮舊題字記衫兜痕豔扇底歌妍風流似燕定詩巢結構鬘天　何意墜樓雲委回想種花人空念平泉除是臞仙猶在芳

心憔悴誰護輕寒杜陵夢覺便能言綺語須捐況鑪薰縈惹愁煙泣雨燭淚烘乾

鷓鴣天

庚子除夕　　　鶩翁

漏盡春城寂不譁迎年爆竹是誰家尋詩淚濺宜春字倚壁鐙昏隔歲花　淹日月困風沙屠蘇無味酒慵賒共君今夜不須睡坐看遥天北斗斜

好友同居亦當家瑞安黃卣薌先生庚申京邸除夕句也庚子歲除與忍盦同居四印齋鶩翁詞成索和遂拈作歇拍蓋樂句事情適相合也

滬尹

淚盡東京說夢華小牋殘墨送生涯沾脣香乞迎年酒到眼紅憎餽歲花　無一語但長嗟短檠挑盡又啼鴉莫嫌歲事郎當甚好友同居亦當家

疊前韻

似水清尊照鬢華尊前人易老天涯酒腸芒角森如戟吟筆冰霜慘不花　拋枕坐卷書嗟莫嫌啼煞後棲鴉燭花紅換人間世山色青回夢裏家

除夕　忍盦

老去逢春事事差飄零風絮況天涯慵將綵筆題新

句猶數殘更戀歲華　人語悄燭光斜釃寒城闃靜
嗚笳不知九陌車塵裏簫鼓春聲尙幾家

麐棱

千里雲山一半遮羣仙今夜未還家離離星斗腰
閒佩瑟瑟天風海上槎　香破豆燭添花可憐春
色殢天涯夢中錯認西樓月笑倚榑桑看日華

似園

守歲今年心更差翻求歲月去如蛇解嘲詩滿鍾
馗畫煮茗聲疑越石笳　拚竹葉忘椒花笑人吉
語學鬫闍兒童頗會衰翁意故報昏鴉是曉鴉

六州歌頭

辛丑元日連句

不知今日春色幾分囘鷔梅柹意還憔悴惜芳菲渺天涯漚囘首神州路千萬樹煙塵迺靈旗舞神絃語總堪悲忍贏得西風老眼驚驕屢淚不勝揮鷔甚椒紅柏綠不放隔鄰杯吟鬢絲絲苦低垂漚況年華負心期誤蘭成賦杜陵詩忍煙雨外南山翠影迷離記年時蓂莢堯堦坼正日暝上陽枝鷔仙仗底朝正使萬方馳不道長安日遠空西望雉尾雲移漚黯尊前景物拚得醉如泥鸎燕休疑忍

慶春澤

和霞生庚子除夕　鶩翁

花勝新情紅桑幻影年涯笳鼓聲催寸寸彎強愁邊歲月支離老懷不耐傷春苦倚綵牋吉語親題願東風休遣輕塵還涴芳枝　屠蘇莫厭隨人後憶都盧情味絕倒年時幾杵疏鐘等閑芳訊驚回無聊自酹神茶語要隔籬喚盡餘杯盼歸雲好趁鵝黃千縷西池

漚尹

紅冷籸盆墨枯綵帖年涯消盡誰催一寸春心等閑

都著寒灰今宵纔信東風嬾負冷吟閑醉情懷問關山笛裏梅花幾度吹開　聲聲多謝鄰家鼓想朦朧臺榭殘夢驚回馬影雞聲天邊消息還猜虛堂冰雪淩兢甚怕過時春不歸來最無情照取吳霜婪尾深杯

霞生

司命醺醺鍾馗隱隱天街似說春回寂靜千門誰家鏡卜歸來桃符也待官符速甚歲華煞自徘徊悶拋眼煙剔深更白眼銜杯　鐘聲慣送孤吟客想衣冠劒佩何處蓬萊廿載長安詩成半付塵埃

如今花信都無準一番風幾費疑猜趁良宵著意
　思量賣卻癡獃

玲瓏四犯

　依白石雙調自題春明花事詞後　鶩翁

有恨燕鶯關情煙月游塵隔斷流水夢華誰信得數
到尊前事闌干倦吟自倚黯青衫淚痕清漬說與消
魂可憐都在紅紫萬千裏　樓臺望迷蜃氣醉東皇
問取芳訊回未好風披拂處莫忘懷新意新蒲細柳
江頭恨杜陵老不禁憔悴游倦矣餘情付愁羅恨綺

漚尹

屐齒舊香塵紗殘墨游蓬芳事如水故家煙月在耐得闌干倚提攜自憐影底有東風伴人垂淚夢裏嬋娟刼餘鬬蝶知我擘牋意　天涯望春歸矣問尋香杜曲新恨誰理眼看詩酒瘦應接鵑聲裏莫教秉燭西園夜但攀摘尋常桃李須記起春根在千紅舊地

忍盦

似水客愁如塵芳事韶華都付彈指眼中風物換骯髒悲身世孤吟翠尊倦倚對東風幾番醒醉燕笑鬬啼獻愁供恨回首夢華裏　彈不盡春人淚有三花兩蘂相伴憔悴舊游何處認寂寞千紅地簾櫳也惜

春光短悵一角斜陽誰繫花底意休重向啼鵑說起

石州慢

用東山韻　　　　鶩翁

審聽歸鴻獨倚畫闌愁滿寥闊梅梢暝意初回短角幾聲催折玉龍吹處記倩說與東風餘寒珍重封枝雪惆悵酒邊情問繁聲誰節　清發謝郎才思禁慣飄零舊吟都別畫裏溪山入夢還應淒絕萋萋芳草料也解怨王孫迷離如共愁腸結算省識相思只窺簾新月

漚尹

一枕春酲相伴畫堂羈緒天闊江南信息沈沈水驛芳梅誰折荒闌凭久未信笛裏關山玉龍猶噤黃昏雪空外暮笳聲喚飄鐙時節　歌發鬧紅香榭歸隺春城頓忘離別依約斜陽只有鵑聲淒絕不知臨鏡畫出幾許宮眉新妝消與愁千結擁髻已無言又窺人黃月

忍盦

薄暝輕煙樓外萬重雲水空闊春來寸寸愁絲怕共闌干憑折歸期漫誤記取百五韶光垂楊撲面花如雪離思已難禁況怱怱佳節　催發大隄芳草南浦

春波那同傷別待不思量眼底風光愁絕山遙水遠盼斷一紙音書何時雙綰同心結寂寞卷簾看有無情寒月

南禪

錦字慵挑星影欲殘魂夢懸闊長安春欲留人陌上金鞭空折游蹤忍記爭奈遠道傳聞青驄嬾蹋繁臺雪寒盡憶歸期過燒鐙佳節　花發去年枝舊偏是花前頓成輕別怕倚雕闌恨被斜煙遮絕燕巢泥落只賸數點遙山濃青正似愁眉結但近傍妝樓又涼生纖月

淒涼犯

用白石韻　　鶩翁

夕煙一抹風簾靜清吟不盡蕭索鈿車寶馬歡情轉首恨生清角傷春夢惡斷紅沁殘陽影薄甚悤悤珠旛綵勝障眼總塵漠　休念開元日尺五城南蹋歌聲樂麝塵濺處顫鸞龍寶釵零落海樣鬢花俊游事銅駝記著只疏梅月底弄影未負約

漸西邨人富春臥游圖爲仲默叔擕兄弟作用白石韻　　漚尹

清琴怨入西風後凝塵閣斷冰索大招賦否江空歲

晚數聲哀角蛟龍氣惡黯千里鄉心繭薄怪飄蕭溪山破壘一雁度空漠　腸斷桐君未偶世餐霞頓耍哀樂故山夢短迸驚絃廣陵搖落一葦延緣料睎髮吟魂戀著聽松聲七里淺瀨斷舊約

用白石韻　忍盦

月華永夕還當戶憑闌獨對蕭索倦鴉歸路千林寂寂數聲淒角西風苦惡漸吹冷雲屏影薄望關河沈沈萬里夜景似荒漠　誰念無聊處客裏簪花向來哀樂玉簫聽斷黯芳尊舞衣零落似水車聲輭紅裏依稀夢著問何時陌上料理拾翠約

花犯

用清眞韻　　　　　　勞翁

渭城西絲絲倦柝催人試愁味雪欺霜綴休耍說腰肢風外纖麗玳筵舊日清歌倚投壺天正喜向彷彿雲屏寒淺添香偎繡被　梨園至今散如煙風塵共弔影驚心彫悴腸暗斷凝碧上管絃凄墜東風颭落花似雪誰耍識龜年愁病裏算付與龍鍾雙袖潸痕清瀉水

漚尹

已經年花宮事冷東風換愁味夢痕淒綴渾未理幺

絃催賦多麗背鐙夜久簟屏倚玉蟲何太喜似悵惜天孫雲錦悤悤孤翠被　流鸎爲花徇多情東陸路解慰離人愁悴青鳥信行雲外並春飄墜安排定埽眉樣好妝幔卷西峰空翠裏莫放取飛瓊飛去金籌涼似水

忍盦

解多情佯羞淺笑何曾慣愁味玉璫低綴看楚楚風神人共花麗幾回玉樹風前倚眉梢微送喜記綺閣燭花紅處餘香空翠被　旗亭舊游恨悤悤閑情莫漫賦相看憔悴香徑悄娉婷影暗隨風墜斜陽外亂

鴉正舞愁望斷落花飛絮裏忍再聽曲中哀怨沈沈

銀箭水

南禪

問春愁眉頭心上懨懨甚滋味帳鈴空綴傷絕世風姿端正穠麗夜深繡倦熏籠倚偏驚鐙燄喜念遠道鐵衣寒重無心溫翠被　銀蟾影斜漏疏櫺淒涼只對照容光憔悴羞看著香籢底玉釵低墜闌干角斗橫井絡誰要遣相思來夢裏直待到漏殘鐙燼簾紋清似水

望梅

元夕用碧山韻　鶩翁

凍梅春寂倚清尊覘取燭花休坼記往時鐙月光中聽笑語千門暎回簾額凝白闌干暗換盡遥天風色問繁華在否總逐暗塵等閑輕擲　華胥夢迷化國賸春衫淚點風景空憶看怨娥深閉銀雲也愁對天街霧飛香息眼底三生寫恨到尋常簫笛話傳柑絳籠影事望窮雁驛

漚尹

翠屏香寂又銅壺促晚妒雲慵坼記夜蛾坊陌年年換幾度風光暗羅塵額盼極孀娥爲點逗六街春色

甚青鸞信渺滿地桂陰墜歡輕擲　滄洲半迷舊國正銅華寫照天上愁憶想淚鉛滴倦方諸也淒對金仙暫時將息小影山河莫唱入吹梅哀笛背殘鐙有人擁袖夢尋冷驛

忍盦

暮鴉聲寂看池冰點點玉痕初坼想素娥也厭淒涼正鏡掩妝殘嬾窺簾額望極關河尙鎖住千林風色料金錢暗卜絳蠟綺窗有人頻擲　煙塵暗迷故國賸天涯絮點魂夢相憶記鬧蛾影事依稀乍雲冷樓臺試鐙風息幾處笙歌算未抵山陽淒笛問玉梅數

椒破否信同遠驛

玉京秋

用草窗韻　　　鶩翁

吟袖闊懷人耿遙夜賦情空切客愁點檢紛如雲葉憔悴花閒鬢影甚東風不上簪雪幾傷別半生哀樂與誰同說　斷夢醒來猶怯卷疏簾山眉黛缺作計消愁惟應長醉玉尊休歇儘說春歸已不是前度尋芳時節自淒咽還憶梅邊舊月

漚尹

芳意闊歡場舊鬭燕舞繁歌切風懷幾許愁書花葉

一曲紅牙妙譜記當筵催撥迴雪倦情別隔年沈恨覆杯慵說不是清狂重怯寫琴心六幺漸缺斷夢樓臺中年絲竹不禁衰歇頭白龜年向解怨天寶淒涼時節笛聲咽誰傍宮牆暗月

忍盦

湘水闊年時送行處杜鵑聲切寒山夕照疏林黃葉飄泊天涯倦侶倚西風雙鬢如雪怨離別鏡盟釵約舊情休說欲寫蠻牋猶怯寄相思回文半缺淚雨經年愁絲成寸何時纔歇容易春回又瞥眼過了燒鐙時節短歌咽相伴無眠夜月

南禪

羅帶闊年來要消瘦惜春心切亂紅落盡驚看新葉門掩梨花幾樹訴東風休擁香雪傷離別綠窗鸚鵡替人先說　袖薄餘寒猶怯燭高燒銀屏影缺畫角聲聲吹殘前夢輕歌應歇淺草迷天歎客裏誰惜芳菲時節蜀絃咽鵑血空啼夜月

賀新郎

落梅分用竹山韻　鶩翁

幽意憑誰領認闌干潸痕涴袖斷紅猶靚不信江南春歸易喚取皋禽夢醒暗魂斷黃昏疏影羌管聲聲

催未已最愁人獨倚南樓聽撡落恨對流景　巡檐淡月流華井算姮娥多情解惜何郎清詠臺榭荒涼環佩遠付與寒煙弄暝問妝鏡愁鸞誰整訴盡東風飄零事只兩行低雁聲相應誰伴我夜深冷

漚尹

凍羽寒閴屋傍黃昏聲聲似訴麝塵驚撲飄粉樓臺相思夜消瘦仙姿蕚綠漸淚點般沈紅萩滿地珊瑚無人埽占霜天做弄傷春局空颭影對殘燭　苔鬟倘綴交枝玉問何時宮妝點額鏡盟重卜多少飛瓊經年恨寫入滄洲賸幅怕還被東風拘束冷落雪香

亭前路喚青禽與聽消魂曲腸斷盡委橫竹

忍盦

縞袂臨風薄洗啼痕零落殘妝蘂珠仙弱林下風姿
會借隱疏影幽香萬壑戛羞傍雕闌紅藥瞥眼韶華
渾一夢算塵緣未抵山中樂應也悔三生錯　餘香
點點依羅幕冷空庭寂寞因緣笑人孤雀一片關山
殘月恨漫倩東風訴卻最腸斷聲聲淒角留取冰霜
盟約在儘飄零不共春花落聊伴我宵深酌

月下笛

用玉田韻　鶩翁

入畫山殘籠紗句蝕寄愁無處寒汀敗葦約略年時
醉邊路傷春心事長楊識莫要作朝元夜雨望孤雲
天末雁歸人遠悄然獨語　離緒江闊暮亂蒲稗春
波浴鳧翹鷺危闌倦倚數峰相對清苦傻數玉笛催
愁醒問司馬青衫溼否又落日下層城目斷殘鴉遶
樹

漚尹

廢碣棲煙清鐘度暝舊攜筇處沙禽細響猶戀東風
去來路平蕪先作傷心碧悄不管連天恨雨儘闌干
拍徧孤雲一逝亂山無語　情緒斜陽暮莫輕惱天

涯舊漚新鷺經年斷旅再來情味淒苦花前不是傷春病問隔座流鶯會否待訴與庾郎心惟有衰楊一樹

忍盦

萬綠寒煙消魂正在好春歸處江山似舊囘首東風夢華路淒涼漫說題璚恨有幾點傷春淚雨賸當樓殘照繞隄衰柳帶愁不語　無緒孤雲暮算惟有多情伴人漚鷺看花倦眼冷吟風味偏苦流鶯解送歌聲綫問賺得迴腸斷否莫再認舊游蹤零落碧桃幾樹

喜遷鶯

用梅溪韻　　　　　　鶩翁

糟牀香滴數醉鄉日月亂塵驚隔灞岸移春隋隄織暝風翦柳絲猶直等閒鶯燕地輕換卻可憐春色暗腸斷是青衫白髮花底殘客　游迹漫重憶幾許舊情裂盡鄰家笛古道鵑聲荒園蝶夢撩亂酒邊紅碧此時桓子野那聽得清歌歷歷伴夜寂只玉娥送愁雲隙

漚尹

玉蟲寒滴照落梅簾戶淺春猶隔惻惻生衣迢迢促

漏人定水沈煙直做成情味苦長忍俊鏡斂顏色倦吟罷伴西樓墜月今夜愁客　歡迹忍淚憶幾許舊家點檢閑簫笛鳳屧輕塵鸞釵密緒吟入怨紅悽碧也思尋夢去花外路何曾經歷睡未著又一襟亂愁無際

尾犯

用夢窗韻　　鶩翁

坐憶碧山雲蒼翠萬重清夢飛越無賴東風又吹花如纈殘酒醒玉蟲暗泣怨歌長冰絃自折故人何處觸撥亂愁空外驚鴻咽　平生江海客羸得刻意傷

別細雨輕塵望秦城天闊感憔悴江花誰采佩陸離湘蘭恨結倦游心事肯負故溪花外月　漚尹

一笛落梅風虛館夜分春思飄越門掩沈香亂鐙花成纈歸燕晚文梁未埽斷鴻驚空絃盡折舊情無據老去杜郎惟有吟聲咽　秦箏闔繡屋應未解恨輕別亂草昏煙斷相思天闊數前事參差流水拍闌干清鉛暗結累人愁悴不是向來團扇月

陌上花

用蛻巖韻　鶩翁

闌干暮色無聊閑數趁巢鴉晚燕睍鸎瞋花暗舊家亭館清明過了春餘幾入夢吟情淒斷漫低徊影事漢宮傳蠟日斜煙散　黯江郎賦筆天涯淚點朝露停雲分半譜出相思那得玉笙簧暎雲羅到處關山窄戚燭愁聽歸雁算生涯賸有藥鑪經卷伴先生嬾

漚尹

籠鸎喚起屏山殘睡眼前春晚點絮年光消與謝娘池館惜芳幾管成何用花外東風悽斷占新陰未穩淚鉛無數夢雲飄散　苦相思瘦損宮腰幾許寬卻羅衣一半未必天涯省識忖寒量暎經年袖損調箏

手塵滿十三金雁勸愁絃漫傍綠窗殘日舊情眞嬾

祝英臺近

悼復園鶴　鶩翁

調籠鸎歌簽鳳幽夢渺雲水舞態襹褷丹頂自矜異不須華表重來人民城郭已淒斷鳴陰聲裏　話前事誰教壽到胎禽詠筆轉憔悴花石南園歷歷舊游記絕憐弄影梅邊臨風孤唳倘依約巢居高致

念奴嬌

二月十二日妙光閣下感賦　鶩翁

沈屯雲亂倚闌干愁對春山顏色芳事無情翻有信

依舊小桃紅坼鳥語關關簾痕灩灩容易繁華擲樓臺無恙到來多少塵隔　漫憶楚客當年朋𠡠花底秀語分寒碧吹淚庭槐親酹取此是滄桑曾歷落日琴聲遙天蜃氣新恨誰消得迴腸斷盡隔籬休送殘笛

漚尹

青松冷日甚推排不去無情春色強與風光流轉處依舊清明寒食戍鼓樓臺佛香塵土三兩初鬭識琴聲淒斷斷腸花外殘客　天末誰爲招魂薜蘿山鬼哀些空吟得儘有貞元朝士感白首同歸尤惜舊頓

天寒新亭日暮淚盡山陽笛滄桑何事出林煙磬初寂

春感　忍盦

風斜雨橫又客中過了幾番寒食庭院深深鶯語悄狼藉殘紅誰惜十里香塵二分流水斷送春消息一枝如畫爲誰還鬥標格　因念憔悴文園重來萬感風景都非昔一樣天涯淪落恨濁酒何曾澆得似夢光陰無端哀樂容易催頭白柳綿飛盡蹋青休問游屐

滿江紅

敬書岳忠武王贈吳將軍寶刀行墨蹟後

鶩翁

雷雨空堂驚展卷，龍蛇起陸瞻拜處，凜然如見劍光盈軸。灝氣縱橫山欲撼，交情鄭重杯相屬。想夜闌盾墨淋漓，歌還哭。　　喑嗚氣，悲涼曲。千萬徧，循環讀。歎王刀可假，何堪重辱。悵望千秋人不見，相尋一轍車還覆。問誰歟雪涕和哀歌，燕臺筑。

青玉案

忍盦生日賦以寄意　　漚尹

東風側帽鸞枝瘦，聽鸎語新年又。茸唾櫻脂夜吟就

鐙花紅處宦情歸興傳夢西窗久　江南風定紅簾晝千里嬋娟熨蛾岫春瞑刺桐花坼後宮袍痕在賦情多少還試長安酒

感皇恩

咏餅中梨花海棠　　蕘翁

斷送好春光闤邊慵訴淒絕春城醉吟處粲然雙笑似慰幽人遲暮怕教清淚濺愁題句　猶是舊時玉香紅嫵吹落吹開問誰主曲屏鐙影瘦盡春痕知否夢回腸欲斷疏簾雨

漚尹

吳苑玉雙身粉嬌朱嫮結伴淩波步相顧鏡中啼笑一樣淺春情愫翠禽聲又度屏山路　不信夢雲盈盈無主猶有春人妒眉嫵月偎煙倚那是尋常簾戸爲誰還惜取閑風雨

忍盦

綽約好風姿相逢羞覷一種柔情倩誰訴粉香脂暈那慣等閑風露背鐙憐一笑新妝嫵　長倚畫屏蝶蜂休妒浣盡東風舊塵土幾番醒醉總被嬋娟輕誤斷腸春去也相思苦

燭影搖紅

上巳同南禪登江亭復步至日望樓鶯塵不到春色可憐相與低徊者久之　蘅翁

雲碧天空入簾風日依然好青榆飛莢栁挼緜那是春光少夢裏年芳暗惱對西山孤吟側帽悠悠潭影畫角鶯塵芳蘭誰澡　莫倚闌干新愁亂發如春草飆輪風卷嘯鵂鶹煙暝青城道滿眼新亭落照暗遙天歸鴻信渺登臨殘恨說與閑漚還應愁了

漚尹

殘壘山容爲誰青到鉤簾處荻芽平岸乳禽喧依舊湔蘭路消送流光過羽冷禪天叢鈴碎杵芳游何在

清角無端吹愁如許　春盡天涯茂園心醉思歸賦好天良夜舊東風誰信啼鵑苦欲采蘋花寄與綠窗深心期又誤危闌休倚亂掩斜陽浮雲無數

聱翁漚尹以上已紀游屬和依調成此雖寓感不同而難祓清愁固無殊致也　　忍盦

如此娉婷爲誰憔悴東風裏惱人春色自年年愁見驚塵起寂寞闌干自倚判輸他紅香翠媚消魂只在一笑矜持天然娟麗　垂老相如萬千心事憑誰寄落花飛絮總天涯禁得迴腸碎相對無言有淚儘低徊心頭眼底般勤惜取豆蔻梢頭韶華如水

和忍盦　琴舫

楊柳愁人滿城一片飛花路又從客裏過清明消息都無據費盡朝朝暮暮怕輕塵游絲暗誤亂紅誰問衆綠纔生春歸何處　舊日東君幾番風信偏催去海棠嬌睡悄相留桃李殘妝妒慣引蜂狂蝶舞判綠章乞陰許護柰天不管淚溼燕支啼鵑聲苦

御街行

廄馬素馴客或借乘忽蹄齧不受羈勒我媿之矣賞之以詞俾知半塘之馬固非下駟也

鶩翁

青絲望斷橫門路憔悴眞憐汝百蕢一豆了生涯瘦影如山誰顧腥風卷地爲誰蹢躅倔強還如許　黄昏飛騎塵生處新恨從何訴春來芳草没銅駝眼冷驊騮高步休嫌伏櫪老夫夢醒待聽翻江雨

惜秋華

少犀寓齋海棠盛開對花醒坐賦呈主人

漚尹

繡幄春姿倚東風似惜傷高心緒零亂露痕淸宵醉温簾戸銀臺灔入仙霞照不穩傾城眉嫵消春是秦

箏亂咽新聲金縷花恨寄何許酹閒情尙怯尋常尊俎短夢殢流水逝錦淒香苦相思說與華清怕夜深睡魂誰主無語拍闌干自尋愁句

埽花游

海棠　　忍盦

倚風弄日甚一簇香紅占春偏早倩妝似笑傻無人解惜依然娟好似水簾櫳一枕雲屏夢覺客懷悄春色有情都共愁到　吟鬢看漸老算幾度消凝燕昬鸎曉玉尊共倒問天涯賺得傷春多少畫出傾城已被東風誤了亂紅埽忍重聽數聲啼鳥

倦尋芳

陳止齋和張端士夏日詩序云屈原賈誼陶淵明文辭皆喜道孟夏而悲樂不同雖所遭之時異要亦懷抱使然耳今年立夏後沈陰閣雨淒然如秋天時人事其悲樂似有適相應者拈此以記惜無由起止齋而質之　鶩翁

晚花颺蘂新漲添痕芳序輕換寂寞東園春事去來誰見點屐長愁苔徑滑穿林驚又禽聲變掩簾櫳試香心宛轉暗灰殘篆　看檻外沈陰如墨惻惻生衣寒意猶戀漫想薰風腸斷綠雲天遠午枕時敧歸夢

熟屏山閒倚吟情倦話相思付空梁調雛雙燕　漚尹

賸寒著夢空綠生煙鸎燕驚晚似客東風花外暮笳吹散落日鵑聲流水急連天芳草王孫怨黯河橋正垂楊恨結倚簾人遠　甚餖飣陰晴天氣一線山眉相對淒展凭遍迴闌未稱畫羅輕扇經亂池臺歌舞歇霑愁櫻筍時光賤鎮無聊又黃昏雨絲飄斷

忍盦

淡煙弄瞑疏雨催春人意初倦似水閑愁消得嫩寒輕瞑三徑苔封鸎語寂一池風起蛙聲亂睡情忺柰

香殘酒困畫簾慵卷　問幾日春韶過了山色雲容一例悽惋莫戛登樓門巷綠陰都換惜別眼隨芳草盡倚闌心怯斜陽晚隔江城又淒涼笛聲催斷

鶯梭

暝塵颺麴新漲拖藍春事將晚送客懷人翻做病中消遣量藥心隨梅子翠分茶情比楊花倦問東風可從容待我尾杯深勸　試臥想江南天氣燕笋纔過蠶豆新薦暢好年光不去爲誰留戀樹密歸愁羃路窄花殘秋卜蜂糧賤又黃昏漫禁持雨絲風片

長亭怨慢

和忍盦春盡書懷之作　　鶩翁

耍休憶綠陰前度門巷愔愔亂愁如據燕子飛來舊巢塵黦定淒楚一襟幽恨吹不斷閑風雨忍淚對流紅看送到春潮何處　無語望停雲藹藹尙戀夕陽高樹江湖夢影暗愁逐春城風絮訴不盡似水心情向趨鳩聲中分付漫回首西山腸斷青青眉嫵

漚尹

再休問愁邊漚鷺月冷沙昏夢歸何處故苑滄波爲誰綠到舊游路石鱗風起嗚咽作前秋語流水不參

差莫涴了一分塵土　前度有天風瑟瑟日夜步虛來去新蒲細柹問誰信好春無主恨雙燕不把斜陽細說與碧窗煙霧只翳鏡飛紅遮斷淩波新步

忍盦

看零亂天涯飛絮遠樹蒼煙黯然無語落日鵑聲幾分春在斷腸處傷春禁慣哀樂事憑誰訴倚醉試單衣尙惻惻輕寒如許　客路歎侵尋衰鬢染盡夢華塵土歡游漸少忍重問舊時歌舞倩燕子說與飄零耍休逐東風歸去怕夢冷西園狼藉殘紅無主

笏卿

最憐是好春空度一霎飛紅豔陽何許惻惻單衣倚闌心事只酸楚綠陰如夢還又聽瀟瀟雨檻外幾斜陽認歷歷新愁來處　鸎語正江南草長箇箇嬌吟爭樹青梅老矣也應念東園風絮但怪得爛錦年華容易把流潮分付怕恁日相逢無復當時眉嫵

梁苑集

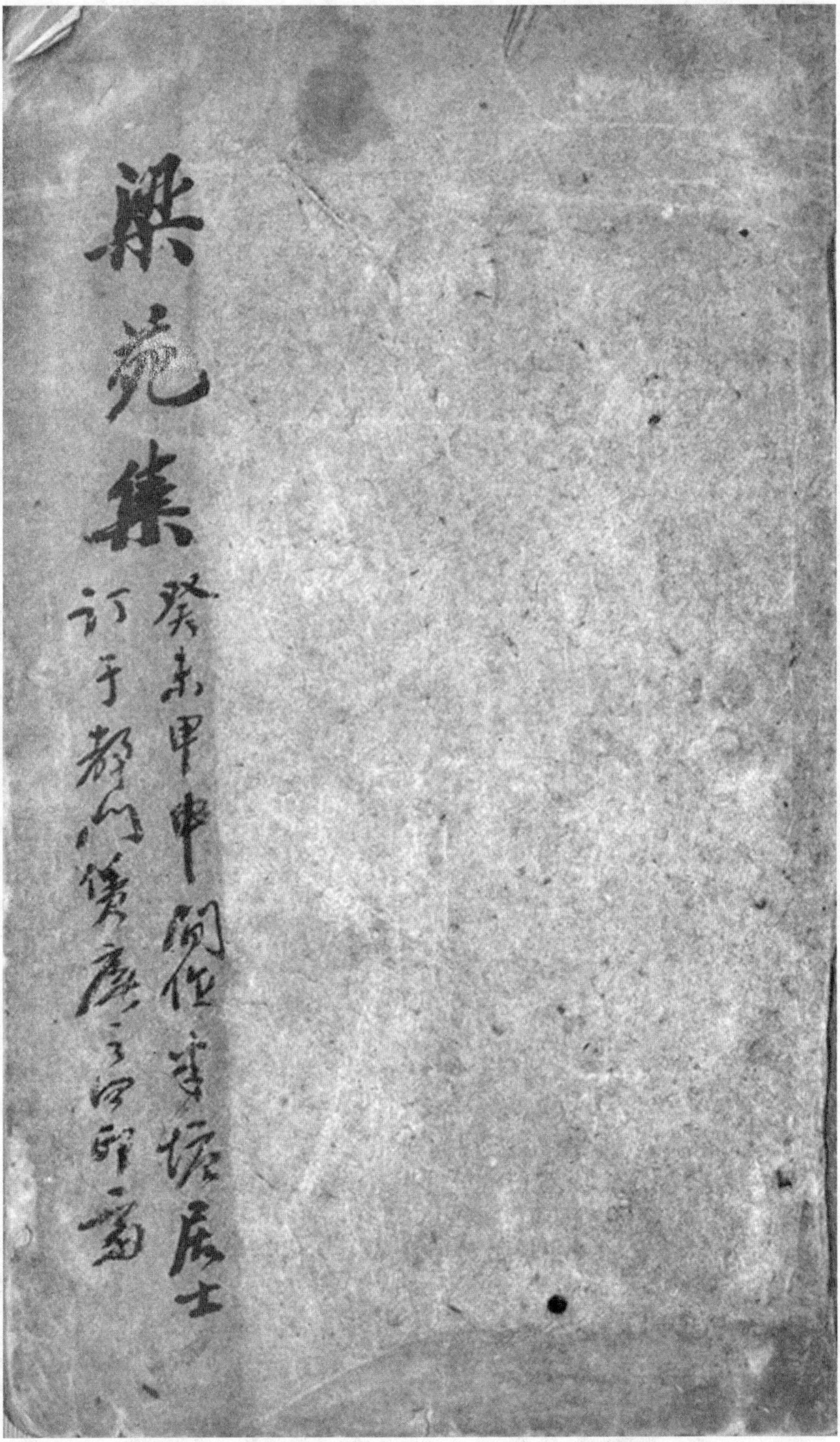
梁苑集

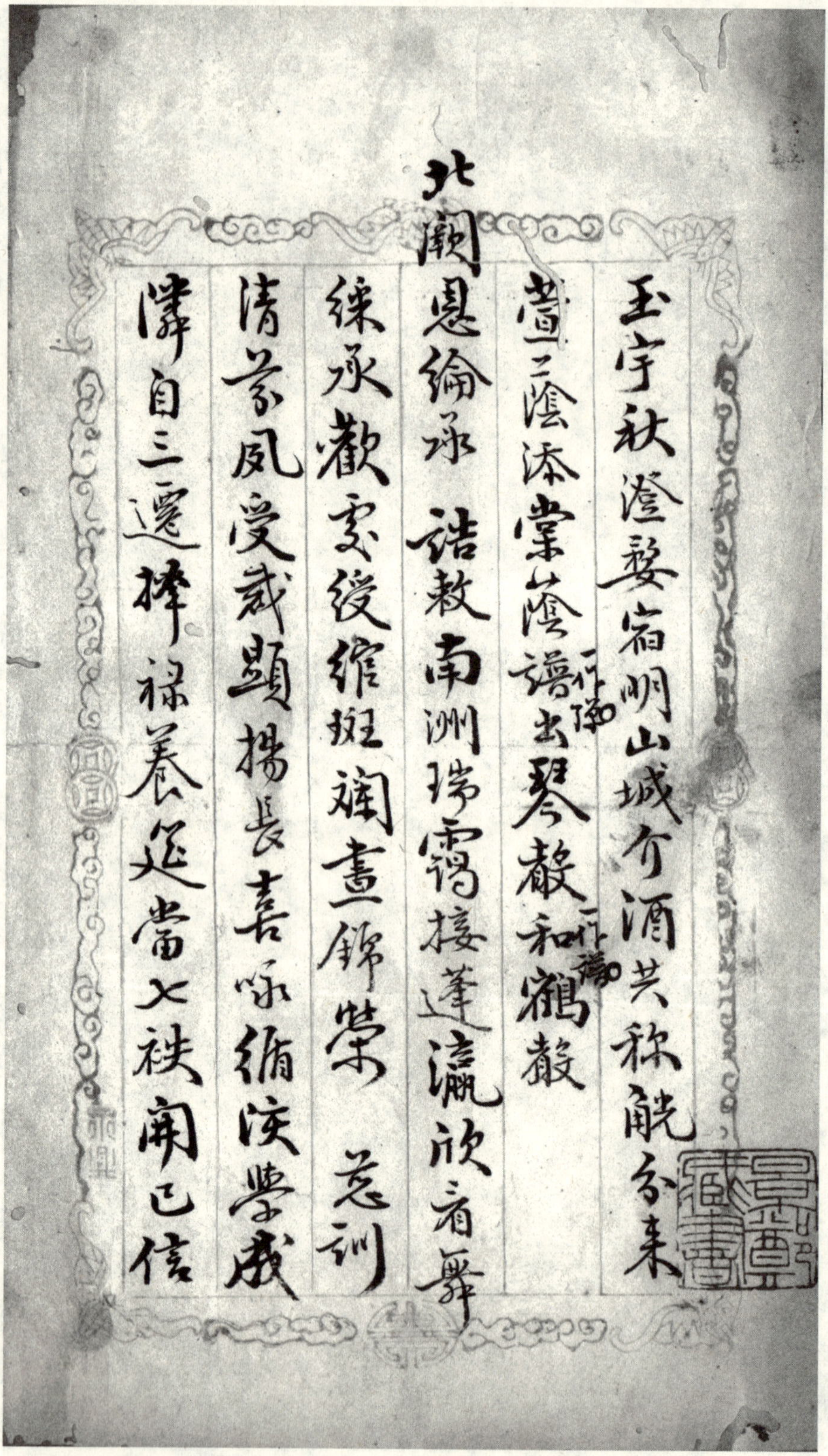
玉宇秋澄爽宿明山城介酒共稱觥分来
疊疊陰添棠蔭譜出琴聲和鶴聲
北闕恩綸承　誥敕南洲瑞靄接蓬瀛欣看舞
綵承歡雲綬縉斑斕畫錦榮　慈訓
清芬夙受箴題揚長喜咏循陔學戲
降自三遷捧祿養延當七秩開已信

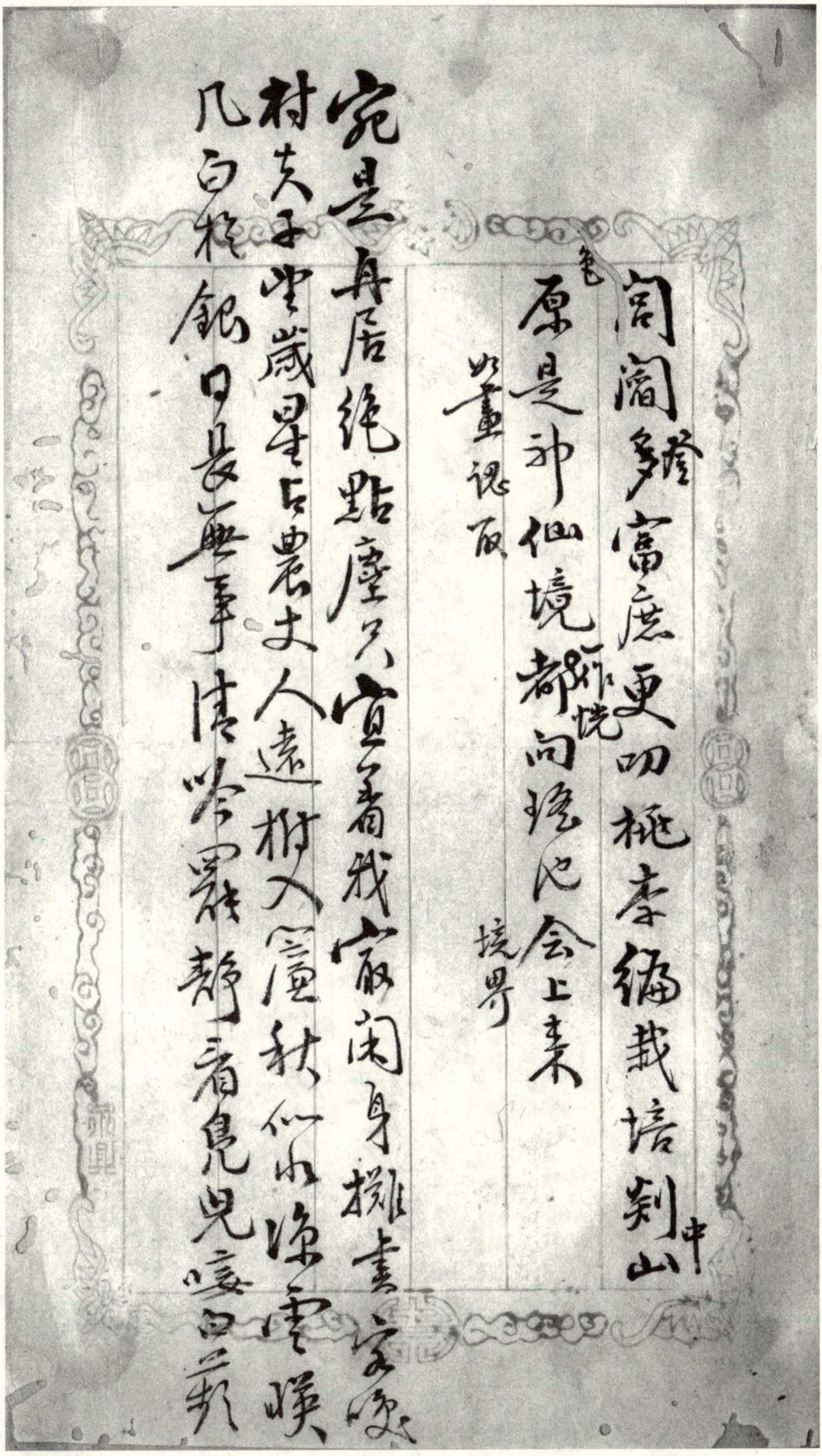

閬閣多燈富麗更叨桃李編栽培剡山中
龜原是神仙境都一作恍向境內会上來
以畫記取境界
完是舟居絕點塵只宜看我家閑身擬書字度
村夫子坐歲星與農丈人遠村入屋秋仰水涼雲暖
几白相飽日長無事清吟罷靜看兒兒嬉白二

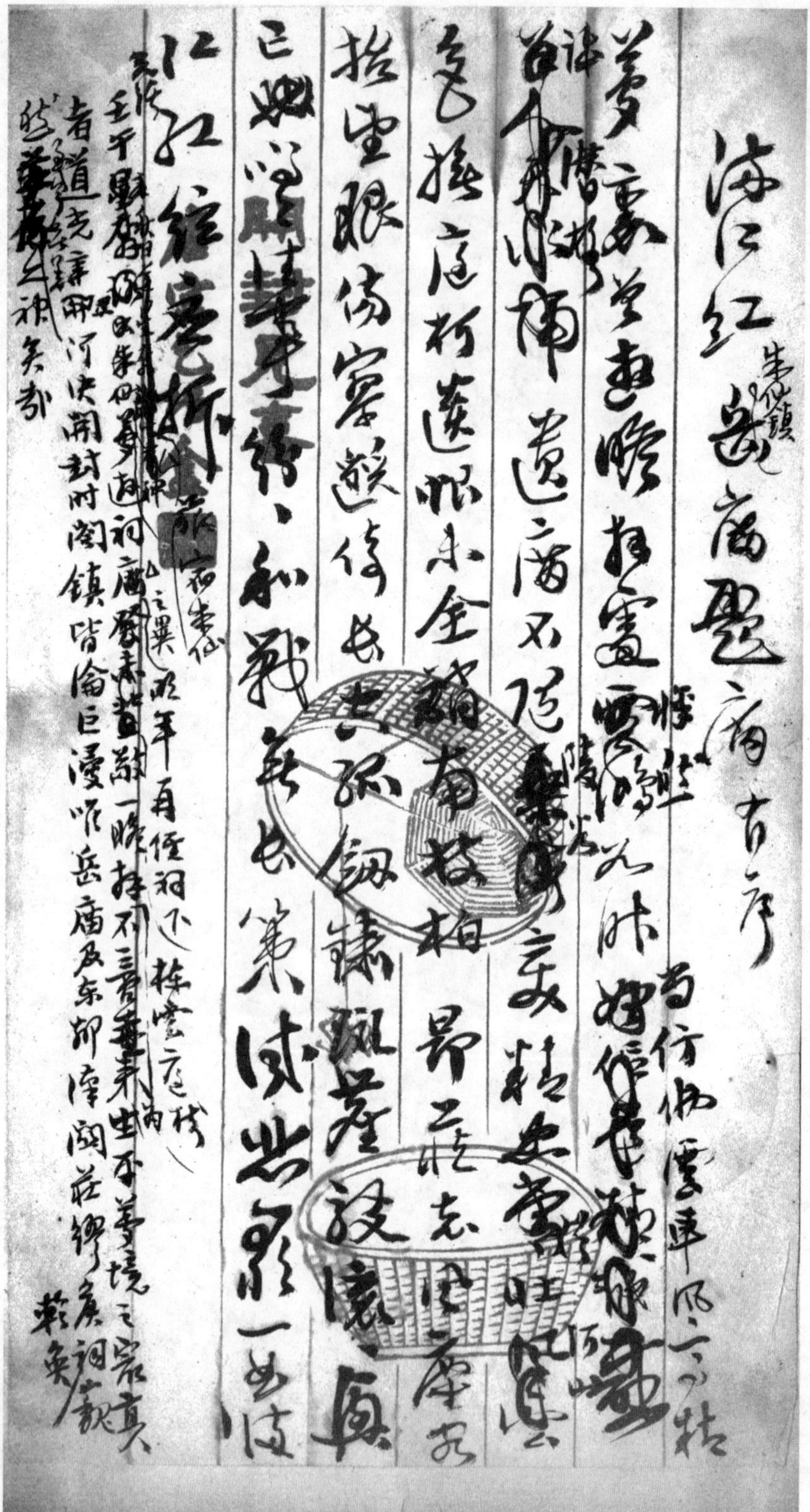

滿江紅　朱仙鎮岳鄂王廟　有序

三株媚霜迴墀東廣古[署齋木業]
浮屠空好晚醒金鈴搖風似倚凉
荒想南村已送麥攤[瓏](月低逕霧鐘梨)
廢市新輕擔事佳追聲
佇徘徊暮雲真箇成名詩客行
寫去無名禪榜花辭鞭刻時都
匿溪蒼巷悵喚黃河天上賴有忽憶蕪菁
倚、美晚

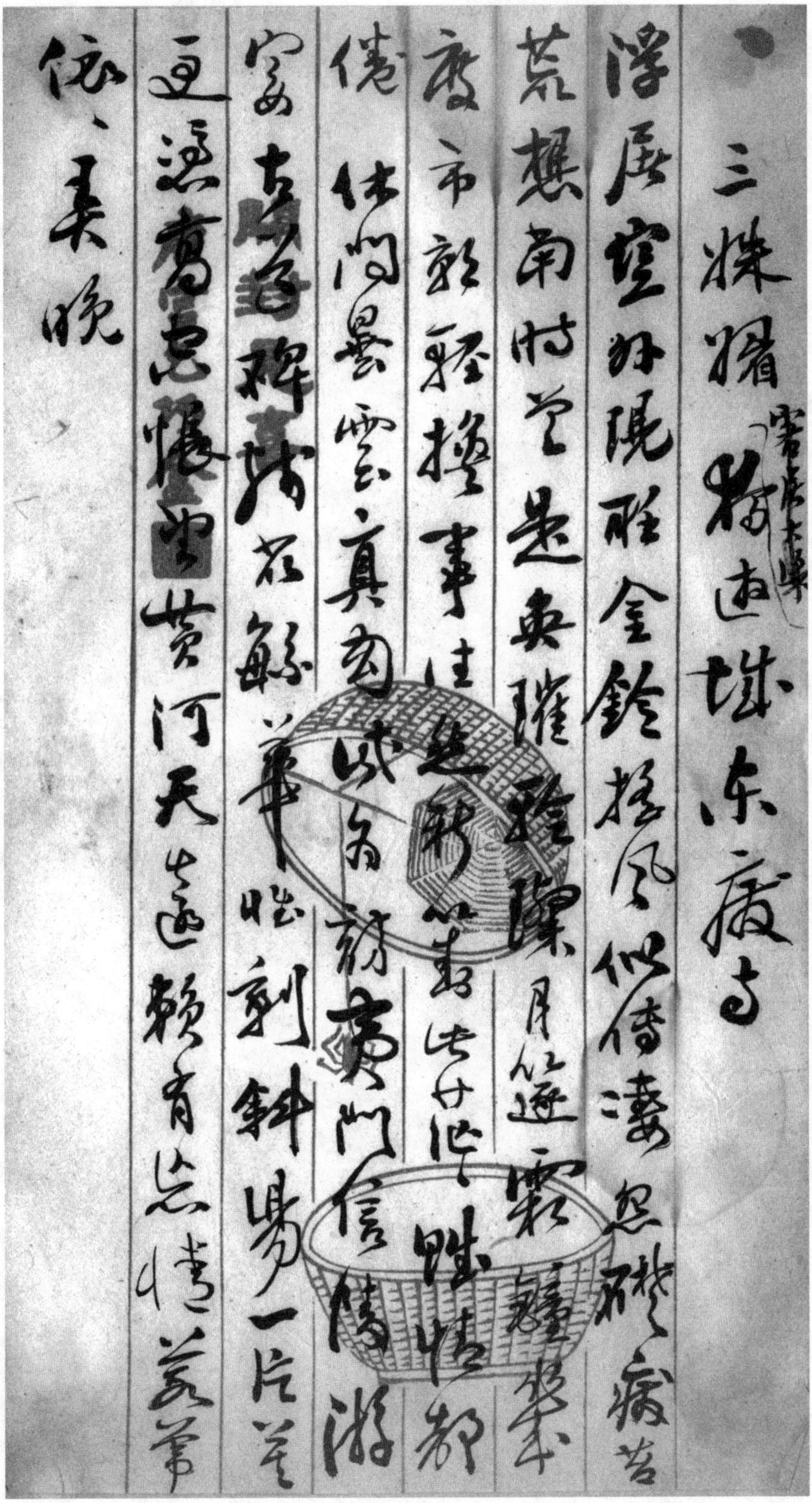

浣溪沙

泞水澌澌花缀疏名鎔聊山言古埭幽闃庭萧寂不胜秋已是闗河此去难可怜风雨更催归鬓丝

荇荇稀疏

搅莫孤烟尔自文吴霜滢向鬓华深浅叹蘭傷已

多时阅历颇云经无情桓栖皇拊兰自绿此此情

除是在烛花金□

尊前寻山咋未真年时檐语暮负却临风作舊俊

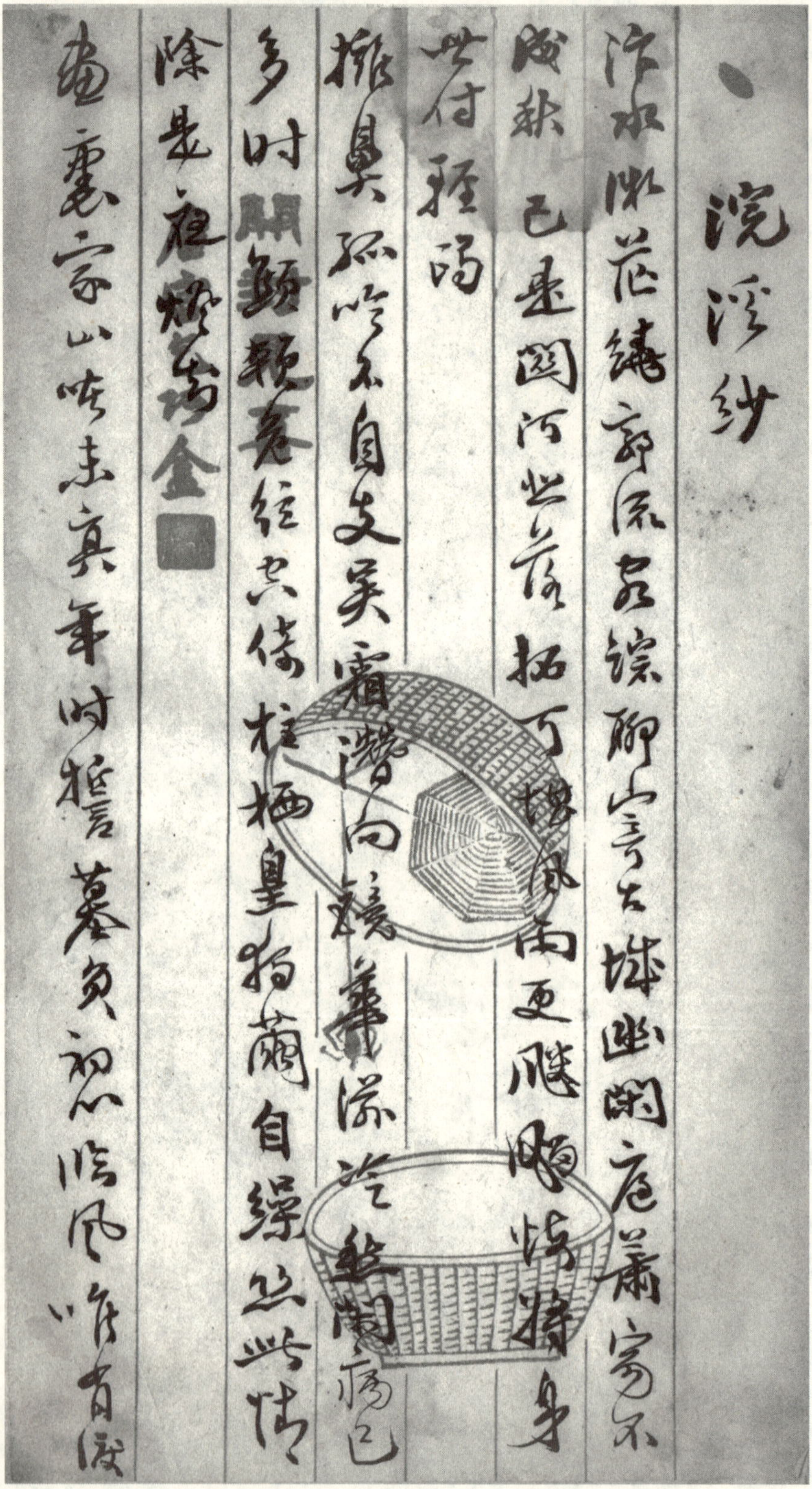

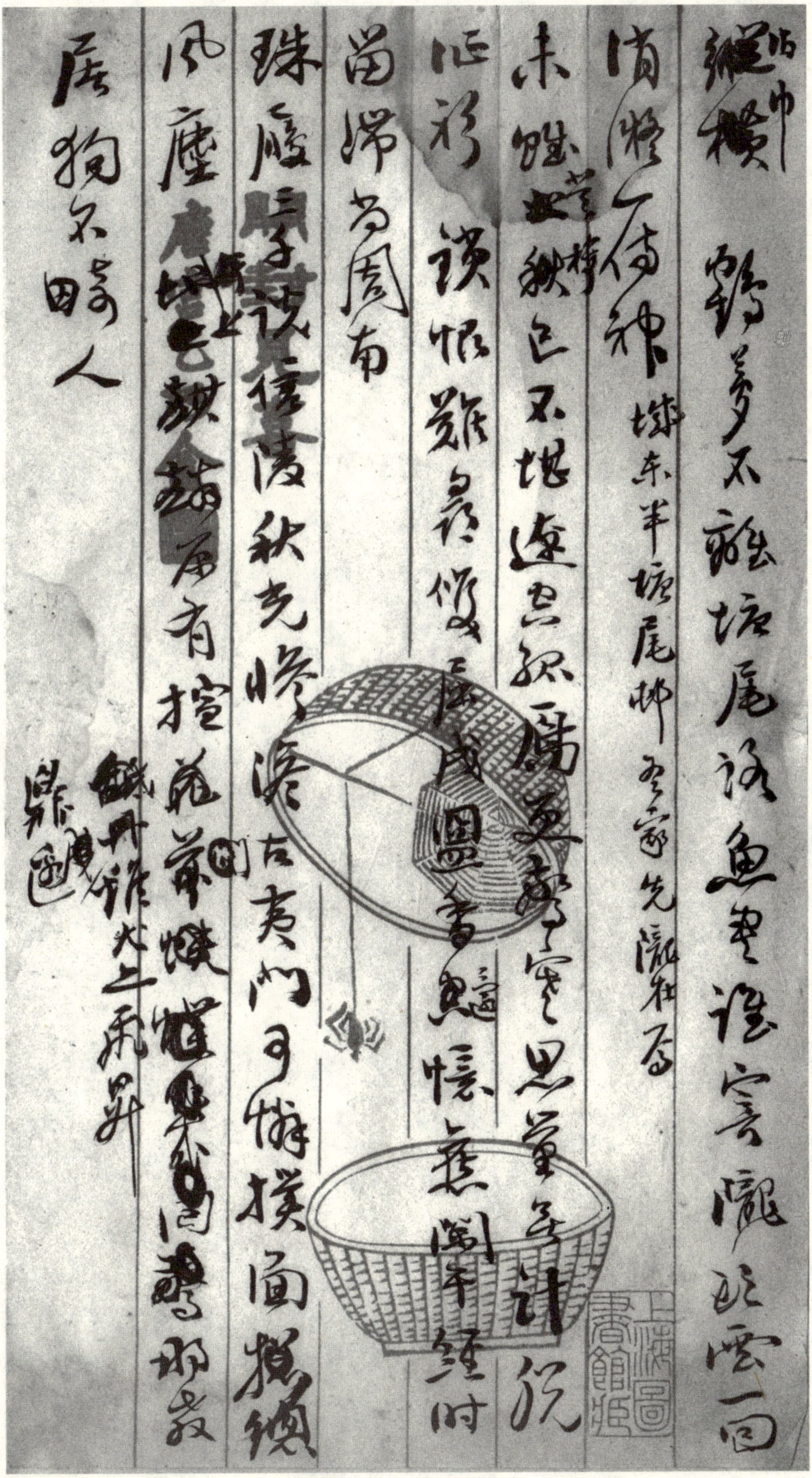

憶昔梁王曾有臺，富寮高館抗塵隈，風流千古

想嶙峋。豈自嘆時隆李杜，變詞賦詩辭，枚拚將

名勝舊叢。

圖畫清明記上河，輝煌金碧黃猶梅，百年文物宗

宣錄。大言海闊，攤堆骨葉濟，廣陵臥雪

先明陛同何

一卷新詞托辭來。庭時月色，樓空梁冷煙愁鎖

付與子，湧向嶺雲歸，遊將從檀板，按新腔由來

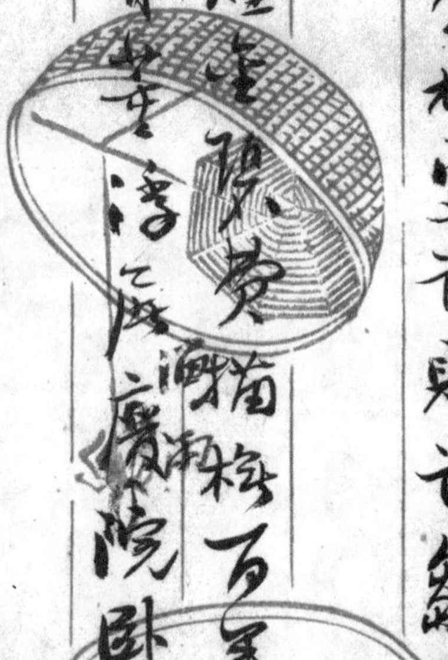

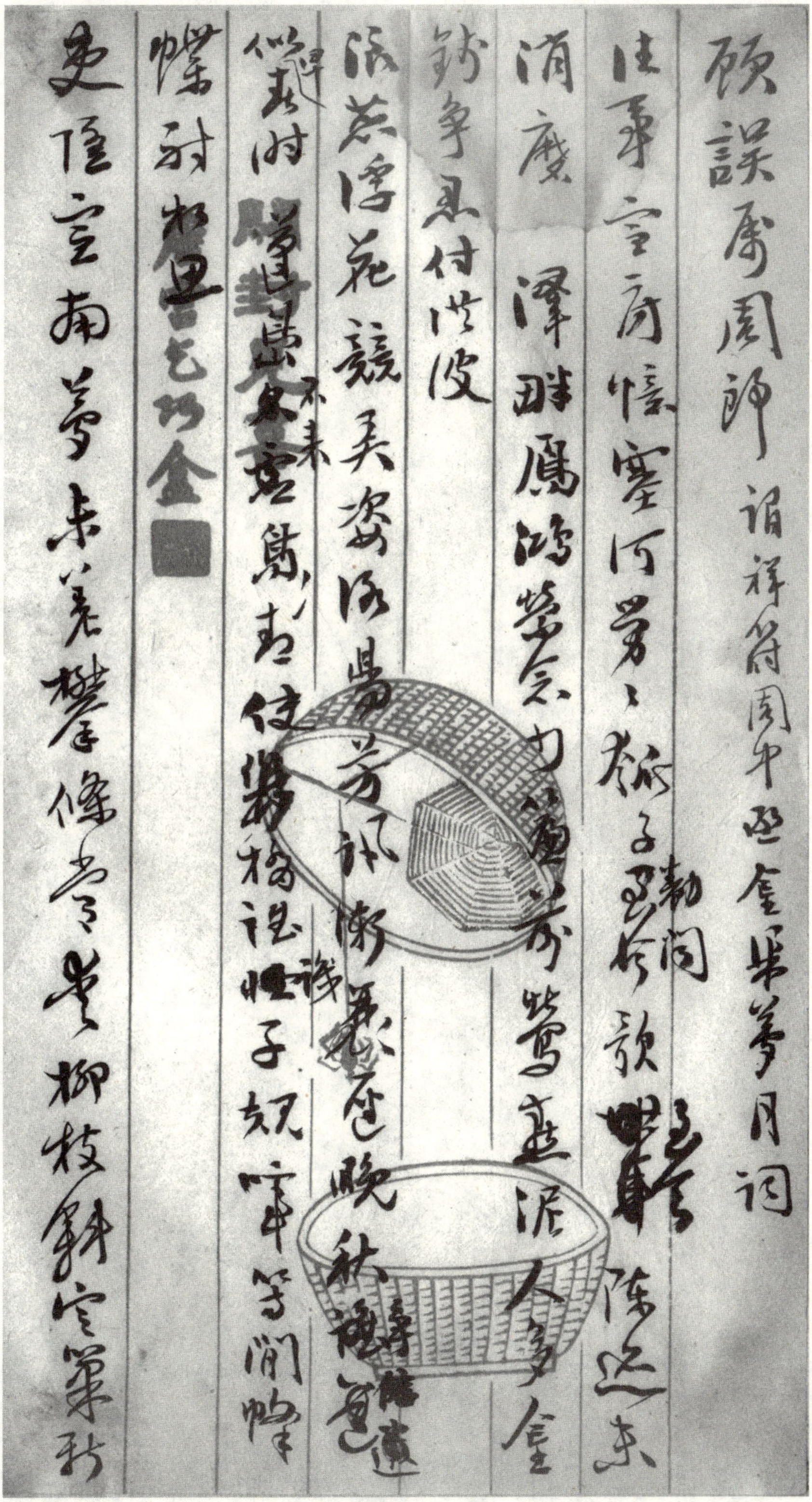

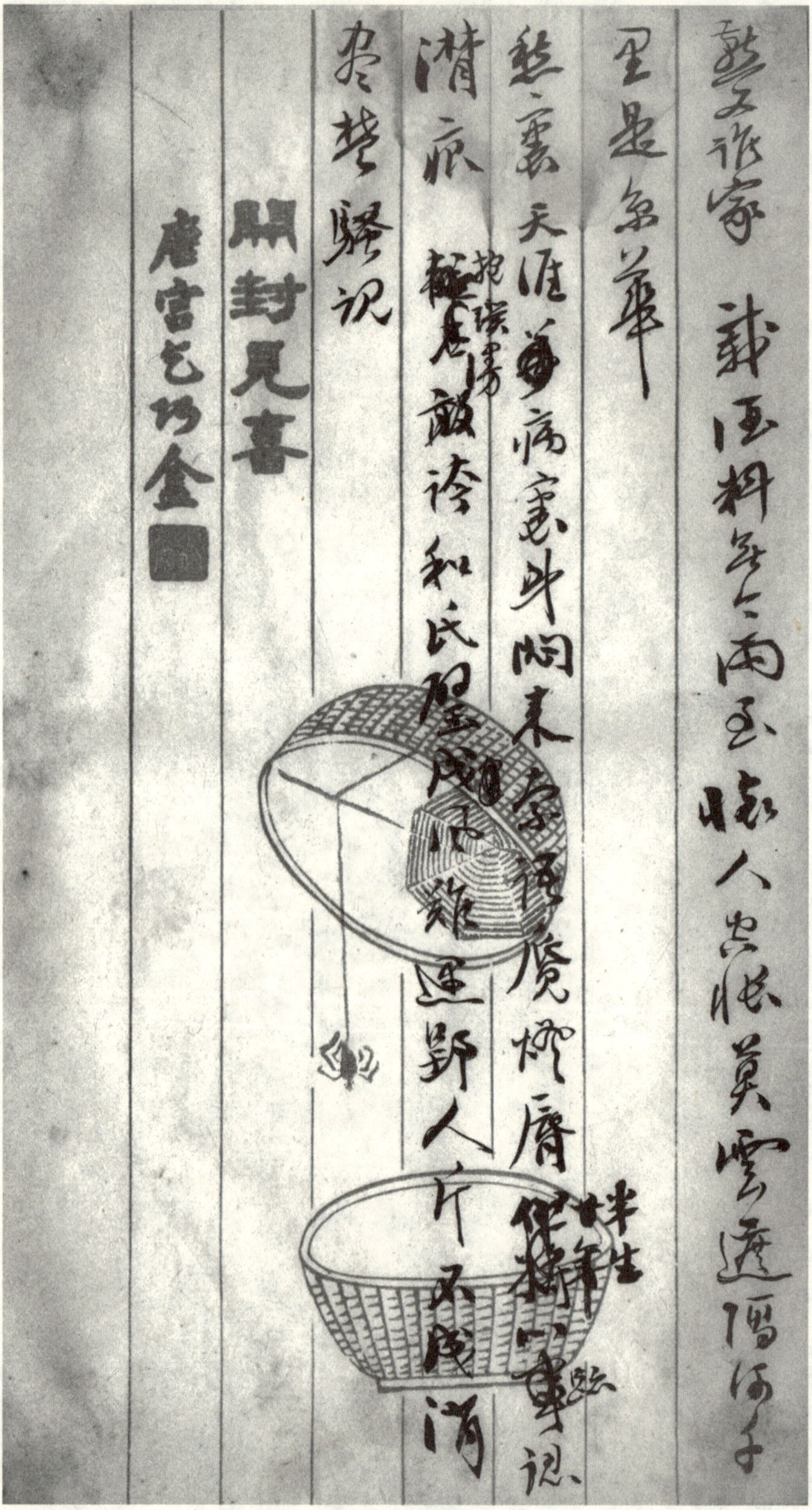
關封見喜
唐宮乞巧盒

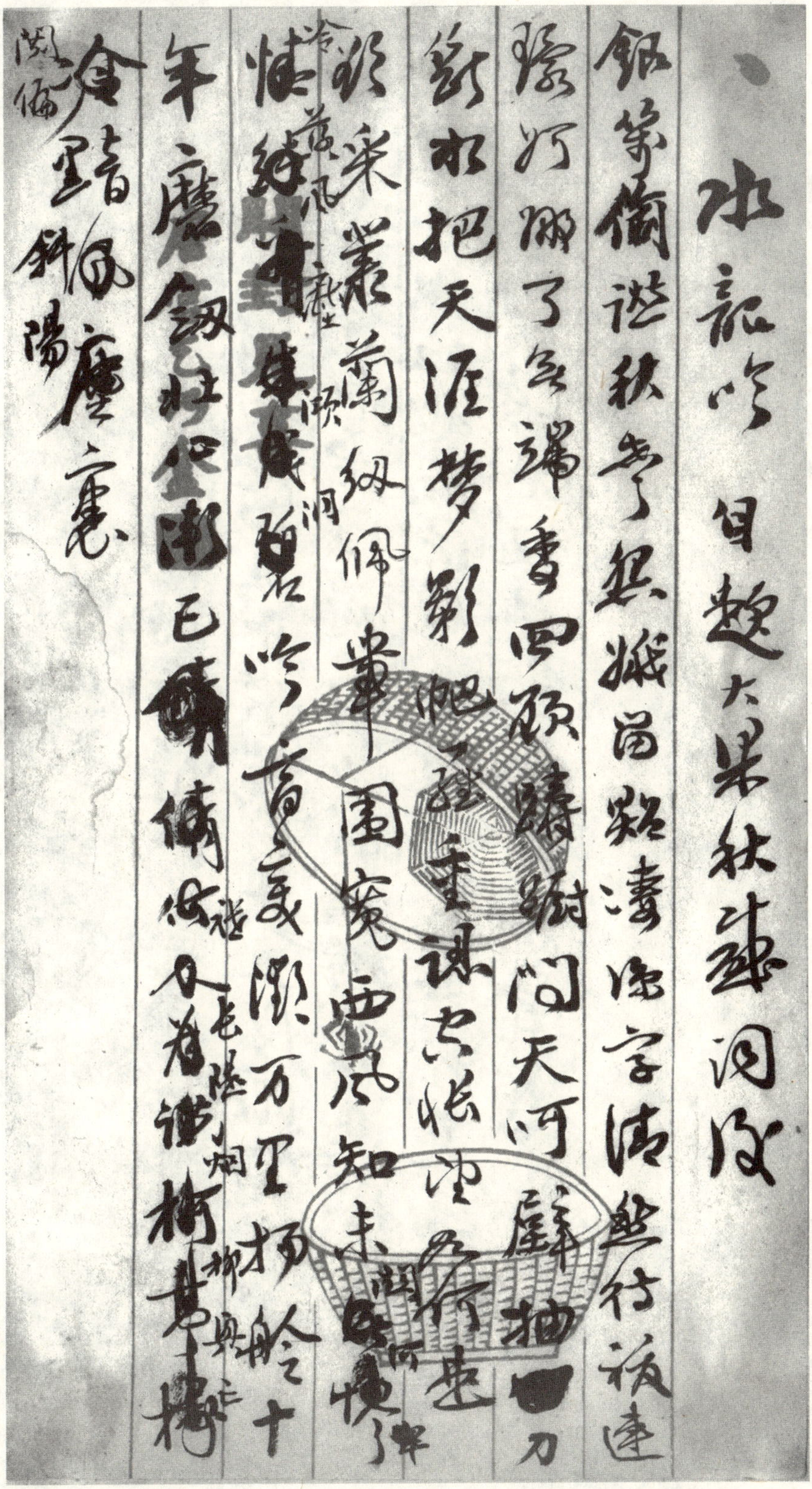

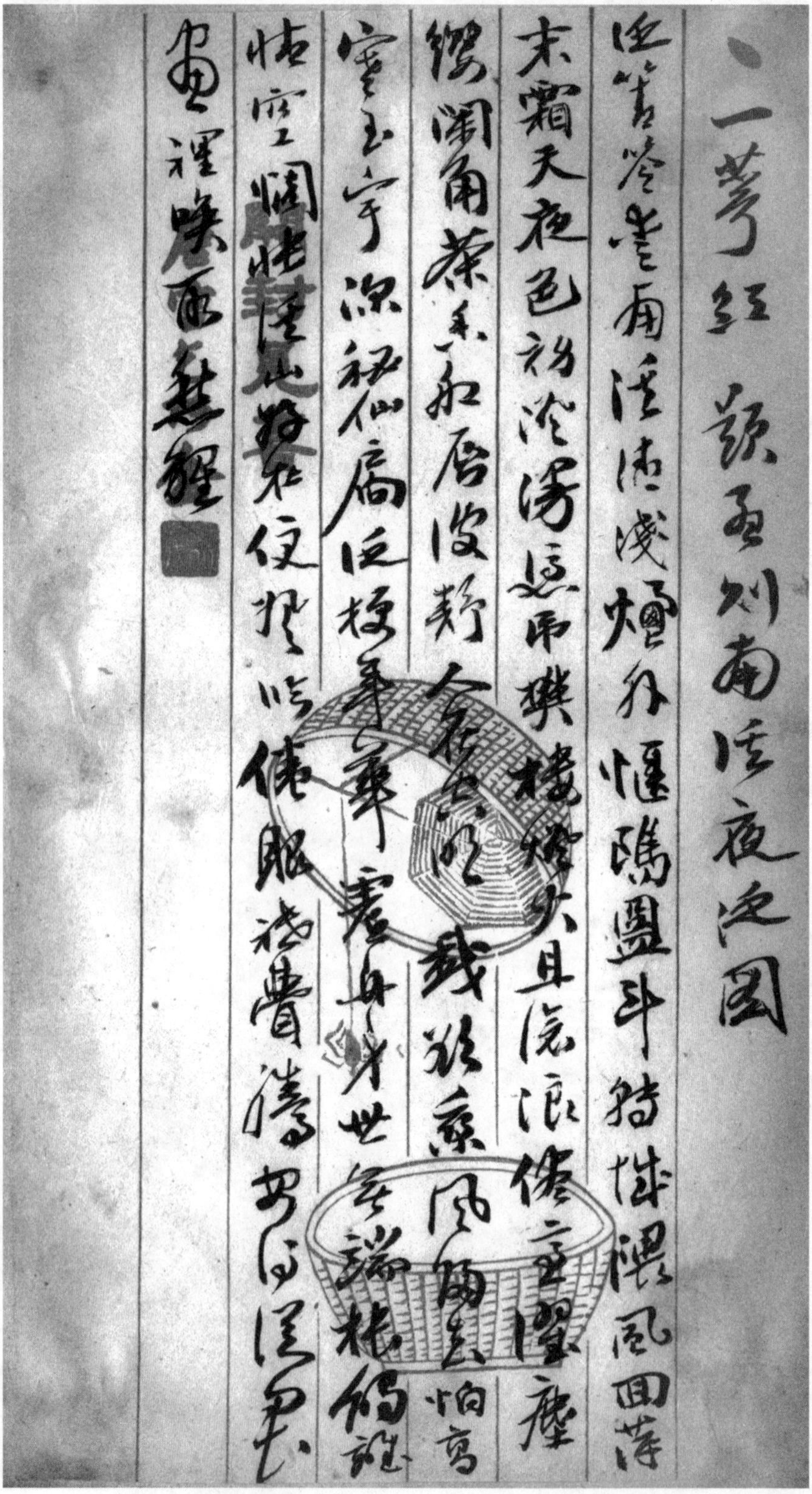

一萼紅　題子刻南陵夜泛圖

泛篷窗卷雨清流淺燈外悵鷗盟斗轉憐漂風回薄

末霜天夜色浴滄波遠雨樊樓燈火且浪浪倚三五望塵

鄉關角蒸禾和唇後數今夜家[illegible]錢難療風[illegible]怕高

寒玉宇涼秘仙扃泛棹年華虛負半世無端桃[illegible]

悵空闊惟仙好在使攜吟侶眠襟曹濤却向溪邊

畫裡喚取蘇醒

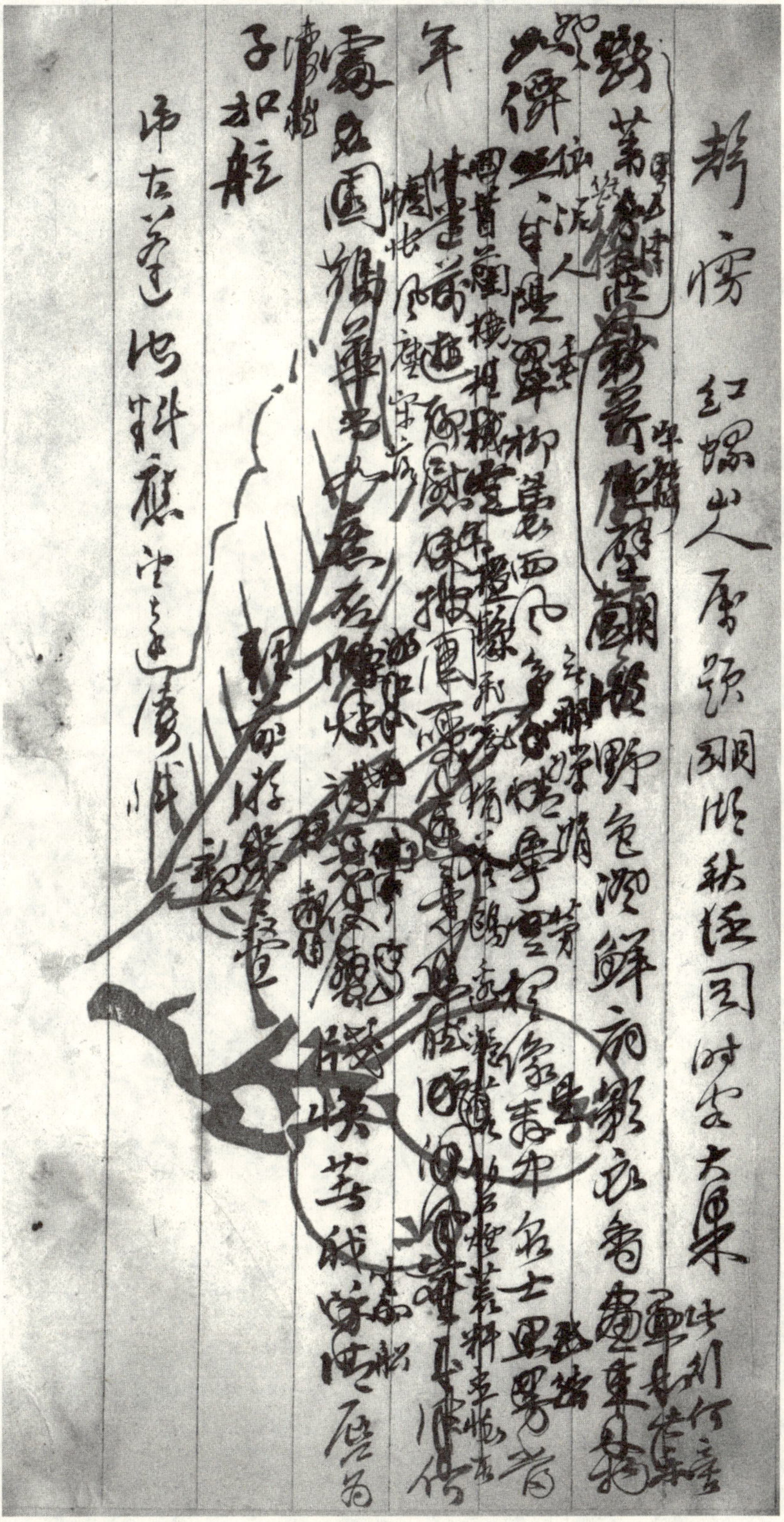

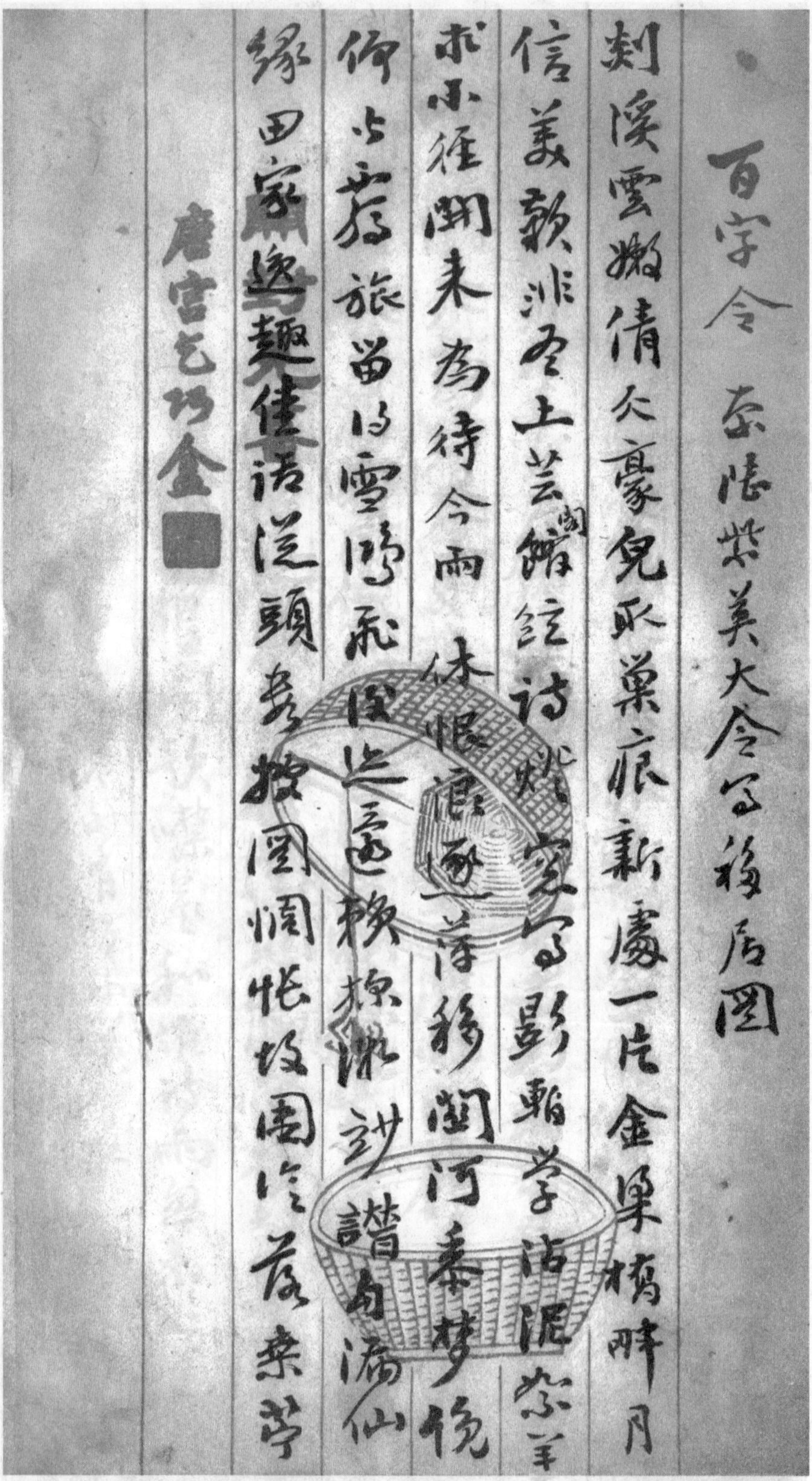

百字令　奉懷紫美大令寫移居圖

剡溪雲水清人豪，免取巢痕新處，一片金巢橋畔月，信美顏非吾土。芸閣館銘詩，炊窗字影，難學活泥燕羊。求小徑開來，為待今雨。休恨塵勞，遊蓬移開河桑夢悅。仰止蒼旅留得雪鴻飛跡，近遙換掠，纖紗譜自瀛仙。緣田家遨趣，佳話從頭數。撥圖閒帳，坡園次蒼樂學

唐宮乞巧金

寒食郊原淑氣新東風忽起
祭麴塵輕可堪傷天涯逢
醉人家楚雲摧鵑恨
城闕舊事橫潤寒風雨
日荒墟霜目銷查天淨萎也
甲申寒食調用鵑字韻

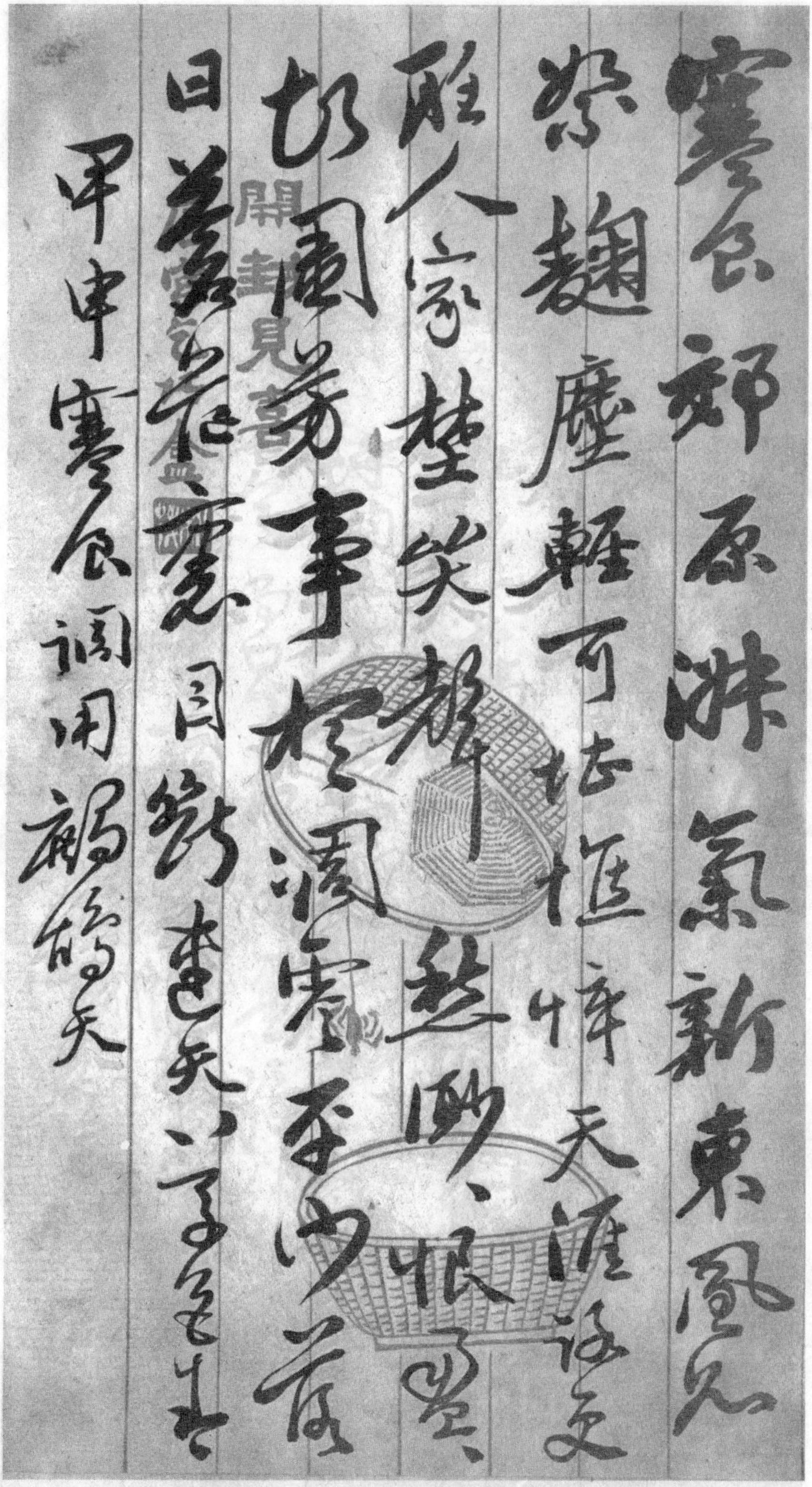

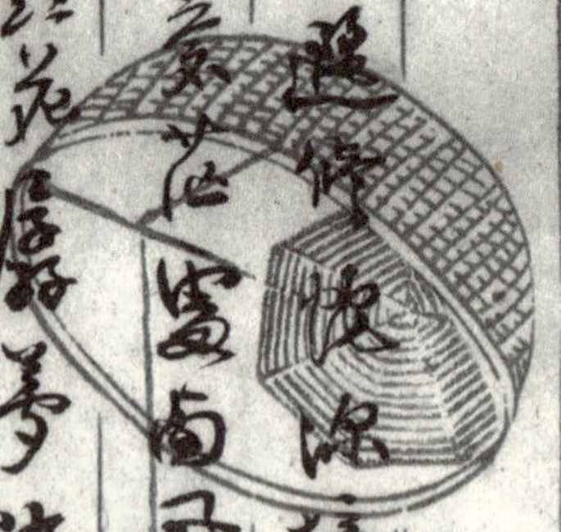

法曲獻仙音　蘋蓼猶晚，秋雲易陰，城隅隔岸

步青莊東濠濮間意，與杜視之處　歸矣　風土懷

人浩然成詠

黃葉夢，粗蒙茸步滑，遙遙倚坡深境，臨水踏閒徑，空屬影

蘋荷遙接秋影，正猶之蓼花岸，茵風鬟，嬌飄自清瀏向

天涯幾回，渡頭泊菰蘆夢，隨烟瞑，曾問去春

但很雨滿浮萍，堆抱淚波，怕雲邊，烟約乞定又人家

碧軒　倚送　筆夫霜訊

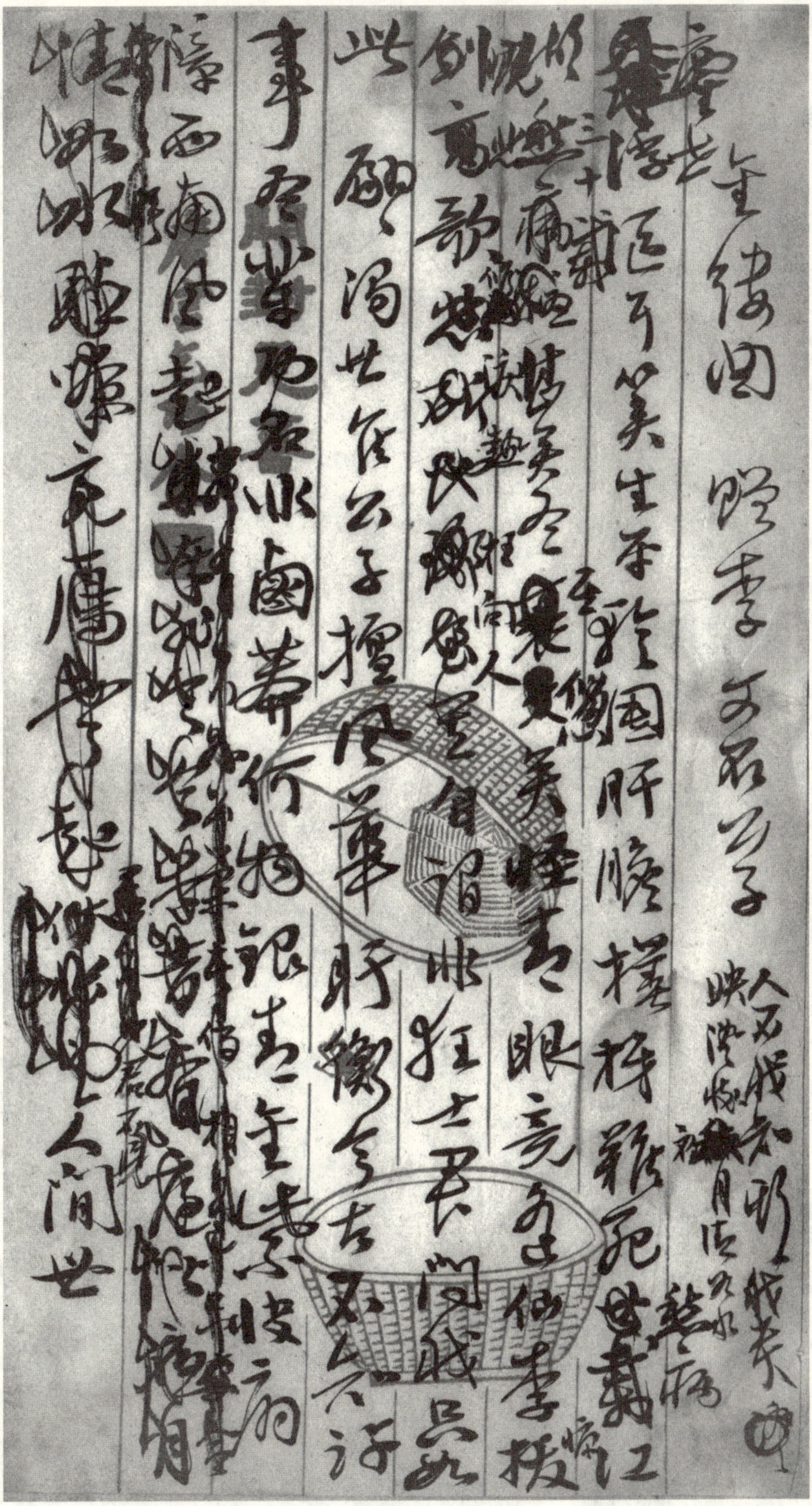

金缕曲 和又召词

此首俊糖寄金缕曲为王
均洲散伯词之在放於汴

郎似早长少雨窗风一番弹涤一番澌倒千古荡吊古寄实凤鹜无赖昏昏月烈见岁岁怕繁华消歇易怕美难如花轻老雾溪已敢待寻春事正被棲迴鹃恨诉人不早会道迟暮生材须有妥信置诛州差且莫谈江淡莹题针多松门未题风来任教颠倒情愫抱情当莲谈两忆

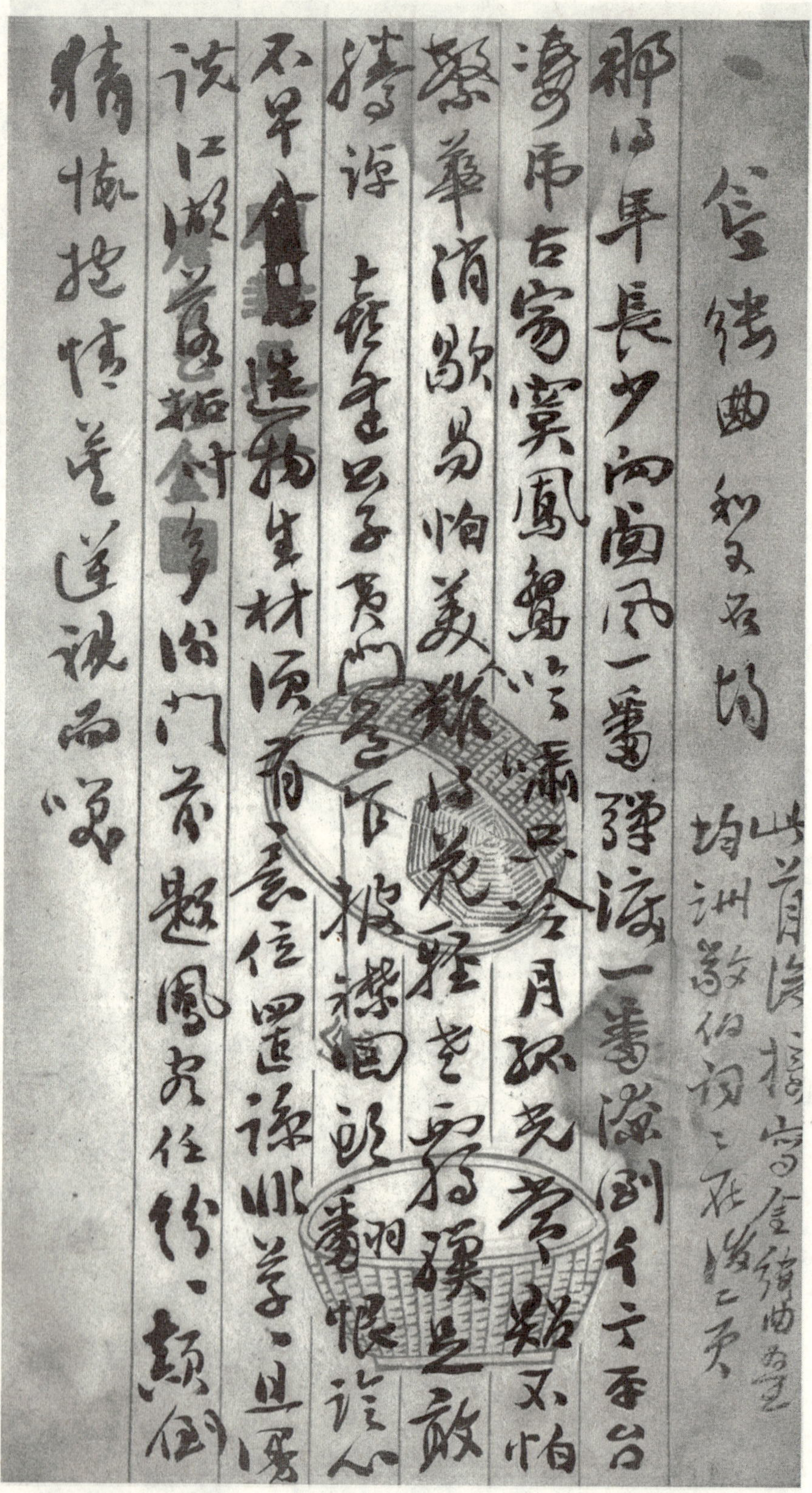

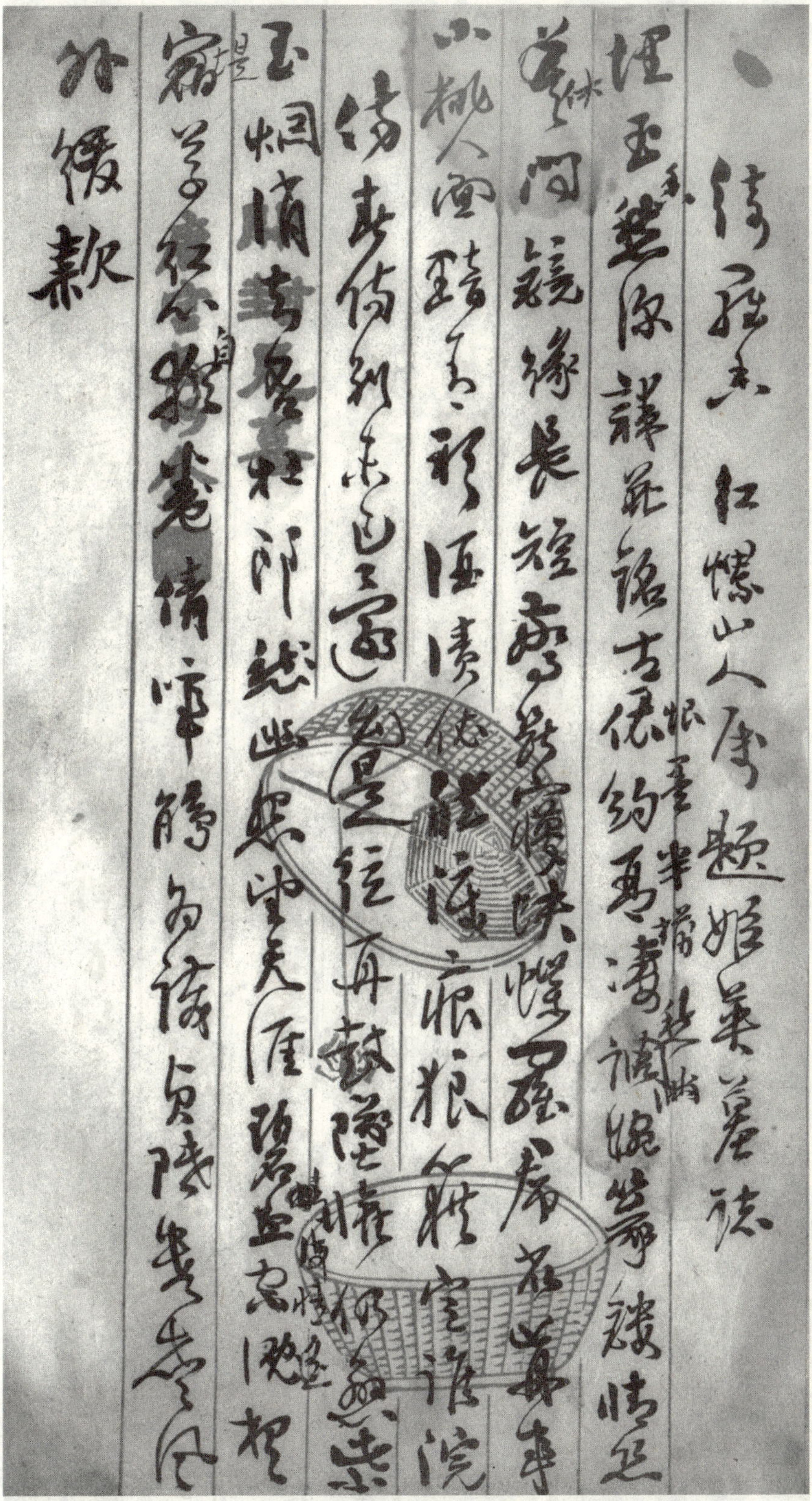

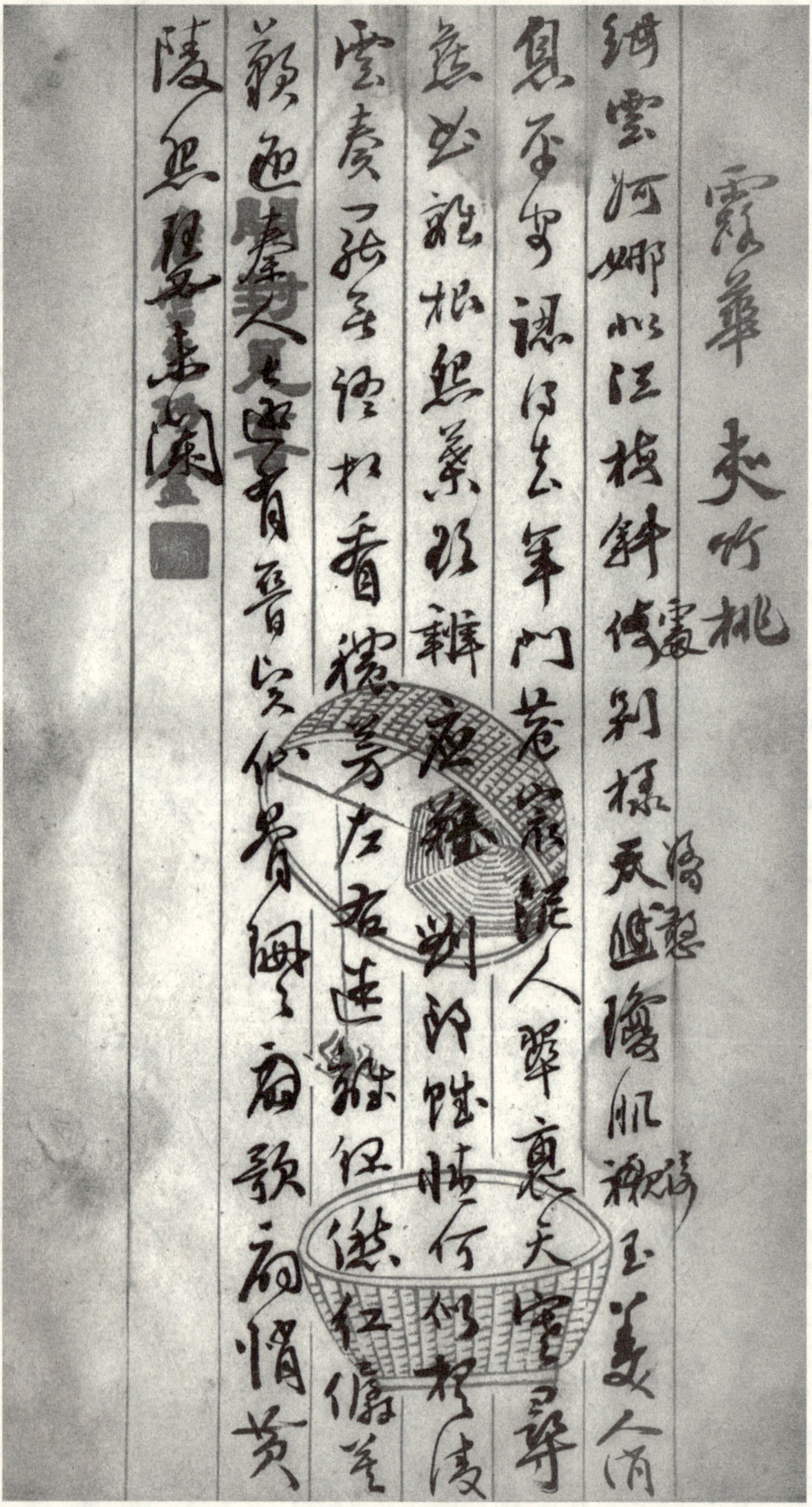

高陽臺　夜長詠趣幽人伴睡有蕃參子月朗陸

枝前問也新宵岩寐　以誰　了了之

靜裹秋清吟香逗蝶滿縱霜華濃清隐佇孤嘯臨風鶯

顧影鄉桐梧桐庭院深幽水溢深淺繾綣織媛未夏當帳低

更篝爝冷烟熏熾頭詠高眠底好花詞鏞流

雲指情伴休嬉背損岩苔未往葉遊清高怨怕寒

濺杖淺無憶問何處詩笛聲攏燎火樹叢

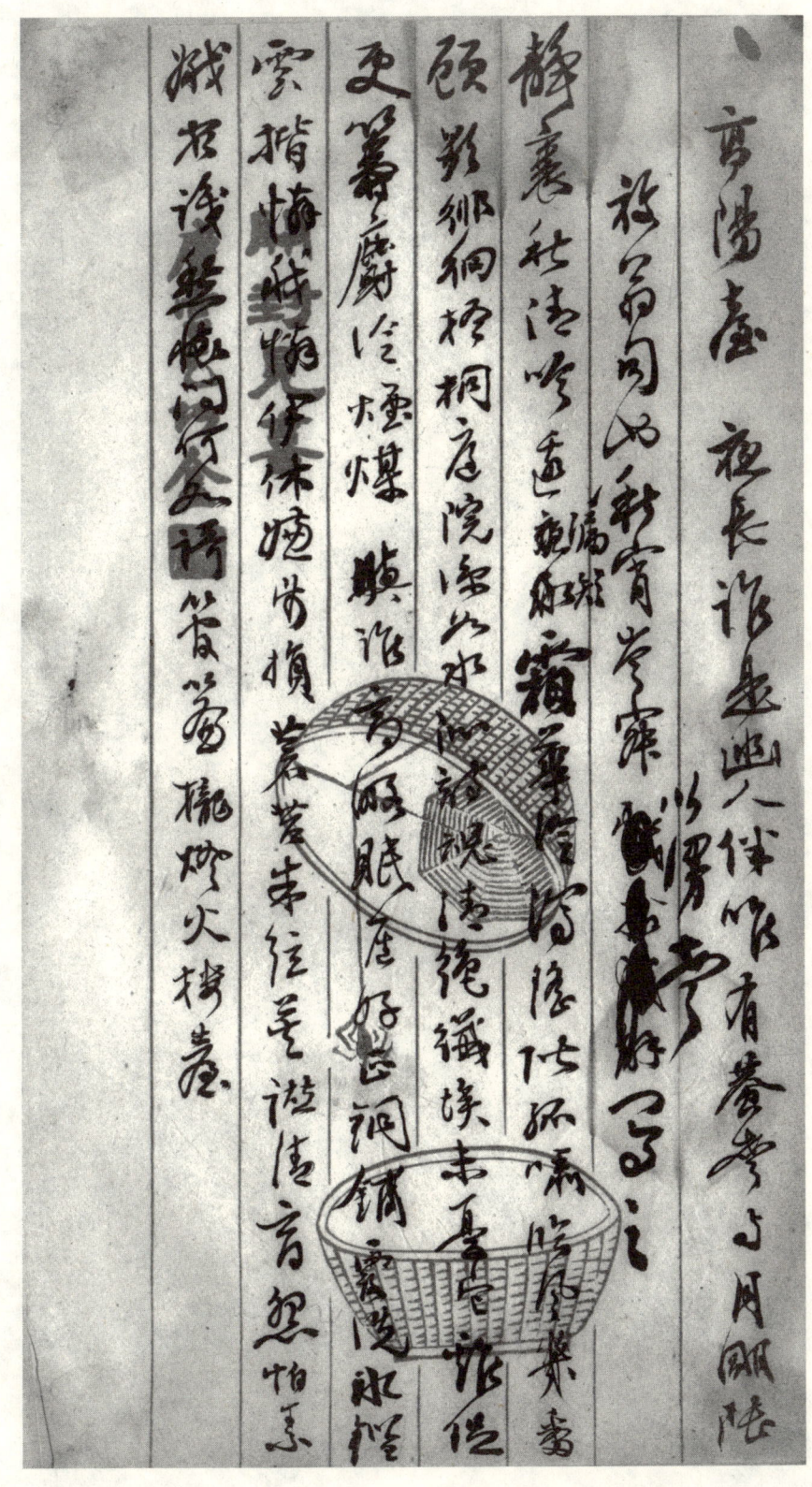

金縷曲　壽幼遽勤伯

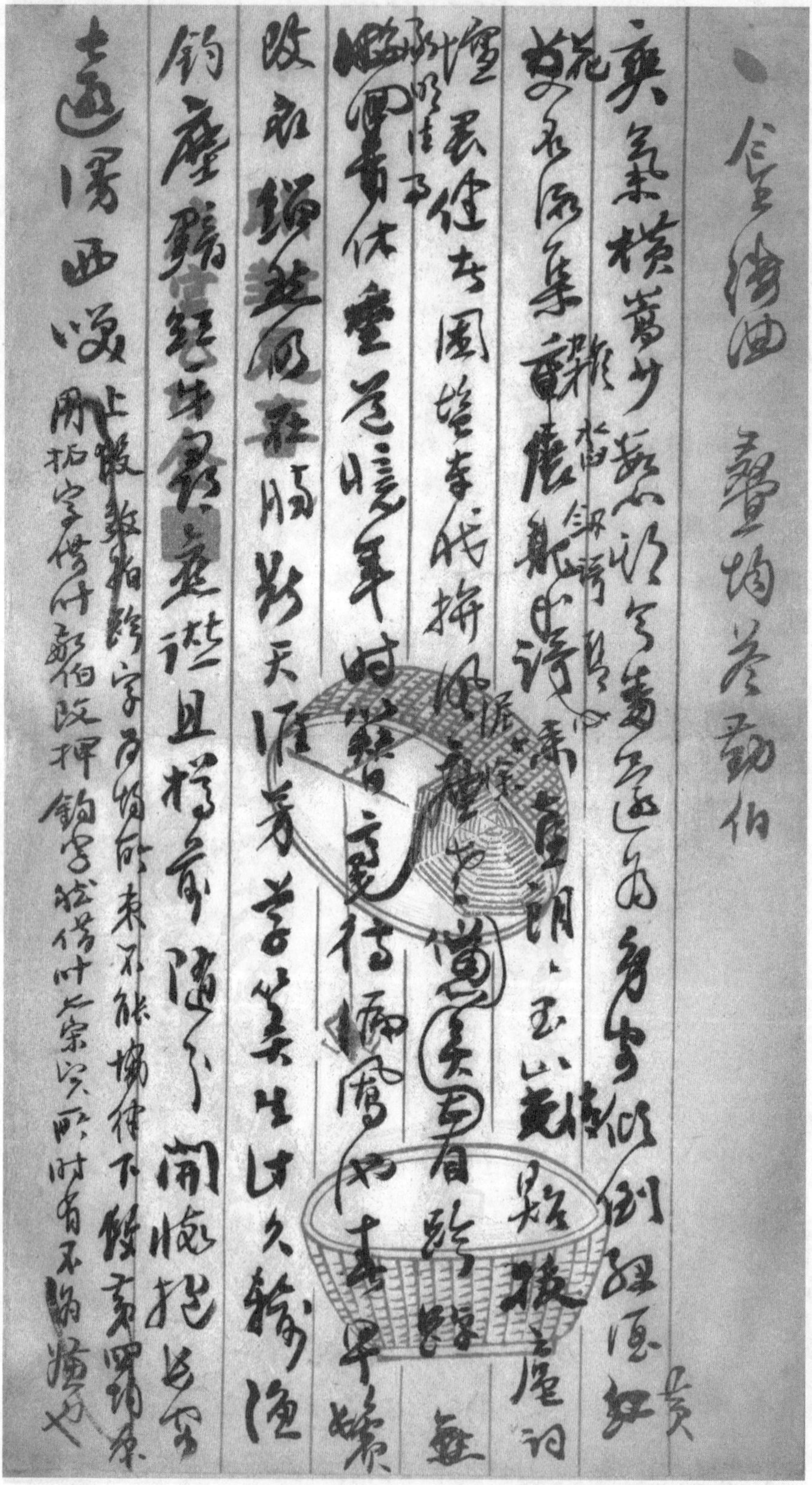

廿四初題廠園旺秋山館圖

秋葉吟音秋花擔晚閒處蕭瑟秋
苑不知秋思感誰家
滿秋寂寞難逢秋光聽波凝
管家惟悒悶秋夕可惜
海晚先終中音聲圓夢人尋題證秋館圖
闊絲難逝興頻多看冷子美園發秋二
悵與君別此而形心心調子詔在行

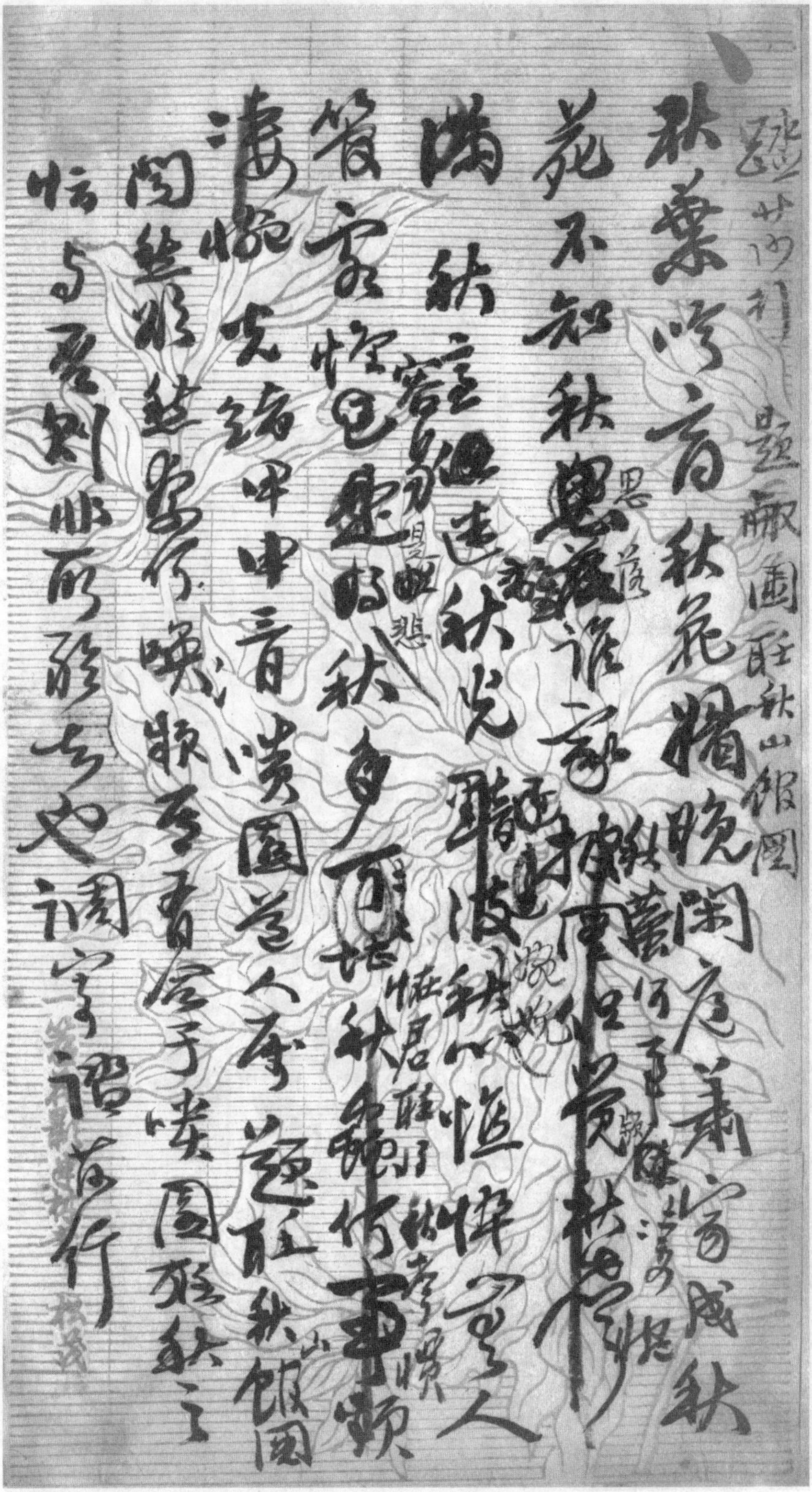

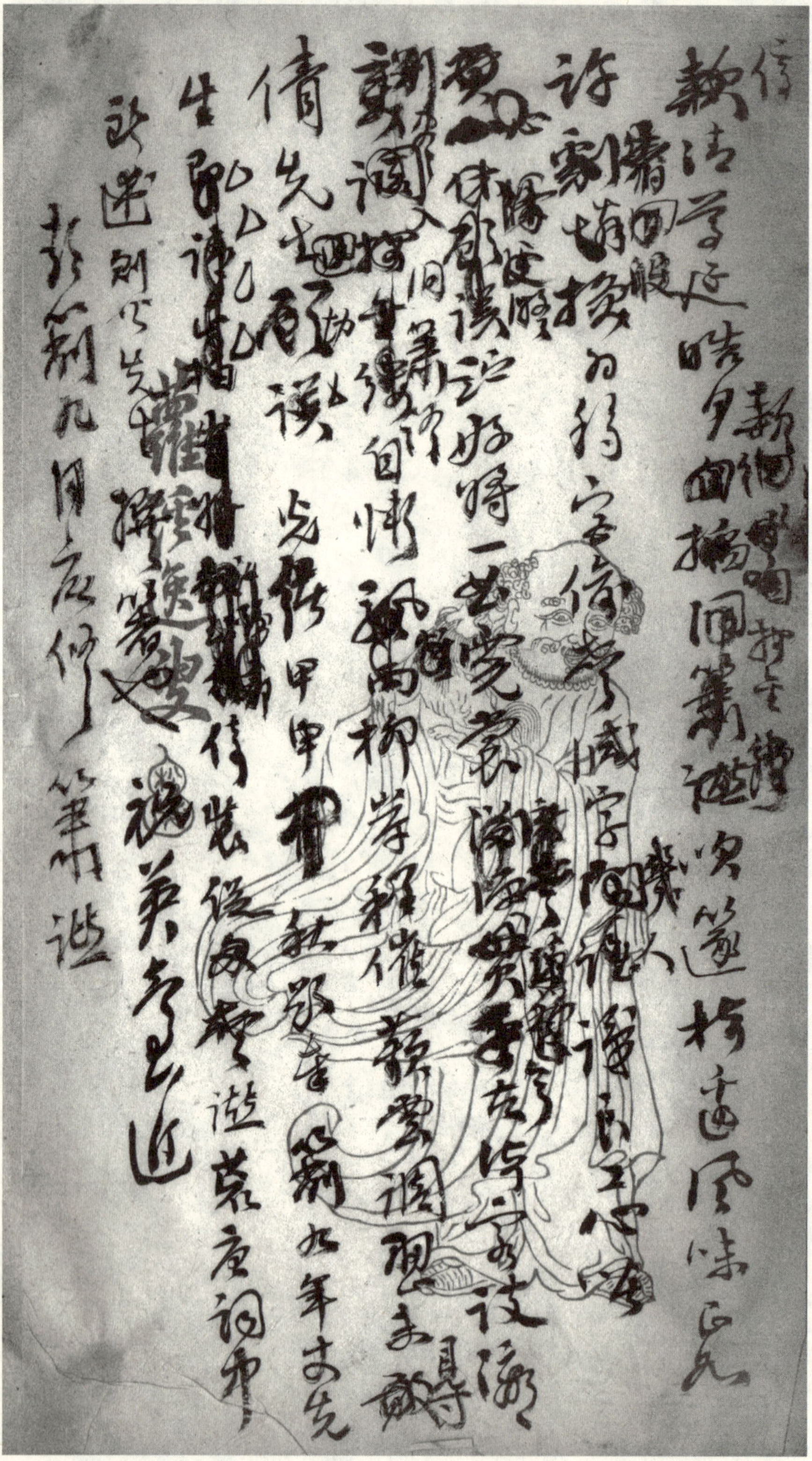

延陵公子意風流 瓢然振衣載輕舟
游贏沙漬名當筆 好才不教廬石臺手
秋風萬里徑裝一棗 雅江湖六憶使
長淮騎囊遇取當時 句多少甘
棠芾食叢蘆深逸夜
吳笺宴遠舟載石風

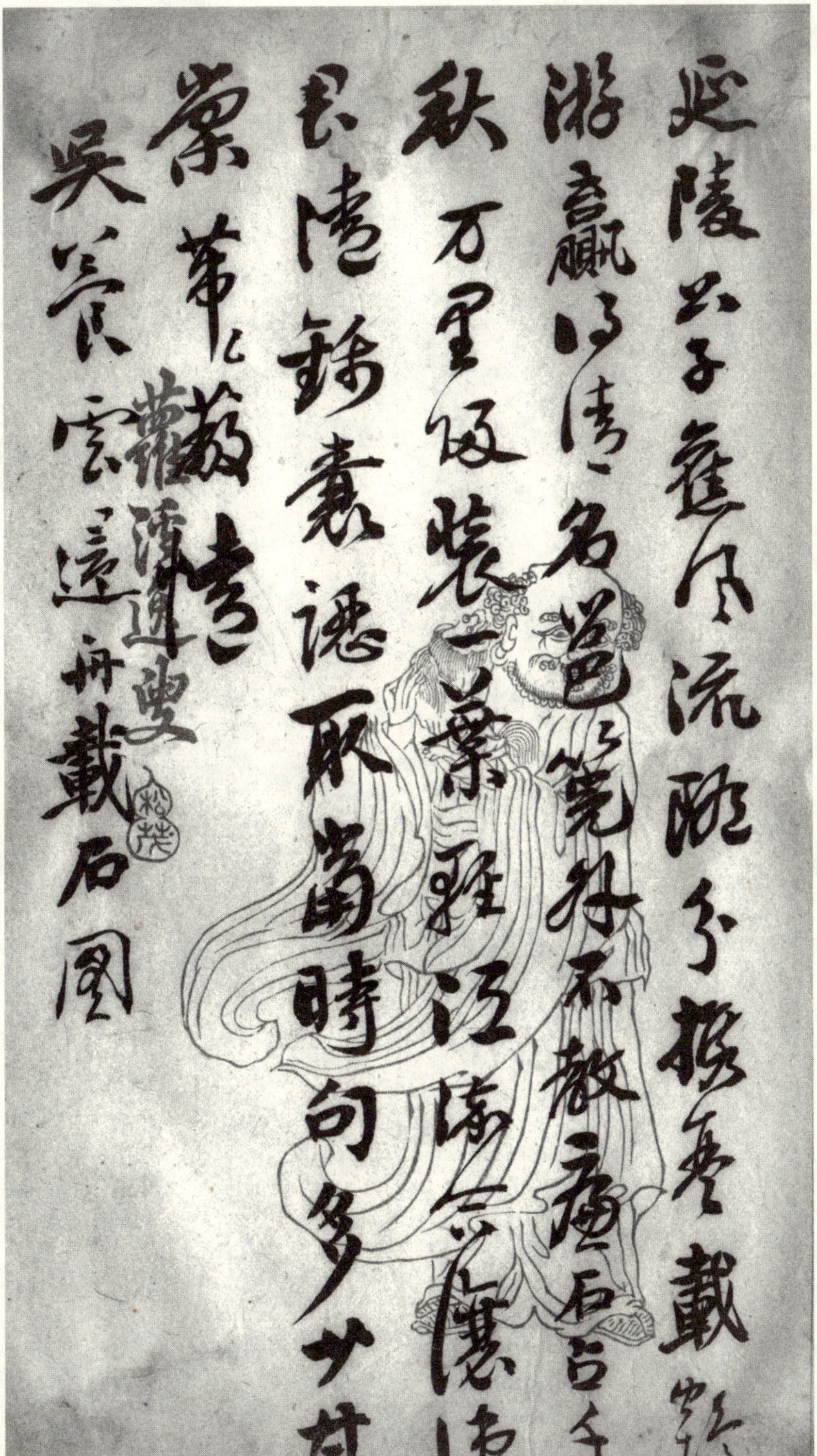

光緒十年八月，安[illegible]新安洪君有勳[illegible]出示所著母陸夫人劉夫人圖序，為歌詠以紀其事。竊觀近世婦人之性，多敦于所生、所天，于舅姑以孝聞者，獨少概見。嗟夫人侍姑某太夫人病，于危迫之際，雖焚香籲天請以身代，終復割臂和藥以進，疾良已。時蔣夫人割臂時，寧知其事之必濟，而然為之一割，以沽名於萬一？夫不得已之心，質鬼神而不愧，即安在，而事之卒賴之以濟，尚知天之與人為善，而人定勝天之說為可信也。蓋夫人事夫子以禮，周戚鄰以恩

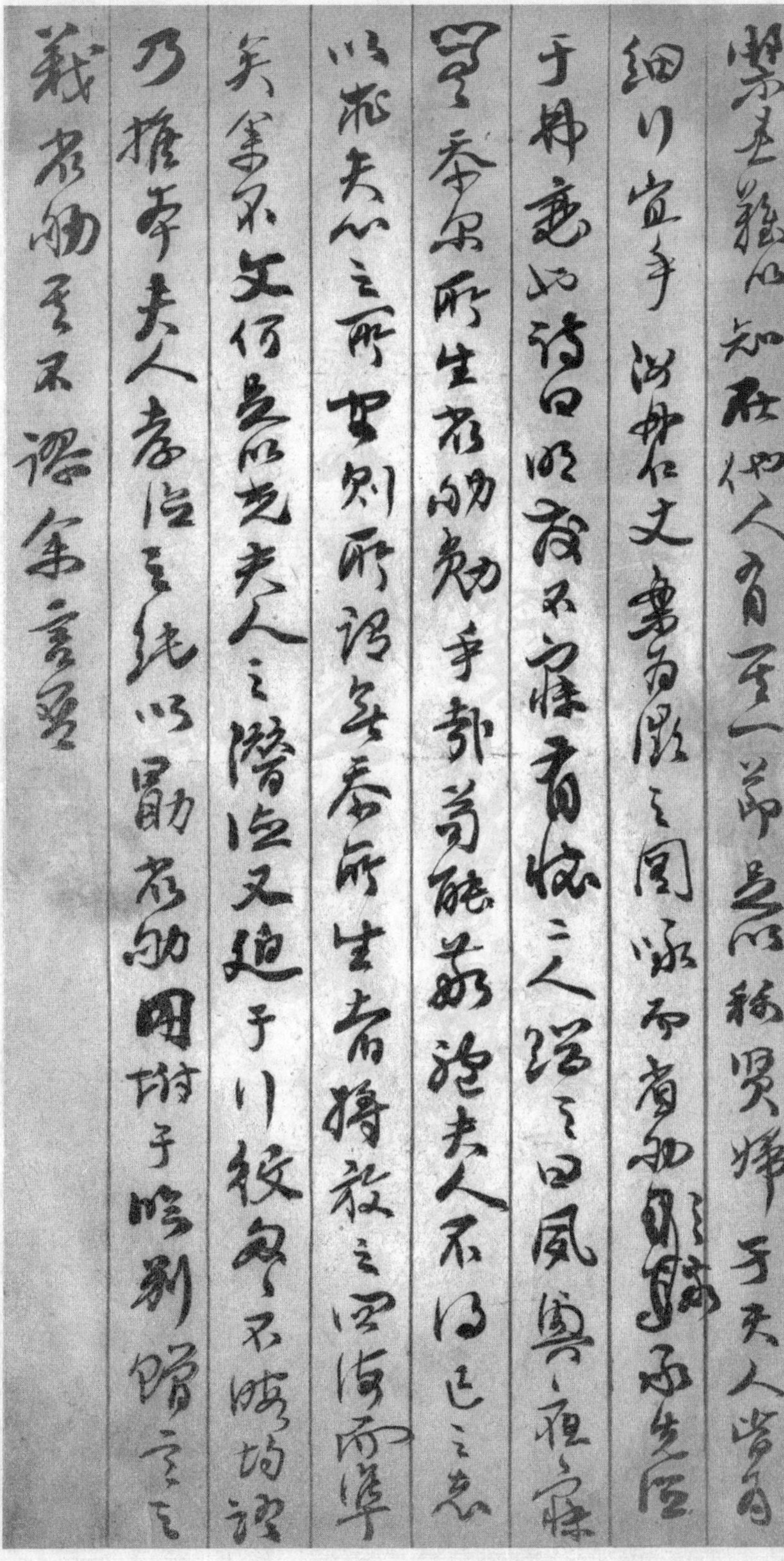

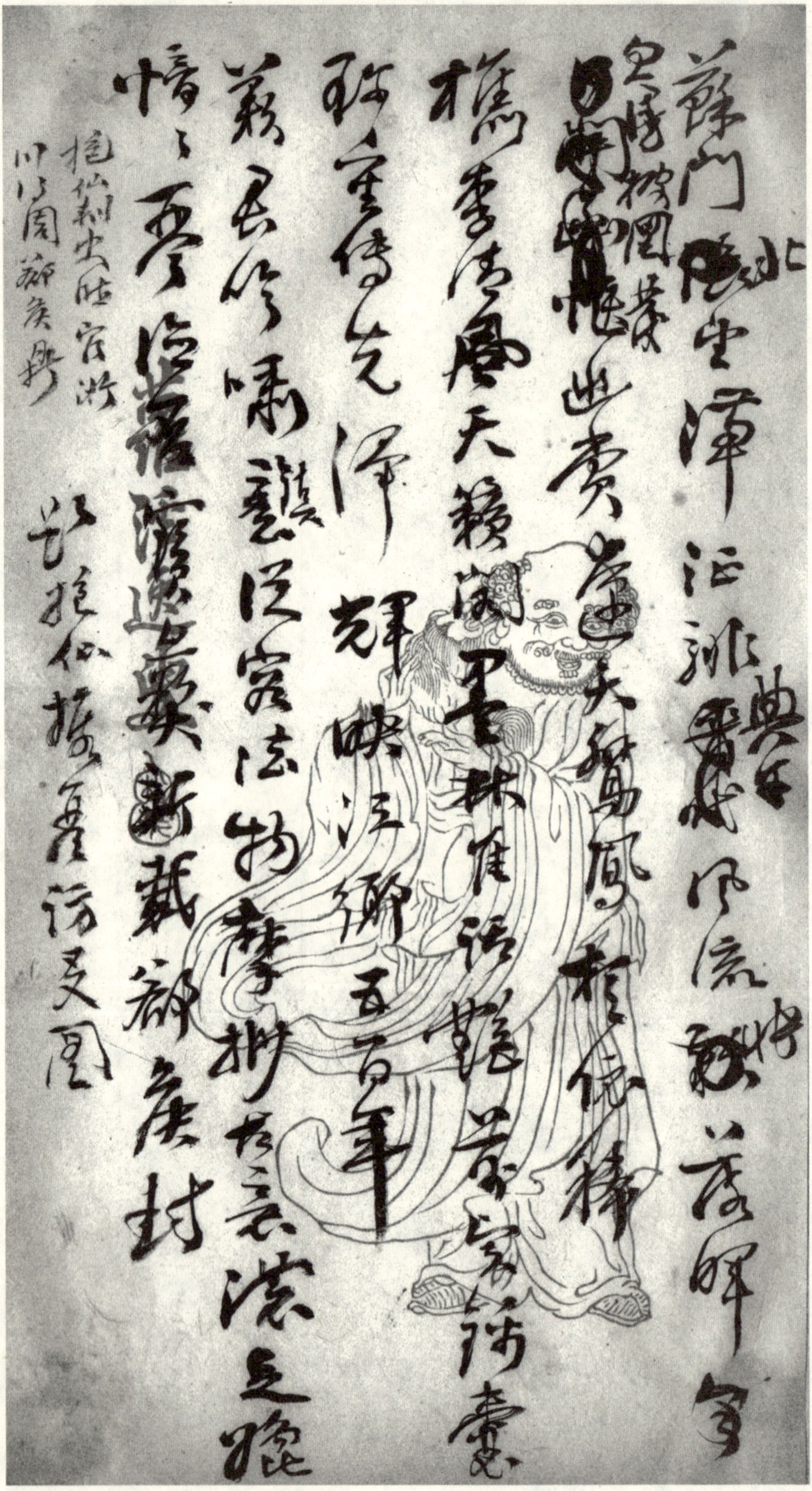

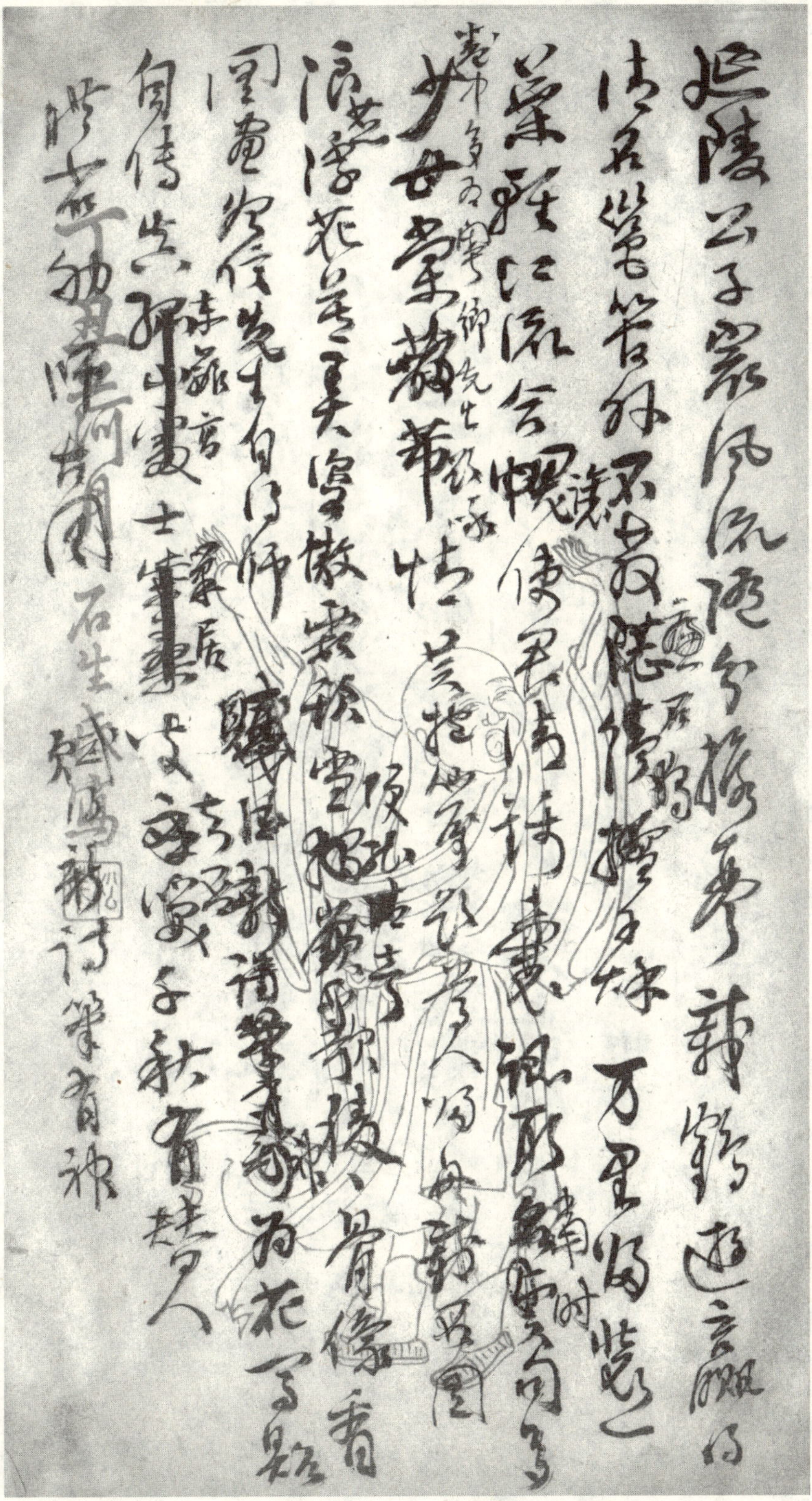

十月九日築磬招同楊子鍠傳運卅兄暨（表頒秋）敬伯李文石集

張墨卿借園馬廠童四之會即呈諸先成依均奉和

僑寓獻賞塵出門畏揚坱臺狗爭席顧起顏為罷歡

頻藉秋清風力大霜藤義世狗兩爭入磨吹風一餘蕭條寒

洗塵出寺石尊更好豪門餓貓陽侍此遊病過百日卧且瞪磨花

姍姍詳新霜逼此生藥裏飴食閒話人庭應肯去攴龍家

情久攜樓登歲兵響閒歌葉笔和催詩雨包來知樣然

塊輕狂樣寒舩狹不知寒賀病左眼（時有閉一眼窺畫意）調之

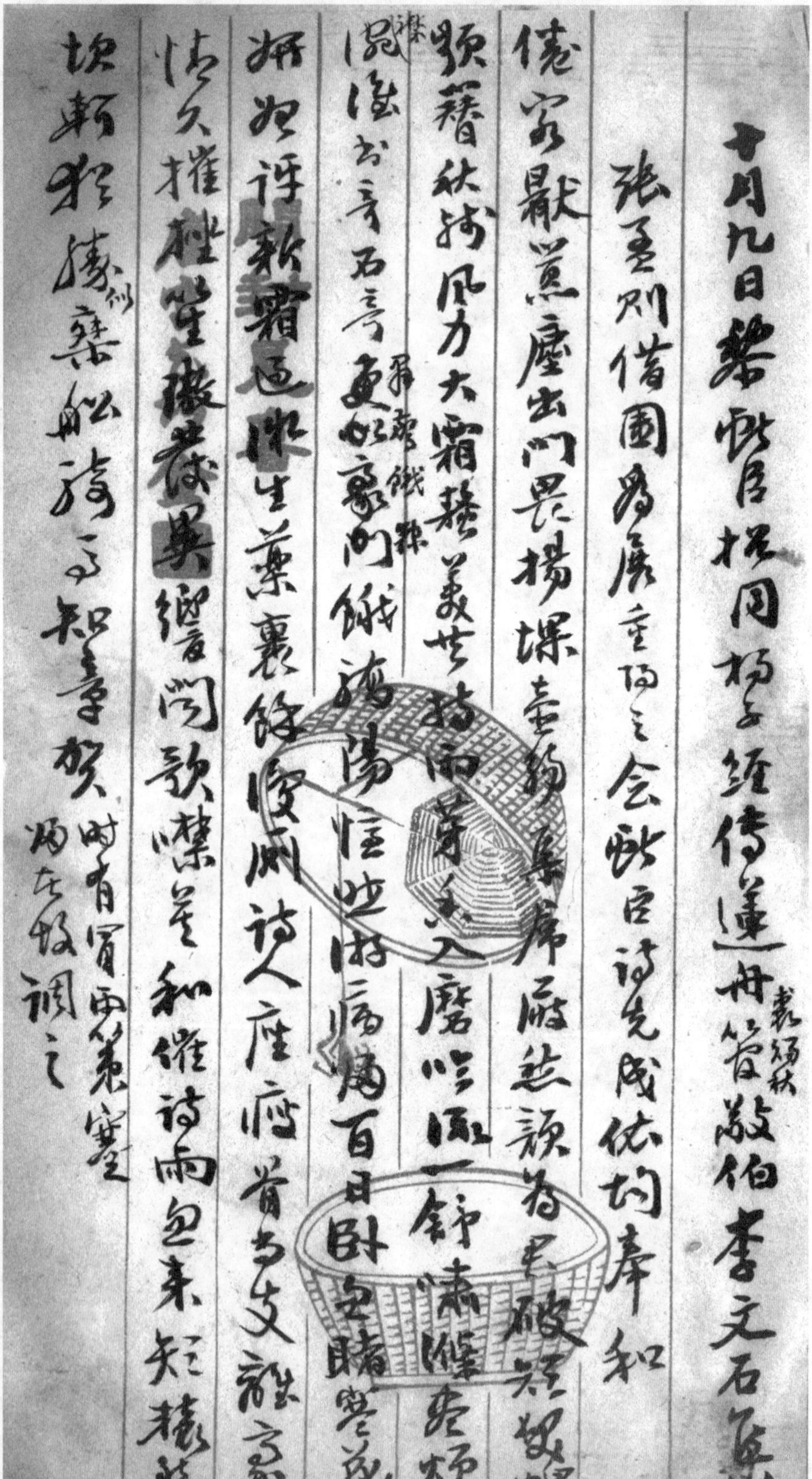

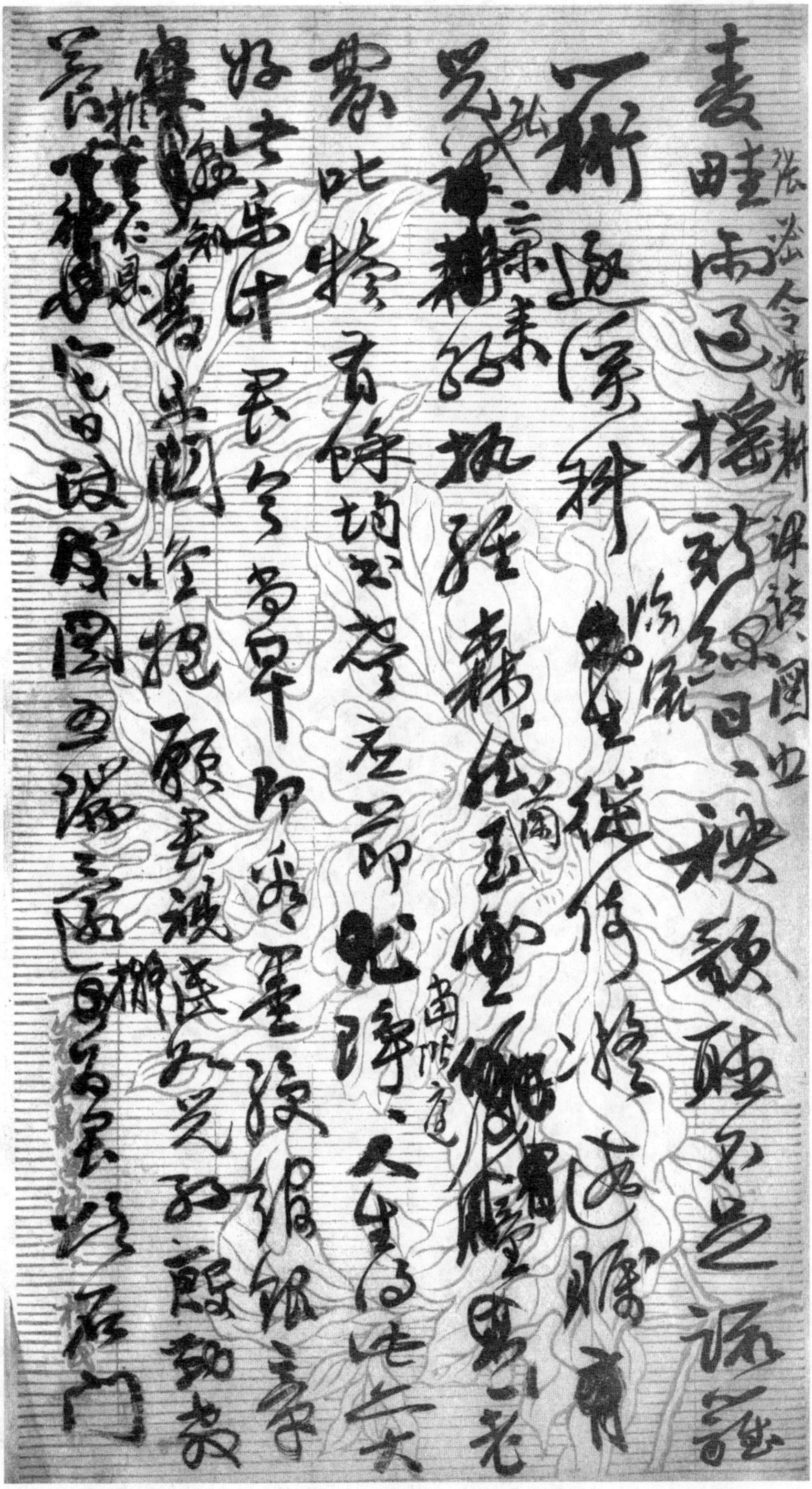

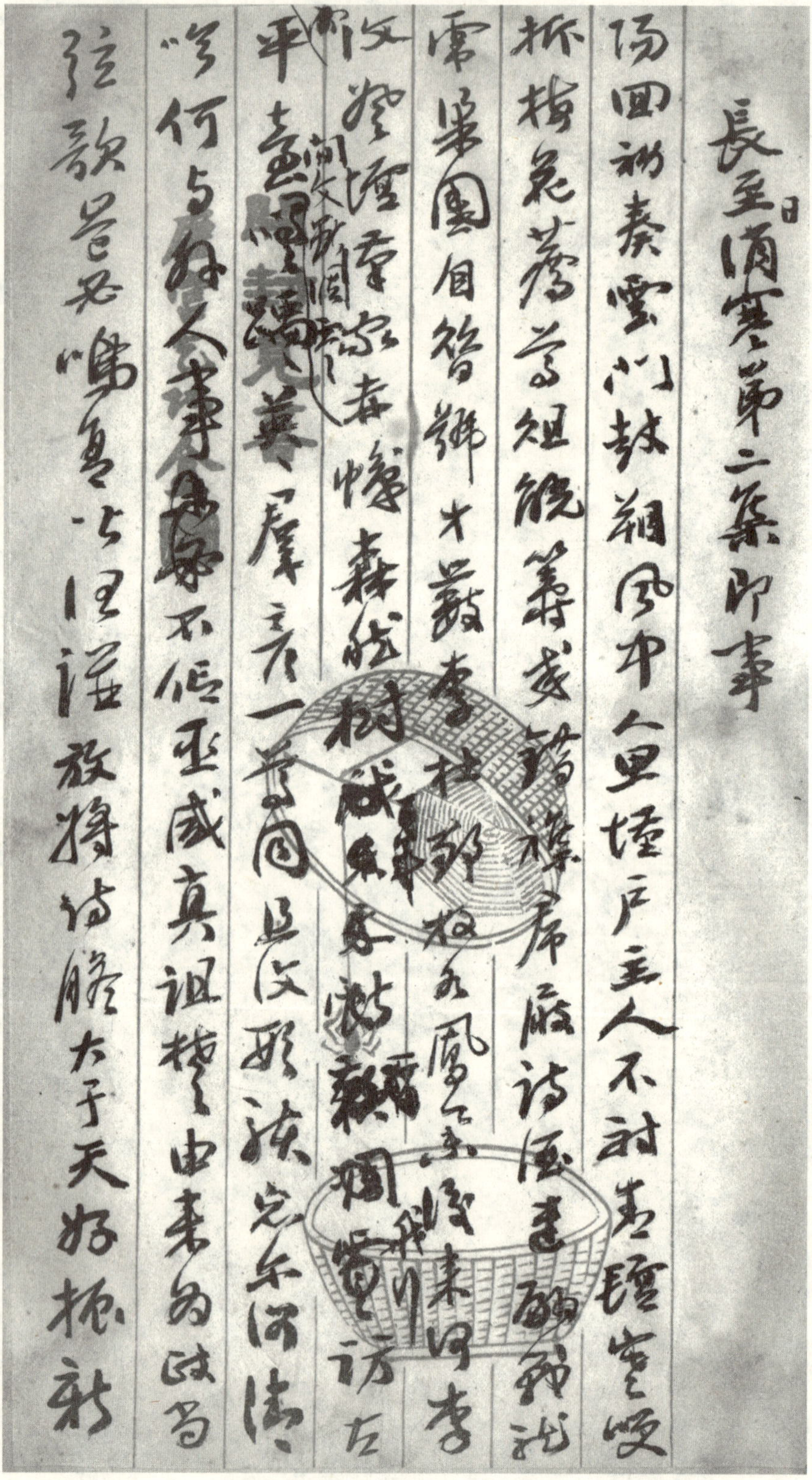
長至日消寒第二集即事

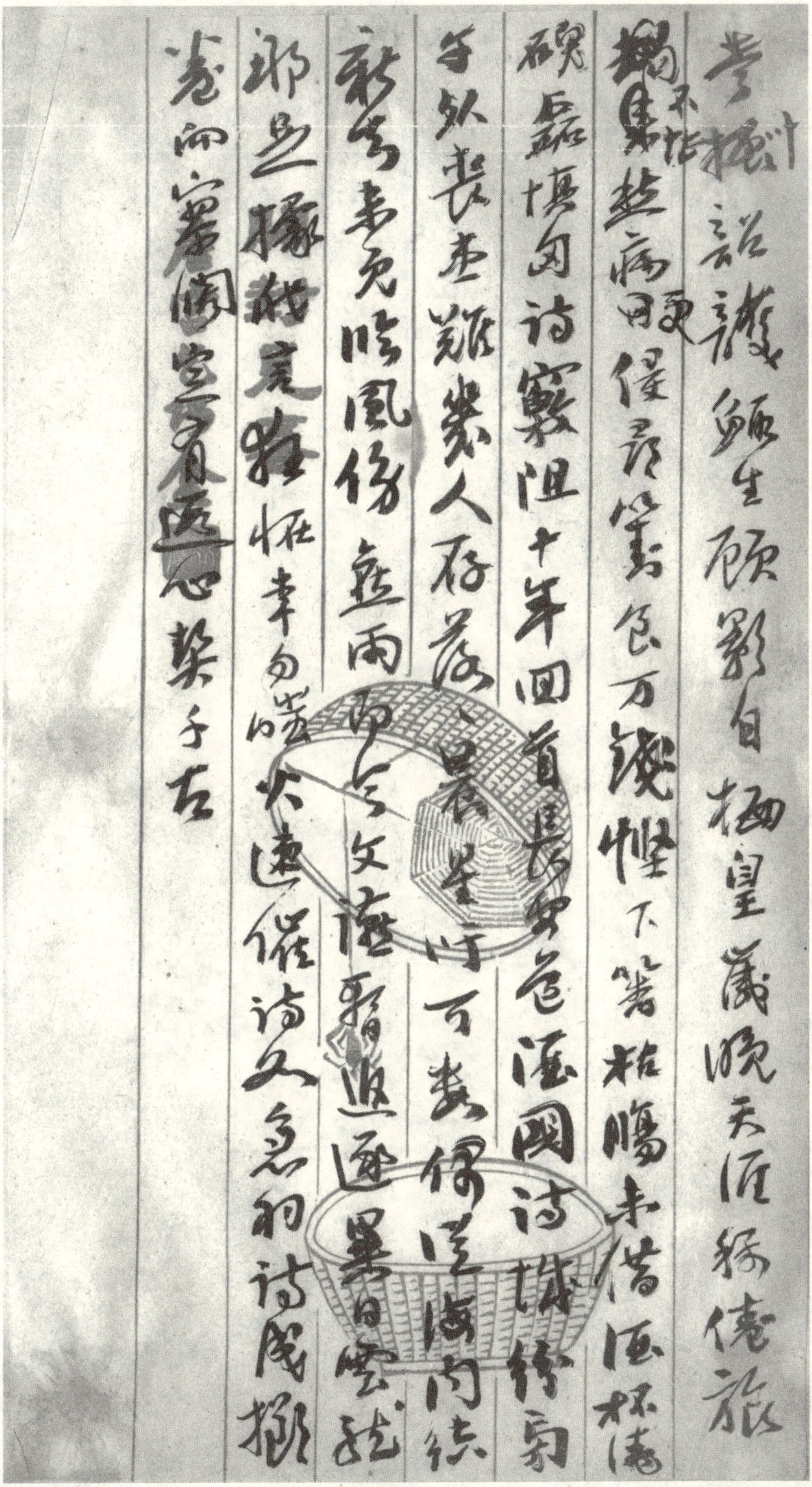

移居

山深林密不容入一枝淵穿(托)鷦鷯蜀廿年歷海業安栖靡寄隱逕詹尹卜鄰根蓬

轉未能(繫)銖庖羊村苦相觸殘書零落不滿車那有文字牛腰未無忘去住參

隨緣蒜下紫情數猶俗杜陵老子又復膾雨橫風狂吟破屋被人笑修之方間

廣廈攙騰空突兀平生夢不到草堂蚊睫弦容龕奇禍人世有此累何

為我恨朝眠雞久熟霜花磊磊蹬新黃庭樹悠悠葬寒綠南榮日暎

好擬餘莫詩春晚書懶後且從塵囂暫息肩佳問何時了(真)願是伊

誰干策二傻佳東家飽食西家宿

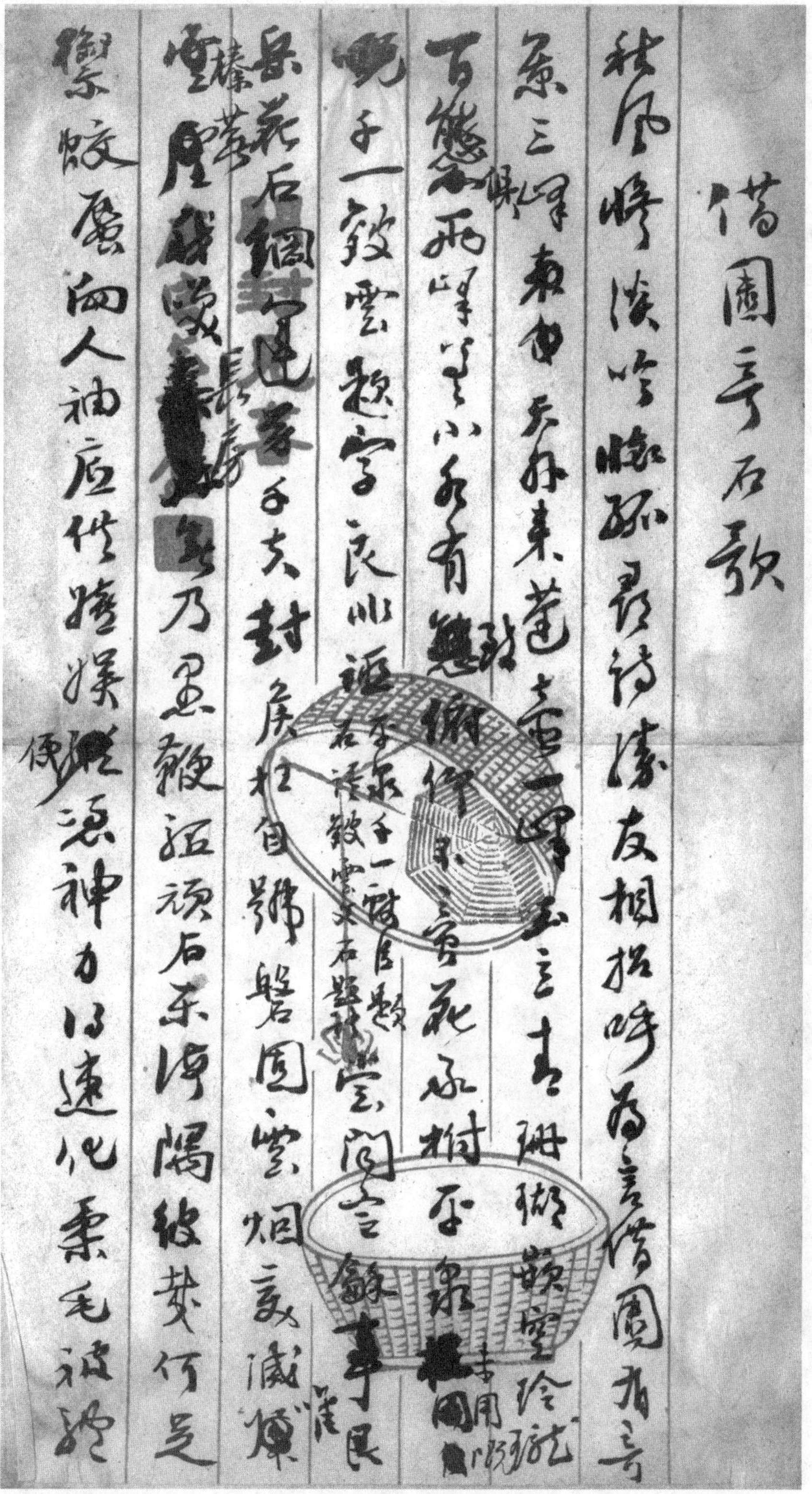
借園奇石歌

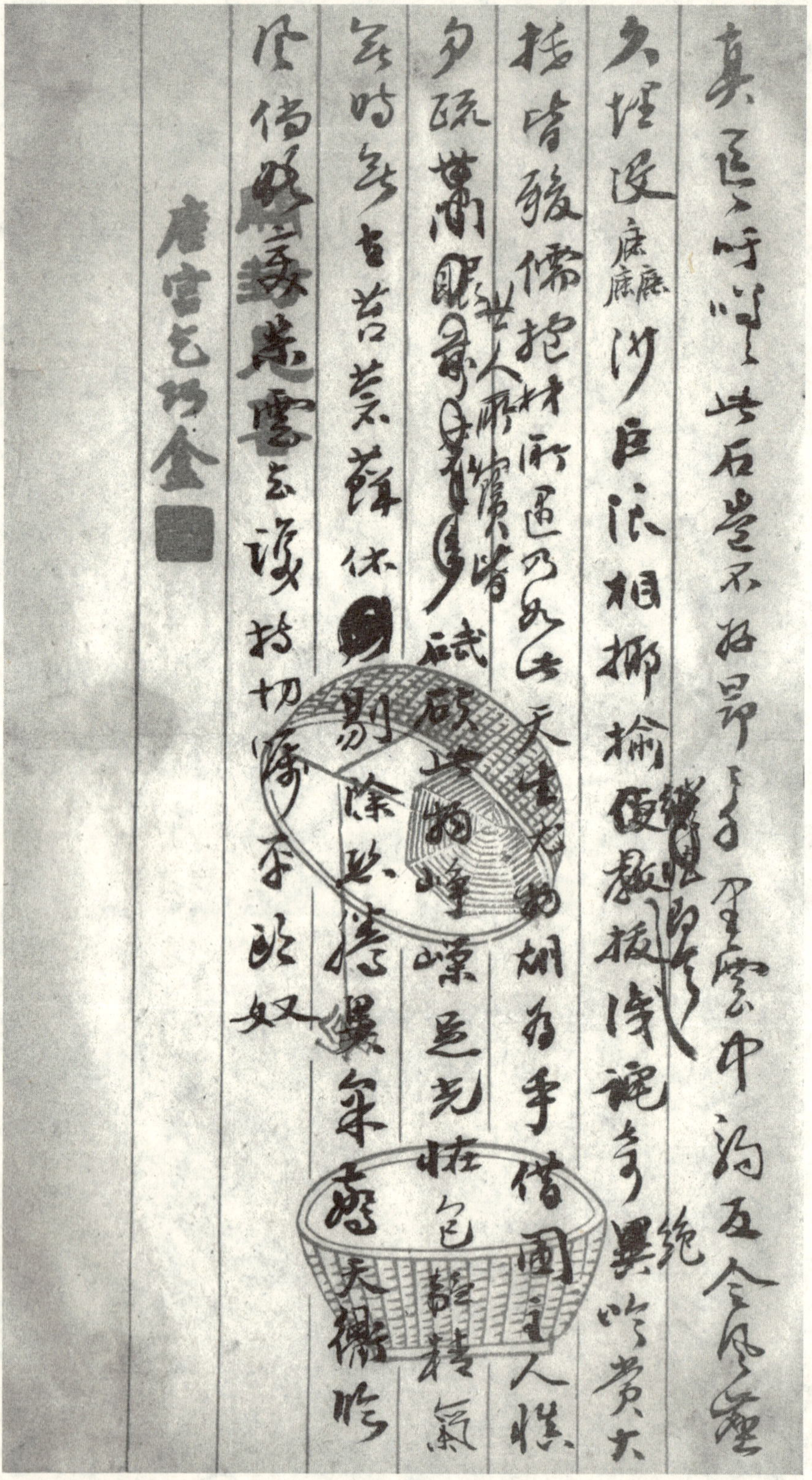
唐宮乞巧盒

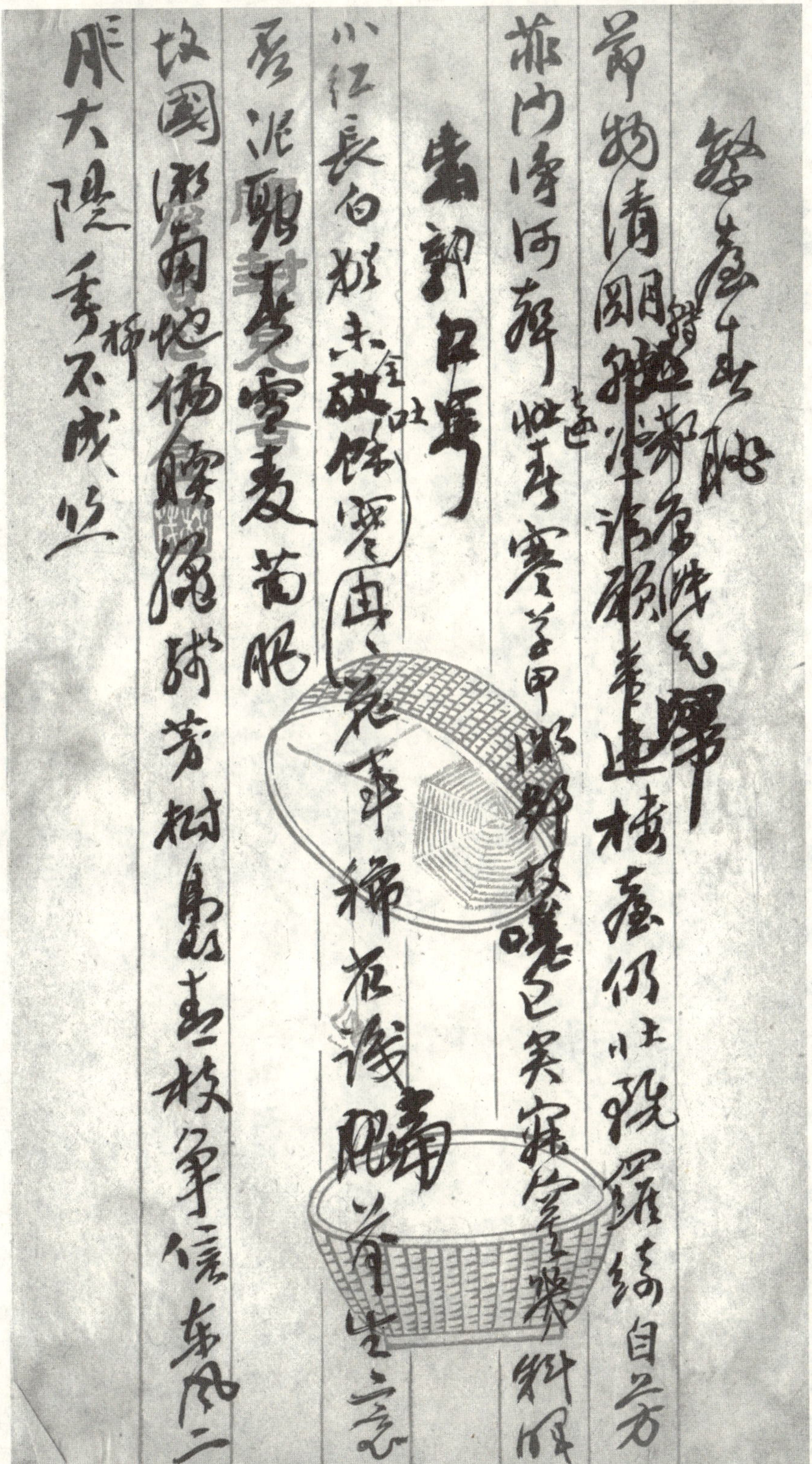

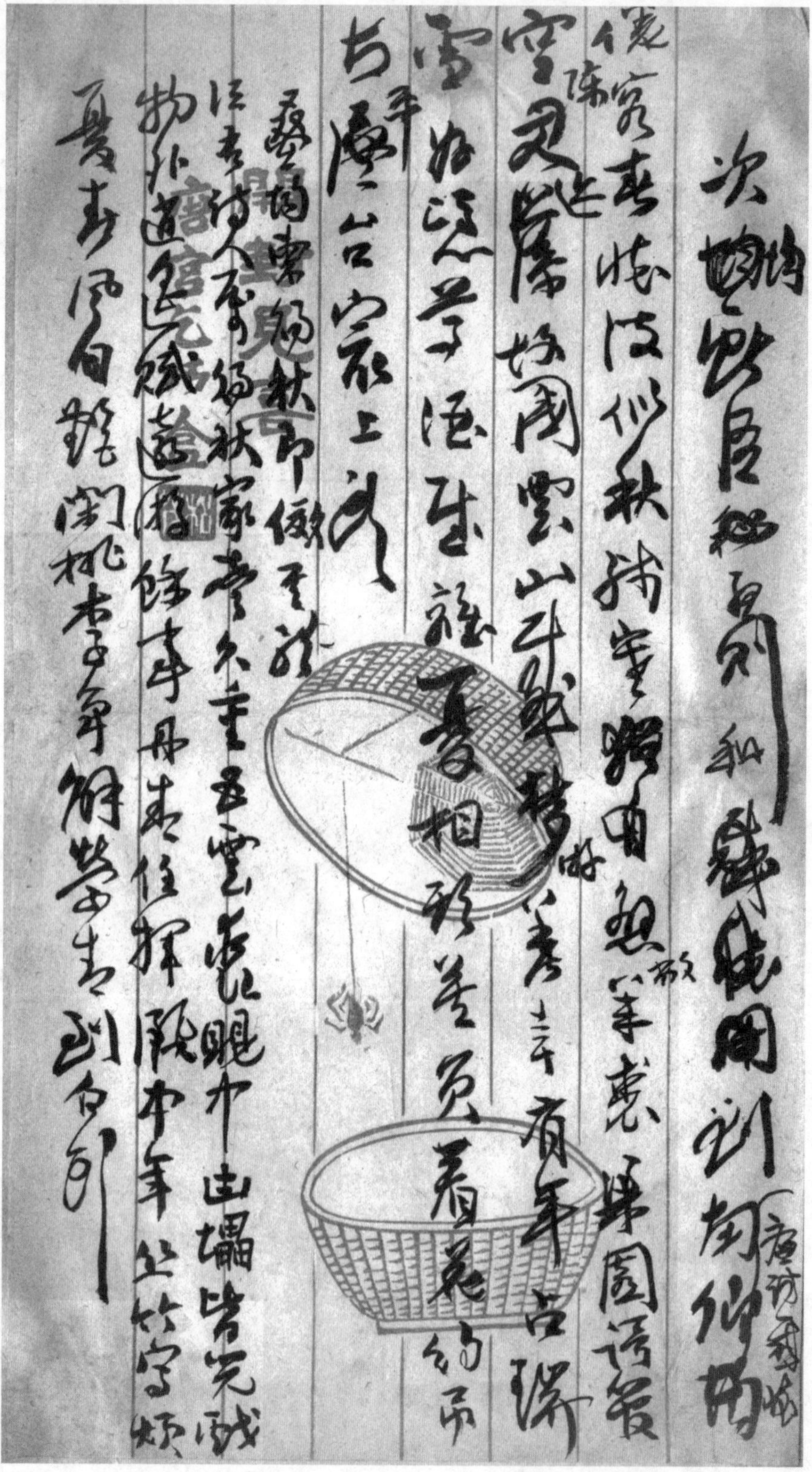

一桁湘簾欽垂門靜掩扃晴生虛室白分與座中來雲暖梅花夢烟
笛柏子禁寒底天万里穀雲樣遙庭　試說香烟味寒宵梵宸
工空圖如對月澄倒不從風鮮合花長好膏滋錦非籠退謎茶
佛法何禁不言中　不借貂輸暖消寒自掩門遙舟度有煙點
雪更無痕庭夢飛過新錯綠煙爐故人話過吾園鋪詞閒箋
太食摩挲見寒瓷采鏡數枝思寄尔熱自不回人暖捲簾雨
玉陽回墨潤生多炊墨蕭灑岩晚石交親
癸未消寒第一集詠壇當風爐泥爐大碗各五律一首

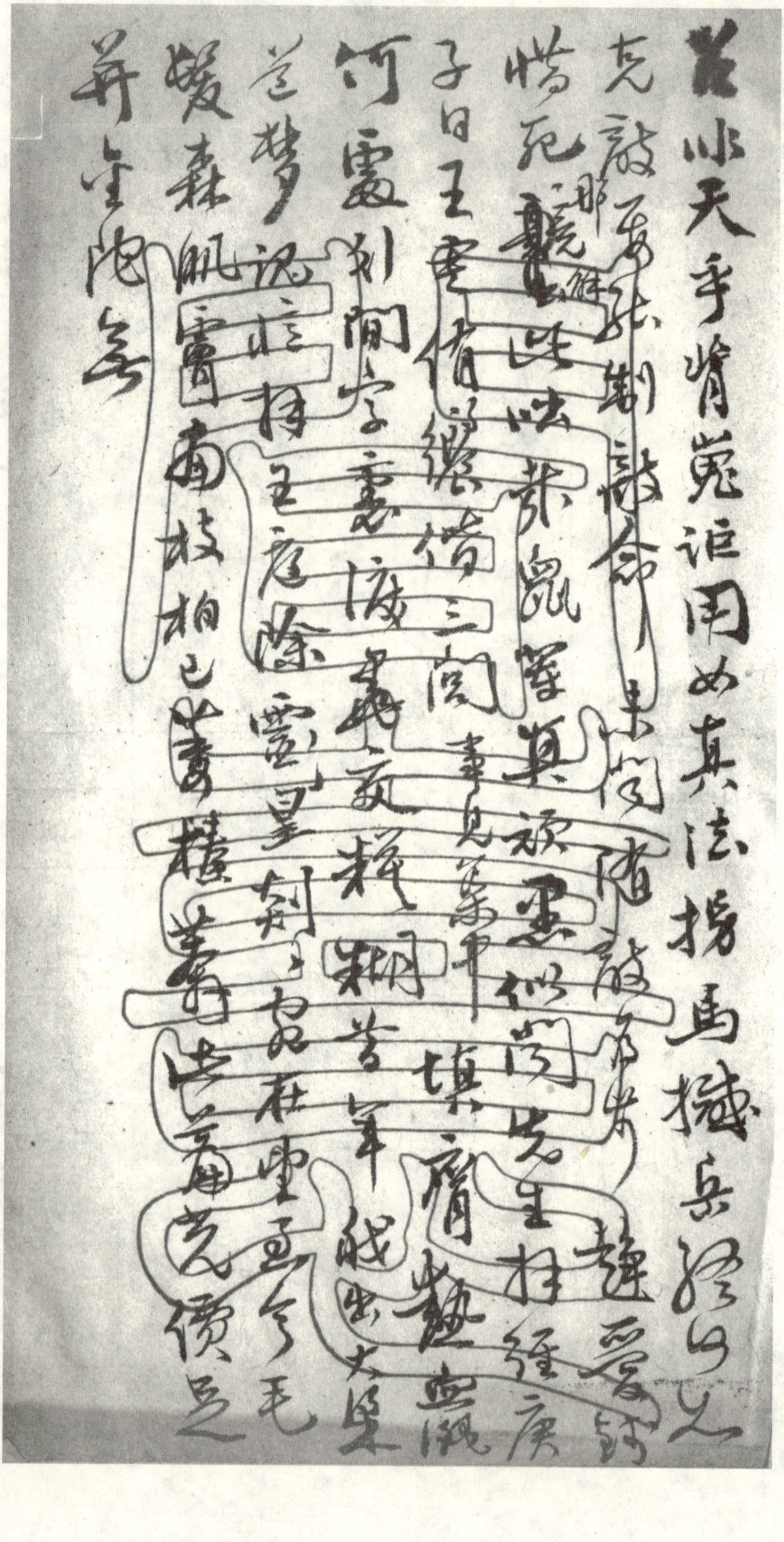

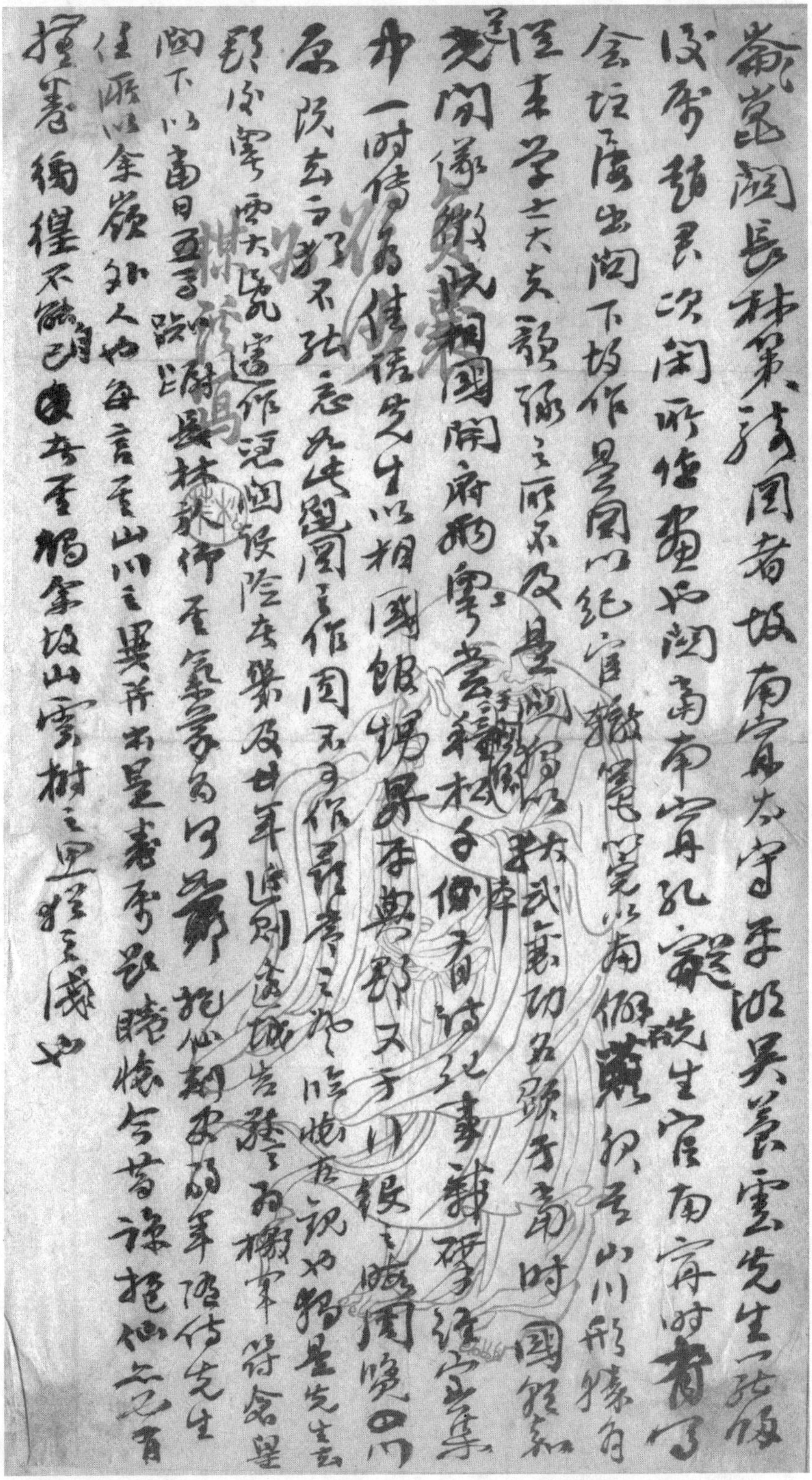

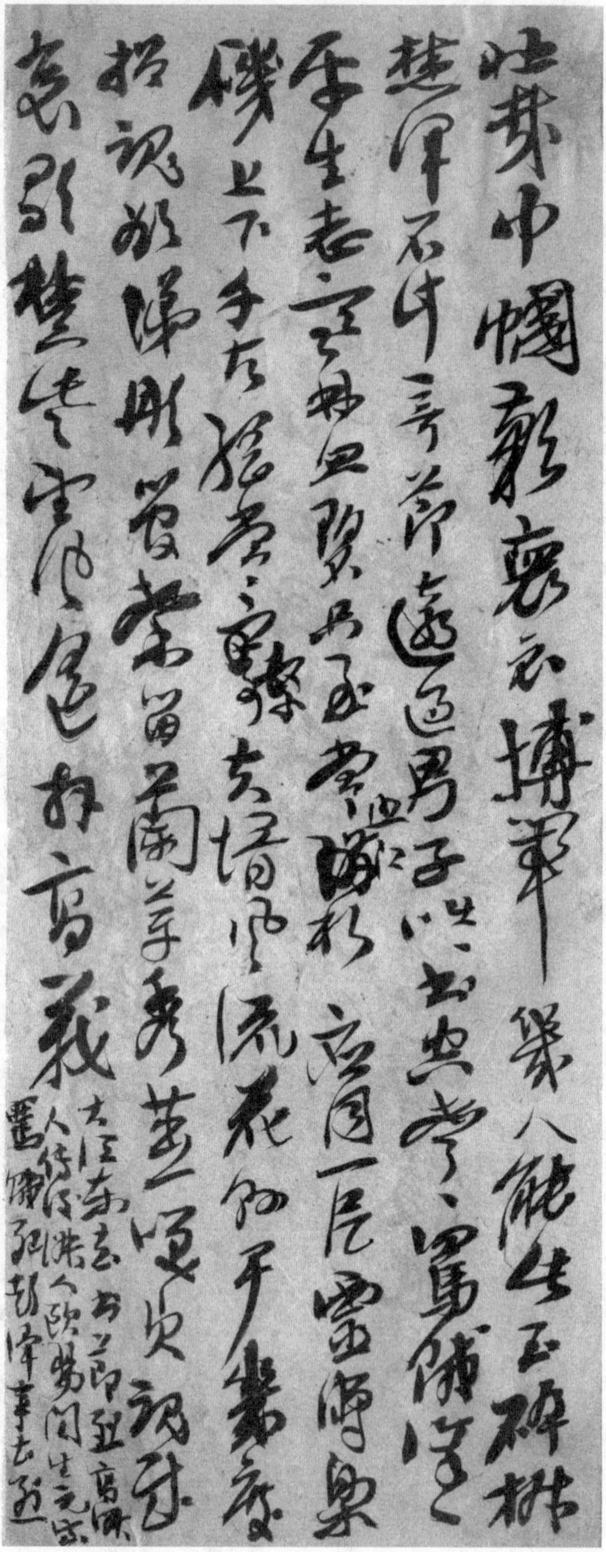

文人墨顶,数云贩与将盲
求情读书游道萧疏稿
伴闲家石交似竹之隐山
悠之

东甫以唐氏纳兰舰光明作书

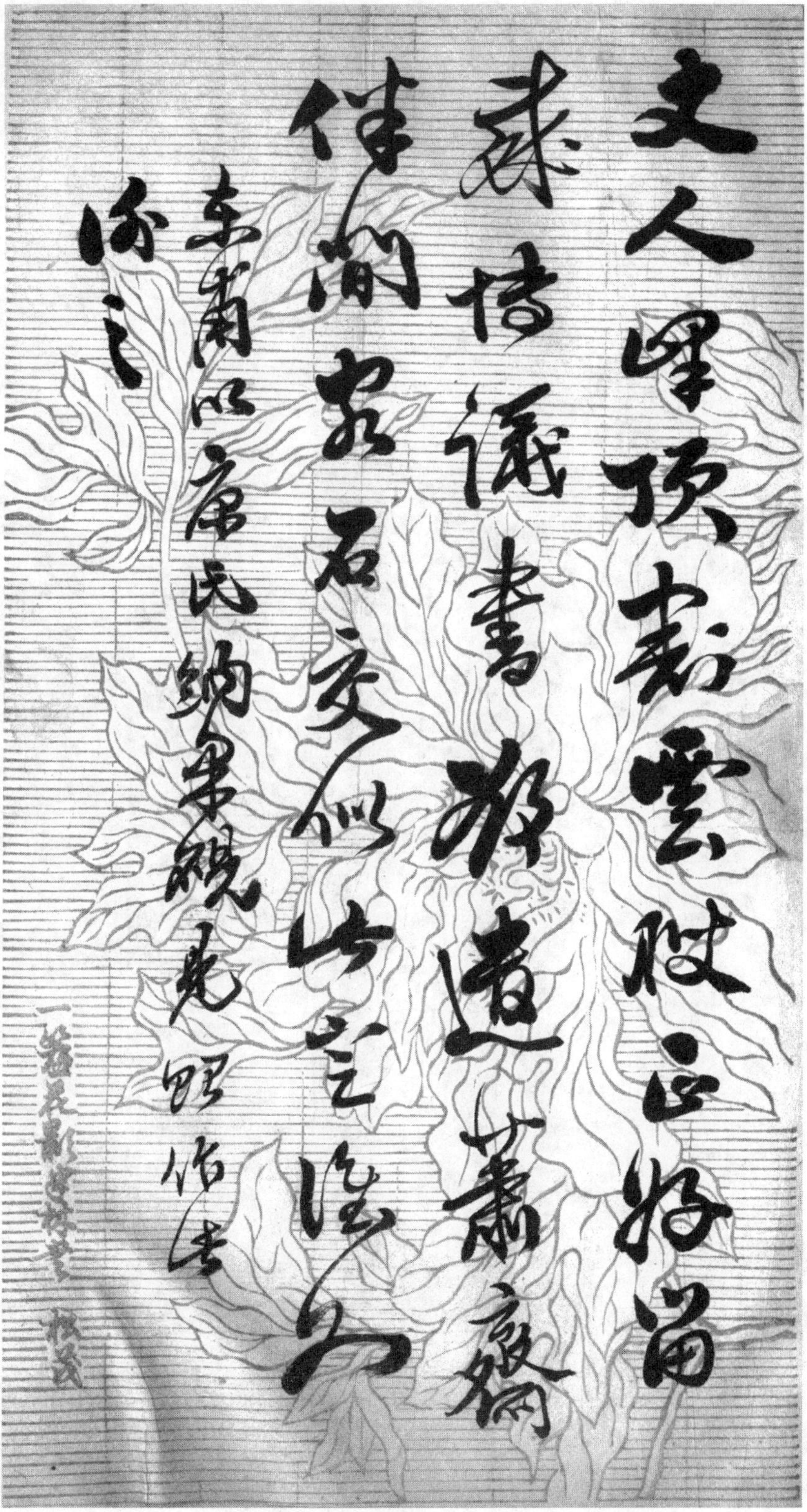

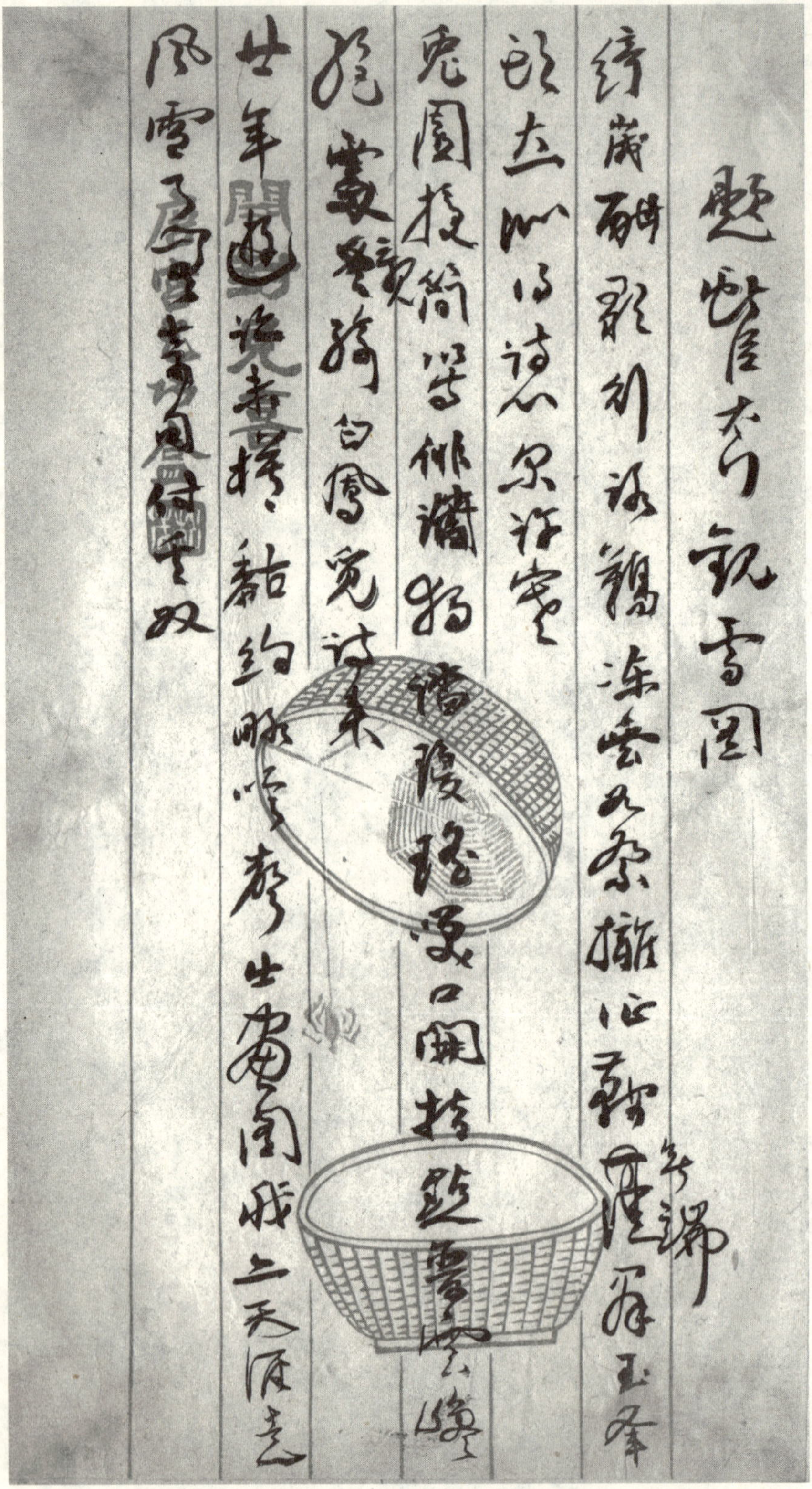

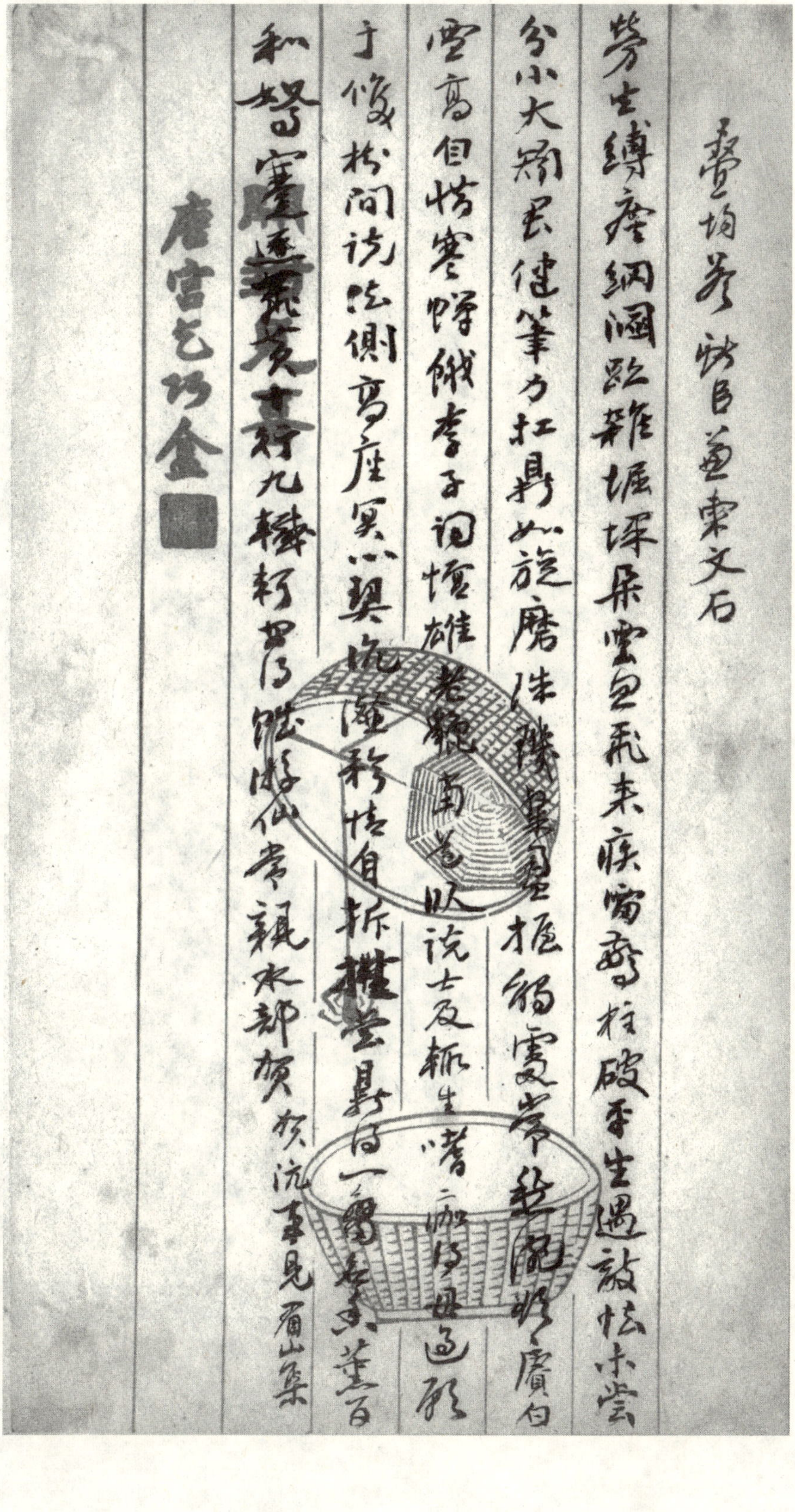
唐宫乞巧盒

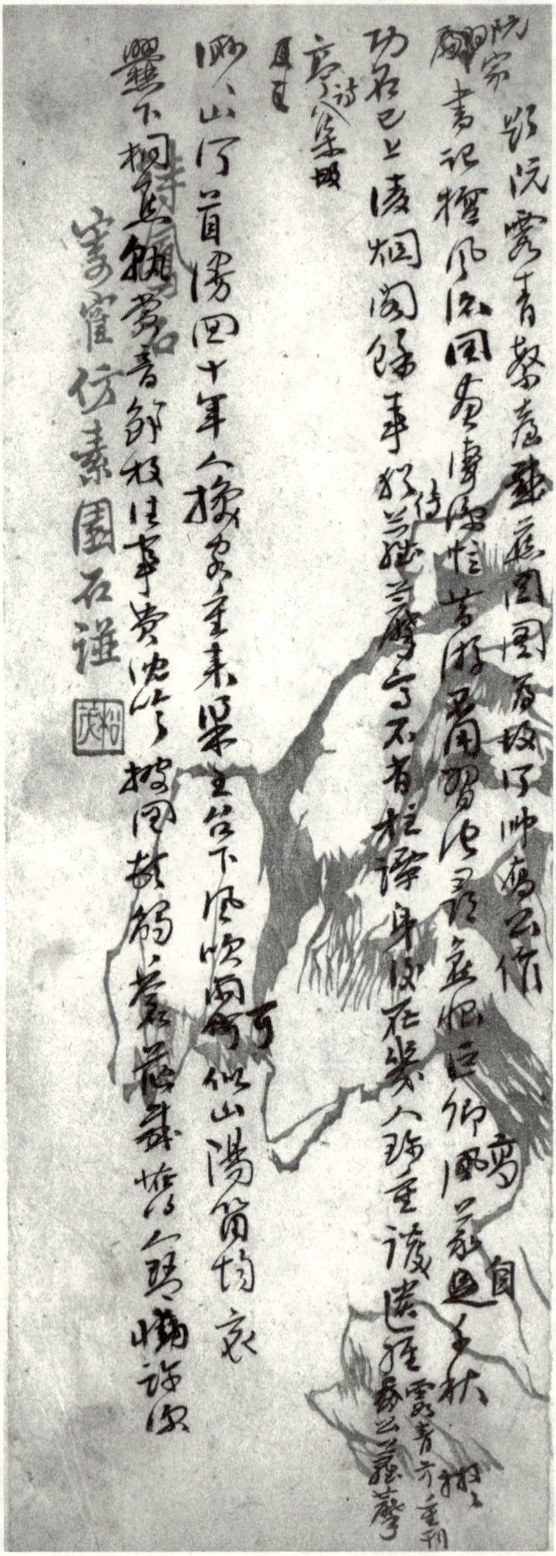

嚴九能先生畫扇摘秋怨詞

仙吏老西湖，紈扇裁成寄尺書。水墨誰家供點染，模糊，認起秋江載月圖。勝事一時無，珍重題詞顆顆珠。纖手聲來鐙下讀，踟躕，小字分明被客呼。南鄉子

分明押角香脩字，小印連環記。雙摩紅篆細于絲，一任長箋短札總相宜。青箱尚有書千卷，一一鈐名徧。也知過眼等雲烟，留作它年佳話共流傳。虞美人

窗外梅梢月正明，校書頻炙硯，對孤檠。嚴妝乍卸伴銀屏，人寂寂，如有剪刀聲。霜氣入疏櫺，鐙前呵手凍，更煩卿。丁丁玉漏試同聽，香篝冷，今夜又三更。小重山

曲屏睡起，瑣窗妝罷，隨意評量花事。試將玉貌比花看，問若個花容似你。水仙也好，海棠也好，都不與儂相似。比儂花品底須高，看階下薔薇可矣。鵲橋仙

春光漸闌，飛花又殘，可憐零落紅顏，斷腸人怕看。脩眉翠攢，清愁萬端，等閒莫凭闌干，正高樓暮寒。醉太平

風聲竹聲，泉聲雨聲，翠衾無那寒生，空樓頭幾更。天明未明，愁醒未醒，是誰伴我淒清，有銀缸七星。醉太平

九能先生中年似頗有家庭之累，時形於筆墨間，惜未得全集讀之。書卷有秀脩印，若是嚴見記其歿家付辨，得於杭夏孟中秋大睦。

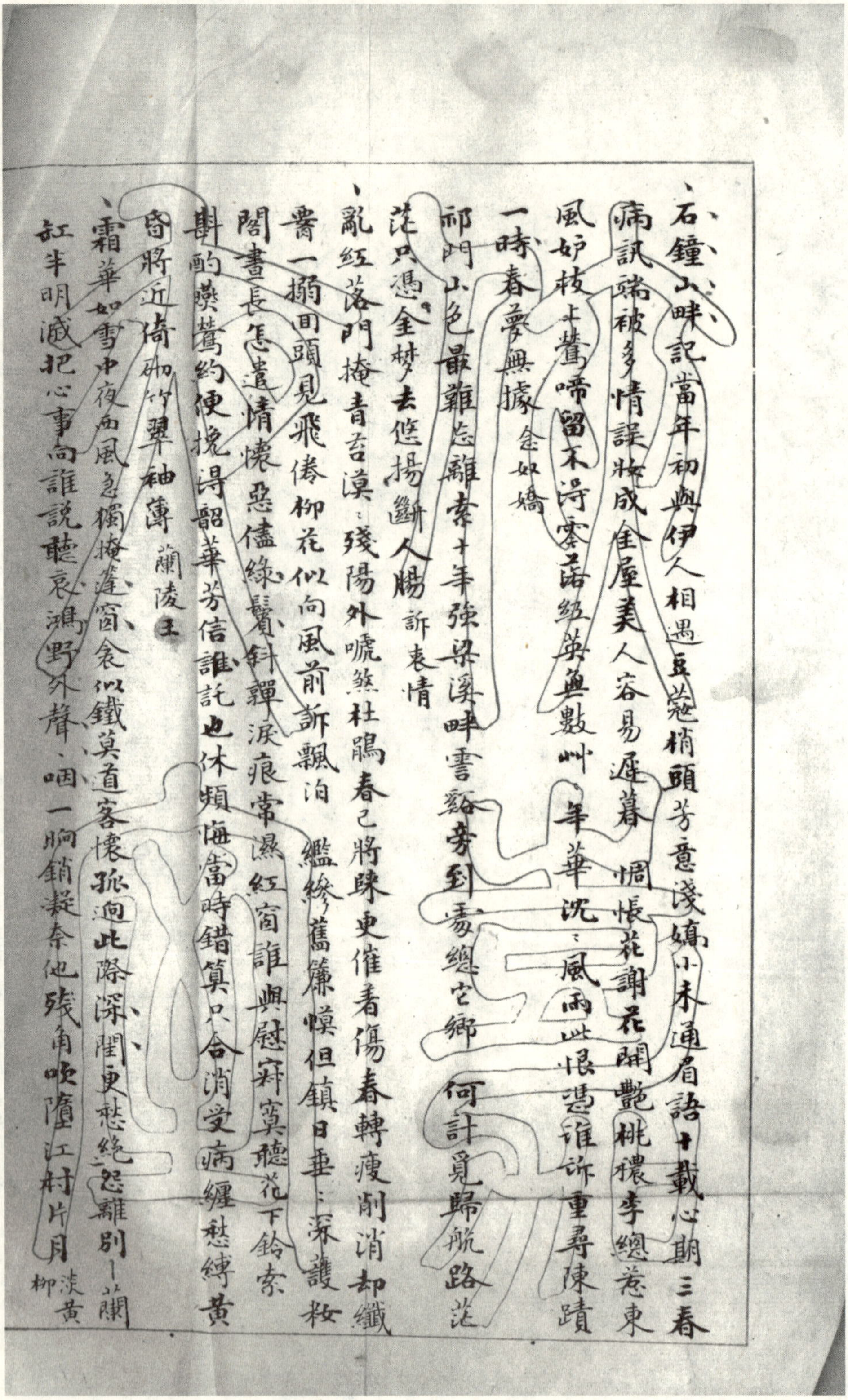

石鐘山畔記當年初與伊人相遇豆蔻梢頭芳意淺嫣小未通眉語十載心期三春
病訊端被多情誤妝成金屋美人容易遲暮 惆悵花謝花開艷桃穠李總惹東
風妒枝上鶯啼留不得零落紅英無數卅年華沉沉風雨此恨憑誰訴重尋陳蹟
一時春夢無據 金如嬌
祁門山色最難忘離索十年強梁溪畔雲谿旁到處總它鄉 何計覓歸航路茫
茫只憑金夢去悠揚斷人腸 訴衷情
亂紅落門掩青苔漠漠殘陽外唬煞杜鵑春已將踈更催看傷春轉瘦削消却纖
腰一搦回頭見飛倦柳花似向風前訴飄泊 纖纖舊簾幙但鎮日垂垂深護妝
閣晝長怎遣情懷惡儘綠鬢斜嚲淚痕常濕紅窗誰與慰寂寞聽花下鈴索
斟酌鶯鶯約便挽得韶華芳信誰託也休頻悔當時錯算只合消受病纏愁縛黃
昏將近倚砌竹翠袖薄 蘭陵王
霜華如雪中夜西風急獨掩蓬窗衾似鐵莫道客懷孤迥此際深閨更愁絕怨離別 小闌
釭半明滅把心事向誰說聽哀鴻野外聲咽一晌銷凝奈他殘角吹墮江村片月 淡黃柳

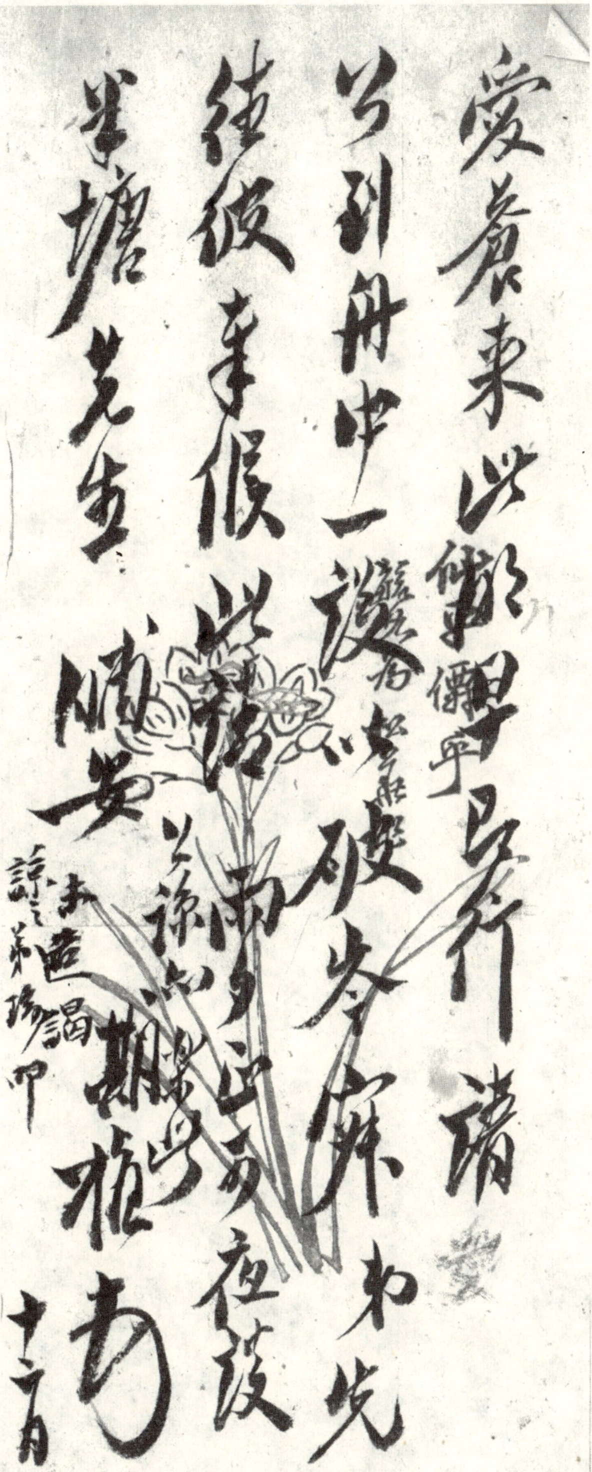

日前趨詣不遇，昨今兩日又陰雨不克走訪，悵悵無似。往時
所言後村集缺葉，偶檢篋得乙丙藏日記，內載後村
居士集 大庫藏本每半葉十行，行二十一字，都五十卷，
其十九、二十兩卷首詩餘，詩餘後有門人迪功郎新差昭州司
法參軍林秀發編次一行，則末葉固尚在矣。又其款式
與鐵琴銅劍樓書目所載舊鈔本後村居士集目錄
後有迪功郎十六字合，雖 庫本僅存五冊，已缺首卷，無
從見其目錄，要可知瞿氏所藏即從宋本傳鈔。彼即
臣能向圖書館鈔寫固妙，否則於此一二月內必往燕里

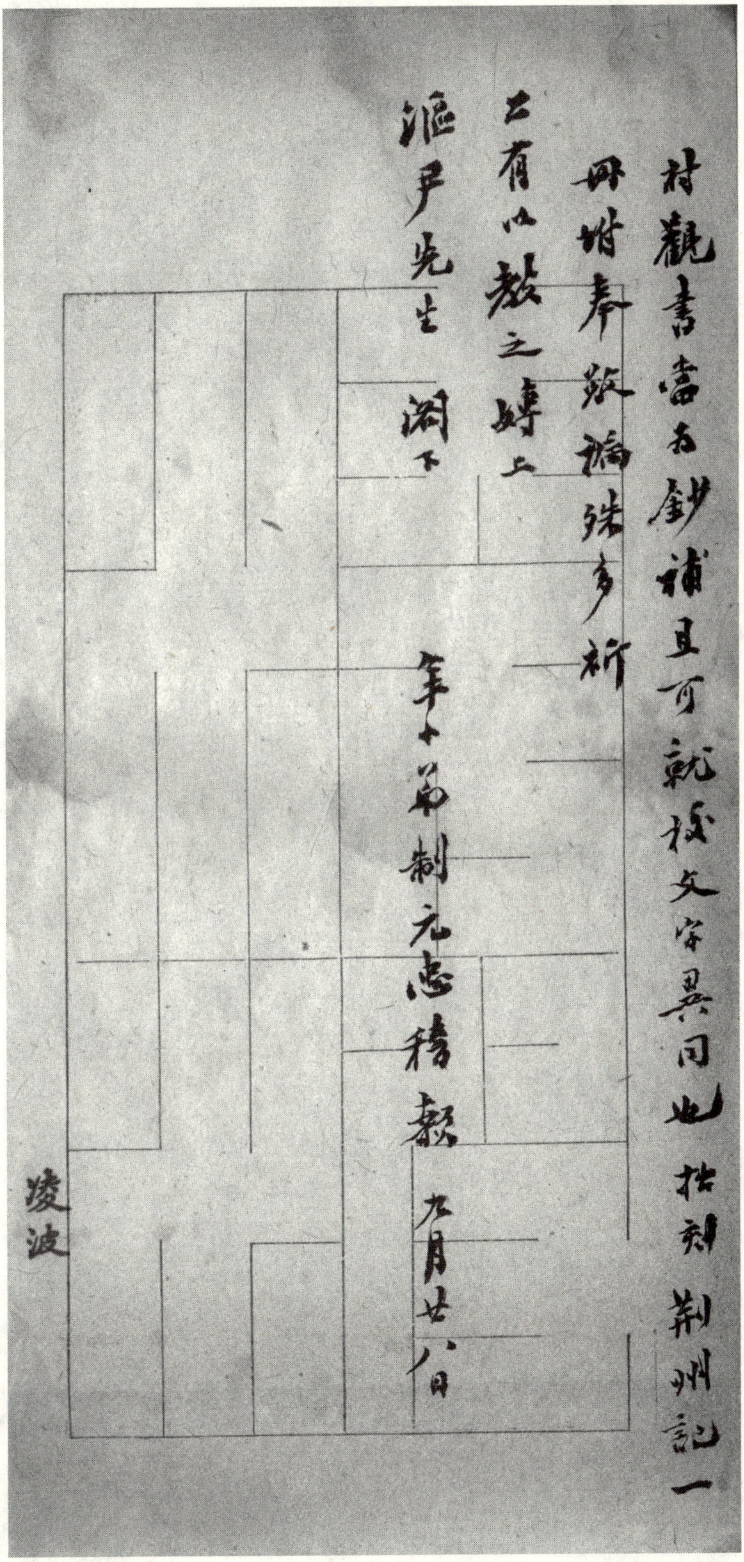
村觀書當來鈔補且可就校文字異同也拙刻荊州記一
冊附奉疵謬殊多祈
亦有以教之專上
漚尹先生閣下
年小弟制元忠稽顙 九月廿八日

凌波

和珠玉詞

和珠玉詞
廣西省立
桂林圖民
國卅四年
劫後存書
特 Ⅱ813·28
清 3677 II

和珠玉詞

光緒甲午七月江標題贉

序

或曰詞衰世之作也令莫盛於唐季慢莫盛於宋季衰乎否乎是說也蒙嘗疑之宋之爲慢詞者美成首出姜張詣極片玉所甄率在大觀政和閒北宋之季也白石玉田連蹇不耦黍離之歌橘頌之章比比有之南宋之季也慢爲衰世之作殆有徵邪小令則不然温韋之深隱南唐二主之淒咽亦云衰矣然而太白樂天實其初祖開天元長世雖多故衰猶未也至宋晏元獻歐陽永叔則承平公輔也元獻所際視永叔彌隆身丁清時囘翔臺省閒有所觸爲小令以自

攄與吾家陽春翁爲近上窺二主其若近若遠若可知若不可知幾幾有難爲言者然所詣則然非世之衰否有以主張之也半塘老人與子苾夔笙亦身丁清時同翔臺省略同於元獻夏六月手珠玉一編字櫛句規五日而卒業視元獻不失絫黍黨亦與蒙相符契蘄以破或衰世之說邪爰申此誼於簡耑半塘諸子當不河漢也昔方千里和淸眞今半塘諸子和珠玉一慢一令凝然兩大亦宅日詞家掌故邪甲午七夕金壇馮煦

序

龍集執徐之歲夔笙至自吳中爲言客吳時與文君尗問張君子苾和詞連句之樂且時時敦促繼作懶慢未遑也今年六月暑雨方盛子苾介夔笙訪余四印齋出眎近作則與尗問連句和小山詞也子苾往復循誦音節琅琅與雨聲相斷續遂約盡和珠玉詞顧子苾行且有日乃畢力爲之閱五日而卒業得詞一百三十八首當賡唱疊和促迫匆遽握管就短几疾書汗雨下不止坐客旁睨且咲而余三人者不惟忘暑且若忘飢渴者然是何也子苾頻行謀醵金付

劂氏詞之工拙不足道一時文字之樂則亘有足紀者重累梨棗爲有說矣刻成寄子苾吳中儻爲未問誦之其亦回首京華夜窗風雨否耶益信夔笙嚮者之言不我欺也光緒甲午荷花生日半塘老人

題詞集珠玉詞句

浣溪沙　　況周頤

一曲新詞酒一杯小屏閑放畫簾垂勸君莫惜縷金衣　只有醉吟寬別恨且留雙泪說相思舊歡前事入顰眉

臨江仙

一霎秋風驚畫扇那堪飛綠紛紛無情有意且休論樓高目斷依約駐行雲　誰把鈿箏移玉柱不辭徧唱陽春等閑離別易銷魂紅牋小字留贈意中人

珠玉詞目錄 揚州晏氏家刻本

如夢令 一首 浣溪沙 五首
清商怨 一首 訴衷情 三首
更漏子 二首 望仙門 三首
清平樂 三首 更漏子又一體 二首
喜遷鶯 二首 前調又一體 二首
相思兒令 一首 秋蕊香 二首
胡搗練 一首 撼庭秋 一首
滴滴金 一首 望漢月 一首
少年遊 二首 前調又一體 二首

燕歸梁二首　雨中花一首
紅窗聽二首　迎春樂一首
睿恩新二首　玉樓人一首
憶人人二首　玉樓春九首
鳳銜盃一首　前調又一體二首
踏莎行五首　蝶戀花六首
玉堂春三首　十拍子五首
漁家傲十三首　瑞鷓鴣二首
殢人嬌三首　小桃紅二首
長生樂一首　拂霓裳二首

點絳脣一首 補遺 以下浣溪沙七首
菩薩蠻四首 訴衷情四首
採桑子七首 謁金門一首
清平樂二首 更漏子二首
相思兒令一首 喜遷鶯一首
玉樓春二首 臨江仙一首
蝶戀花二首 長生樂一首
山亭柳一首 拂霓裳一首

和珠玉詞　　惜陰堂叢書

漢州張祥齡子苾臨桂王鵬運幼霞況周頤夔笙連句

如夢令

珠淚羅巾難滿長把枕衾留半子苾待說不思量往事上心無限幼霞魂斷魂斷簾外落花人遠夔笙

浣溪沙

喚取銀蟾入酒杯莫將燈火上樓臺苾最難天末故人回花影隔簾疏復密幼春光如水去難來江南舊夢莫低徊夔

前調

羅帳煙輕夢不稠鏡中雙淚各分流苾青驄畫舸少年遊 楊柳關河勞望眼夔海棠消息憶從頭屏山彔曲不遮愁蚴

前調

花氣通簾暗雨過上階幽草碧于莎夔隔闌燈影入池波 有月可能來古樹苾無風也自愛新荷酒邊滋味少年多蚴

前調

儘說消愁借酒卮那知添淚滴羅衣苾閒花開到去年枝 約略生香新雨過蚴依稀情話夜凉時玉釵

聲墮繡簾垂 夔

前調

記得江樓送去旌酒醒人散冷金觥 幼 流花暗水斷腸聲 箏柱參差論舊恨 夔 鞭絲迢遞阻歸程當時何事不關情 蕊

清商怨

高樓涼月桂樹滿向古簾弄晚 蕊 望極關河量愁寬帶眼 夔 眉彎曾看未展怎怪得箇人疏遠 蕊 畫燭無言凝情誰更管 夔

訴衷情

斜陽煙柳幾絲青花氣弄陰晴蕙　晝長眠起無賴抛彈打流鶯幼　新釀薄峭寒輕醉難成夔　飄殘絮雪數盡花風未了春情蕙

前調

酒痕詩袖隔年香愁夢感東陽夔　舊時盟約誰省花外月昏黃幼　情總短夜偏長恨茫茫蕙　玳梁釵重金縷衣輕曾費商量夔

前調

羅衣不似去年新花落有來春蕙　山塘曾共游冶璧月一雙人夔　悲落溷喜飄裀甚冤親幼　夕陽無語

憑煖闌干目斷南雲菀

更漏子

新綠滿窗枝上子規啼未了落花飛絮底紛紛蘷最撩人　幾時點檢醉吟身幼記得曲闌攜手處玉釵斜插坐香茵暗傷春菀

前調

不見遙山陌上飛塵簾外樹樹頭依約彩雲飛幼動花枝　流螢點點上簾衣菀悵望星河魂欲斷舊遊回首惜紛披負芳時蘷

望仙門

排簷蒼翠樹陰濃引微風幼篆煙花氣隔簾櫳有無
中夔音信傳南雁箏船夢繞垂虹茈謝娘樓畔記
初逢記初逢拈帶爲君容幼

前調

水晶雙枕覺新涼好時光茈藍橋何用覓仙漿醉爲
鄉幼離恨傳身鵲多應倦織雲裳夔舞衣銷盡舊
時香舊時香宵短夢難長茈

前調

暮雲天畔蹙魚鱗月眉新幼小闌煙柳綠含顰鞾花
裀夔枝上催殘蘂東風不惜芳春茈金鈴一霎底

酬恩底酬恩香夢繞重門幼

清平樂

征鴻南去莫到銷魂處夔薄命應同花上露一霎光陰難住苾　歸雲底事匆匆多應怨寫絲桐幼一樣畫堂圓月問誰獨占東風夔

前調

花香粉細枕畔雙釵墜苾未把深杯心已醉況是海棠新睡幼　曉來春水吹殘東風底用相干夔留取燭花休翦淚痕羅帕生寒苾

前調

迴環喜字不盡纏緜意 幼 望裏千山兼萬水縱有錦書難寄 苾 玉容天半朱樓蛾眉妒煞蟾鉤 夔 料得素馨花底驚心河漢西流 幼

更漏子 又一體

酒腸慳詩夢淺香篆裊愁難翦 夔 疏雨歇雜花開箇人來不來 幼 放歌筵招舞袖望斷故園煙柳 苾 從握手憶顰眉此情君定知 夔

前調

月移墻煙約柳又是上燈時候 幼 梁落燕樹無鶯有人幽恨生 苾 試嗁妝扶淺醉點檢一春情味 夔 尋

舊夢覓餘香腰圍帬帶長幼

喜遷鶯

眉妒柳臉欺蓮嬌小白家蠻蘷問年剛是月初圓佳夢笑徵蘭苾花窺幕琴編樂珍重華年行樂幼菱花鏡裏看添香錦瑟比人長蘷

前調

千里月幾絲風銀漢挂庭中苾酒雲高暈燭花紅珠佩想瓏璁幼輕寒煖愁春遠珍重玉容千萬蘷歌前不惜縷金衣蝴蝶上釵飛苾

前調又一體

繡簾垂銀燭燼花夢夜涼醒 夔 琵琶誰按別離聲幽怨劇分明 幼 與雲飛和月去記得畫闌逢處 茲 海棠開後約重來惆悵到寒、梅 夔

前調

髻攏輕眉畫淡羅扇撲螢天 茲 雨餘清潤入琴絃風裊玉鑪煙 幼 柳絲長花影重月午簾波不動 夔 釵頭分贈素馨香夜促怨歌長 茲

相思兒令

每到歌前酒後新恨總難平 茲 遮莫書囊劍匣容易負平生 幼 綺席更喚金觥正涼宵烏鵲無聲 夔 應

憐一寸柔腸怎禁多少傷情苾

秋蘂香

花冷翠禽啼瘦雲薄玉笙吹透夔風情約略三春柳
眠起無端時候幼杭州舊淚和新酒沾衣袖苾馬
蹏休向蘭臺走樓上玉顏非舊夔

前調

昨夜燈花呈瑞紅藥曉來翻砌夔故園春色憐榕桂
何必璚枝玉蘂幼西山過雨橫飛翠涼生袂苾儘
教花底扶頭醉月落參橫休睡夔

胡擣練

料量新句好酬春莫負珊瑚筆格 夔 桃李休教輕坼簾外風初息 茲 漫言長爪定嘔心美景良辰須惜幼 刖有庾郎愁賦肎付金聲擲 夔

掝庭秋

隔簾花霧三里似暗愁難寄 夔 堂空如水星河案戶共人無寐 幼 寒雲鴈唳新霜蛩語管伊憔悴 茲 相思誰見海棠應更化爲紅淚 夔

滴滴金

香輪九陌無休息袖招紅酒浮碧 夔 莫怪狂奴眼常白問繁華誰惜 幼 新鶯舊燕都如客帶斜陽遠山

色（夔）簾幙依稀輙塵隔幾動人思憶（幼）

望漢月

越網彩絲頻結罥取澄潭新月（幼）無情鷗鷺老汀洲怎詩鬢不如雪（夔） 好花能幾日偏又遇曉風吹折（苾）花間驀憶舊時節悔與箇人輕別（幼）

少年遊

銀河高挂碧梧枝鴻鴈向南飛（苾） 相思萬里傷心千古當日繡羅幃（夔） 新愁舊恨知多少付與酒盈巵（幼）月滿簾櫳露涼庭院偏是別伊時（苾）

前調

清歌一曲動梁塵離夢感參辰夔 江關愁賦天涯望
眼惆悵北山雲幼 詩闌酒戲當時事怎奈百年春
蕊 寄語花前春山秋水妝點要時新夔

前調又一體

韶光易老孤芳自惜蜂蝶儘紛紛夔 竹外攜尊鬭邊
選句樂事一番新幼 千紅萬紫嬌鶯乳燕送了等
閒春蕊 與誰同占月三分除問夢中人夔

前調

秋江一碧美人何許誰與采芙蓉幼 菱歌幾處汀洲
霜晚涼到藕花風蕊 芳心休訴韶華縱好有酒不

須中夔 羨他鷗夢儘從容消受夕波紅幼

燕歸梁

湖上笙歌月滿堂鬬金粉隋梁夔 千燈照夜動花光留醉客錦筵張苾 倦極調鸎狂來擊缶多事奏笙簧幼 曲闌憑處袖痕香怕闌外柳絲長夔

前調

斷虹劃破碧山煙正高敞朱筵幼 茜紗窗外月初弦橫玉笛勸金船夔 流螢幾點梧風桂露秋到晚蟲天苾 拌將歌酒送流年問誰是飲中仙幼

雨中花

小字牋書半就寄與慇懃翠袖苾算是關山魂夢隔一寸心長守幼　媚臉蒨桃心碧藕記那日玉闌攜手夔　早寄語錦帆歸去總不在花開後苾

紅窗聽

萬點楊花誰管束春去也接天新綠夔　落紅珍重還留許護死央雙宿幼　甚處銀蟾明滿目芳隄上青驄去後團圓不足苾　斫地哀歌問何人能續夔

前調

寫到蠻椾無一語枉抱此苦心誰訴苾　好春不是芳菲少恨無人知處夔　窗外啼鶯休報曙屏山側錦

衾獨自渾忘朝暮幼　玉驄堤上問何時歸去芘

迎春樂

花枝那不傳香早十年心委芳草夔　願啺雞樹上休
嗁曉鳳枕畔春難覺芘　空悵望長安古道虛負卻
歲華多少幼　瑀牽玉勒問訊三河少夔

睿恩新

高花肯弄人閒色香自好何須先坼夔　算憑教桃李
無言問東風恁般消息幼　簾外銀蟾脈脈紅燭暗
淚珠長滴芘　儘瓊樓更隔蓬山早消受雲衣冷逼夔

前調

幽花帶露遶庭砌驚乍見舊時姝麗 苾 試新妝豔奪雲英寫舊怨句吟花蕊 夔 向晚西風沈醉誰解得箇人深意 幼 記尊前醉擁紅妝正對鏡窺盤鳳髻 苾

玉樓人

愁懷不是耽杯酒最忺是正風初月後 幼 枝頭三兩秋花勸聽歌休再感舊 苾 雙眉也倦逢場鬬漫酒痕綠黯還齅 夔 向時幾許風情空盈盈泪滿衫袖 幼

憶人人

春雲流影秋花吐豔依約紅梅乍綻 幼 青銅無計惜銷磨也誤識人人嬌面 夔 星河夜靜梧桐疏雨幾

點流螢亂苾　天涯容易又秋風渾不覺離愁暗滿幼

前調

明珠競巧秋蓉比豔倚扇檀櫻欲綻幼　東風畢竟作春寒莫盡捲簾櫳三面夔　啼鴂喚徧海棠枝上歷歷風光亂苾　狂奴休道總無情看此際恩情美滿幼

玉樓春

秋光幾日來吳苑樓上相思穿柳綫苾　將舒桂葉小如眉未吐芙蓉嬌勝面夔　知音枉託箏中鴈寄恨難憑釵上燕幼　閑雲也莫不禁秋一例人天悲聚散夔

前調

短長亭外天涯路前日送君從此去幼　桃花瘦損幾絲風柳絮愁沾雙燕雨苾　春韶苦向愁中度容易篆煙銷麝縷夔　撩人芳草碧如茵挪更杜鵑啼處處幼

前調

簾鉤鎮日閑金鳳嬰武綠衣寒瞢鬆夔　柳絲嫋嫋受風多荷葉田田經雨重幼　枉説月明千里共近日謝郎情不動苾　夕陽憑煖玉闌干爲惜前塵思昨夢夔

前調

簾衣不隔歌雲煥乍可聞聲賒識面幼欲知尊酒醉醒難試看林花開落旋夔一鐙疏雨高梧畔寶扇生涼銀漢晚苾歡期共數月圓時今夜玉蟾剛吐半幼

前調

夢雲分付重門鎖鄰院笙歌催入破夔流螢穿露桂珠香野鵲驚風梧子墮苾舊歡觸忤渾無那和影花間成兩箇幼總然消息隔銀河孤負南樓鴻鴈過夔

前調

粉香墮枕紅霞印柳眼望春春有信苾　酒懷如結倩誰開夢影無憑休重問幼　年時省識而今恨底事當歌容易困夔　樓前芳草接天青不似園花隨眼盡苾

前調

高樓月落人歸後簾影沈沈催曉漏幼　殘紅無分上琴絲慘綠何緣事舞裏夔　玉奴淺笑持杯酒百歲花前爲君壽苾　未須樂事逐時新但祝兩情長似舊幼

前調

四玆秋色和愁撚五綵心同紬慢卷 夔 玉釵香重怯雲鬟寶釧病餘鬆翠腕 苾 房櫳靜拚愁無限記門新詞誇白戰 幼 揭來明月臏情多慣逐飛花浮酒面 夔

前調

江天目送雲駛穩芳草緜緜波滚滚 幼 休教霜訊報秋知且喜星期催巧近 苾 西風不管傳花信抵死樓頭吹別恨 夔 漫拈愁字作生涯吾生有盡愁無盡 幼

鳳銜杯

汀洲白鴈無端起憑望眼玉樓人倚苾恨逐晴絲和夢搖空際風乍動簾波翠夔瞑雲低絲雨細問紅葉怨題誰寄幼但願君恩長記笙歌地不惜花顛頟苾

前調又一體

花時莫漫惜分飛算何妨魂夢相依夔昨夜東風偏也戀南枝吹嫩蘂故紛披苾 回羅袖掩瓊巵莫匆匆卻負芳時幼腸斷鶯前燕後足佳期有分是相思夔

前調

傾城一顧十分春甚鯀花眼底紛紛夔何用清歌皓齒啟朱唇倩飛鳥蹙紅巾幼 斟美酒憶良辰問南湯應見朝雲茲縱使海棠嬌小不如人可奈舊情新夔

踏莎行

竹暗煙浮林疏月露流螢占取秋多處夔經時盼斷故人書聲聲賓鴈南飛去幼 琥珀雙鍾沈檀一炷傷心莫過藍橋路茲迴闌舊約記分明垂楊好繫華年住夔

前調

銀漢秋期，瓊樓夜宴，酒雲紅上人人面。幼郎心說似燭花開，儂腸訴與箏弦轉。夔酒與橫來，吟情不斷，花驄未惜芳堤遠。茗當歌休訴別離多，篴聲催按梁州遍。幼

前調

夢裏非煙，花邊是路，如何付與春來去。夔吳頭楚尾隔千山，相思忍見樓高處。茗嫩綠禁寒，殘紅墮霧，書來怕有詞箋附。幼神仙年少也多愁，華鬘一別今如雨。夔

前調

滿引紅鱗驕嘶紫燕看花雙眼明於電夔雛囊弦索底關人一聲消得愁無限幼　宋玉工愁班姬善怨秋風又到南樓蕑茇玉輪多事缺還圓深情悔被年時見夔

前調

柳絮飛殘流鶯啼遍春光怕向樓頭見幼東風萬一不關愁桃花妒煞佳人面夔　簾外新蟾堂前小燕紅闌一曲干回轉茇無端棖觸十年心秋千影落閒庭院幼

蝶戀花

明月塵侵攜寶扇。畫裏乘鸞，驚換當時面。幼 舊日謝池秋草徧。堂空幾誤春來燕。芯 仿佛絲簧調別院。綵裏何人，慣拂歌塵淺。夔 珍重天涯還念遠。尊前遮莫程千萬。幼

前調

露點檐牙蛛網墜。未到星期，已動思秋意。芯 檻外輕雲低蘸水。遙山欲鬬脩蛾翠。幼 心字暗憐香一穗。問訊鐙花，甚日眞成瑞。夔 有夢但能搴翠袂。須臾抵得春千歲。芯

前調

眼底飛花紅作陣不念芳時做弄春寒嬾夔點檢新妝消酒困當頭皓月無纖暈幼　萬里關河愁轉瞬解識相思何用量分寸芷捲盡珠簾人遠近可憐嬰武難憑信夔

前調

惻惻金風催玉露簾外輕陰風約雲來去幼不解此心蓮子苦終宵促織號朱戶芷　幾許天涯搖落樹何必江潭才是傷心路夔　魚鴈儘教傳尺素舊游如夢無尋處幼

前調

自在翩翩堂裏燕幾度秋風莫定香巢亂苾 絕代芳華今幾見峭寒珍重閑庭院夔 漫說蓬山同踏遍回首華鬘遽隔人天面幼 連句至此聞許霍巢先生噩耗 鴻鴈不來斜日晚屏山一角江南遠苾

前調

鴻烈倦尋丹枕秘愛讀離騷消盡湘蘭媚夔 脩短彭殤君莫記一尊大可忘年歲幼 且聽清歌招舞袂隨處看花莫過西州地苾 有限年芳隨水逝舉杯難喚劉伶醉夔

玉堂春

東風送煖綠到舊時池苑似雪楊花輕點朱檻 幼 逝水年華錦瑟無人見怎向尊前對落紅 苾 夢裏江南何許笙歌錦繡叢 夔 燕後花前說起當初約又負東皇幾番去風 幼

前調

翠蓬烁早目極際天瑤草怕向藍橋問訊雲英 夔 記得當時醉共花閒宿脈脈深情滿意傾 幼 囑咐陽關休唱靑驄離別情 苾 一角樓臺記否山塘路彷彿銀河傍檻明 夔

前調

露穠花館樹底鶯嫌春煗繡罷紅鴛彩綫添長茈舊夢如雲只在梨花外卻見輕煙媚綠楊夔桁上羅衣添潤消殘心字香纫枉費虒鵙到處催人去冷澹高樓送夕陽茈

十拍子

詩衷飄霝吳郡鞭絲怊悵春明夔珍重落花千點淚底似陽關萬徧聲此情誰重輕茈問訊天涯知己琴尊幾度將迎纫才調漫憐江令減薄倖還教杜牧贏新來太瘦生夔

前調

海燕易隨春老涼蟾不共人圓㓜紅燭有情知別苦然到中心滴淚難出門星滿天蕊　往事非花非霧柔情如水如煙夔一樣年華如錦瑟五十誰分一半弦傷心莫箇傳㓜

前調

誰信倦游老矣滄洲思渺西風㓜休怪見花狂欲死蛺蝶生來愛粉叢何堪對落紅蕊　結習破除紈綺怨歌棖觸絲桐夔昨日故人今日別目斷平蕪冷日中雲山恨幾重㓜

前調

記得吳儂門巷垂楊小小笆籬夔 長日無人推繡戶
竟夕迴燈照玉卮釵梁雙燕垂芯 畫檻藏春曲曲
珍叢惹夢菲菲幼 尺素難憑蒼鴈問雙翼徒勞彩鳳
飛相思無了時夔

前調

何必鳳脩麟脯花宮曾記餐英夔 元是上清珠樹豔
不似倡條冶葉輕無人知此情芯 誰譜霓裳法曲
宮牆腰篴潛聽幼 悵觸玉京淪謫感便抵陽關促別
聲紅牙拂宵停夔

漁家傲

畫箭銀壺催暮曉花前幾見他人老 苾 莫負江山風
月好彈古調蕢洲一曲容吾傲 幼 鷗夢涼邊空翠
杳山眉得似徐孃少 夔 不見鏡中雙臉笑啼鳥道休
將此恨今生了 苾

前調 荷花十二首

照影漣漪嬌欲鬪越娥媚臉新妝就 夔 隔浦采菱歌
斷後花如繡忘機鷗鷺齊回首 幼 指點宮衣曾別
久箏船熨徧湘帬縐 苾 把酒酹花花入酒香染裏風
流何必輸韓壽 夔

前調

婀娜風裳低欲卷盈盈淺笑圓渦綻幼 化作夗央仙
不羨絃索畔琵琶半掩如花面蕊 十萬紅妝陪綺
宴涼颺世界寬無限夔 莫學彩雲容易散深深願淩
波顧影長相見幼

前調

寶屧塵香生步步嬪紅消得愁風露夔 何必清游陪
幕府饒幽趣追涼記過盧樓路幼 月曉風清生恨
處含情幾見花能語蕊 解意雙鬟招我去花裏住不
應一別渾如雨夔

前調

翡翠擎盤承露穩江涵鴈字排成陣 蕊 指點湖邊花路近君莫問六朝陳迹餘金粉 夔 羅袖半沾秋水潤游塵不涴歌雲嫩 幼 待折蔫絲情易困休寫恨芙蓉幾日秋江盡 蕊

前調

記得靑墩牽畫舫送行特特翻新樣 幼 風雨未須愁一餉休悵望兜央身世無波浪 夔 朝日避人紈扇障雲鬟翠帔紛相向 蕊 漸洗鉛華空倚傍潮欲上蜻蜓輕逐游絲颺 幼

前調

不數春風紅杏鬧，漫誇秋色菱花小。夔 寶釧遠聞花裏笑，誰比貌，紅顏本似朝雲少。苾 鑄鏡江心眞犬好，有情仙眷原難老。幼 檀板未停杯又到，花解道，看花幾見人人少。夔

前調

一葉記曾題冷翠，幾年芳恨縈煙水。夔 蘋末風來絲雨細，人欲醉，池塘睡鴨呼名起。幼 己丑六月二十八日幼霞夔笙葦灣觀荷木事也 腸斷柔絲生暗刺，青房半脫風前藥。苾 有限舊歡爭忍墜，深淺意，紅箋字字珍珠泪。夔

前調

一水盈盈花拍岸通辭幾費微波便 夔 花底問郎誰比豔歌轉慢長將淚點常遮面 茫 穠纖未容愁火織追涼自把花前盞 幼 舊夢重尋魂欲斷殘照晚紅亭高柳蟬聲亂 夔

前調

欲託紅鱗傳尺素千波過盡無人遇 茫 鷺冷鷗閑誰與訴如怨慕涼蟬說似多風露 幼 好繫斑騅隄畔樹明朝怕說花如雨 夔 夢逐御溝流水去應早悟千金莫買朱顏住 茫

前調

人影花光嬌一格畫船只赤闌香息（夔）花外柳絲曾欲摘煙裏纖對花可奈魂牽役（幼）莫遣露珠和粉滴秋風不損紅兒色（茗）往事未應愁脈脈千里隔花天後日長相憶（夔）

前調

那不天涯驚沈瘦紅椾句苦吟難就（夔）過眼緐華催箭漏驚永晝畫船載酒人非舊（幼）酒面忍教花底齅箏葥粉汗紅紗透（茗）芳意贈君期永久詩滿更清尊更約花前後（夔）

前調

綠翦新衣誰可綻蘭橈總繫垂楊畔芯　香遠任風吹不散歌莫亂壽花宵惜杯千萬夔　漫說花期渾有限斜陽還共閑鷗戀幼　玉鏡曉風開面面休弄訖伊人遠隔滄江岸芯

瑞鷓鴣紅梅二首

綠鬟妝鏡記盤雲曲終人散翠蛾顰芯　莫問冰心鐵骨誰眞賞解惜臙脂定幾人夔　酡顏幾拌流霞醉畫中欲喚眞眞幼　霜前俗笑山桃一樹珊瑚滿隔年新獨占紅芳弟一春芯

前調

淺寒才是早春時，未應鵑血上南枝。夔 不是化工有意呈新巧，煩入瓊肌未許知。幼 孤山改換繁華景，逋仙夢到還疑。苾 誰憐眞色生香，標格天然好，隔清溪蜂蝶尋常那解迷。夔

殢人嬌

望望紅樓，不斷生香滿路。漫悵觸、傷春情緒。幼 韶華自好，惜青衫塵汙。寒惻惻、花前玉驄且住。夔 一院苔空，半池萍聚。芳期誤、舊時橋柱。苾 相思畫裏，指雲山多處。輸冷雁、帶得斜陽飛去。幼

前調

一寸柔腸怎受思量萬轉秋葉下迴廊繞徧蕊雲涯倦羽歎不如飛燕尋舊約甚日儻如人願夔紈扇邀螢寶鈿帖臈清夜永涼生香薦幼花閒舞蝶勸休停歌板魂夢去萬里關山難限蕊

前調

遠渚秋蓉看取深紅未墜消受者燠寒天氣夔金臺寶帶說花中祥瑞香豔絕珠粉更憑裝綴幼塵汙青衫香銷紅袂天涯路雨斜風細蕊多情鷗鷺卻相忘年歲新釀熟待約霜楓同醉夔

小桃紅

白鴈霜前至騷客悲秋氣茲新涼時候圓荷膹葉黃花漸藁夔正吟懷搖落晚晴初乍銀蟾欲墜幼歌轉朱脣啟弦按秦箏細茲紅兒窺鏡綠珠擪篴人閒色藝夔向尊前一笑萬緣空問蟠桃熟歲幼

前調

莫惜垂楊老看取寒梅早夔人生難得當歌對酒韶華正好幼自雲英花裏不歸來似仙山縹緲茲繡說金鶯巧語惜黃鶯妙夔往事如煙柔情似水怨歌別調幼願良辰美景共相歡擱閑愁莫道茲

長生樂

暈月羅雲濳不圓銀漢遠於天夔好花時候美酒進箏筵蕊彈指西風又是一年容易秋心何許但見高梧帶疏煙幼　宵涼似水漏促如絃扶頭嬾上臣船夔花相似歲歲又年年莫尋雲外雞犬杯酒自稱仙蕊

拂霓裳

晝難成遥山一角暮雲平夔池塘遠昨宵佳句逐春生蕊遠意隨芳草愁心夢錦屏幼鶯燕好筭銷魂何必斷腸聲夔　雲霞洞府環佩静望仙瀛蕊憶神清

絳桃千樹粲瑶瓊幼青鸞招不得誰與訴衷情未星星插花枝綠鬢映金觥夔

前調

奈何天絳河人渺不團圓苾斜陽外雲山千疊隔秋煙幼倩誰調錦瑟深意託鵾絃夔木蘭船向芙蓉江上去經年苾飛鴻望斷送愁易寄書難幼知甚日朱櫻紫筍共璚筵夔清尊浮白墮仙藥駐朱顏保長懽再相逢同在好春前苾

點絳脣

盡捲雲羅團欒幾費姮娥意夔玉盆宵啟寸寸蛛絲

綴苾　漫惜眠遲拌遣涼侵袂幼　西風起亂蛬聲裏
一葉飄梧翠蘷

浣溪沙

數到星期弟幾秋莫教情海更添籌苾　銀蟾欲下爲
誰留　斂首花前慵乞巧幼　埽眉燈畔卻工愁柳邊
簾幙暗螢流蘷

前調

又是秋生桂樹林洞庭橘柚欲垂金幼　幾灣流水半
晴陰　箏鴈斜飛憐素手苾　鏡鸞雙照識春心蓬山
未抵此情深蘷

前調

法曲當年玨羽衣，桂花深處見常儀。夔 夜闌何事斂蛾眉。 爲數歸期釵暗卜，蕊 記親舞席袖頻垂。最尋常事耐人思。幼

前調

樓閣璁瓏繞瑞煙，夜歸傳喚撤金蓮。幼 御街驄馬快於船。 壇坫似聞雄日下，夔 羽書且莫報尊前。海帆秋靜鏡中天。蕊

前調

送盡斜陽樹樹蟬，彩鴛雙宿伴芳蓮。蕊 畫船紅燭促

開筵 粉靨有情先替月蘷 鑪香欲斷似非煙誰言良夜不如年㓜

前調

花外歸來月滿身清霜殘角最銷魂蘷 澆愁莫惜酒斟頻 過鴈聲中勞望遠㓜 試燈風裏暗傷春手攀垂柳寄何人苾

前調

盡捲珠簾待月華五紋金縷薄於紗㓜 玉階重發去年花 錦瑟華年成逝水苾 青琴消息隔殘霞篆煙風定故天斜蘷

菩薩蠻

橫塘素艤扶新豔上湖明鏡呈嬌臉夔　寶瑟動華堂可憐時式妝苾　對花頻酹酒願與花齊壽幼　花好未應誇試將人比花夔

前調

誰言眼底花長好西風幾日飄霜早苾　挪及縷金衣年年如舊時幼　怨歌紅泪滴調犯伊州側夔　寶燕動釵鬟衆中誰羨仙苾

前調

秋容漫惜儂家淡經霜幾簇秋芳豔幼　濃淡恁般宜

問伊嬙與施夔 列坐飛觥盞笑折花枝算苾 釵股挂臣冠影從屏上看幼

前調

採菱歌斷霞天晚疏星照水燈千盞幼 鷗夢乍涼時月移紅蓼枝夔 銀河相望久樓閣仍如舊苾 緘就錦書兒恨無南鴈飛幼

訴衷情

文鴛卅六隔芙蓉金綫繡重重幼 露涼休墮梧羣儂處有春風夔 弦索畔酒尊中別情濃苾 書殘錦字譜就迴文密意難窮幼

前調

輕雲如鬢月如眉涼夜坐花宜夔爲誰針線拋卻雙眼淚珠垂苾人散後酒醒時意遲遲幼重添麝炷靜拚珠櫳特地相思夔

前調

晚涼淸露裏紅蓮橫塘空水鮮夔遥山澹埽蛾翠歸鳥入疏煙幼移畫槳倣琦筵木蘭舩苾白公隄畔西子湖頭最憶當年夔

前調

彩鸞惆悵夢中人前度此星辰夔年時花下尊酒都

化楚山雲蕊　風裏袖雨中巾是前春幼　庾郎愁老
浪說年來思與花新夔

采桑子

深杯莫負花前醉暗惜年芳鏡裏人雙蕊　看取歌塵
繞畫梁　不知消得春多少幼　人影花光蝶戀蜂忙
可奈工愁有別腸夔

前調

梢頭荳蔻經春早易過芳時問訊佳期蕊　門巷斜陽
鏁玉猊　綺羅未算銷魂地夔　唱徹楊枝歌闋還悲
似水柔情付與誰幼

前調

桃花總隔仙源路一水溶溶莫遣游蜂夔句引扁舟入畫中　問君何處藏春好幼幾縷斜風斷送流紅逝水還應不向東茈

前調

清尊醉倒金荷底底用相催難得春來幼好趁花時笑口開　塵香漫惜青衫黦夔滿座傾杯鐵笛聲哀聽到陽關弟幾回茈

前調石竹

秋花莫羨春花好各自芳妍占取瑀闌夔老圃金英

欲鬬鮮　應偕漢使仙槎返纫笑立池邊共道嬋娟
自有繁華謝寶鈿茳

前調

相思何必天涯路簾幙無情便抵離亭蘡醉倒花閒
不願醒　司勳費盡傷春句茳記不分明欲說還驚
依約陽關弟四聲纫

前調

舊時簾幙傷心地記得相思燕子來時纫開盡緗桃
又幾枝　斑騅猶戀蘼蕪徑蘡露冷苔衣夢斷金微
寄盡征衫不見歸茳

謁金門

梧葉墜葉上露和秋泪夔解得鵲橋今夕意階前偏
不寐苾離別年年歲歲天上人間無異幼弱是菱
枝香是桂暗愁渾似醉夔

清平樂

春波春草賦別江郎老夔萬斛清愁猶未埽那管落
花多少苾風前喚取深杯聲聲鶗鴂休催幼檻外
遥山一角夕陽紅上金臺夔

前調

菱花妝晚畫閣催開讌幼趙瑟秦箏都聽徧賸得歌

塵一院蕊　銀河挽入金卮雙成侑我清詞夔風景勝如天上彩鸞不駐奚爲紉

更漏子

月明多花影滿分付金尊休淺夔　窺笑靨埽纖眉夜涼人倦時紉　鳳帷長簟枕煖夜久莫停歌板蕊　歡意贈不須觧贈君無別離夔

前調

水空流花暗墮燕子雙雙飛過蕊　明月上彩雲開深深勸玉杯紉　蝶衣輕鶯語脆妒煞小紅歌袂夔　攀老柳送行人橋頭休惜春蕊

相思兒令

簾捲落花風急酒面欲生波夔　笑問乳鶯雛燕不醉欲如何幼　客裏聽慣清歌算名花誰占春多苾　春蠶餘幾情絲等閑休化紅蛾夔

喜遷鶯

燈欲爐漏將窮幽夢與誰同幼　休牽別恨酒尊空花下幾回逢苾　重簾悄春多少明日海棠應老夔　百年能醉幾多場心事付蒼茫幼

玉樓春

酴醾風到春將去傷春料理閑情緒幼　欲知別後夢

魂來試問今朝花發處茲　啼鴂若是鴛鴦侶未必好春留不住夔　飛紅贏得汙羅衣醉倒芳裀盞有數幼

前調

停尊待拍休回首看花不是愁時候幼　欲成燈下百篇詩拌取山中千日酒茲　隔花朱戶浮金獸宵爲輪袍低舞袖夔　閑愁不上十三絃醉裏合稱千萬壽幼

臨江仙

自是桃花千歲實西風不怕飄零茲　海山兜率儘關

情雙成何許望裏綵雲生幼　數點淩霄紅未了璚
樓也隔長亭夔　來朝鞭影去春城故園桃李鸞鏡曉
妝明苾

蝶戀花

簾外櫻桃花滿樹遲日房櫳費盡夗央縷夔　塵暗箏
衣間鴈柱怨春不管春來去幼　舊日才華傳柳絮
怎到而今盡付殘風雨苾　萬種相思誰可語傷心莫
到春多處夔

前調

隄上黃蜂兼紫燕掠柳穿花歷歷春光亂苾　畢竟好

春誰得見棠梨開落深深院幼　九陌麴塵飛欲遍有限芳菲悔識春風面夔　倚偏危闌紅日晚天涯未比屏山遠苾

長生樂

閶闔千門鶯語偏芳事滿蓬瀛幼　九重仙樂正銀蟾空明苾　過雨天街塵靜花漏聲聲夔　恆春稱壽願藉南山獻瑶觥幼　方壺擁翠紫陌吹笙日下光騰五色雲苾　香吏人共說班清絲豪深浣薇露頌金籙長生夔

山亭柳　贈歌者

箏語調秦飛燕掌中身宮裏窄舞韡新 夔 不借尋常
絃管清謳自解穿雲何況玉山筵上勸酒殷勤 幼
吟湘賦楚情無限天涯容易感騷魂清狂與屬才人
蕊 爲惜櫻桃聲價還憐荳蔻芳春贏得尊前好句替
寫羅巾 夔

拂霓裳

數芳辰數芳辰說二分春扶淺醉嬌鸎乳燕總相親
夔 忘憂聊頌酒習靜擬垂綸拜新恩正龍池柳色綠
連雲 幼 韶華暢好須共祝壽如椿風月裏揮豪珠
玉更何人 蕊 何愁紅燭短莫惜篆香焚樂誰眞漫華

堂歌舞鬭清新㚘

在昔光緒中葉鰕生薄游春明與漢州張子苾庶常同邑王半唐給諫相約聯句盡和珠玉詞僅五夕而脫稾無求工競勝之見存而神來之筆輒復奇雋往往相視而笑得意自鳴宜若爲樂可以終古蓋後此之不堪回首誠非當日意料所及也人事變遷垂三十稔子苾半唐墓木已拱海濱聱叟塊然寡儔大雅不作吾衰何望武進趙尗雍精擘聲律家言出其近箸和小山詞屬爲審定拙譔詞話有云塡詞要天資要學力平日之閱歷目前之境界亦與有關係詞學如尗雍庶幾天人具足而其閱歷與境界以謂今之

晏小山可也全和小山爲珠玉續吾儕昔者志焉未逮不圖後來之秀有此沆瀣之合張王有靈在海山兜率間或者素雲黃鶴翩然而來下當亦引爲同調也和珠玉詞曩開雕於廠肆印行僅數十本僘簏所有乃比歲得自坊間者以示未雍爲之循環雒誦愛不忍釋輒任覆鍥俾廣其傳意甚盛也昔晏小山自名其詞曰補亡其託恉若有甚不得已者夫今日而言風雅所謂絕續存亡之會非歟未雍和小山之作即亦亟宜付梓繼屬以行爲提倡風雅計勿庸謙遜未遑也癸亥五月既望臨桂況周頤跋於天春樓

皇朝謚法考

皇朝謚法考

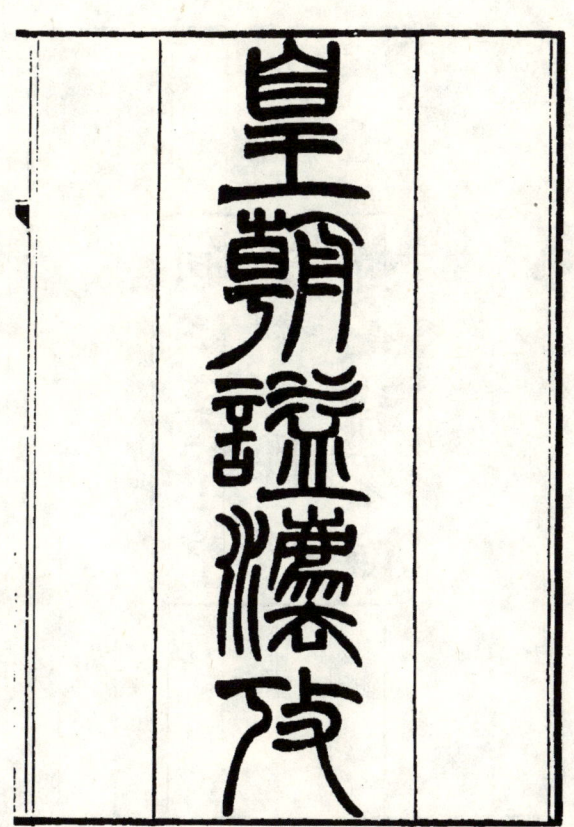

同治三年甲子十二月槧
趙之謙署檢

皇朝謚法考卷一

廉方公正曰忠危身奉上曰忠

慈惠愛親曰孝秉德不回曰孝

中正和粹曰純安危一心曰純

行義合道曰賢

道德博聞曰文勤學好問曰文

智質有理曰獻

賢善著美曰懿

履正志和曰莊

夙夜儆戒曰敬善合法典曰敬

守禮執義曰端

執心決斷曰肅

敬以事上曰恭既過能改曰恭尊賢敬讓曰恭

温恭朝夕曰恪威容端嚴曰恪

布德執義曰穆

温柔好善曰康

善行足法曰儀

博聞多能曰憲行善可紀曰憲

德性寬和曰温

勤施無私曰惠

不剛不柔曰和
和比於理曰順
小心敬事曰良竭忠無隱曰良
善行不怠曰敦
寬和自得曰裕
和好不爭曰安
以德安衆曰靖
質柔受善曰慧
知能辨物曰哲
昭晰羣情曰明

物至能應曰通行善無滯曰通

質直好善曰達

克勤世業曰脩

應事有功曰敏好古不怠曰敏

夙夜匪懈曰勤

甲胄有勞曰襄

思慮詳審曰密追補前過曰密

心無偏曲曰正

夙夜敬畏曰慎

推心行恕曰平

念終如始曰思
心能制義曰度
擇善而從曰比
制事合宜曰義
純行不爽曰定
小心敬畏曰僖
愛民作刑曰克
潔己自愛曰清
不汙不義曰潔
好廉自克曰節謹行制度曰節

執一不遷曰介

肫篤無欺曰誠

表裏如一曰懿

平易不訾曰簡執要能周曰簡

出言可復曰信

忠誠自植曰厚

樸直無華曰質

剛強直理曰武折衝禦侮曰武

致果克敵曰毅強而能斷曰毅

秉德遵業曰烈安民有功曰烈

見義必爲曰勇
强義果敢曰剛威武不屈曰剛
敏行不撓曰直
好力致勇曰果臨事善斷曰果
布義行剛曰景
勝敵克亂曰壯
善問周達曰宣
明德有功曰昭容儀恭美曰昭
寵祿光大曰榮
行見中外曰顯

懷情不盡曰隱

慈仁短折曰懷

早孤夭折曰哀

未家短折曰殤

中年早夭曰悼

使民悲傷曰愍

案會典謚法中冊之下以謚王詳載如右

皇朝謚法考卷一

歙鮑康輯

案潘文恭師有易名錄僅載文臣王貝勒及武臣之謚均不載康毎思補輯以不獲覩金匱石室之書無由稽考雖於諸名家文集中稍稍著錄挂漏實多近儀直徵垣並與校　國史乃得增益其所未備爰取文恭師之例一依會典次序不以時代爲後先編爲五卷率付棗棃用備掌故焉

忠

褫多羅順承郡王訥羅布（訥一作諾）康熙朝

賜號墨爾根戴青（戴一作代）攝政和碩睿親王奉命大將軍多爾袞（追謚　乾隆朝　案乾隆四十三年奉　特旨昭雪復爵予謚並以禮烈親王後改封巽）

親王又改封康親王鄭獻親王後改封簡親王豫通親王後改封信郡王肅裕親王後改封顯親王克勤郡王後改封衍禧郡王又改封平郡王均非初封之名不足昭示後世悉命復還始封爵號

純

襲和碩簡親王定遠大將軍濟度追謚　康熙朝

皇五子和碩榮親王永琪　乾隆朝

賢

皇十三子和碩怡親王允祥　雍正朝　並奉有特旨以王生前所賜忠敬誠直勤慎廉明八字冠於謚號之上

獻

輔政和碩鄭親王定遠大將軍濟爾哈朗　爾一作而　追謚　康熙朝

懿

襲和碩顯親王富綬　綬一作壽又作福壽　康熙朝

皇十二子和碩履親王允祹　乾隆朝

莊

和碩敬謹親王定西大將軍定遠大將軍尼堪追謚以下順治朝

賜號達爾洪巴圖魯多羅貝勒追封和碩親王舒爾哈齊追謚

襲和碩豫親王廣祿以下乾隆朝

皇六子和碩質親王永瑢

襲多羅克勤郡王雅朗阿

敬

襲多羅恒郡王永皓乾隆朝

襲多羅克勤郡王慶惠咸豐朝

端

皇長子追封和碩親王宏暉追謚雍正朝

皇四子和碩履親王永珹乾隆朝

襲和碩定親王奕紹道光朝

恭

襲多羅順承郡王泰斐音阿以下乾隆朝

皇六子和碩果親王弘曕

襲多羅愉郡王弘慶

皇五子和碩和親王弘晝

襲和碩簡親王復封鄭親王積哈納

襲和碩怡親王永琅以下嘉慶朝

襲和碩睿親王淳穎

襲和碩康親王復封禮親王永恩

襲和碩肅親王永錫以下道光朝

襲和碩定親王綿恩

襲多羅成郡王載銳咸豐朝

恪

皇十五子多羅愉郡王允禑雍正朝

襲多羅順承郡王熙良以下乾隆朝

皇十六子襲和碩莊親王允祿

襲多羅信郡王追封和碩睿親王如松

皇二十四子和碩諴親王允祕

襲和碩恆親王弘晊

襲和碩簡親王豐訥亨

襲多羅理郡王宏聰

襲多羅質郡王綿慶以下嘉慶朝

襲多羅榮郡王綿億

襲和碩怡親王奕勳

皇三子和碩惇親王綿愷以下道光朝

襲多羅克勤郡王承碩

儀　襲和碩簡親王德沛乾隆朝

愨　和碩裕親王撫遠大將軍福全康熙朝

溫　皇五子和碩恆親王允祺雍正朝

惠　襲和碩簡親王德塞追諡一云諡慧康熙朝

和

襲多羅安郡王晉封和碩親王宣威大將軍定遠平寇大將軍岳樂康熙朝後追削

順

襲多羅儀郡王綿志一云謚愼誤道光朝

皇次子追封多羅郡王奕綱追謚咸豐朝

良

多羅溫郡王猛峩以下康熙朝

襲和碩康親王奉命大將軍傑書

多羅寧郡王弘晈以下乾隆朝

襲多羅平郡王復封克勤郡王慶恆

襲多羅信郡王復封和碩豫親王脩齡

襲多羅慶郡王綿慜道光朝

裕　和碩承澤親王碩塞追諡康熙朝

安　皇長子和碩定親王永璜乾隆朝

襲和碩禮親王麟趾道光朝

靖　皇七子和碩純親王隆禧康熙朝

襲和碩莊親王博果鐸雍正朝　系莊親王係承澤親王改封

皇二十一子多羅慎郡王允禧乾隆朝

慧　皇三子追封多羅郡王奕繼追諡咸豐朝

哲　皇十一子和碩成親王永瑆道光朝

通　賜號額爾克楚呼爾呼一作虎和碩豫親王左翼主帥定國

大將軍揚威大將軍多鐸追諡康熙朝

脩

襲和碩簡親王雅布雅一作喇康熙朝

襲和碩康親王崇安追謚雍正朝

敏

多羅饒餘郡王追封和碩親王阿巴泰巴一作爾追謚康熙朝

襲多羅平郡王定邊大將軍福彭乾隆朝

襲多羅瑞郡王奕誌以下咸豐朝

襲和碩定親王載銓

勤

皇十四子多羅恂郡王撫遠大將軍允禵以下乾隆朝

襲和碩僖親王奇通阿

襲和碩和親王永璧

襲和碩顯親王復封肅親王蘊著

襄和碩睿親王端恩（以下道光朝）

襄和碩莊親王綿護

襄多羅順承郡王春山（咸豐朝）

襄

賜號達爾漢巴圖魯多羅謙郡王征西大將軍瓦克達（追謚 康熙朝）

固倫額駙喀爾喀扎薩克和碩超勇親王定邊左副將軍策凌（乾隆朝）

襄和碩莊親王綿課（道光朝）

密

襄和碩顯親王丹臻（康熙朝）

皇次子追封和碩理親王允礽（雍正朝）

襲和碩誠親王宏暢乾隆朝

愼

襲多羅淯郡王宏暻以下乾隆朝

襲多羅順承郡王恆昌

襲和碩莊親王永瑺

襲和碩睿親王寶恩嘉慶朝

皇八子和碩儀親王永璇以下道光朝

襲和碩鄭親王烏爾恭阿

襲和碩禮親王全齡

襲和碩肅親王敬敏咸豐朝

度

皇七子和碩淯親王允祐雍正朝

比
襲多羅衍禧郡王改封平郡王羅科鐸（科一作可鐸一作多康熙朝）

定
和碩端重親王征南大將軍定西大將軍博洛（一作孛羅順治朝後追削）

僖
襲多羅平郡王慶寧（以下乾隆朝）
襲和碩怡親王宏曉
襲多羅裕郡王亮煥（以下嘉慶朝）
皇十七子和碩慶親王永璘
襲和碩睿親王仁壽（同治年）

節
襲多羅安郡王華玘（康熙朝）

介
多羅衍禧郡王羅洛渾（渾一作宏又作洪追謚康熙朝）

誠　皇二十三（禮部等門作二十二誤）子多羅貝勒加郡王品級允祁（乾隆朝）

慤　襲多羅安郡王瑪爾渾（瑪一作馬　康熙朝）

襲多羅信郡王德昭（乾隆朝）

簡　固山貝子襲和碩巽親王征西大將軍滿達海（追諡　順治朝）

（後追削）

多羅敏郡王勒度（追諡　康熙朝）

襲和碩康親王巴爾圖（以下乾隆朝）

襲多羅果郡王永瑹

襲多羅順承郡王倫柱（以下道光朝）

襲多羅克勤郡王尚格

厚　襲和碩豫親王裕全道光朝

質　襲和碩莊親王綿譁道光朝

武　和碩肅親王靖遠大將軍豪格豪一作合誤追諡順治朝

毅　多羅郡王追封和碩穎親王薩哈璘璘一作廉追諡康熙朝

皇十七子和碩果親王允禮以下乾隆朝

固倫額駙襲達爾漢和碩親王色布騰巴爾珠爾

烈　賜號古英巴圖魯和碩大貝勒晉封和碩禮親王代善追諡康熙朝

昭　和碩襄親王博穆博和爾和爾一作果爾又作爾果追諡康熙朝

隱　皇三子多羅誠郡王允祉乾隆朝

懷　皇八子贈和碩親王福惠追謚雍正朝

　　皇四子和碩瑞親王綿忻道光朝

哀　襲多羅郡王佛永輝輝一作諱康熙朝

悼　襲和碩敬謹親王尼思哈追謚以下康熙朝

　　襲多羅平郡王訥爾福

　　襲和碩康親王椿泰

　　公品級追封和碩親王保壽雍正朝

謹　襲和碩顯親王衍潢潢一作璜以下乾隆朝

　　襲多羅和郡王綿倫

案會典王謚無謹字故附於後

端慧　皇次子追封皇太子永璉追謚乾隆朝

恭惠　多羅順承郡王平南大將軍勒克德渾追謚康熙朝

恭勤　輔國公追封和碩莊親王宏普乾隆朝

惠獻　固山貝子追封和碩簡親王寍海將軍傅喇塔傅一作富又作福康熙朝

惠順　鎭國公追封多羅郡王加封和碩親王祜塞一作呼字追謚順治朝

靖定　輔國公追封多羅貝勒晉封和碩簡親王芬古芬一作篇又作僞順治朝

敏思　多羅郡王逑爾納爾一作喇順治朝後追削

襄愍　襲輔國公追封和碩簡親王振武將軍副將軍巴賽乾隆朝　案元年追謚十八年追封王爵

武襄　三等輔國將軍追封輔國公晉封和碩簡親王巴爾堪雍正朝　追謚　案乾隆十八年追封王爵

宣和　多羅信郡王安遠靖寇大將軍多尼順治朝

隱志　皇長子多羅貝勒追封多羅郡王奕緯道光朝

懷思　襲和碩端重親王降封多羅貝勒齊克新新一作辛順治朝

懷愍　襲和碩巽親王降封多羅貝勒常阿岱一云謚悼愍以下康熙朝

多羅郡王精濟追謚

悼愍　皇七子和碩親王永琮乾隆朝

恭克勤郡王岳託禮烈親王子雖經配享太廟未聞予謚又王文簡謚法考尚有多羅慧哲郡王衛齊多羅宣獻郡王階堪多羅通達郡王牙爾噶齊但均係封號並非謚號故不載

皇朝謚法考續編卷一　　臨桂王鵬運輯

王

忠　科爾沁博多勒噶台和碩親王參贊大臣僧格林沁奉特旨配享太廟　案我朝親郡王配享太廟者通達郡王武功郡王慧哲郡王宣獻郡王禮烈親王睿忠親王鄭獻親王豫通親王肅武親王克勤郡王怡賢親王超勇襄親王策凌凡十三人同治朝

敬　皇九子多羅孚郡王奕譓以下光緒年

親王銜襲多羅惠郡王奕詳

端　皇五子和碩惠親王奉命大將軍綿愉以下同治朝

皇八子多羅鍾郡王奕詥

格　襲和碩肅親王華豐

順　襲和碩鄭親王慶至以下光緒年

敏　襲多羅順承郡王慶恩

勤　皇五子和碩惇親王奕誴

慎　襲和碩豫親王義道同治朝

愨　襲和碩睿親王德長以下光緒年

厚　襲和碩莊親王奕仁

皇朝謚法考卷二　　歙鮑康輯

案貝勒以下至奉恩將軍以上舊例皆給謚康熙二年停止四年復題准應否給謚屆時請旨然得謚者無多是編凡宗室封爵復授他職者即列入文武大臣中其祇於封爵者附載王謚之後

又案貝勒以下追謚者多不復詳註

賢懿　追封固山貝子尙建（建一作儉）順治朝

端純　鎮國公喇篤祜（一作喇都戶）以下順治朝

襲鎮國公郭蓋（郭一作果）

恭恪　襲輔國公達信（以下乾隆朝）

襲多羅貝勒永福

恭勤　皇二十二子多羅貝勒允祜以下乾隆朝

襲多羅貝勒宏明

恪恭　追封多羅貝勒塔察篇古篇一作偏以下順治朝

鎮國將軍穆爾察察一作擦

襲固山貝子敦達康熙朝

恪勤　襲輔國將軍功宜布乾隆朝

恪慎　襲鎮國公諾音託和乾隆朝

恪僖　多羅貝勒圖倫以下順治朝

鎮國公巴布泰泰一作太

固山貝子特爾祜特一作達祜一作護
襲輔國公宏曣乾隆朝

温良 固山貝子博和託託一作拖順治朝

温僖 襲輔國將軍恩克布康熙朝
襲奉恩將軍福爾善以下乾隆朝
襲輔國公誠保

温簡 固山貝子固爾瑪渾一作顧爾瑪洪顧又作姑康熙朝

和惠 追封多羅貝勒撰桑古撰一作塞以下順治朝
多羅貝勒巴爾楚渾一作把兒出洪

和愨 襲輔國公法爾善乾隆朝

敦勤　襲輔國公愛音圖乾隆朝

敦僖　襲輔國公廣齡乾隆朝

勤愼　襲輔國公宏鼐嘉慶朝

勤僖　襲輔國公紀存紀一作吉以下乾隆朝

襲輔國公興寍

僖敏　襲多羅貝勒海山乾隆朝

克潔　鎮國將軍湯古代順治朝　趙雩門云疑非謚號然會典謚法確有克字

介潔　固山貝子強度以下順治朝

襲固山貝子佛克齊庫佛克一作傅格

介直　奉恩將軍追封輔國公賴慕布慕一作乃以下順治朝

襄輔國公干圖圖一作覓

慤厚　三等輔國將軍追封輔國公塔拜以下順治朝

世子富爾敦富一作福

多羅貝勒杜爾祜祜一作戶

輔國公海蘭

襄輔國將軍杜爾霸杜一作度霸一作杷又作伯

鎮國公高塞一作果色康熙朝

簡恪　襄鎮國公蘇爾禪以下乾隆朝

襄輔國公伊爾登

簡靖　皇二十子多羅貝勒允禕乾隆朝

簡僖　輔國公齊努渾乾隆朝

勇壯　賜號青巴圖魯追封多羅誠毅貝勒穆爾哈齊順治朝

剛毅　多羅貝勒祜里布以下順治朝

追封輔國公達爾察達一作塔

多羅貝勒扈世希

剛果　賜號卓立克圖追封多羅篤義貝勒巴雅喇王文簡作卓禮克兔蓋誤以賜號爲名　順治朝

顯榮　多羅貝勒喀爾楚渾一作哈爾出洪　順治朝

懷儀　奉恩將軍追封輔國將軍范圖圖一作兔以下順治朝

輔國公錫桂錫一作金

輔國將軍塞克圖一作賽克兔

輔國將軍塞勒伯一作賚爾白

襄輔國公馬山馬一作瑪山一作三一云謚慎儀

懷思

輔國公朱固圖朱一作嵩又作舜庫圖以下順治朝

襄輔國公翁古

鎭國將軍蘇赫赫一作黑

襄鎭國將軍溫齊哈溫一作文哈一作喀

襄輔國將軍巴哈

襄鎭國公馬爾圖馬一作瑪圖一作兔

襄輔國公滿都都一作度

懷僖　奉恩將軍喇都海一云謚懷僖　順治朝

懷愍　輔國公追封固山貝子杜努文以下順治朝

固山貝子薩弼一作薩畢

襄　鎮國將軍帕瑚一作杷杷一作琵帕

襄　鎮國公倫額

輔國公杜倫康熙朝

悼哀　固山貝子努賽順治朝

悼殤　奉恩將軍追封輔國將軍巴特馬篇古馬一作瑪又祇作偏古　順治朝

悼愍　固山貝子蘇布圖一作蘇不兎以下順治朝

輔國公翁武

輔國公席布錫倫一作世禰世倫

襄鎮國公固爾固一作顧又作姑

案凡追封承恩公承恩侯承恩伯者無論官職悉得追
諡茲就所知者附載一二其不因追封補諡者仍列之

文武大臣中

忠烈　遊擊世職追封一等公佟養正雍正朝　石琢堂云諡勤襄誤勤襄係其子佟圖賴之諡案佟養正佟圖賴同一列傳均有諡琢堂遂據傳尾之諡加之佟養正矣

莊勤　刑部郎中追封三等公景瑞吉朗阿子同治年

敬慎　廣州將軍追封三等公孟柱一云諡恪順道光朝

端恪　安徽徽甯池太廣道追封三等公惠徵景瑞子同治年

端和　兵部員外郎追封三等公祺昌明山子同治年

端敏　西甯辦事大臣追封三等公福克精阿黃晉坦子同治年

端勤　陝西延綏鎮總兵官追封三等公策普坦以下同治年

　戶部員外郎追封三等公吉明阿朗一作郎

端愨　刑部尚書追封三等公明山同治年

肅慎　太僕寺少卿追封三等公富泰咸豐朝

恪慎　散秩大臣　封三等伯周全斌康熙朝

　筆帖式追贈一等公恭保嘉慶朝

良榮　內大臣　封一等公凌柱乾隆朝

敦敏　刑部員外郎追封三等公花良阿興德子咸豐朝

勤敏　杭州將軍追封一等公舒明阿嗣存子咸豐朝

愨僖　散秩大臣追封一等公嗣存納穆圖子咸豐朝

簡勤　刑部員外郎追封三等公崐山咸豐朝

威恪　成都將軍追封三等公成德一云謚威愨咸豐朝

榮敏　廣西右江道追封一等侯晉封三等公穆揚阿福克精阿子咸豐朝　案予謚在前同治年始晉公爵

榮靖　都統追封一等公納穆圖咸豐朝

榮僖　二等侍衛襲二等男追封一等侯晉封三等公頤齡道光朝

浙江烏鎮同知追封三等公興德崐山子咸豐朝

案以上均係臣謚因取周之宗盟異姓爲後之義附載王貝勒之末即案前例排次惟王謚無威字姑列榮字

之前

皇朝謚法考續編卷二

臨桂王鵬運輯

宗室封爵一前編取貝勒以下奉恩將軍以上得謚者爲前編成後宗室封爵之得謚者不少概見而貝勒載治以次四人雖或兼任他秩然終以封爵爲重是以僅書所封之爵編入第二卷蓋視前稍爲變通矣

恭勤　郡王銜多羅貝勒載治以下光緒年

恪慎　貝子銜襲鎮國公奕湘

敏恪　貝勒銜固山貝子載容

果敏　郡王銜多羅貝勒載澂

皇朝謚法考卷三

肫誠翊贊曰忠危身奉上曰忠

慈惠愛親曰孝大慮行節曰孝能養能榮曰孝

志慮忠貞曰純安危一心曰純

肫篤無欺曰誠實心施惠曰誠

道德博聞曰文修治班制曰文勤學好問曰文錫民爵位曰文

智質有禮曰獻

遂物之美曰成通達強立曰成

博聞多能曰憲行善可紀曰憲

善問周達曰宣誠意見外曰宣

明德有勞曰昭容儀恭美曰昭

獨見先識曰明察色見情曰明譖愬不行曰明

智能辨物曰哲

心能制義曰度

剛強直理曰武闢土斥境曰武折衝禦侮曰武剛彊以順

曰武

有功安民曰烈

勝敵壯志曰勇見義必爲曰勇

武而不遂曰壯勝敵克亂曰壯屢征殺伐曰壯死於原野

曰壯

强義果敢曰剛追補前過曰剛威武不屈曰剛

好力致勇曰果

猛以强果曰威强義執正曰威

辟土服遠曰桓

致果殺敵曰毅强而能斷曰毅

敬愼事上曰恭愛民弟長曰恭執事堅固曰恭尊賢敬讓

曰恭旣過能改曰恭

夙夜儆戒曰敬小心恭事曰敬善合法典曰敬

嚴敬臨民曰莊威而不猛曰莊履正志和曰莊

守禮執義曰端

敬共官次曰恪威容端嚴曰恪溫恭朝夕曰恪

威儀悉備曰欽寅恭奉職曰欽

布德執義曰穆中情見貌曰穆

忠誠自植曰厚敦仁愛衆曰厚

和好不爭曰安止於義理曰安

循理安舒曰泰臨政無慢曰泰

溫仁忠厚曰敦善行不怠曰敦

寬和自得曰裕

竭忠無隱曰良宅衷易直曰良

安樂撫民曰康温柔好善曰康善一作樂

勤施無私曰惠撫字心殷曰惠興利裕民曰惠

推賢讓能曰和不剛不柔曰和柔遠能邇曰和

和比於理曰順慈仁體民曰順

德性寬和曰温

守道不移曰正心無偏曲曰正

執心決斷曰肅身正人服曰肅

不易不訾曰簡執要能周曰簡

寬樂令終曰靖柔德安衆曰靖

避遠不義曰清潔已奉法曰清

執一不遷曰介

好廉自克曰節謹行制度曰節艱危莫奪曰節

表裏如一曰慤

小心畏忌曰僖恭慎無過曰僖

治而無眚曰平執事有制曰平布綱治紀曰平

清白守節曰貞不隱無屈曰貞

執德不回曰確

强立守義曰質名實不爽曰質

不汙不義曰潔

念終如始曰思追悔前愆曰思

夙夜敬畏曰愼小心克勤曰愼
思慮詳審曰密追補前過曰密
純行不爽曰定安民大慮曰定
敏行不撓曰直率行無邪曰直
制事合宜曰義先君後已曰義
能脩其官曰勤宣勞中外曰勤夙夜匪懈曰勤
闢地有德曰襄甲胄有勞曰襄因事有功曰襄
由義而濟曰景布義行剛曰景
好古不怠曰敏才猷不滯曰敏
才敏詳審曰理治繁不擾曰理

物至能應曰通行善無滯曰通

質直好善曰達疏中通理曰達

寵祿光大曰榮

懷情不盡曰隱

使民悲傷曰愍

賢善著美曰懿

案會典謚法下冊以謚羣臣詳載如右

皇朝謚法考卷三

歙鮑康輯

案文恭師易名録載至道光朝而止文職僅四百人緣
道光以前諸臣得謚者寥寥近數年來
兩宫優禮大臣凡階一品者悉
予謚例由禮部奏准後行知内閣撰擬舊隸典籍廳咸豐初卓
海帆相國改歸漢票籤則兩侍讀司之祗遵飾終
諭旨褒嘉之語得謚文者謹擬八字由大學士選四字不得謚
文者謹擬十六字由大學士選八字皆恭請
欽定惟文正則不敢擬悉出
特旨故以列卷首志殊榮焉

又案諡號多本之　國史底冊亦不免傳寫之訛其有傳聞異辭者姑兩存之

文正

工部尚書湯斌追諡以下乾隆朝

東閣大學士劉統勳

體仁閣大學士朱珪嘉慶朝

武英殿大學士曹振鏞文埴子道光朝

協辦大學士刑部尚書贈大學士杜受田堮子咸豐朝

案祖孫父子並得諡者附著一二亦不能備

文忠

保和殿大學士經略一等忠勇公傅恆傅一作富　李榮保子　乾隆朝

欽差大臣前雲貴總督林則徐以下咸豐朝

欽差大臣漕運總督前湖廣總督周天爵

頭品頂戴湖北巡撫贈總督胡林翼以下同治年

欽差大臣戶部尚書署陝甘總督沈兆霖

案大學士及翰林授職之員始得諡文天爵蓋出特旨至庶吉士繙譯翰林並由部郎改官翰林者亦不諡文凡五等封爵賜號欽差經略將軍參贊附載之亦不能備餘皆不載

文誠　東閣大學士富俊道光朝

文成　賜號巴克式式一作什文館大學士達海達一作大海一作亥又作榜式達海

追諡以下順治朝

賜號巴克式式一作什文館大學士額爾德尼一作爾德你巴式格追

謚 棠述海額爾德尼本遊擊副將世職以精通 國書追贈 巴克式後改筆帖式本 賜名者則仍之

武英殿大學士定西將軍一等誠謀英勇公阿桂阿克敦子

嘉慶朝

文毅

內國史院大學士甯完我以下康熙朝

廣西巡撫贈兵部尚書馬雄鎮追謚

文華殿大學士馮溥

保和殿大學士魏裔介追謚乾隆朝

直隸總督贈尚書一等子那彥成阿桂孫以下道光朝

兩江總督陶澍

文恭

武英殿大學士王頊齡以下雍正朝

武英殿大學士靖逆將軍一等侯富寧安（阿蘭泰子）

吏部尚書勵廷儀（杜訥子）

武英殿大學士邁柱（以下乾隆朝）

協辦大學士禮部尚書三泰

協辦大學士刑部尚書鄂彌達（達一作泰一云諡勤僖誤）

刑部尚書秦蕙田

東閣大學士陳宏謀

文淵閣大學士程景伊

都察院左都御史加兵部尚書周煌

文淵閣大學士嵇璜（曾筠子）

都察院左都御史觀保追謚以下嘉慶朝

文華殿大學士蔡新一云謚文端誤

文華殿大學士董誥邦達子

吏部尚書劉鐶之統勳孫以下道光朝

工部尚書陸以莊

伊犁將軍前兵部尚書玉麟

欽差大臣前兩江總督李星沅以下咸豐朝

禮部尚書龔守正

武英殿大學士潘世恩

刑部尚書德興

文敬　禮部尚書張大有一云謚文敏雍正朝

吏部尚書徐潮追謚以下乾隆朝

東閣大學士三寶寶一作保

文淵閣大學士文孚道光朝

武英殿大學士彭蘊章同治年

文莊　東閣大學士梁詩正以下乾隆朝

戶部尚書王際華

禮部尚書德保觀保從弟追謚嘉慶朝

文淵閣大學士覺羅寶興道光朝

協辦大學士戶部尚書輔國公禧恩咸豐朝

文端 內宏文院大學士高爾儼 順治朝追謚

內國史院大學士蔣赫德 原名元恆 以下康熙朝

內秘書院大學士車克

文華殿大學士對哈納 一作兌喀納

保和殿大學士杜立德

文華殿大學士伊桑阿

保和殿大學士吳琠

東閣大學士熊賜履

都察院左都御史揆敘 雍正年追削謚於墓碑上改鐫不忠不孝柔奸陰險揆敘之墓

武英殿大學士張鵬翮 以下雍正朝

禮部尚書顧八代 追謚

文華殿大學士田從典

文華殿大學士張英 追謚以下乾隆朝

刑部尚書張廷樞

文華殿大學士朱軾

保和殿大學士經略三等襄勤伯鄂爾泰

武英殿大學士福敏

吏部尚書前協辦大學士汪由敦

武英殿大學士來保

文華殿大學士參贊大臣尹繼善 尹泰子

刑部侍郎加刑部尚書錢陳羣

文華殿大學士兩江總督高晉斌從子一云謚文勤誤

東閣大學士三等誠毅伯伍彌泰阿喇納子

東閣大學士王杰以下嘉慶朝

武英一云保和殿大學士襲三等義烈公保寧納穆札爾子

體仁閣大學士戴衢亨

協辦大學士禮部尚書汪廷珍道光朝

武英殿大學士卓秉恬以下咸豐朝

頭品頂戴光祿寺卿前協辦大學士湯金釗

武英殿大學士文慶永保子

文華殿大學士襲一等公裕誠舒明阿子

禮部侍郎加禮部尚書贈大學士杜堮

協辦大學士兵部尚書麟魁以下同治年

禮部尚書朱嶟

文華殿大學士桂良

體仁閣大學士翁心存

文恪

保和殿大學士額色赫赫一作黑又作特順治朝

詹事府詹事加禮部侍郎沈荃以下康熙朝

文華殿大學士宋德宜

中和殿大學士一等精奇尼哈番巴泰

刑部（一云工部）尚書圖納

刑部侍郎贈禮部尚書厲杜訥（石琢堂作納誤）追謚

禮部侍郎高士奇追謚

文淵閣大學士高其位（天爵子，以下雍正朝）

禮部尚書吳士玉

東閣大學士尹泰（以下乾隆朝）

協辦大學士吏部尚書劉於義

東閣大學士蔣溥（廷錫子）

禮部尚書董邦達

都察院左都御史加禮部尚書張泰開（石琢堂作閔泰誤）

禮部尚書鍾音

禮部尚書曹秀先

戶部尚書沈初以下嘉慶朝

都察院左都御史胡高望

工部尚書前體仁閣大學士費淳

兵部侍郎贈禮部尚書萬承風

文淵閣大學士慶桂尹繼善子

體仁閣大學士劉權之

閩浙總督董教增以下道光朝

雲貴總督趙慎畛一云謚文勤誤

山西巡撫申啟賢

東閣大學士王鼎

荆州將軍前署刑部尚書宗室鐵麟

工部尚書李菡同治年

案精奇尼哈番即今子爵阿思哈尼哈番即今男爵詳見卷五

文穆

保和殿大學士二等敦惠伯馬齊米思翰子以下乾隆朝

東閣大學士徐本潮子

都察院左都御史梅瑴成石冢堂作瑴誤追謚

文安

禮部尚書王鐸以下順治朝

內國史院大學士張端

戶部尙書何淩漢道光朝

文貞　戶部尙書三等男高其倬其位從弟以下乾隆朝

禮部侍郎贈尙書胡煦追謚

文康　內國史院大學士宋權追謚順治朝

文和　工部尙書陳敳永康熙朝

東閣大學士張允隨以下乾隆朝

保和殿大學士三等勤宣伯張廷玉英子

文肅　內秘書院大學士一等精奇尼哈番范文程康熙朝

文華殿大學士蔣廷錫雍正朝

協辦大學士兩廣總督陳大受以下乾隆朝

吏部尚書王安國

東閣一云武英殿大學士英廉

體仁閣大學士盧蔭溥以下道光朝

吏部尚書宗室恩桂

文簡　賜號巴克式式一作什內宏文院大學士參贊大臣三等精

奇尼哈番希福順治朝

文華殿大學士溫達康熙朝

禮部尚書吳襄雍正朝

文淵閣大學士陳元龍以下乾隆朝

工部尚書魏廷珍

刑部尚書王士禛追謚

兵部尚書金士松嘉慶朝

文淵閣大學士寶興以下道光朝

工部尚書王引之安國孫

文靖

保和殿大學士王熙崇簡子康熙朝

文淵閣大學士史貽直乾隆朝

文淵閣大學士三等伯贈公爵孫士毅嘉慶朝

閩浙總督孫爾準道光朝

文清

保和殿大學士衞周祚以下康熙朝

直隸巡撫格爾古德

武英殿大學士阿蘭泰

體仁閣大學士劉墉 統勳子 嘉慶朝

工部侍郎加都統前武英殿大學士松筠 道光朝

都察院左都御史加尚書沈岐 同治年

文節

湖北巡撫贈總督常大淳 以下咸豐朝

工部侍郎贈尚書呂賢基

湖廣總督吳文鎔

湖北巡撫陶恩培

兵部侍郎贈尚書戴熙

文愨

禮部侍郎加禮部尚書沈德潛 乾隆朝後追削

翰林院侍講學士贈禮部尚書秦承業 以下道光朝

協辦大學士吏部尚書陳官俊

一品銜署滿洲副都統前協辦大學士襲輔國公敬徵

咸豐朝

陝西巡撫鄧爾恆 同治年

文僖

內宏文院大學士覺羅伊圖 以下康熙朝

文華殿大學士黃機

武英殿大學士吳正治

禮部尚書王懿脩 嘉慶朝

禮部尚書姚文田 以下道光朝

黑龍江將軍前工部侍郎宗室果齊斯歡

雲貴總督羅繞典咸豐朝

文貞　禮部尚書王崇簡以下康熙朝

文華殿大學士張玉書石琢堂云謚文端誤

文淵閣大學士陳廷敬

文淵閣大學士李光地

浙江學政刑部侍郎張錫庚玉書孫一云謚文節誤同治年

文愼　體仁閣大學士伯麟道光朝

工部尚書王廣蔭咸豐朝

文定　內秘書院大學士孫廷銓以下康熙朝

武英殿大學士李天馥

禮部侍郎加尚書前署大學士徐元夢雍正朝

禮部尚書銜前吏部尚書楊名時以下乾隆朝

協辦大學士吏部尚書孫嘉淦

兩江總督前文淵閣大學士高斌追謚

文淵閣大學士劉綸

東閣大學士梁國治

東閣大學士托津以下道光朝

吏部尚書朱士彥

戶部尚書孫瑞珍以下咸豐朝

吏部尚書花沙納

文勤

內宏文院大學士李霨 趙雲門作衞誤 康熙朝

禮部侍郎贈禮部尚書蔡世遠 追謚以下乾隆朝

協辦大學士刑部尚書阿克敦

兩廣總督鶴年

文淵閣大學士陳世倌 石琢堂作遒誤 詵子

協辦大學士吏部尚書官保

協辦大學士吏部尚書永貴

兵部侍郎贈禮部尚書覺羅奉寬 追謚以下嘉慶朝

協辦大學士吏部尚書一云湖廣總督一等男書麟 高晉子

協辦大學士工部尚書彭元瑞

都統銜欽差大臣贈協辦大學士前文淵閣大學士襲

一等奉義侯琦善（咸豐朝）

工部尚書王慶雲（同治年）

文襄

武英殿大學士經略洪承疇（以下康熙朝）

中和殿大學士定西將軍撫遠大將軍三等公追封一

等忠達公圖海

河道總督贈工部尚書靳輔

文華殿大學士李之芳

川陝總督加兵部尚書覺羅華顯

武英殿大學士陝甘總督三等忠勤伯黃廷桂以下乾隆朝

協辦大學士刑部尚書定邊將軍一等武毅謀勇公兆惠

武英殿大學士參贊大臣舒赫德徐元夢孫

文華殿大學士于敏中

武英一云文華殿大學士忠銳嘉勇趙雲門作嘉勇忠銳誤貝子贈郡王福康安傅恆子以下嘉慶朝

武英殿大學士一等威勤伯贈一等威勤侯勒保

武英殿一云東閣大學士一等襄勇伯贈三等襄勇侯明亮李榮保孫以下道光朝

文華殿大學士揚威將軍一等威勇公長齡忠齡弟

案國初總督加兵部尚書銜者皆出特旨故載之乾嘉以後始照例加銜即不載矣

文敏

內宏文院大學士馮銓以下康熙朝後追例

禮部侍郎贈禮部尚書拉薩禮禮一作理又作喇沙禮

刑部侍郎加禮部尚書葉方藹

禮部尚書釆斯海釆一作郭又作郭思海又作郭四海

文華殿大學士閩浙總督嵇曾筠以下乾隆朝

吏部尚書楊超曾

刑部尚書張照

刑部侍郎贈尚書錢維城

戶部尚書曹文埴 以下嘉慶朝

協辦大學士刑部尚書覺羅長麟 趙壽門作齡誤

戶部侍郎加尚書覺羅桂芳 圖思德孫

協辦大學士兩江總督三等男百齡

廣州將軍前協辦大學士伊里布 道光朝

文通

都察院左副都御史贈吏部尚書前內國史院大學士

王永吉 順治朝

內秘書院大學士金之俊 康熙朝

文達

工部尚書裘曰修 乾隆朝

協辦大學士禮部尚書紀昀 嘉慶朝

體仁閣大學士阮元道光朝

文懿　禮部尚書韓菼追謚乾隆朝

忠武　陝甘總督參贊大臣一等昭勇侯楊遇春道光朝

忠烈　安徽巡撫贈總督江忠源咸豐朝

忠勇　湖廣總督額稜特稜一作倫又作楞又作額倫忒佛尼埒子追謚雍正朝

忠壯　四川總督贈一等宣勇公和琳嘉慶朝

忠果　雲貴總督贈兵部尚書甘文焜追謚康熙朝

忠毅　川陝總督加兵部尚書三等阿思哈尼哈番孟喬芳順治朝

廣西巡撫加兵部尚書撫蠻滅寇大將軍傅宏烈康熙朝

總管內務府大臣文豐追謚以下同治年

署漕運總督潘鐸

忠靖　直隸山東河南總督加兵部尚書三等阿思哈尼哈番

馬光輝光逵弟順治朝

忠貞　福建總督贈兵部尚書范承謨文程子追謚康熙朝

忠義　吏部承政二等果毅公圖爾格追謚順治朝

案承政即今尚書參政即今侍郎左右承政即今左右都御史左右參政即今左右副都御史悉依舊文

忠勤　直隸山東河南總督一等精奇尼哈番張存仁以下順治朝

吏部侍郎科爾坤

陝甘總督熙麟同治年

忠襄　吏部尚書前內國史院大學士靖南將軍定南靖寇大將軍贈一等精奇尼哈番陳泰陳一作辰圖爾格從子順治朝

滿洲都統前工部尚書一等阿思哈尼哈番遜塔遜一作孫安費揚古孫以下康熙朝

福建總督加兵部尚書前內宏文院大學士一等阿思哈尼哈番李率泰

忠敏　吏部尚書靖南將軍二等伯卓羅羅一作洛又作魯巴篤理子

提督操江兼安徽巡撫加兵部尚書李日芃芃一作芁又作昆誤順治朝

戶部尚書一等精奇尼哈番瑪爾賽瑪一作馬康熙朝後追創

忠愍　武英殿大學士經略莫洛追謚忠敏 一云謚 康熙朝

純和　宗人府左宗正襲鎮國公托克托慧托一作託 康熙朝

誠武　戶部尚書副將軍一等果毅繼勇公兼一等子豐紳額
　　　阿里袞子 乾隆朝

誠毅　內大臣工部侍郎三和一云謚恪勤 以下乾隆朝
　　　吏部尚書託庸庸一作永

誠恪　兩江總督薩載乾隆朝
　　　署廣西提督前署貴州巡撫贈總督江忠義忠源從弟 同治年

昭簡　工部尚書歸宣光乾隆朝

明靖　江西南贛巡撫加兵部尚書二等阿思哈尼哈番劉武

元追謚 順治朝

明敏　戶部侍郎一等阿思哈尼哈番碩詹 碩一作邵一云謚英敏誤 康熙朝

武毅　工部尚書靖逆將軍一等襄勤 一云勤襄 伯贈三等義烈公納穆扎爾 穆一作木又作納木扎勒又作那木扎爾 乾隆朝

武襄　滿洲都統前刑部侍郎征南將軍二等阿思哈尼哈番卓布泰 卓一作趙又作兆又作卓普特 衛齊宁 康熙朝

勇烈　江蘇巡撫幫辦軍務吉爾杭阿 咸豐朝

勇壯　署刑部尚書靖 靖一作征 東將軍三等阿思哈尼哈番濟席哈 席一作什又作錫又作季什哈 敦拜弟 追謚 康熙朝 石琢堂又載有蒙古都統濟席哈名謚並

同蓋誤為兩人

勇毅　安徽巡撫贈總督李續宜續賓弟同治年

勇肅　理藩院尚書穆克登布道光朝

壯果　都察院左都御史駐藏大臣贈一等伯拉布敦乾隆朝

壯節　浙江巡撫羅遵殿追謚同治年

壯愍　浙江巡撫督辦軍務王有齡同治年

剛烈　兵部尚書參贊大臣襲三等襄勤伯鄂容安鄂爾泰子乾隆朝

果烈　將軍兼雲貴總督參贊大臣一等誠嘉毅勇公明瑞乾隆朝

果勇　戶部侍郎參贊大臣贈三等子三泰乾隆朝

果壯　兵部參政追贈一品銜超哈爾超一作朝又作綽爾一作耳追謚順治朝

果威　駐藏大臣加都統前通政使司通政使楙特賀咸豐朝

果毅　熱河都統前署陝甘總督瑚松額道光朝

果敏　都察院左都御史二等精奇尼哈番鄂羅塞臣鄂一作俄羅一作爾塞一作色又作俄羅色臣一云謚果毅康熙朝

恭憲　都察院參政贈右承政孫昌齡順治朝

恭毅　戶部尚書趙申喬康熙朝

廣東巡撫贈尚書李湖以下乾隆朝

閩浙總督前武英殿大學士襲一等昭信伯李侍堯元亮子

山東巡撫贈總督李僡（咸豐朝）

恭恪　禮部尚書錢以塏（趙粵門作愷誤　雍正朝）

漕運總督瑚寶（以下乾隆朝）

湖廣總督富明安

兵部尚書襲三等公富銳（以下嘉慶朝）

盛京兵部侍郎襲一等忠勇公豐紳濟倫（福隆安子）

兩廣總督祁𡎴（道光朝）

恭惠　河南巡撫加兵部尚書何煟（乾隆朝）

恭肅　直隸總督宗室慶祺（咸豐朝）

恭簡　吏部尚書性桂（以下乾隆朝）

禮部尚書常壽

恭愨　衍聖公孔毓圻雍正朝

湖廣總督覺羅圖思德乾隆朝

葉爾羌參贊大臣前內閣學士吉明道光朝

恭慎　山東巡撫贈總督和舜武嘉慶朝

兵部尚書特登額咸豐朝

恭定　吏部尚書郝維訥石琢堂作納誤康熙朝

工部尚書閻循琦以下乾隆朝

吏部侍郎加尚書吳紹詩

恭勤　吏部尚書瑪爾漢瑪一作馬以下乾隆朝

湖廣總督碩色

兵部尚書李世傑

戶部尚書布彥達賚 賚一作賴 阿里袞子 以下嘉慶朝

署直隸總督裘行簡 曰修子

兵部尚書那清安 以下道光朝

河東河道總督 雍正七年始分設江南河東河道總督 栗毓美

禮部尚書徐澤醇 咸豐朝

直隸總督恆福 豐昌子 同治年

敬僖

禮部尚書一等昭毅伯永慶 嘉慶朝後追謚

工部尚書襲一等誠嘉毅勇公博敬圖 明瑞孫 以下道光朝

兵部尚書保昌

理藩院尚書吉倫泰恭阿拉子咸豐朝

敬慎　吏部侍郎熙昌嘉慶朝

敬敏　禮部承政滿達爾漢爾一作剌追謚順治朝

兩江總督阿林保嘉慶朝

莊毅　陝甘總督裕泰咸豐朝

莊恪　吏部尚書甘汝來以下乾隆朝

閩浙總督加兵部尚書喀爾吉善

江南河道總督白鍾山追謚

都察院左都御史署漕運總督阿思哈

廣東巡撫朱桂楨道光朝

莊肅　刑部尚書李振祜道光朝

莊敏　兩廣總督桂林鶴年子乾隆朝

刑部尚書胡季堂煦子嘉慶朝

莊愍　江蘇巡撫徐有壬咸豐朝

端毅　禮部尚書龔鼎孳趙雩門作滋誤康熙朝

戶部尚書隆文道光朝

端恪　刑部尚書姚文然一云謚端愨誤康熙朝

都察院左都御史贈禮部尚書沈近思雍正朝

衍聖公孔繁灝同治年

端肅 河南總督兼管山東並北河總督事加兵部尚書田文鏡雍正朝

端簡 兵部尚書王宏祚以下康熙朝

禮部尚書荆山一作精

吏部侍郎署直隸總督贈禮部尚書何世璂一云謚端肅誤雍正朝

端慤 刑部侍郎宋文運康熙朝

端勤 廣東巡撫劉秉權康熙朝

戶部尚書德明雍正朝

端敏 刑部尚書劉楗康熙朝

欽差大臣漕運總督贈都察院右都御史袁甲三同治年

恪恭　宗人府左宗人襲鎮國公登塞雍正朝

恪靖　河南巡撫贈兵部尚書胡寶瑔乾隆朝

雲貴總督三等男鄂輝嘉慶朝

恪僖　宗人府右宗人襲輔國公拔都海以下順治朝

宗人府左宗人襲輔國公喇世塔世一作什

蒙古都統前戶部侍郎平逆將軍贈二等阿思哈尼哈

番驒力克圖力一作理又作畢理格圖康熙朝

都察院左都御史舒常嘉慶朝

滿洲都統署西安將軍前戶部侍郎薩迎阿咸豐朝

恪思　宗人府左宗正襲輔國公晉封固山貝子豊寳（豊一作豐　乾隆朝）

恪慎　領侍衛內大臣理藩院侍郎旺扎爾（旺一作汪又作汪扎勒　乾隆朝）

戶部尚書成德（嘉慶朝）

杭州將軍前吏部侍郎襲一等威勇公桂輪（長齡子　道光朝）

禮部尚書惠豐（以下咸豐朝）

禮部尚書何汝霖

福州將軍前閩浙總督覺羅耆齡（同治年）

恪勤　雲貴總督郭瑮（瑮一作禮　温達族子　康熙朝）

河道總督陳鵬年（雍正朝）

直隸總督那蘇圖 一云謚慤勤誤 以下乾隆朝

戶部尙書綽克託

禮部尙書德明 以下嘉慶朝

雲貴總督覺羅琅玕

杭州將軍前理藩院尙書伊勒東阿 同治年

恪敏

雲貴總督加兵部尙書卞三元 以下康熙朝 後追削

禮部尙書襲鎮國公追贈固山貝子屯珠 屯一作吞

直隸總督方觀承 一云謚敏恪 乾隆朝 案史館列傳作恪敏方氏家乘則作敏恪

兩廣總督贈內大臣永保 嘉慶朝

安恪

都察院左承政房可壯 順治朝

工部尚書宗室文彩（咸豐朝）

敦敏　宗人府左宗人襲輔國公訥圖（乾隆朝）

康僖　戶部侍郎贈都察院右承政梁雲構（追謚　以下順治朝）

兵部侍郎陳達泰（追謚）

順僖　內大臣前都察院承政一等精奇尼哈番多爾濟達爾漢諸顏（漢一作罕　顏一作彥　又作奇　又祇作多爾濟達爾漢　順治朝）

溫恪　宗人府右宗正盪寇將軍鎮國公追封固山貝子準塔（塔一作達　雍正朝）

溫和　工部尚書張祥河（同治年）

溫懿　總管內務府大臣加一品銜丁皂保（一云謚文恪誤　以下乾隆朝）

黑龍江將軍前吏部尚書振武將軍靖邊大將軍襲一等信勇公傅爾丹 傅一作富一云謚溫恪誤

溫僖　江南河道總督加禮部尚書孔毓珣 雍正朝

　　宗人府左宗正襲輔國公瑟爾臣 瑟一作塞乾隆朝

溫勤　漕運總督郎廷極 康熙朝

正直　理藩院尚書贈一等精奇尼哈番沙機達喇 機一作齊順治朝

肅敏　步軍統領前兵部尚書開音布 開一作凱以下康熙朝

　　直隸巡撫加總督襲一等精奇尼哈番趙宏燮 良棟子

　　內大臣前兵部侍郎襲一等伯欽拜 乾隆朝

簡敬　閩浙總督程祖洛 以下道光朝

禮部尙書宗室成剛

簡恪　刑部尙書戴敦元道光朝

簡勤　刑部尙書和瑛道光朝

靖毅　閩浙總督王懿德咸豐朝

靖節　欽差大臣兩江總督裕謙班第曾孫道光朝

淸獻　浙江總督加兵部尙書趙廷臣以下康熙朝

陝西巡撫白淸額

山東巡撫加工部尙書袁懋功

漕運總督徐旭齡

四川道御史贈內閣學士陸隴其追謚乾隆朝

清端　兩江總督于成龍以下康熙朝

兩江總督傅拉塔拉一作臘

兵部尚書襲慕義公孫徵灝徵一作徽可望子

川陝總督音泰音一作殷

福建巡撫贈禮部尚書陳瑸

湖廣總督楊宗仁石琢堂作伯誤雍正朝

清恪　江寧巡撫瑪祜瑪一作馬祜一作琥石琢堂作瑪佑誤以下康熙朝

禮部尚書陳詵

禮部尚書張伯行雍正朝

禮部尚書馬慧裕嘉慶朝

兵部尚書愛仁 同治年

清惠 直隸巡撫加兵部尚書金世德 以下康熙朝

福建總督施維翰

清愨 刑部尚書劉吳龍 一云謚清恪誤 以下乾隆朝

直隸總督袁守侗

清義 內秘書院一云建極殿大學士謝陞 順治朝

愨敬 河東河道總督加兵部尚書張師載 伯行子 乾隆朝

愨厚 宗人府右宗人襲輔國公穆臣 臣一作青 康熙朝

愨簡 兵部尚書劉義 一云謚恪簡 乾隆朝

愨僖 河南巡撫加兵部尚書吳景道 順治朝

直隸提督前江西巡撫布蘭泰乾隆朝

慤慎　刑部尚書阿勒清阿咸豐朝

慤勤　閩浙總督蘇昌乾隆朝

兵部尚書阿靈阿咸豐朝

慤愍　直隸保定巡撫加工部尚書王登聯追謚敏謨　一云謚慤康熙朝

案登聯與蘇納海朱昌祚均輔臣鰲拜矯詔論死八年　特旨昭雪並各予謚

僖敬　甘肅巡撫加兵部尚書周文華順治朝

理藩院侍郎席達禮席一作石康熙朝

僖恪　戶部侍郎鹿禮禮一作理追謚順治朝

僖和　兵部尚書張秉貞追謚順治朝

僖靖　山西巡撫贈兵部侍郎祝世昌追謚以下順治朝
都察院左丞政徐起元追謚

僖平　兵部尚書李際期順治朝

僖敏　工部尚書謝啟光順治朝

確慎　二品銜太常寺卿唐鑑一云謚恪慎誤　咸豐朝

義烈　兵部尚書定北將軍一等誠勇公班第乾隆朝

勤勇　兵部侍郎三等阿思哈尼哈番蘇魯邁魯一作爾又作祿又作嚕　康熙朝

勤果　刑部侍郎二等阿思哈尼哈番徐大貴康熙朝

勤毅　總督湖廣軍務贈兵部尚書胡全才順治朝

陝甘總督吳達善以下乾隆朝

浙江巡撫海寗

勤恪

戶部尚書寗古理一作甯古里　一云謚勤敏　康熙朝　石琢堂又載有尚書寗古里謚敏恪似誤爲兩人

湖北巡撫納齊喀喀一作哈以下雍正朝

福建巡撫贈兵部尚書朱綱

河道總督加兵部尚書齊蘇勒

都察院左都御史楊汝穀以下乾隆朝

戶部尚書李元亮

湖廣總督海明

直隸總督鄭大進

和碩額駙工部尚書襲一等忠勇公福隆安傅恆子

吏部尚書金簡

刑部尚書張若渟廷玉子以下嘉慶朝

禮部尚書三等承恩公恭阿拉恭保子一云謚勤愨

兵部尚書魏元烺一云謚勤愨咸豐朝

勤肅

四川總督贈尚書鄂弼鄂爾泰子以下乾隆朝

理藩院尚書新柱

刑部尚書德福

勤愨

理藩院侍郎二等精奇尼哈番尼堪追謚順治朝

漕運總督加兵部尚書楊錫紱以下乾隆朝

刑部尚書前體仁閣大學士楊廷璋

勤僖　川陝總督加兵部尚書馬之先順治朝

工部尚書劉昌以下康熙朝

江西巡撫白色純

河南巡撫佟鳳彩

蒙古都統理藩院侍郎多爾濟乾隆朝

湖北巡撫加總督汪新以下嘉慶朝

協辦大學士吏部一云禮部尚書宗室琳寧

勤直　禮部尚書昇寅道光朝

勤襄　兵部承政定南將軍三等精奇尼哈番追封一等公佟圖賴文獻作土賴佟養正子順治朝

川陝總督加兵部尚書贈二等阿思哈尼哈番李國英以下康熙朝

四川巡撫杭愛

陝甘總督惠齡以下嘉慶朝

閩浙總督方維甸觀承子

內大臣前兩江總督璧昌和瑛子咸豐朝

勤敏　吏部承政二等鎮國將軍追封鎮國公阿拜追諡順治朝

欽天監監正加工部侍郎南懷仁康熙朝

署工部尚書莽鵠立以下乾隆朝

戶部尚書海望一云諡勤恪

戶部尚書黃鉞道光朝

勤愨　直隸山東河南總督加兵部尚書朱昌祚追諡一云諡勤敏又云諡勤恪均誤康熙朝

襄忠　雲貴總督加兵部尚書勇略將軍一等精奇尼哈番追晉一等伯趙良棟康熙朝

襄武　賜號達爾漢一云庫魯克達爾漢禮部尚書二等阿思哈尼哈番阿賴康熙朝

襄壯　兵部承政伊遜一作宜蓀又作宜孫追諡順治朝

漢軍都統前兩廣總督鎮海將軍一等阿思哈尼哈番王國光（以下康熙朝）

滿洲都統前兵部侍郎二等阿思哈尼哈番特錦（錦一作晉博爾晉子）

協辦大學士戶部尚書參贊大臣襲一等果毅公阿里袞（音德子乾隆朝）

襄恪

四川總督常明（嘉慶朝）

襄勤

河道總督加兵部尚書于成龍（康熙朝）

四川提督加兵部尚書前川陝總督奮威將軍寧遠大將軍三等威信公岳鍾琪（昇龍子以下乾隆朝）

漕運總督傅顯傅一作富

江南河道總督贈尚書黎世序道光朝

襄敏　宗人府右宗正固山貝子務達海務一作吳文作吳大海追謚順治朝

吏部尚書靖南將軍三等精奇尼哈番珠瑪喇珠一作朱文作朱馬喇文作祝瑪拉追謚以下康熙朝

漕運總督加兵部尚書蔡士英

宗人府右宗正襲輔國公瓦三三一作山

襄愍　內國史院一作秘書院大學士蘇納海追謚康熙朝

敏勇　都察院左都御史三等精奇尼哈番覺善覺一作教一云謚勤勇

康熙朝

敏壯　禮部承政贈三等阿思哈尼哈番巴篤理理一作里又作篤又作把都理追謚以下順治朝

兵部尚書二等阿思哈尼哈番葛達渾渾一作洪

內秘書院一作中和殿大學士覺羅巴哈納追謚以下康熙朝

內大臣前理藩院尚書喀蘭圖喀一作哈一云謚壯敏

敏果　吏部尚書安南將軍明安達哩哩一作禮又作理以下康熙朝

戶部尚書襲一等阿思哈尼哈番追封一等承恩公米思翰米一作密思一作斯又作米斯漢哈什屯子

刑部尚書魏象樞

敏恪　吏部尚書鄂爾多以下康熙朝石琢堂又載有尚書羅碩謚敏恪蓋即鄂爾多之父與鄂

兩名同一列傳琢堂未細校遂牂傳尼之謚加之羅碩誤矣

西安將軍前工部尙書瑪拉一作馬喇

兵部尙書趙宏燦良棟子

宗人府左宗正襄輔國公裕綏乾隆朝

敏惠　福建巡撫潘思榘乾隆朝

敏肅　兩廣總督盧坤道光朝

敏愨　浙江巡撫王維珍康熙朝

敏襄　賜號靑卓理克圖和碩額駙兵部承政一等精奇尼哈番

番古爾布什一作顧爾布錫順治朝

工部尙書二等阿思哈尼哈番星內一作納內康熙朝

敏達　直隸總督李衞乾隆朝

謹愨　宗人府右宗人固山貝子奕緗咸豐朝

案會典謚法無謹字故附於後

一云奕緗未聞予謚俟詳考

皇朝謚法考續編卷三　　臨桂王鵬運輯

文臣

文正　武英殿大學士兩江總督一等毅勇侯曾國藩國華兄以下同治朝

文忠　協辦大學士四川總督駱秉章

武英殿大學士文祥以下光緒年

文誠　貴州巡撫曾璧光

刑部侍郎袁保恆甲三子

四川總督丁寶楨

文毅　雲貴總督勞崇光以下同治朝

文恭 文華殿大學士一等果威伯官文

體仁閣大學士宗室靈桂 光緒年

文莊 文華殿大學士兩廣總督瑞麟 以下同治朝

文端 體仁閣大學士祁寯藻

都察院左都御史汪元方

文華殿大學士倭仁

文華殿大學士瑞常

體仁閣大學士朱鳳標

武英殿大學士賈楨

文恪 刑部尚書趙光

太常寺卿加尚書前工部尚書廖鴻荃

吏部尚書許乃普

陝西巡撫蔣志章

戶部尚書羅惇衍

刑部尚書龐鍾璐以下光緒年

體仁閣大學士單懋謙

體仁閣大學士全慶那清安子

刑部尚書桑春榮

體仁閣大學士襲輔國公宗室載齡

文和

浙江布政使沈兆澐續補編入三品卿以下文臣內案兆澐係告病後身故非以死勤事

者仿前編陸隴其請人例酌改入第三卷

文肅　福建巡撫李殿圖追謚

兩江總督沈葆楨

江蘇巡撫黎培敬

文端　漕運總督邵燦追謚案邵燦經漕運總督張之萬奏請給謚以下同治朝

文清　禮部尚書李棠階

文潔　兵部右侍郎黄琮光緒年

文恪　前江南河道總督潘錫恩追謚案錫恩開復原官經漕運總督張之萬奏請給謚

同治朝

文定　協辦大學士兵部尚書沈桂芬光緒年

文勤　體仁閣大學士周祖培同治朝

刑部尙書署奉天總督崇實以下光緒年

福建巡撫王凱泰

體仁閣大學士英桂

工部尙書潘祖蔭世恩孫

文襄　東閣大學士兩江總督二等恪靖侯左宗棠

文敏　閩浙總督季芝昌追謚

吏部尙書萬青藜

文達　兵部尙書毛昶熙

武英殿大學士文煜

忠壯　內閣學士兼禮部侍郎全順案全順隨科爾沁親王陣亡照尚書例議卹以下

同治朝

忠愍　安徽巡撫蔣文慶追謚

忠襄　兩江總督一等威毅伯曾國荃國藩弟　以下光緒年

武慎　雲貴總督劉長佑

勇愍　陜甘總督楊岳斌

剛直　兵部尚書彭玉麟

果靖　前署貴州巡撫韓超

果敏　廣東巡撫蔣益澧

烏嚕木齊都統前兩廣總督英翰

恭毅　都察院左都御史英元以下同治朝

恭慤　兵部尚書曹毓瑛

恭勤　刑部尚書齊承彥

莊慤　衍聖公孔祥珂光緒年

莊敏　熱河都統前工部侍郎麒慶以下同治朝

端恪　禮部尚書倭什琿布

　　　刑部尚書譚廷襄

　　　戶部尚書魁齡光緒年

端慤　刑部尚書宗室綿森以下同治朝

端勤　江南河道總督楊以增追謚　案以增經兩江總督馬新貽奏請給謚

端敏 兩江總督馬新貽

恪慎 刑部尚書鄭敦謹光緒年

恪勤 綏遠城將軍前四川總督裕瑞裕誠弟同治朝

敦確 理藩院尚書察杭阿以下光緒年

惠敏 戸部侍郎襲一等毅勇侯曾紀澤國藩子

靖達 兩廣總督張樹聲

清惠 福建巡撫徐宗幹以下同治朝

勤恪 禮部尚書存誠

工部尚書崇綸光緒年

工部侍郎明善同治朝

河道總督喬松年以下光緒年

勤恪　四川總督吳棠

勤愨　貴州巡撫蔣霨遠以下同治朝

勤敏　頭品頂帶工部侍郎恆祺

襄勤　雲貴總督岑毓英以下光緒年

敏肅　河南巡撫錢鼎銘

敏達　吏部尚書廣壽

皇朝謚法考卷四

歙鮑康輯

案文職內自三品卿以下外自布政使以下均例不予謚其得謚者如陸隴其秦承業唐鑑皆由崇尚儒臣篤念師傅已附載前編其餘悉以死勤事者特從優典爰別爲一卷用彰忠節

又案咸豐三年禮臣奏准凡二品官殉難者悉照一品官奏請可否給謚候旨遵行如按察使從優議卹兵部郎照副將例議給賞銀禮部亦即照新章奏請給謚至道員以下或出特旨或由疆臣奏請均不拘常格矣

文毅　都察院左副都御史前江西巡撫張芾同治年

文介　湖北學政光祿寺卿贈侍郎馮培元咸豐朝

案沒於王事者例有贈銜謚就所知者載之不能悉備

文節　安徽學政三四品京堂贈內閣學士前兵部侍郎孫銘恩以下咸豐朝

湖北布政使陶廷杰

廣西學政左春坊左庶子贈內閣學士沈炳垣

忠武　浙江布政使贈總督李續賓咸豐朝

忠烈　兩淮鹽運使贈太僕寺卿加贈禮部尚書高天爵追謚康熙朝

河南滑縣知縣贈知府强克捷嘉慶朝

忠壯　湖南記名道加按察使銜布政使銜內閣學士黃醇熙咸豐朝

忠毅　福建巡海道一云副使贈工部侍郎陳啟泰啟泰弟追謚以下康熙朝

浙江温處道一云僉事署按察使贈通政使司通政使一云工部侍郎陳丹赤追謚

忠介　湖北漢黃德道王壽同引之子追謚同治年

忠節　湖廣糧儲道一云參議贈工部侍郎葉映榴以下康熙朝

廣西富川縣知縣贈太僕寺少卿劉欽鄰追謚

浙江寧紹台道加布政使羅澤南咸豐朝

福建糧儲道贈巡撫趙景賢 同治年

忠勤 秘書院學士馬鳴 鳴一作祿 順治朝

浙江永嘉縣知縣贈布政使參議馬玠 玠一作琾 追謚 康熙朝

忠愍 直隸升用知府天津縣知縣贈布政使謝子澄 咸豐朝

昭節 山西趙城縣知縣楊延亮 道光朝 案延亮與方振聲均照知府例賜卹

武愍 前安徽布政使李孟羣 卿穀子 咸豐朝

壯武 湖北記名道加按察使贈內閣學士王鑫 鑫一作錱 咸豐朝

壯勇 江蘇候補道加鹽運使贈布政使溫紹原 同治年

壯果 記名按察使加布政使贈巡撫蕭啟江 咸豐朝

壯介 浙江杭嘉湖道署布政使加鹽運使麟趾 桂良孫 追謚 同治年

壯節　浙江記名道加鹽運使蕭翰慶同治年以下同
　　　候選道江忠濟忠源弟
剛介　湖北布政使岳興阿咸豐朝
　　　湖北荆門州知州李楨同治年追謚
剛愍　安徽記名道署廬鳳道加按察使金光筯咸豐朝
　　　江蘇記名道江寧府知府劉存厚同治年追謚
果毅　福建建延邵道加按察使銜太常寺卿趙印川同治年以下同
　　　湖北安陸府知府贈太僕寺卿金雲門追謚
端節　湖北按察使銜太常寺卿瑞元咸豐朝
靖毅　候補知府贈按察使曾貞幹國華弟同治年

貞恪　江西按察使周玉衡 咸豐朝

貞介　浙江糧儲道署布政使加鹽運使王友端 咸豐朝

候選道加布政使王開化 同治年

義烈　福建嘉義縣縣丞方振聲 一云諡果勇誤 道光朝

浙江按察使甯曾綸 同治年

按振聲與千總馬步衢把總陳玉威殉節臺灣埤

特旨賜諡並有覽奏墮淚之諭　褒忠之典遐邇千

古

矣

勤壯　安徽布政使劉裕鈐 咸豐朝

敏肅　湖北布政使贈內閣學士梁星源 咸豐朝

愍烈　候選同知贈道銜曾國華 同治年

愍肅　湖北糧儲道贈布政使李卿穀咸豐朝

又嘉慶朝强克捷子進泰之妻徐氏道光朝方振聲之

妻張氏陳玉威之妻唐氏均蒙

特旨予謚節烈附載於此

皇朝謚法考續編卷四　　臨桂王鵬運輯

三品卿以下文臣

文毅　江西委用道帥遠燡追謚以下同治朝

文節　署湖南按察使衡永郴桂道俞焜追謚

翰林院編修張洵追謚

文貞　安徽徽甯池太廣道何桂珍追謚以下同治朝

江甯布政使祁宿藻寯藻弟光緒年

文直　湖北鹽法道王東槐追謚

文勤　四品頂帶前安徽巡撫贈右都御史翁同書心存子業同書開

復原官照軍營
病故例議郵

忠壯　記名布政使福建汀漳龍道彭毓橘

　　　記名按察使加布政使黃潤昌

　　　護湖北按察使知府多山

忠毅　福建按察使加布政使張運蘭

　　　河南候補知府王榮烈

忠節　江安督糧道陳克讓追謚

誠毅　河南候補知府顏懷忠

武烈　安徽補用知州劉騰鴻追謚

　　　江西吉安府知府陳宗元追謚

　　　浙江金衢嚴道繆梓

江蘇上元縣知縣劉同纓光緒年

武毅　刑部主事朱麟祺追謚以下同治朝

武愍　湖北揀發知縣王恩綬

勇烈　記名道賜布政使楊夢巖追謚

湖北督糧道徐豐玉追謚

江蘇溧陽縣知縣佾那布追謚

勇節　湖北漢黃德道張汝瀛追謚

勇介　記名布政使劉連捷光緒年

壯烈　廣西桂林府遺缺知府李載文追謚以下同治朝

廣東惠州府知府文晟追謚

壯毅　郎選道加布政使鄧子垣

壯節　貴州都勻府知府加道銜鹿丕宗追謚

贈道員前廣西巡撫鄒鳴鶴追謚並開復原官

廣西隆安縣知縣高延祉

二品頂帶湖北候補道周康祿光緒年

剛烈　甘肅秦州知州托克清阿追謚員例議郵案托克清阿照道以下同治朝

直隸大順廣道泰聚奎追謚

廣東從化縣知縣李福培

剛毅　二品頂帶福建汀漳龍道贈內閣學士徐曉峯

陝西署城固縣知縣施作霖

剛介　二品頂帶福建臺灣道加按察使孔昭慈追謚

果敏　通政使司通政使劉典光緒年

威恪　湖北按察使唐樹義追謚以下同治朝

貴州署都匀府知府黃德裕追謚

莊節　湖北漢陽府知府董振鐸

勤敏　分發補用知府田勤生以下光緒年

勤愍　甘肅署貴德廳同知承順

皇朝謚法考卷五　　欽飽康輯

案武職參將以下照副將陣亡例議卹協領以下照副都統陣亡例議卹者禮臣皆援照咸豐三年新章奏請

可否

予謚文恭師易名錄祇載文臣惟自咸豐朝迄今十四年中武臣死疆場給謚者已三百餘人不彙載成編久之恐就湮沒曷以表忠藎爰詳加考覈仍不免闕略之譏姑就所知者著之

文忠

賜號巴克式（式一作什）領侍衛內大臣一等公索尼（康熙朝）

案武臣謚文二百年僅見洵特恩也

忠宣　賜號碩翁科洛一作郡科羅巴圖魯噶喇昂邦三等梅勒章

京贈三等昂邦章京圖魯什什一作錫又作徐佛希追諡順治朝

案噶喇昂邦即今左右翼前鋒統領固山額真固山昂

邦皆即今都統梅勒額真梅勒章京皆即今副都統纛

章京即今護軍統領甲喇額真甲喇章京皆即今參領

牛彔額真牛彔章京皆即今佐領一二三等總兵官世

職一二三等昂邦章京一二三等精奇尼哈番皆即今

一二三等子一二三等副將世職一二三等梅勒章京

一二三等阿思哈尼哈番皆即今一二三等男一二等

參將世職遊擊世職一二三等甲喇章京一二三等阿

達哈哈番皆即今一二三等輕車都尉又五大臣一云

即議政大臣八大臣一云即今都統十六大臣一云即

今副都統盛京八門總管昂邦即今將軍一云提督驛

防昂邦即今駐防將軍一云防駐副都統墨爾根蝦一

云　賜號一云即蒙古侍衛扎爾固齊即佐理五大臣

者悉依舊文至額真會典作額真雍正年以非臣下印

信所可溫川改爲昂邦及章京又　國初　賜號寥寥

故據趙雩門所載者若之近將武臣　賜號者多即不

多

復載矣

忠武　浙江黃巖鎮總兵官阿爾泰康熙朝

湖南提督塔齊布以下咸豐朝

欽差大臣湖北提督向榮

浙江提督鄧紹良

河南河北鎮總兵官加提督承惠

江南提督幫辦軍務張國樑

忠烈　浙江處州鎮總兵官李昆乾隆朝

記名提督江西南贛鎮總兵官程學啟同治年

忠勇　賜號巴圖魯十六大臣贈一等梅勒章京穆克譚穆一作慕

又作莫克章又祇作孟諾又作孟坦追謚以下順治朝

湖廣辰常鎭總兵官加左都督二等男徐勇追謚一云謚忠節

前鋒統領一等阿思哈尼哈番贈三等精奇尼哈番白爾赫圖赫一作黑又作白爾黑兔又作柏爾黑兔以下康熙朝

京口鎭海將軍一等伯石廷柱追謚恪

襲一等海澄公贈王爵黃芳度子

陝西漢中鎭總兵官加都督同知贈左都督費雅達一云謚忠愍

陝西提督雍正以後移駐固原加左都督晉武將軍三等精奇尼哈番王進寶

內大臣安北將軍襲三等精奇尼哈番晉一等公佟國綱佟國類子

江寧將軍宗室祥厚咸豐朝

欽差大臣西安將軍多隆阿同治年

忠壯

贈京贈三等阿思哈尼哈番喀爾塔喇一作喀爾他拉文祇作追搭喇追謚順治朝

浙江平陽鎮總兵官贈左都督朱天貴康熙朝

直隸通永鎮總兵官虎坤元以下咸豐朝

貴州提督佟攀梅

廣西平樂協副將蕭開甲

直隸提督史榮椿

欽差大臣江南將軍和春

前湖南提督周天受以下同治年

浙江候補副將劉芳貴

湖南擬保參將蕭傳科

閩浙儘先副將黃明堂

儘先副將劉神山

廣西提督張玉良

杭州將軍督辦軍務瑞昌

河南南陽鎮總兵官加提督銜陛

記名提督河南歸德鎮總兵官一等子李臣典

案咸豐朝軍興以來各省皆募勇勦賊往往自立營名有不數年即由兵勇保升至參將副將者而始終未經補缺兵部亦不悉其應隸何省故咸豐朝武職未詳省分者頗多

忠毅

賜號碩翁科羅（一作順科洛）巴圖魯喀喇昂邦二等梅勒章京贈三等昂邦章京勞薩（薩一作沙）追謚 以下順治朝

牛彔章京贈男爵敦達禮追謚

四川提督鎮海將軍三等伯王之鼎（一云謚忠義） 以下康熙朝

滿洲（一云蒙古）副都統遜圖

領侍衛內大臣經略三等威勇公額勒登保 以下嘉慶朝

總統閩浙水師提督贈三等壯烈伯李長庚 石琢堂云謚壯烈蓋

諡以封號爲諡也

甘肅肅州鎮總兵官加提督雙來咸豐朝

記名提督署直隸通永鎮總兵官劉季三同治年以下同

福建儘先副將加總兵銜丙陽

四川提督鄧相忠

案都統副都統均有旗分惟未詳者多茲皆從略只云滿洲蒙古漢軍不著某旗

忠恪　領侍衛內大臣二等精奇尼哈番覺羅色勒色一作來一云諡勤恪順治朝

一等海澄公黃梧追諡康熙朝

忠順　二等伯追封一等恭誠侯明安順治朝

忠肅　四川提督加左都督定西將軍劉芳名康熙朝

忠介　三等甲喇章京贈三等阿思哈尼哈番安達禮一作達理追諡順治朝

忠節　廣東提督關天培道光朝

忠懿　蒙古梅勒章京蔚徵一作魏正追諡順治朝

福州將軍襲三等伯佟國瑤佟養性孫康熙朝石琢堂作佟國瑮諡惠慤宮保並同誤

忠僖　蒙古固山額真三等精奇尼哈番馬喇希喇一作拉希一作喜西嚩布子順治朝

忠貞　三等侍衛傳達禮禮一作理又作富達理邁堪子一云諡忠烈誤順治朝

忠直　二等阿思哈尼哈番吳固勒岱一作荊古爾達爾又作而追謚順治朝

領侍衛內大臣二等伯伊爾登伊一作宜又作宜爾鄧以下康熙朝

賜號古巴圖魯內大臣二等精奇尼哈番都爾瑪一作杜魯

麻又作杜爾麻

滿洲都統一等梅勒章京博爾晉一作博爾晉幃又作博爾金蝦追謚

石琢堂云謚襄壯誤襲壯係其子特錦之謚亦父子同一列傳均有謚其誤與前佟養正同

忠勤　蒙古梅勒章京阿濟拜濟一作機又作璣追謚一云謚勤僖順治朝

貴州定遠協副將加總兵余兆青咸豐朝

浙江定海營參將加副將和致以下同治年

即補副將呂得科

忠襄 藹章京一等阿思哈尼哈番都爾德都一作杜安費揚古曾孫一云

諡忠毅以下康熙朝

福建隨征總兵官襲一等海澄公黃芳世梧從子

忠敏 三等阿思哈尼哈番胡亮胡一作明以下康熙朝

襲靖南王耿繼茂石琢堂作維誤

忠愍 陝西提督加左都督三等精奇尼哈番贈三等公陳福

追諡以下康熙朝

福建福寧鎮總兵官加右都督贈左都督吳萬福追諡

江南提督陳化成道光朝

純僖 滿洲岡山額貞倭武渾順治朝

誠順　內大臣一等精奇尼哈番馬光遠追諡康熙朝

誠介　一等伯程尼程一作成勞薩子追諡順治朝

昭武　寧夏將軍格布舍以下道光朝

福建提督馬濟勝

昭毅　福建提督馬負書以下乾隆朝

廣西提督贈三等壯烈伯許世亨

昭節　護軍統領領隊大臣加都統贈一等男扎拉豐阿乾隆朝

京口副都統海齡道光朝

昭勳　滿洲固山額真一等雄勇公圖賴賴一作賚追諡順治朝

案會典諡法無勳字附載於此

武烈　欽差大臣寧夏將軍贈一等伯和起乾隆朝

哈密協副將贈提督韓加業嘉慶朝

湖北提督贈都統雙福以下咸豐朝

直隸滄州城守尉贈副都統德成

即補協領法克吉布

河南南陽鎮總兵官邱聯恩

即補參將彭志德

直隸通永鎮總兵官戴文英

陝西儘先遊擊王慶長

四川阜和協副將馬天貴

廣西揀發參將桂喜
甘肅永固協副將馬昇平
黑龍江委參領德色勒布
江南福山鎮總兵官葉萬青以下同治年
雲南騰越鎮總兵官加提督褚克昌
江南徐州鎮總兵官滕家勝
儘先遊擊田興勝
湖南候補遊擊加副將陳明南一云諡威烈
直隸儘先副將加總兵黃金友
乍浦副都統加都統錫齡阿

武壯　定南王孔有德追謚順治朝

滿洲都統討逆將軍襲三等伯晉一等伯伊理布理一作禮又作宜禮布　阿濟格尼堪子　追謚　康熙朝不孫堂又載有宜里布官爵謚號並同蓋誤為兩人

賜號額爾克巴圖魯領侍衛內大臣一等超勇公海蘭察乾隆朝

浙江溫州鎮總兵官贈提督胡振聲嘉慶朝

伊犁領隊大臣贈都統烏淩阿以下道光朝

西安將軍達淩阿

蒙古副都統加都統富僧德

雲南提督張必祿

廣州副都統幫辦軍務烏蘭泰（以下咸豐朝）

直隸天津鎮總兵官長瑞（塔斯哈子）

江南壽春鎮總兵官贈提督恩長

滿洲副都統贈都統達洪阿

湖北提督周天培（天受弟）

西安副都統哲克東阿

武毅

署　副都統三等阿思哈尼哈番贈二等阿思哈尼

哈番達理善（善一作世　追諡　一云諡勇烈　以下康熙朝）

護軍統領參贊大臣哈克三（三一作山　追諡）

成都將軍參贊大臣一等承恩武勇公加一等男奎林

李榮保孫乾隆朝

廣東肇慶營參將崔大同咸豐朝

記名提督陝西漢中鎮總兵官趙旣發同治年

武靖　甘肅提督索文一云謚武徽誤咸豐朝

武介　西安將軍扎拉芬咸豐朝

武節　廣東肇慶協副將巴圖以下咸豐朝

陝西陝安鎮總兵官郝光甲

協領加副將玉崑

武襄　滿洲固山額貞一等總兵官世職楞額禮額一作格又作冷格禮追謚順治朝

江寧將軍鄂克遜雍正朝

福建提督竇振彪道光朝

武愍

河標參將賽沙布以下咸豐朝

吉林雙城堡總管台斐音保

直隸大沽協副將贈總兵龍汝元

四川候補參將鄒上元同治年

勇烈

四川重慶鎮總兵官贈都督同知任舉乾隆朝

四川川北鎮總兵官贈提督朱射斗嘉慶朝

福建臺灣北路協把總陳玉威道光朝

河南河北鎮總兵官贈提督董光甲咸豐朝

記名總兵熊建益同治年

勇壯　蒙古都統塔勒岱勒一作爾又作塔爾代康熙朝

湖北宜昌鎮總兵官王凱嘉慶朝

湖南提督海淩阿以下道光朝

副都統加都統色爾袞

保升參將黃輔鼎以下咸豐朝

頭等侍衛富順

勇果　福建提督施世驃琅子康熙朝

署四川提督蔣玉龍同治年

勇毅　陝甘固原提督贈都督同知樊廷以下乾隆朝

蒙古都統巴里坤領隊大臣滿福一云諡毅勇又云諡勤毅

浙江提督段永福以下道光朝

四川提督齊慎

廣東惠州協副將吳燦咸豐朝

浙江儘先副將周朝安同治年

勇恪　一等侍衛　副都統禪布康熙朝

蒙古都統果勒敏色一作郭勒敏璽嘉慶朝

勇介　雲南楚雄協副將蔡應龍咸豐朝

勇節　前江南安慶協副將松安以下咸豐朝

江南候補參將贈副將照信

京口副都統綳闊

湖北候補參將隆安

勇毅　賜號巴格巴圖魯貴州提督敖成乾隆朝

勇確　陝甘固原提督董孟乾隆朝

湖北升用參將加副將劉富成咸豐朝

勇慎　廣東提督王兆夢道光朝

湖北宜昌鎮總兵官署提督阿勒經阿咸豐朝

勇敏　滿洲固山額貞三等伯阿濟格尼堪濟一作積又作阿機格尼勘追謚

一云謚武敏順治朝

壯武　甘肅安西提督參贊大臣哈國興乾隆朝

陝西陝安鎮總兵官福誠原名福珠誠阿　福珠洪阿弟　以下咸豐朝

浙江嚴州協副將吉祥

郎補協領楚勒剛阿

江南儘先副將加總兵陳安邦同治年

壯烈

貴州撫標參將富忠以下咸豐朝

河南衛輝營參將長慶

儘先副將陳昇

廣西右江鎮總兵官蔣福長

壯勇

四川提督贈都督同知康泰追謚　一云謚勇壯　雍正朝

西安右翼副都統贈都統豐紳布紳一作仲以下嘉慶朝

蒙古都統阿蘭保
綏遠城將軍襲一等男春宜一云謚壯勇疑誤
福建臺灣鎮總兵官加提督愛新泰
西安將軍三等繼勇公德楞泰一云謚壯果
浙江提督襲三等壯烈伯許文謨世亨子以下道光朝
四川提督桂涵
湖北提督羅思舉
貴州一作甘肅提督王一鳳
山東臨清協副將慶德以下咸豐朝
山東登州鎮總兵官陳輝龍

浙江定海鎮總兵官周士法

黑龍江委參領即補協領色克通額一名鏈 壯武

直隸宣化鎮總兵官羅玉斌思舉從子

四川夔州協副將成興

杭州協領扎勒堅圖

湖南補用參將彭聲發

記名總兵廣東南雄協副將李嘉萬

湖南儘先遊擊加副將鄧茂先

即選副將加總兵于昌麟以下同治年

河南汝寧營參將加副將百順

儘先參將武業祥

貴州大定協副將毛克寬

儘先副將加總兵楊金榜

記名總兵加提督張勝祿

壯果 福建提督葉相德 以下乾隆朝後追削

閩粵南澳鎮總兵官贈提督張朝龍

前署江南提督曾秉忠 同治年

壯毅 福建提督許良彬 雍正朝

雲南提督李勳 一云謚莊毅誤以下乾隆朝

吉林將軍三等果勇侯和隆武 和起子一云謚壯敏

貴州安義鎮總兵官施縉以下嘉慶朝

一等侍衛襲一等超勇公安祿海蘭察子

雲南提督烏大經

喀什噶爾幫辦大臣塔斯哈斯一作思一云謚莊毅誤道光朝

甘肅花馬池營參將李成虎以下咸豐朝

兩廣督標參將襲一等子左炘

壯恪　綏遠城將軍華山泰以下咸豐朝

貴州古州鎮總兵官桂林

壯肅　貴州提督孝順以下咸豐朝

協領加副都統密雅明阿

壯靖　甘肅安西提督劉順 一云毅靖 乾隆朝

壯節　甘肅安西提督兼巴里坤領隊大臣豆斌 以下乾隆朝

賜號塔什巴圖魯滿洲副都統贈都統端濟布

四川提督馬全 一云諡莊節誤

肅州提督花沛 一云諡壯勇 以下嘉慶朝

陝甘固原提督贈三等子王文雄

甘肅提督達三泰

喀什噶爾幫辦大臣加副都統贈都統巴彥巴圖 以下道光朝

案巴彥巴圖旋奉旨停止卹典

伊犁領隊大臣贈都統穆克登布

浙江定海鎮總兵官加提督葛雲飛

湖北鄖陽鎮總兵官加提督王錦繡 以下咸豐朝

漢軍副都統開隆阿

湖南候補參將賞副將童添雲

浙江處州營遊擊加副將常海

廣東雷州營參將陳明志

江西即補參將柏英

湖南即補參將江忠信 忠源從弟

江寧協領當騰

儘先副將高正得

京口副都統加都統海全以下同治年

江西擬保副將金國泰

壯慤

直隸提督吳進義一云謚壯慤以下乾隆朝

浙江提督王無黨

貴州提督張國相道光朝

記名總兵貴州清江協副將吳秀同治年

壯信

廣州將軍八十六道光朝

壯直

喀什噶爾參贊大臣襲三等義烈公慶祥保寧子道光朝

壯勤

蒙古副都統渾錦渾一作琿追謚順治朝

廣東提督吳廷剛以下嘉慶朝

江南提督馬瑜

廣西提督馬元

壯敏

十六大臣三等副將世職舒賽追謚 一云謚壯勤誤 順治朝

貴州提督鎮遠將軍李芳述康熙朝

歸化城都統襲三等子丹津乾隆朝

西安將軍蘇勒芳阿一云謚壯愍 以下道光朝

甘肅提督周悅勝後追謚

江南提督福珠洪阿咸豐朝

壯愍

護軍參領阿爾賽一云謚壯武誤 康熙朝 王文簡又載有護軍阿勒賽謚壯敏案護軍安得有謚疑即一人

江南徐州鎮總兵官程三光以下咸豐朝

湖北竹山協副將舒寬

江南六安營參將遇壽

廣東雷州營參將馬永清

廣東保升參將李鴻勳

江寧協領伊伯訥

卽補副將李集賢

江西升用參將贈副將李逢春

前廣西儘先副將鄧聯科

四川儘先副將榮陞

四川懋功協副將馬登富

四川儘先副將王恩榮

記名副都統吉林協領多隆武

頭品頂戴墨爾根城副都統格綳額以下同治年

署浙江撫標參將沈榮海

甘肅金塔寺協副將王世熊

候補副將加總兵張應祿

副都統伊興額

剛烈

甘肅提督贈三等男穆克登布嘉慶朝

福建臺灣鎮標千總加守備馬步衢道光朝

山東儘先副將趙樹棠以下咸豐朝

廣東候補遊擊贈副將黃醇鴻鴻一作洪

四川儘先參將廖榮陞

護軍參領景明同治年

剛勇

一等侍衛襲一等精奇尼哈番贈三等伯覺羅莫洛渾渾一作宏又作莫羅洪追謚以下康熙朝

浙江定海鎮總兵官加左都督黃大來一云謚壯勇

蒙古副都統三格乾隆朝

浙江提督三等男邱良功嘉慶朝

江南福山鎮總兵官贈提督陳勝元以下咸豐朝

卽補參將蕭意文 文一作文

兩廣督標參將加副將張朝綱

剛壯 滿洲副都統布舒庫 布一作卜又作卜書庫 追謚 康熙朝

剛果 伊犁將軍德英阿 道光朝

剛毅 內大臣三等伯贈一等承恩侯鄂碩 碩一作實 順治朝

剛恪 吉林將軍蘇淸阿 一云謚剛愨 以下道光朝

都統銜前 安福

漢軍都統 一云副都統 襲一等威勇侯哈哴阿 額勒登保從子

寧夏將軍托雲保 以下咸豐朝

廣西提督慶寅

剛介　貴州安義鎮總兵官贈提督王國才以下咸豐朝

西安協領柯呢布

巴里坤鎮總兵官明安泰

雲南儘先副將胡會龍

廣西賓州營參將文哲輝

陝西延綏鎮總兵官楊昌泗

綏遠城協領多隆武

杭州協領賚沙裔

四川儘先參將余大鵬鵬一作彭

貴州副將加總兵田興詩

江西候補參將加副將劉文彬

儘先副將加總兵贈提督郭明鼇以下同治年

江西儘先副將石玉龍

剛節　藥爾羌辦事大臣加副都統音登額以下道光朝

江南壽春鎮總兵官王錫朋

河南河北鎮總兵官加提督常祿以下咸豐朝

蒙古副都統贈將軍佟鑑

剛愍　甘肅涼州鎮總兵官馬龍以下咸豐朝

貴州定廣協副將清長

湖北武昌城守營參將文全一云謚勇壯

候補遊擊彭玉山
儘先副將張文煥
拉林協領烏爾恭額
儘先參將吳明亮
陝西陝安鎮總兵官黃靖
記名副將加總兵楊得武以下同治年
湖南撫保副將胡國安
廣西義寧協副將蔡其驃
果武
儘先遊擊加參將劉復勝同治年
果烈
江西南贛鎮總兵官劉開泰咸豐朝

果勇　江寧將軍蘇布通阿一云謚果毅以下咸豐朝

即補參將趙友材

果壯　領侍衛內大臣一等精奇尼哈番吳拜追謚以下康熙朝

歸化城都統托波克波一作博

內大臣布葉錫理錫一作希又作卜葉西理

護軍統領二等阿思哈尼哈番孫達禮禮一作哩又作理又作孫達哩又作孫達理又作遜達哩

貴州提督贈右都督韓勳良卿從子以下乾隆朝

左翼前鋒統領參贊大臣鄂實實一作寶鄂爾泰子

廣東高雷廉鎮總兵官李紹祖以下嘉慶朝

廣東南韶連鎮總兵官林國良

江南署泰州營遊擊袁貴咸豐朝

果毅

一等侍衛副都統追贈一品大臣海清清一作青康熙朝

王府長史署廣東鎮海將軍額爾德赫赫一作黑追謚雍正朝

荊州將軍觀喜以下道光朝

浙江提督戴雄

浙江提督二等子王得祿

蒙古都統巴淸德以下咸豐朝

江寧副都統霍隆武

湖北候補參將加副將恆泰一云謚肅毅誤

儘先副將胡顯

廣西候補參將謝年豐

留補參將彭友勝

廣西候補副將胡維高

四川升用參將馬光宗

江南提標副將加總兵陳雲彪

四川升用副將吳偉奇

甘肅儘先參將張汝霖

湖南提標副將田應科以下同治年

乍浦副都統傑純

浙江處州鎮總兵官贈提督文瑞

漢軍副都統舒明安

果恪

福州將軍薩炳阿以下道光朝

湖北提督劉允孝

江寧協領增福以下咸豐朝

直隸儘先參將加副將羅仲保

果肅

賜號拉布凱巴圖魯護軍統領加都統台斐音阿台一作泰

乾隆朝

陝西宜君營參將方臺以下咸豐朝

黑龍江協領博奇

儘先參將謝長禮

伊犁將軍宗室扎拉芬泰

果慎　西安將軍舒倫保咸豐朝

果義　甘肅西寧鎮總兵官高天喜乾隆朝

果敏　寧夏將軍阿爵爵一作祿乾隆朝

果愍　湖北升用副將周兆熊以下咸豐朝

卽補副將李存漢

前河南南陽鎮總兵官柏山

山西太原營參將福瑞

雲南廣南營參將慶連以下同治年

湖南儘先參將加副將陳開選

江南福山鎮總兵官贈提督王之敬

威烈　廣東肇慶協副將齋清阿咸豐朝

廣西儘先副將蔡其榮以下同治年

江西擬保副將羅近秋

四川提督占泰

威壯　貴州清江協副將伊克坦布以下咸豐朝

湖北鄖陽鎮總兵官加提督翟鷹龍

威果　江南儘先參將艾得勝同治年

威毅　即補副將雷風雲一云謚果毅以下咸豐朝

湖北提督德安
　儘先參將加副將劉德亮
直隸提督樂善
江南儘先參將周天孚天受弟以下同治年
貴州儘先參將加副將張順和
廣西全州營參將羅希賢
貴州都勻協副將周學桂
河南河北鎮總兵官佘際昌
威恪
福建提督徐華清一云諡武壯誤道光朝
西安將軍扎拉芬泰以下咸豐朝

健銳營翼長加副都統阿克東阿

前河南開封營遊擊王居廣 同治年

威肅 江寧協領色勃興額 以下咸豐朝

二等侍衛襲一等昭勇侯楊炘 遇春孫

湖南即補參將加副將朱景山 以下同治年

直隸通州協副將魁霖

江南皖南鎮總兵官陳大富

案國初各鎮與今制不同今則多有裁併矣惟皖南淮揚二鎮爲咸豐朝新設

威慤 湖北鄖陽鎮總兵官邵鶴齡 一云謚威確 咸豐朝

桓肅 甘肅提督閻相師 乾隆朝

桓僖　漢軍都統馮國相追謚乾隆朝

毅勇　浙江提督加左都督二等侯田雄康熙朝　案田雄封不義侯

毅節　四川川北鎮總兵官署貴州提督牛天畀乾隆朝

恭武　福建提督秦定三咸豐朝

恭毅　廣東提督陳鳴夏乾隆朝

恭恪　甘肅安西提督贈都督僉事王能愛以下乾隆朝

領侍衛內大臣多羅貝勒品級宏昇

恭簡　蒙古都統保祝馬武子以下乾隆朝

吉林將軍額爾登

恭靖　西安將軍建威將軍佛尼埒埒一作勒追謚乾隆朝

熱河都統毓書咸豐朝

恭介　郎選參將胡定國以下咸豐朝

浙江郎補副將魁齡

成都將軍東純一云諡武烈謨

恭愨　福建提督譚行義以下乾隆朝

內大臣襲輔國公恆魯一云諡恭毅

廣東提督祥麟道光朝

直隸提督雙銳咸豐朝

恭勤　甘肅提督瞻岱以下乾隆朝

和碩額駙內大臣班第

皇朝謚法考卷五　四

襲一等伯傅良傅一作富馬齊子

蒙古都統石琢堂作尚書博清額

內大臣前漢軍都統王進泰

四川川北鎮總兵官王鳳祥咸豐朝

恭襄　扎爾固齊二等副將世職喀喇喀一作洛諡追順治朝

恭毅　領侍衛內大臣襲一等公富善子富一作福追諡愛星阿乾隆朝

敬　平南親王尚可喜康熙朝

敬襄　領侍衛內大臣定西將軍襲一等公愛星阿愛一作艾一云諡康談康熙朝

敬靖　綏遠城將軍成凱咸豐朝

莊武 荆州將軍宗室綿洵咸豐朝

莊勇 護軍統領加都統阿哈保嘉慶朝

前貴州清江協副將全興以下咸豐朝

山東安東營都司唐玉輝

一等侍衛扎精阿以下同治年

浙江提督饒廷選

莊毅 西安將軍常青乾隆朝

莊恪 四川提督岳鍾璜昇龍從子一云諡莊愨乾隆朝

莊靖 江寧將軍萬福乾隆朝

莊愨 察哈爾總管襲一等男追封一等承恩公李榮保米思翰子

追謚乾隆朝

莊勤　湖南候補參將黃開亮亮一作元咸豐朝

河南儘先副將加總兵劉蘭馨以下同治年

烏嚕木齊都統法福禮禮一作哩

江南儘先副將張永清

莊敏　漢軍固山額貞一等精奇尼哈番左夢庚順治朝

端純　領侍衛內大臣參贊大臣一等公佟國維佟圖賴子追謚雍正

朝

端壯　十六大臣納爾察納一作那察一作恪追謚順治朝

端果　滿洲固山額貞安西將軍定南靖寇大將軍一等精奇

尼哈番阿爾津津一作晉又作進順治朝

端恪　和碩額駙八大臣襲三等總兵官世職晉三等勇勤公和碩圖一作何芍圖何和哩子追謚順治朝

端順　額駙左翼總理三等總兵官世職追封三等奉義一云順義公恩格德爾爾一作里又作理追謚順治朝

端勤　賜號碩翁科羅巴圖魯盛京八門總管昂邦衛齊齊一作奇追謚順治朝

端儀　護軍統領襲三等勇勤公和爾本和碩圖子追謚康熙朝

案會典謚法無儀字附載於此

恪毅　福建金門鎮總兵官署提督張起雲雍正朝

恪恭　領侍衛內大臣襲一等侯巴琿岱琿一作渾又作巴渾德又作巴渾忒伊爾德孫雍正朝

恪順　義王孫可望順治朝

恪靖　寧夏將軍覺羅永泰以下乾隆朝

領侍衛內大臣參贊大臣努山

恪僖　內大臣一等阿思哈尼哈番追封一等承恩公哈什屯什一作錫又作世以下康熙朝

領侍衛內大臣襲一等果毅公遏必隆

領侍衛內大臣襲一等公噶布喇索尼子

盛京將軍安遠靖寇大將軍多羅貝勒降封輔國公察

尼

領侍衛內大臣蘇勒達（勒一作爾衛齊孫）

甘肅涼州鎮總兵官師帝賓

蒙古都統中山（咸豐朝）

案哈什屯祖孫父子六世得謚者十五人洵罕見也

恪慎

廣東提督贈左都督黃有才（以下乾隆朝）

內大臣覺羅富森（富一作傅）

直隸提督李國梁

杭州將軍襲一等男范建忠（石琢堂作中嘉慶朝）

蒙古都統宗室祿普（咸豐朝）

恪勤　蒙古都統那親親一作清以下乾隆朝

　　盛京將軍襲輔國公永璋

　　寧夏將軍襲鎮國公斌寧嘉慶朝

恪敏　鑾儀衛鑾儀使前陝西延綏鎮總兵官加左都督許占

　　魁以下康熙朝

　　蒙古副都統巴圖

　　蒙古副都統阿南達哈岱子追謚一云謚敏恪雍正朝

恪愨　廣西平樂協副將襲一等男阿爾精阿咸豐朝

安恪　烏里雅蘇台將軍慶如咸豐朝

安慤　青州將軍羅山乾隆朝

良毅　浙江提督武進陞乾隆朝

良僖　內大臣滿都禮都一作篤　康熙朝

康毅　滿洲固山額真二等阿思哈尼哈番武賴武一作吳　順治朝

順壯　五大臣西喇布一作西喇巴又作西喇把又作錫喇巴　追謚　一云謚順莊誤　順治朝

順毅　扎爾固齊贈三等副將世職阿蘭珠珠一作柱　追謚　順治朝

順恪　廣東饒平鎮總兵官加左都督吳六奇康熙朝

順良　二等總兵官世職索諾木索一作瑣又作梭　追謚　順治朝

順僖　三等阿思哈尼哈番蘇班岱岱一作帶又作達　以下順治朝

湖廣襄陽鎮總兵官加左都督三等精奇尼哈番祖可

法

順愍　襲義王孫徵湑徵一作澂可望子　康熙朝

溫穆　杭州將軍薩爾哈岱乾隆朝

溫順　額駙五大臣三等總兵官世職追贈三等勇勤公何和哩哩一作禮又作里又作和和理　追謚　順治朝

溫簡　襲一等海澄公黃應纘芳世子乾隆朝

溫愨　荊州將軍德敏乾隆朝

溫僖　綏遠城將軍補熙佟國綱孫以下乾隆朝

江南提督林君陞

溫勤　蒙古都統廣成乾隆朝

肅靖　內大臣襲二等伯伊勒慎卓羅元孫乾隆朝

肅愼　烏嚕木齊都統圖伽布 咸豐朝

肅義　江寧協領德祥 一云謚肅毅誤 咸豐朝

簡毅　甘肅金塔寺協副將尹培立 一云謚簡愍誤 咸豐朝

簡恪　荆州將軍滾泰 滾一作袞 乾隆朝

甘肅提督羅應鼇 道光朝

簡慤　江寧將軍吳納哈 吳一作烏 乾隆朝

黑龍江將軍棍楚克策楞 一云謚倫慤誤 道光朝

清恪　福建提督贈左都督穆廷栻 康熙朝

介節　江寧協領鳳格 咸豐朝

節勤　廣東儘先參將清芳 咸豐朝

節愍　湖南郎補都司加遊擊蕭捷三（以下咸豐朝）

湖南岳州城守營參將加副將程智泉

懿敬　領侍衛內大臣襲二等果毅公追贈一等公音德（音一作殷）

又作尹　遏必隆子　追謚　雍正朝

案音德所襲係其伯父圖爾格之爵

愨僖　漢軍都統諸穆圖（穆一作木）　李國翰子　康熙朝

愨勤　領侍衛內大臣常明（乾隆朝）

西安將軍哈豐阿（道光朝）

愨敏　和碩額駙耿聚忠（繼茂子）　康熙朝

僖恪　護軍統領三等阿思哈尼哈番費雅思哈（一作費思哈）　敦拜弟

一云謚恪僖　康熙朝

蒙古都統叶爾番副將軍襲一等精奇尼哈番贈三等
伯阿喇納喇一作蝲又作爾阿南達子以下雍正朝
漢軍都統署直隸提督魏經國

儇順　三等昂邦章京霸拜一作順霸邦謨追謚以下順治朝
一等侍衛三等阿思哈尼哈番劉麟圖

貞毅　山東即墨營參將加副將劉玉豹咸豐朝

貞恪　甘肅花馬池營參將劉鴻翱咸豐朝
護軍統領加都統舒保同治年

貞介　記名總兵貴州協副將吳宏盛同治年

貞愍　浙江樂清協副將湯貽汾以下咸豐朝

皇朝謚法考　卷五　七

閩粵南澳鎮總兵官韓嘉謨

直隸山永協副將珠隆阿

湖北　營叅將加副將周清元

確慎　四川儘先副將馬承恩咸豐朝

確敏　儘先遊擊加副將苗玉榮咸豐朝

確愍　湖北儘先副將加總兵張萬祿咸豐朝

質毅　英吉沙爾領隊大臣加副都統蘇倫保道光朝

賁愍　黑龍江將軍綽爾多伊爾德孫乾隆朝

潔義　休致副將伍那阿咸豐朝

愼恪　福建提督馬大用乾隆朝

漢軍都統劉鉦咸豐朝

愼簡　直隸馬蘭鎮總兵官加提督襲一等伯李奉堯元亮子乾隆朝

直烈　廣西右江鎮總兵官贈提督尙維昇乾隆朝

直勇　一等侍衛襲三等精奇尼哈番訥木僧格一作納穆僧格又作納穆生格又作納穆桑格明安子　以下康熙朝

雲南楚雄鎮總兵官加右都督劉偁

勤武　廣東三江口協副將福賡以下咸豐朝

荆州右翼副都統貴陞

勤勇　福建提督羅鳳山以下道光朝

廣東提督曾勝

江寧將軍巴哈布

都統銜前 阿那保（一云諡勤襄）

成都將軍德克金布

湖南提督長春

湖南提督一等果勇侯楊芳

廣西提督薛陞（以下咸豐朝）

甘肅涼州鎮總兵官長壽（塔斯哈子）

卽補參將贈副將彭三元

甘肅肅州鎮總兵官加提督音德布

福建提督張廣信

江南壽春鎮總兵官熊天喜

湖南撫保參將胡占鼇 以下同治年

貴州儘先遊擊熊俊

山東曹州鎮總兵官加提督銜上庠

陝西延綏鎮總兵官王萬清

勤壯

內大臣一等精奇尼哈番哈岱 康熙朝 石琢堂又載有內大臣巴賴都爾莽奈謚勤壯蓋即哈岱之父與哈岱同一列傳琢堂未細校遂據傳尾之謚加之巴賴都爾莽奈誤矣

直隸提督唐倖 道光朝

前江南壽春鎮總兵官玉山 一云謚勤勇 以下咸豐朝

山東升用副將吉興

湖南常德協副將富勒敦

綏遠城將軍善祿

勤果　雲南提督贈右都督張國樑（雍正朝）

盛京將軍宗室增海（乾隆朝）

勤毅　蒙古梅勒章京布丹（布一作卜　追謚一云謚毅勤　順治朝）

甘肅提督韓良卿（一云謚勤愨　以下雍正朝）

山西提督袁立相

都統銜參贊大臣額爾景額（以下乾隆朝）

雲南提督本進忠

烏里雅蘇台將軍襲三等信勇公富興（富一作傅）

烏里雅蘇台將軍吉明嘉慶朝

廣東提督沈烜以下道光朝

福州將軍長清

福建撫標遊擊賴高翔以下咸豐朝

雲南城守營參將楊遵

勤恪

領侍衛內大臣二等阿思哈尼哈番鄂齊爾爾一作理明安孫順治朝

廣東右翼總兵官加左都督尚之廉可喜子康熙朝

浙江提督楊長春以下雍正朝

浙江提督黃壢

領侍衛內大臣克什圖 石琢堂云諡謹恪誤

廣州將軍蔡良 士英孫

滿洲都統法喀

領侍衛內大臣宗室額騰義 以下乾隆朝

四川提督王進昌

領侍衛內大臣薩穆哈

雲南提督額爾格圖

漢軍都統四格

吉林將軍寶琳

勤良

領侍衛內大臣襲三等子晉一等公額爾克戴青 戴一作代

恩格德爾
于 順治朝

勤忠 額駙總統漢軍總兵官二等總兵官世職佟養性 追謚 順
治朝

勤肅 綏遠城將軍襲奉恩將軍宏晌 乾隆朝

勤慤 福建提督王郡 以下乾隆朝
廣東提督胡貴

勤僖 蒙古梅勒章京董俄羅 董一作東 俄一作鄂 又祗作董俄 順治朝
領侍衛內大臣一等阿思哈尼哈番蘇拜 烏拜弟 一云謚僖勤 誤
以下
康熙朝
領侍衛內大臣一等精奇尼哈番阿祿哈 祿一作魯 又作遜

內大臣襲三等精奇尼哈番敖賽一作鄂塞

墨勒根蝦散秩大臣阿淑

和碩額駙鎮平將軍一等精奇尼哈番耿昭忠繼茂子

內大臣阿爾迪迪一作第

領侍衛內大臣贈伯爵馬武米思翰子一云謚勤恪以下雍正朝

滿洲都統素丹素一作蘇又作蘇且費雅思哈子

滿洲都統德成一云謚勤恪

荆州將軍襲三等奉國將軍何建寶以下乾隆朝

內大臣武庫

西安將軍鎮輔國公嵩椿嘉慶朝

勤敏 熱河都統慶惠 道光朝

廣州將軍穆特恩 咸豐朝

勤慎 散秩大臣道堪 堪一作坎 一云勤僖誤 康熙朝

勤直 蒙古固山額真三等阿思哈尼哈番伊拜 伊一作宜 順治朝

勤義 雲南臨元鎮總兵官王玉廷 乾隆朝

勤襄 蒙古都統道喇 喇一作拉又作喇嘛 康熙朝

湖廣提督馬彪 乾隆朝

成都將軍豐紳 嘉慶朝

成都將軍呢瑪善 以下道光朝

甘肅提督何占鼇

福建提督謝金章

勤敏　內大臣二等阿思哈尼哈番色爾格克色一作塞爾一作木　康熙朝

杭州將軍襲鎮國公果勒豐阿道光朝

勤愍　廣東惠州協副將膺保以下咸豐朝

西安協領奇成額

湖南補用參將德亮

襄武　福建提督加左都督三等侯贈一等侯馬得功追謚以下康熙朝

甘肅提督加左都督振武將軍一等阿思哈尼哈番孫思克石琢堂作恩誤

伊犂將軍贈一等伯伊勒圖乾隆朝

襄烈 滿洲都統駐藏大臣贈一等伯傅清傅一作富李榮保子乾隆朝

襄勇 陝西提督鎮綏將軍潘育龍康熙朝

襄壯 寧古塔昂邦章京一等阿思哈尼哈番沙爾虎達虎達一作呼達又作呼大追謚一云謚襄莊誤以下順治朝

蒙古都統沙理布理一作里

盛京昂拜章京一等精奇尼哈番敦拜

盛京將軍阿穆爾圖穆一作木以下康熙朝

滿洲副都統一等阿思哈尼哈番鄂莫克圖莫一作謨克一作格一云謚壯勤

賜號巴圖魯蒙古都統褚庫一云諡襄莊疑誤

王府長史署滿洲副都統雅賚賚一作賴又作牙賴

領侍衛內大臣穆福

署前鋒統領武穆篤一作吳穆都又作吳木篤一云諡襄莊疑誤

盛京副都統建威將軍鄂泰

提督署廣西左江鎮總兵官加左都督趙應奎

雲南一作甘肅提督加左都督靖逆將軍一等靖逆侯張勇

滿洲都統一等阿思哈尼哈番根特

福建提督靖海將軍三等靖海侯施琅

領侍衛內大臣安北將軍撫遠大將軍襲三等伯晉一

等公費揚古（鄂碩子一云諡襄莊疑誤）

寧夏將軍錫伯（錫一作西以下雍正朝）

貴州提督楊天縱

護軍統領鎮南將軍恭依圖（依一作伊烏達禪子追諡乾隆朝）

襄毅

賜號巴圖魯滿洲固山額貞一等精奇尼哈番準塔（追諡順治朝）

滿洲都統平南大將軍襲一等阿思哈尼哈番追贈一

等袞績公賚塔（賚一作賴以下康熙朝）

湖廣提督加左都督鎮平將軍徐治都（大貴子）

四川提督贈右都督馬際伯

黑龍江將軍襲鎮國公揚福

直隸提督馬進良

福建提督藍廷珍雍正朝

福建提督參贊大臣藍元枚乾隆朝

襄恪

漢軍都統諾邁李國翰子康熙朝

福州將軍慶成以下嘉慶朝

河南河北鎮總兵官加提督薛大烈

浙江提督蕭福祿以下道光朝

浙江提督李國棟

江寧將軍德珠布咸豐朝

襄慤 察哈爾總管參贊大臣博爾和對對一作兑康熙朝王文簡又載有參領卜爾何代謚同疑即一人

福建建寧鎮總兵官曹三祝咸豐朝

襄僖 浙江温州鎮總兵官加左都督蔣懋勳康熙朝

襄貞 領侍衛內大臣昭武將軍平北大將軍馬斯喀斯一作思喀一作哈米思翰子康熙朝

襄勤 漢軍都統二等阿思哈尼哈番趙璉追謚康熙朝

西安將軍襲二等男一云二等子賽沖阿道光朝

襄敏 十六大臣三等梅勒章京達珠瑚一作達諸護又作達朱戶追謚以下順治朝

滿洲都統寧海大將軍一等侯伊爾德伊一作宜

內大臣諾爾遜一作那爾孫以下康熙朝

滿洲都統一等阿思哈尼哈番果爾沁果一作高爾一作勒又作郭爾欽又作郭爾泰石琢堂又載有都統阿爾瑚沙謚襄敏案阿爾瑚沙卽阿爾沙瑚之訛係果爾沁之父與果爾沁同一列傳琢堂遂據傳尾之謚加之阿爾沙瑚不察其爲兩人琢堂謚法錄似此誤載者頗多

西安將軍瓦爾哈哈一作喀又作窪兒哈後追削

廣東提督贈左都督王可臣石琢堂又載有王可成謚號官籍並同蓋誤爲兩人

浙江提督加左都督陳世凱一云謚敏襄

滿洲都統烏達禪烏一作巫又作武

漢軍都統加左都督偏圖

襄愍　襲一等海澄公黃芳泰芳世弟云謚襄愍　追謚一乾隆朝

江西九江鎮總兵官馬濟美咸豐朝

案咸豐三年十月祁春圃相國面奉諭旨文武大臣或陣亡或軍營病故武功未成者均不得擬用襄字自是無敢輕擬矣

敏烈　江南蘇松鎮總兵官葉長春以下咸豐朝

升用參將周福高

敏壯　滿洲固山額貞安偏我追謚以下順治朝

二等精奇尼哈番喀山喀一作哈追謚

賜號碩翁科洛巴圖魯五大臣安費揚古古一作武追謚

賜號墨勒根蝦漢軍都統定西將軍三等侯李國翰追謚

王文簡作黑勒根轄黑郎墨轄郎蝦之訛蓋誤以賜號爲名也

江南提督加左都督三等阿思哈尼哈番梁化鳳以下康熙

朝

仦

蒙古副都統阿爾護護一作虎又作琥

江西提督加左都督趙國祚追謚

江南提督昭武將軍楊捷

福建提督加左都督王萬祥

蒙古都統善丹

敏果

扎爾固齊王文簡作嘉爾虎氣誤三等阿思哈尼哈番雅希禪追謚

順

治朝

杭州將軍圖爾伯深深一作申又作慎又作圖爾白紳　康熙朝

敏恪　杭州將軍胡圖胡一作瑚又作扈　以下康熙朝

蒙古都統赫碩色赫一作黑

杭州將軍扎穆陽扎一作查

散秩大臣襲輔國將軍扎山

廣東提督張溥以下乾隆朝

蒙古都統查克丹查一作扎　恩格德爾曾孫

敏肅　內大臣前荆州將軍莽奕祿奕一作義又作依又作機　康熙朝

四川提督岳昇龍追謚雍正朝

敏飭　江寧協領奎光咸豐朝

敏愨　漢軍都統署甘肅提督雷繼尊康熙朝

敏僖　都統襲奉恩將軍賽貝乾隆朝

愍烈　湖北提標副將駱秉忠以下咸豐朝

福建保升副將畢定邦

廣西賓州營參將羅桂元以下同治年

署福建漳州鎮總兵官贈提督繼興

愍恪　江寧協領和謙布一云謚愍愨咸豐朝

愍飭　湖南綏靖鎮總兵官錫綸以下咸豐朝

湖南保升副將周雲耀

江寧協領托多洛

又英誠武勳王楊古利信勇直義公費英東宏毅公額

亦都亦一作宜雖均配享

太廟惟但有封號未聞謚號靖南王耿仲明謚亦未著案我朝配享太廟尚有圖爾格圖賴圖海鄂爾泰張廷玉兆惠傅恒阿桂福康安凡十二人附記於此

外藩謚號

案外藩各謚不得不依時代編列稍變前例

莊穆　朝鮮國王李倧以下順治朝

忠宣　朝鮮國王李淏

莊恪　朝鮮國王李棩以下康熙朝

僖順　朝鮮國王李焞

恪恭　朝鮮國王李昀雍正朝

莊順　朝鮮國王李昑以下乾隆朝

恪敏　朝鮮國世子追贈王爵李緈

恭宣　朝鮮國王李祘嘉慶朝

宣恪　朝鮮國王李玜 以下道光朝

康穆　朝鮮國世子追贈王爵李旲

莊肅　朝鮮國王李奐

忠敬　朝鮮國王李昪 同治年

案朝鮮國王謚號向由內閣撰擬近因所擬之字有諱用該國王先代名諱者改由該國自行撰擬八字進呈請定

忠純　安南國王阮光平 乾隆朝

康自十餘齡讀王文簡謚法考即有志續編卅餘年未或忘也近於退直餘暇時時搜輯二年夏許[illegible][illegible]凱[illegible]岩兩侍讀均直軍機房頻以謚號屬康代擬若錄[illegible]

復厲扎壽泉侍讀稽之典籍䟽及門陳星垣儀部稽之禮部參互考訂證以　國史並質之姚彥士吳冠雲兩農部王孟海鴛部戴少梅端木子疇兩舍人家小山觀察各有改正竭兩載之力粗幸成編惟挂漏尚多糾誤補遺姑俟異日云爾同治三年十二月鮑康識

編輯甫就聞邵二雲有　皇朝大臣諡迹錄思一借校而不得適徐詩舲駕部以所藏石琢堂諡法錄見示載至道光初年止文武大臣僅四百五十人時代不詳兼有複載未爲完書陳寅生上舍復以所得趙雩門諡法考見示載至道光十年止既詳且備深媿弗如爰逐一

校正獲益良多雩門所輯凡九百六十九人今輯至同治三年計得一千五百一十八人順治朝百六十六人康熙朝二百八十二人雍正朝六十七人乾隆朝三百十一人嘉慶朝百人道光朝百五十人咸豐朝三百八人同治年百三十四人有未備者容隨時補載至文簡所載妃嬪謚及勝國君臣謚茲皆不列惟文簡以官階分類雩門則以得謚之年爲次皆備載官爵年月雩門兼詳及氏族科籍茲刻因文恭師之舊依會典次序編列官階亦復從略以便檢查閱者諒之康又識

皇朝謚法考續編卷五　　臨桂王鵬運輯

武臣

忠烈　浙江提督鄭魁士 以下同治朝

忠壯　烏嚕木齊都統平瑞

記名提督蕭河清

記名提督廣西右江鎮總兵官唐殿魁

記名提督榮維善

廣東陸路提督劉松山

湖南提督一等子鮑超 以下光緒年

忠介　伊犁將軍金順

忠節 伊犁將軍明緒

忠勤 湖南提督楊鼎勳同治朝

誠恪 鑲黃旗漢軍都統春佑以下光緒朝

誠愼 都統那爾蘇

諴靖 直隸馬蘭鎮總兵官文謙

武烈 即補副將陳萬勝以下同治朝

記名總兵江福山

記名提督高餘慶

塔爾巴哈台參贊大臣加副都統錫霖

記名提督胡直作

武壯　記名提督江南蘄春鎮總兵官李祥和

提督銜前　提督譚玉龍

記名提督李大有

直隸提督郭松林以下光緒年

廣東水師提督吳長慶

署湖南提督周盛傳

武毅　烏嚕木齊都統文祺以下同治朝

記名總兵加提督周有貴

記名提督陝西漢中鎮總兵官蕭慶高

記名副都統烏勒西布

記名提督劉克仁

記名提督浙江處州鎮總兵官馬德順

武靖　烏里雅蘇台將軍杜嘎爾光緒年

武愍　吐魯番領隊大臣贈都統色普詩新以下同治朝

署哈密辦事大臣贈都統札克當阿

伊犁領隊大臣加副都統達春泰

提督銜記名總兵江忠珀

記名提督文德盛

記名提督宇文秀案閣中檔冊作宇秀今從原刻

前廣東高州鎮總兵官楊玉珂光緒年

勇烈 記名總兵郭鵬程以下同治朝

記名總兵孟宗禰

廣西右江鎮總兵官提督張樹珊樹聲弟

記名提督陳振邦

記名總兵加提督翟春壽

甘肅提督高連陞

升用提督姚連陞

記名提督浙江黃巖鎮總兵官陳紹

護安徽壽春鎮總兵官遊擊何朝亮

浙江温州右營遊擊王開俊以下光緒年

記名提督貴州安義鎮總兵官陳嘉

勇毅　察哈爾都統西淩阿以下同治朝

記名提督王仕孟

記名提督河南南陽鎮總兵官王萬釗

勇肅　記名提督駱國忠光緒年

勇節　提督銜浙江衢州鎮總兵官簡敬臨以下同治朝

壯武　頭等侍衛贈都統奇克塔善

記名提督陳致祥

壯烈　頭品頂帶護軍統領恆齡

記名提督李佑厚

記名提督李就山
福建提督張光亮光緒年
壯果　記名總兵加提督胡紹春以下同治朝
壯毅　記名提督鄧福泰
記名提督張萬美
壯肅　福建陸路提督一等子蕭孚泗光緒年
壯節　二等侍衛古城領隊大臣贈都統恩慶以下同治朝
伊犁巴燕岱領隊大臣贈都統穆克登額

記名提督易德麟
壯敏　杭州將軍崑壽

剛烈　記名總兵加提督夏金標

記名提督羅朝雲

記名提督余明發

剛勇　頭等侍衛贈副都統隆春

湖北提督傅振邦以下光緒年

剛毅　記名提督福建建甯鎮總兵官張得勝

雲南即補遊擊畢金科追謚以下同治朝

記名總兵王紹羲

記名總兵贈提督巴揚阿

剛肅　儘先遊擊東維清光緒年

剛介　記名總兵丁長勝（同治朝）

兩江補用副將胡國恆（以下光緒年）

黑龍江將軍特普欽

剛節　蒙古副都統加都統蘇倫保（以下同治朝）

記名總兵粱洪勝

記名提督署貴州提督趙德光

剛敏　記名提督九江鎮總兵官黃開榜

湖南提督周盛波（盛傳兄光緒年）

剛愍　署福建提督福甯鎮總兵官加提督林文察（以下同治朝）

記名總兵加提督李魁連

果勇　福州將軍穆圖善光緒年

果壯　記名提督劉長槐以下同治朝

記名提督楊春祥

記名提督王心安

果毅　記名提督何建鼇

記名提督楊萬友

果肅　成都將軍魁玉以下光緒年

果介　福建陸路提督唐定奎

果敏　提督王德成

威烈　頭品頂帶哲里木盟協理台吉克興額以下同治朝

威毅　漢軍都統舒通額
記名總兵加提督石清吉
記名提督巴里坤鎮總兵官成發翔
塔爾巴哈台參贊大臣附都統武隆額
威恪　塔爾巴哈台參贊大臣幫辦軍務德興阿
記名都統正黃旗副都統溫德勒克西
威愍　記名提督甘肅肅州鎮總兵官何勝必
威勤　察哈爾都統色爾固善
署綏遠城將軍固山貝子德勒克多爾濟
庫倫辦事大臣加副都統張廷岳

荆州將軍巴揚阿以下光緒年

吉林將軍富明阿

桓靖　哈密辦事大臣保恆

莊毅　黑龍江將軍德英

恭愍　護軍統領襲三等承恩公照祥參揚阿子以下光緒年

恭勤　荆州將軍景豐

莊恪　甯夏將軍慶昀同治朝

莊簡　都統宗室奕山以下光緒年

提督李常孚

莊介　頭品頂帶福州副都統蘇克金同治朝

莊愍　綏遠城將軍福興以下光緒年

端勤　固倫額駙公景壽

恪勤　甯夏將軍維慶

簡敬　蒙古鑲黃旗都統明慶

清愍　盛京將軍都興阿

節愍　塔爾巴哈台領隊大臣加副都統博勒果素以下同治朝

貞恪　公銜副管旗章京那木薩賴

勤武　直隸宣武鎮總兵官張詩日

勤勇　記名提督河南歸德鎮總兵官朱南桂

直隸提督李長樂光緒年

勤果　雲南提督汪道誠以下同治朝

烏里雅蘇台將軍明誼

勤毅　廣州將軍穆克德訥

熱河都統庫克吉泰

勤恪　正黃旗漢軍都統阿克敦布

以子銜鎮國公楷楚克林沁僧格林沁子以下光緒年

勤愍　杭州將軍廣科

勤敏　福州將軍善慶

鮑子年世丈續編跋

是編續輯至同治五年五月止計得千五百六十四人續有給謚者容隨時補載又案貝勒以下近皆停止給謚其有兼一品職任者宗人府屆時請 旨又李霨一云保和殿大學士圖海一云內宏文院大學士鄂彌達汪由敦一云均刑部尚書官保一云吏部尚書附記於此以備續脩康又識

鮑子年世丈補編跋

是編補輯至同治八年八月止計得千六百二十八人而康亦出守夔州不復預聞擬謚矣案田雄收封順義

侯徐勇晉封一等男邱聯恩乃艮功子襲三等男馮銓
一云中和殿大學士馬光遠一云漢軍都統至前編頂
戴均宜作頂帶附記以俟續脩惟 晉贈宮銜因考核
未詳概未之載凡提督照陣亡例從優議郵者禮部悉
請 追贈太子少保銜又同名者伊爾登常青常明巴
圖德明于成龍均再見穆克登布凡三見非複載也
又案同治年文武一品官雖引疾休致及開復原官者
侍郎巡撫之加贈一品銜者均無不
予謚由漢侍讀擬成後大學士選四謚點定其次第列單以進
御章所鈐則概係列為第一者康預擬謚號凡七年罔敢率忽

然如熙麟之忠勤蔣文慶之忠愍勞崇光之文毅汪元
方之文端邵燦之文靖麟趾之壯介則又賈鈞堂諸相
國所特改者也

謹案

玉牒皇六子宏噡襲封果親王降封果郡王初刻沿趙雩門之
訛作簡親王誠親王允祕謚曰隱初刻脫隱字均經改
正惟皇次子奕綱追封順郡王謚曰和皇三子奕繼追
封慧郡王謚曰質初刻誤以封號爲謚號裕親王福全
應書皇次子武功郡王名禮敦巴圖魯慧哲郡王名額
爾袞宣獻郡王名齊堪通達郡王名雅爾哈齊特詳志

以備改刊又前編湖北記名道王鑫案 國史館列傳
及內閣所奉
諭旨均作鑫故兩存之康又職識

徐沅青前輩續補編跋

鑾自同治八年九月官侍讀後因江蓉舫前輩傑直樞
垣凡臣工謚號皆屬鑾擬三年來計得四十人隨時記
載未敢或遺今出守台州謹將所擬者如前編輯庶忠
藎不致淹沒云同治十一年八月津門徐士鑾識

翁海珊前輩續補編跋

徐沅青太守輯續補編至同治十一年八月而止今又

閏四年癸王公文武給謚者計四十七人呈岑前輩屬

翰編次如例遂付手民時光緒三年四月也

案 國初追謚前代諸臣概不錄入光緒二年福建巡

撫爲明故潞朱成功請謚 予謚忠節附記於此

鮑子年世丈輯謚法攷成於同治甲子之冬嗣是一續於丙寅再補於己巳徐沅青翁海珊兩前輩又有續補之作迄光緒丁丑四月然皆各自爲書篇幅畸零尋檢匪易因與鮑印亭前輩攷訂商榷取叠次續修益以後之得謚者至庚寅冬季止重加排次彙爲續編其體例書法悉遵原書之舊以歸畫一近年易名之典視昔加嚴即一品大僚之薨於位者亦未嘗輕畀復申禁臣工奏請給謚所以從事實示彰勸意深遠矣 鵬運忝司謚議四年於茲仰窺
朝廷顧籍殊施逾不敢輕率從事是編之輯亦斯義也至於隨

時綴輯俾免缺略而昭愼重則尤願與後來者共勉焉

光緒十有七年歲在辛卯孟陬之月臨桂王鵬運謹識